김춘수 시전집

김춘수 전집—1

김 춘 수
시 전 집

현대문학
창간 50주년기념사업도서

전집을 내면서

　해방되던 그해 가을부터 나는 경향 각지의 신문 잡지에 시를 발표했다. 나는 신춘문예나 잡지의 추천을 통하여 문단에 나오지 않았다.
　40년대 후반 4~5년 동안은 나로서는 아류의 시절이다. 선배 시인들의 시를 모범으로 트레이닝을 하고 있었다는 것이 적절한 표현이 되리라.
　50년대에 들어서자 나는 내 시에 대한 반성을 하게 되었다. 그 끝에 나타나게 된 것이 꽃을 소재로 한 일련의 연작시다. 그때 나는 실존주의 철학의 영향을 받고 있었다. 한편 릴케의 시를 다시 읽게 되었다. 왜 다시란 말을 쓰느냐 하면 학생 때 나는 릴케를 탐독했기 때문이다. 이리하여 릴케와 실존주의 철학이 나대로의 허울로 내 시에 나타나게 되었다. 아주 관념적인 시다. 나는 스스로 이 무렵의 내 시를 플라토닉 포에트리라고 부른다. 그러나 60년대에 들어서자 이런 경향에 대하여 또 한 번의 반성과 비판이 일게 되었다.
　60년대 중반쯤 해서 나는 새로운 트레이닝을 의도적으로 시도하게 되었다. 시는 관념(철학)이 아니고 관념 이전의 세계, 관념으로 굳어지기 이전의 세계, 즉 결론(의미)이 없는 아주 소프트한 세계가 아닐까 하는 자각이 생기게 되었다. 이 자각을 토대로 시를 추구해간 결과, 나는 마침내 무의미시라는 하나의 시적 입지를 얻게 되었다. 무의미시의 일차적인 과제는 시에서 의미, 즉 관념을 배제하는 일이다. 이 과제를 실천에 옮길 때 얻게 된 것이 서술적 이미지라고 내가 부른 그것이다. 이미지를 서술적으로 쓴다는 것은 이미지를 즉물적으로 쓴다는 뜻이기도 하다. 그러나 이미지는 의미(관념)의 그림자를 늘 거느리고 있다. 이 그림자를 지우기 위하여 나는 탈이미지로 한걸음 더 나가게 되었다. 탈이미지는 결국 리듬만으로 시를 만든다는 것이 된다. 그러나 이것 역시 낱말을 버리지 않는 이상 의미의 그림자가 늘 따라다니게 된다. 그래서 나는 낱말을 해체하여 음절 단위의 시를 시도하게 되었다. 이것은 언어도단의 단계다. 나는 나도 모르게 선적 세계에 들어섰는지도 모른다. 그러나 그 이상 시는 더 나갈 수 없게 되었다. 나의 무의미시는 막다른 골목에 다다르게 되었다. 나는 여기서 또 의미의 세계로 발을 되돌릴 수밖에 없게 되었다. 그러나 물론 무의미시 이전의 의미의 세계로 후퇴할 수는 없다.

　나는 일찍(40년대 말) 소설에 대한 관심도 가지고 있었다. 그래서 몇 편의 아주 짧은 습작을 내놓게 되었다. 중학생의 작문 같은 것이다. 90년대에 들어서서야 비로소 나는 그런대로 어디에 내놓을 수 있는 소설(장편)을 한 편 쓰게 되었다. 그것이 『꽃과 여우』라는 제목의 자전소설이다. 일정한 줄거리가 없고 수많은 영화평이나 러시아 19세기의 소설평 같은 것들도 양념처럼 끼여 있다. 나는 물론 소설 분야에서는 아마추어를 자인한다.

나는 또 수많은 에세이를 썼다. 나의 철학적인 사고와 시사 문제를 다룬 것 등 다양하다. 나는 원래 기질적으로 사변적인 데가 있다. 그래서 이런 따위의 글들이 자연스럽게 시도 때도 없이 쏟아져 나온 듯하다.

나의 천착벽은 시론에 대하여도 예외 없이 드러났다. 이리하여 나는 또 많은 양의 시론을 남기게 되었다. 개중에는 교재용으로 쓰여진 것도 있긴 하지만 그렇지 않은 것이 훨씬 더 많다. 나는 60년대에 종합 잡지 《사상계》에 상당 기간(일 년 이상) 시의 월평을 맡아 쓴 일도 있다. 월평이란 현장비평(실천비평)은 대단히 중요하다고 생각한다. 작품(시는 작품이다)을 구체적으로 해부하는 작업이기 때문이다.

이번에 전집을 내면서 현대문학사의 양숙진 주간께서 각별한 보살핌을 주셨고 유재혁 출판팀장이 수고를 아끼지 않았다. 고마운 일이다.

전집을 내는 데는 많은 사람들의 수고가 있어야 했다. 자문에

일일이 응해준 조영서, 오규원 두 분께 감사드리고 그 외의 스탭의 수고에 감사한다. 조 시인은 오랜 산문잡지의 편집 경험을 살려, 오 시인은 80년대 초에 자기가 경영하던 출판사에서 낸 나의 전집에 쏟은 수고와 경험을 살려 많은 도움을 주었음을 이 기회에 사족으로 달아둔다.

2004년 1월

김춘수

일러두기

1. 『김춘수 전집』은 그의 두 번째 전집으로 첫번째는 1982년에 나온 『김춘수 전집』(문장사)이다. 따라서 전집의 편집과 체계를 충실하게 하기 위해 문장사판 전집을 기획 편집한 오규원 시인을 편집자문으로 하고, 그의 조언을 받았음을 밝혀둔다.

2. 『김춘수 전집』은 제1권 시전집, 제2·3권 시론전집, 제4·5권 산문전집으로 기획되었다.

3. 『김춘수 시전집』에는 현재까지 발간된 총 25권의 시집에 수록된 작품 전부와 『쉰한 편의 비가』 이후 발표한 최근작까지 모두 수록하였다. 이후에 새로 발표되는 시는 계속 증보할 예정이다. 또한 발표는 하였으나 시집으로 출간되지 않은 작품들도 모두 수록하였다.

4. 시는 시집의 발간연대에 따라 수록하였고, 전술 작품을 원전과 대조하여 시인의 확인을 받았다. 시가 중복 수록된 경우에는 최초에 수록된 시집의 시를 원전原典으로 삼았으며, 이후 시인 자신이 그 시를 수정했을 경우는 수정한 작품을 원전으로 삼았다.

5. 시선집에는 수록되어 있으나 시집에 수록되지 않은 작품이 있을 경우, 수록된 시선집의 이름으로 독립시켰다.

6. 주석은 원주와 편집자 주(이후 편주로 통일하여 표기함)로 나누어 표기하였고, 원주는 맨 처음에만 '원주'라고 표기하고 이후 각주번호만 표기하였다. 덧붙여, 원전의 주석은 원주로 표기하였고, 발표한 원전 및 간행된 시집과 대조한 결과 작품이 달라진 곳이나 시인이 수정한 곳은 편주로 표기하였다.

7. 한자의 경우, 한자 병기가 꼭 필요한 몇몇의 경우만 제외하고 원전에 있던 한자들 대부분을 한글로 표기하였다.

8. 시 속의 외래어 및 개정 전의 맞춤법 표기 등은 원전의 감각을 살리기 위해 수정하지 않았다.

차 례

늪

부다페스트에서의 소녀의 죽음

타령조打令調 · 기타其他

처용(시선집詩選集)

서사시

낭산狼山**의 악성**樂聖

들림, 도스토예프스키

1

의자와 계단

거울 속의 천사

쉰한 편의 비가悲歌

『쉰한 편의 비가悲歌』 이후 발표한 최근작

다른 시집에 수록되지 않은 초기 시

정음문고正音文庫의 「습유시편拾遺詩篇」에서 가려내어
『김춘수 전집 1 · 시詩』(문장사)에 재분류하여 수록(창작연대미상)

|차 례|

풍경

이 한밤에
푸른 달빛을 이고
어찌하여 저 들판이
저리도 울고 있는가

낮 동안 그렇게도 쏘대던 바람이
어찌하여
저 들판에 와서는
또 저렇게도 슬피 우는가

알 수 없는 일이다
바다보다 고요하던 저 들판이
어찌하여 이 한밤에
서러운 짐승처럼 울고 있는가

죽어 가는 것들

너를 위하여 피 흘린
그 사람들은
가고 없다

가을 벽공에
벽공을 머금고 익어 가는 능금
능금을 위하여 무수한 꽃들도
흙으로 갔다

너도 차고 능금도 차다
모든 죽어 가는 것들의 눈은
유리같이 차다

가 버린 그들을 위하여
돌의 볼에 볼을 대고
누가 울 것인가

또 하나 가을 저녁의 시

부서져 흩어진 꿈을
한 가닥 한 가닥 주워 모으며
눈물에 어린 황금빛 진실을
한아름 안고
나에게로 온다

바람이 가지를 흔들듯이
넘쳐흐르는 이 정적을
고요히 흔들며
나에게로 온다

저 섧게 물든 전나무 가지 사이
가리마 같은 언덕길을
한 걸음 한 걸음
나에게로 온다

---

* 『늪』에는 「가을 저녁의 시 · 2」로 수록되었으나 그 후 『제1시집』부터 삭제
했다가 정음문고의 「습유시편」에서 별도로 독립시켰다. (편집자 주 – 이하
편주로 통일하여 표기하기로 함)

나비

나비는 가비야운 것이 미美다.

나비가 앉으면 순간에 어떤 우울한 꽃도 환해지고 다채로와진
다. 변화를 일으킨다. 나비는 복음의 천사다. 일곱 번 그을어도
그을리지 않는 순금의 날개를 가졌다. 나비는 가장 가비야운 꽃
잎보다도 가비야우면서 영원한 침묵의 그 공간을 한가로이 날아
간다. 나비는 신선하다.

VOU

VOU라는 음향은 오전 열한 시의 바다가 되기도 하고, 저녁 다섯 시의 바다가 되기도 한다. 마음 즐거운 사람에게는 마음 즐거운 한때가 되기도 하고, 마음 우울한 사람에게는 자색의 아네모네가 되기도 한다. 사랑하고 싶으나 사랑하지 않는 사람에게는 그만한 이유가 되기도 한다.

가을에

사월은
지천으로 내뿜는
그렇게도 발랄한
한때 우리 젊은이들의
피를 보았거니,
가을에 나의 시는
여성적인 허영을 모두 벗기고
뼈를 굵게 하라.
가을에 나의 시는
두이노 고성古城의
라이너 · 마리아 · 릴케의 비통으로
더욱 나를 압도하라.
압도하라.
지금 익어 가는 것은
물기 많은 저들 과실이 아니라
감미가 아니라
사월에 뚫린
총알구멍의 침묵이다.
캄캄한 그 침묵이다.

구름과 장미

1948년 9월 1일 행문사 발행(국판/70면)

| 차 례 |

　　신이 그의 가장 의로운 자식으로 하여금 시인으로 삼았으리라 그렇지 아니한들 어찌 시인인 그가 아무런 보람도 없는 내세의 열반을 바람도 아닌 이 노릇―인류의 영원한 향수와 동경의 소재를 찾기에 이렇듯 애달프게 노력하기를 면하지 못하랴

　　그러나 신의 은총은 항상 우리의 모르고 또한 뜻하지 아니하는 곳에 이슬같이 이루어짐이어늘 여기에 새로운 한 시인을 우리가 얻게 됨은 우리 겨레가 진실로 의로운 겨레임을 신이 스스로 증거하여 주심이리라 비록 이날 아침 춘수春洙의 노래가 서투르다 할지라도 이것으로 그의 전부全部를 값치는 부당不當은 누구도 행할 수 없으리니 언제나 우리는 그 시인의 첫홰울음소리를 통하여 그의 앞날을 정당正當히 측량하고 아껴야 하리라

　　춘수의 시와 이름은 이미 시에 관심을 가진 이로서는 촉망하고 있는 바이지마는 그는 항상 시작詩作에 있어서 개념적 용어 내지 표현을 피하고 말을 정련함으로써 그로 구성되는 분위기로서 음악이 음악의 세계를 이루듯 시의 세계를 이루려는 노력이 현저함을 알 수 있나니 그러므로 그가 그의 앞길을 스스로 버리지 않는 한 반드시 대성할 것과 시단詩壇의 유니크한 한 자리를 차지할 것을 우리는 믿어 좋으리라

　　진실로 인간생활의 모든 분야는 그의 속屬하는 민족을 떠나서도 존립할 수 있으련만 오로지 시와 및 시인은 그러하지 못하거늘 오늘 오매불망寤寐不忘하던 우리의 조국이 환희작약歡喜雀躍을 다하지 못하는 채 재건되는 이 마당에 우리의 한 새로운 시인을 맞이하게 됨은 또한 그 의의가 적지 아니하다 하겠거늘 시인 춘

수는 마땅히 누골정진鏤骨精進하시라

단기 사천이백팔십일년 팔월

고향 청령장에서 유치환

서시[1]

가자. 꽃처럼 곱게 눈을 뜨고, 아버지의 할아버지의 원한의 그 눈을 뜨고 나는 가자. 구름 한점 까딱 않는 여름 한나절. 사방을 둘러봐도 일면의 열사熱砂. 이 알알의 모래알의 짜디짠 갯내를 뼈에 새기며 뼈에 새기며 나는 가자.

꽃처럼 곱게 눈을 뜨고, 불모의 이 땅바닥을 걸어가 보자.

---

* 『제1시집』에 재수록되었다.(편주)
1) 『구름과 장미』에는 제목을 「도상途上」으로 수록하였으나 『제1시집』에서 「서시」로 수정하였다.(편주)

구름과 장미

저마다 사람은 임을 가졌으나
임은
구름과 장미되어 오는 것

눈 뜨면
물 위에 구름을 담아 보곤
밤엔 뜰 장미와
마주 앉아 울었노니

참으로 뉘가 보았으랴?
하염없는 날일수록
하늘만 하였지만
임은
구름과 장미되어 오는 것

---

* 『제1시집』에 재수록되었다. 『구름과 장미』에는 이 작품의 끝에 마지막 연
으로 '……마음으로 간직하며 살아왔노라'라는 부분이 있었으나 『제1시
집』이후에 삭제되었다. (편주)

예배당

가시 덤불 울 새로
죽도화도 피어나고
아롱아롱 봄은
나비따라 오은다

주 예수를 모시기엔 섬서ㅎ지 않느냐고
가녀린 손들을 둘러
꽃밭 하나 꾸며 두곤
속눈썹 깊숙이 남남이 접어 보던
아련히 하늘은 푸르기만 하였는데
열여덟 치렁머리 바다만큼 흘러가고
어드매쯤 오늘을
끼리끼리 묻쳐서
목숨인양 닳던 이름 불러볼 줄 모르은다

여자

푸르고 푸른 줄 알았단다
푸르고 푸른 것이 그치면
복사꽃 외앗꽃 냉이꽃
향기로운 꽃밭인 줄 알았단다
바다!
바다!

구슬 같은 눈물이 희기 시작한다
두 손을 흔들어 사모친 이름을 불러보면
물결이 더욱 하늘처럼 영롱하다
물결은 가슴 밖을 하늘처럼 넘쳐 흐른다

바람이 흔들면
거문고 일곱 줄 은실이 하늘마저 울린다

소년

희맑은
희맑은 하늘이었다.

(소년은 졸고 있었다.)[2]

열린 책장 위를
구름이 지나고 자꾸 지나가곤 하였다.

바람이 일다 사라지고
다시 일곤 하였다.

희맑은
희맑은 하늘이었다.

소년의 숨소리가
들리는 듯하였다.

---

* 『제1시집』과 『부다페스트에서의 소녀의 죽음』에 재수록되었다. 마침표는
  후에 시인이 수정하였다.(편주)
2) 『구름과 장미』에는 '(소년은 졸고 있었다.)'가 한 자字 앞으로 나와 있었
  다.(편주)

봄 A[3]

강아지 귀밑털에 나비가 앉아 본다
실낱 같은 바람이 활활 감아들고
히히이 한 울음 모가지를 뽑아 보니
구름은 내려와
산허리에 늘어졌다

타는 아지랑이 그 바닥은
새푸른 잔디밭이 아리아리[4]
꿈속같이 멀어라

---

* 『제1시집』에 재수록되었다.(편주)

3) 『구름과 장미』에는 제목이 「목장牧場」으로 수록되었으나 『제1시집』에서
「봄 A」로 수정하였다.(편주)

4) 『구름과 장미』에는 '새푸른 잔디밭이 아리아리/꿈속같이 멀어라'를 '거칠
것 없는 금잔디가/아리 아리 고와라'로 표기했으나 시인이 『제1시집』에서
수정하였다.(편주)

산장

구름이 날아와
유리창에서 부숴지면
바람은
꼬리를 흔들며 웃었다.[5]
때론
멧새도 날아와 울어 주고
볕살 바른 언덕에는 왼종일
빨간 꽃도 피곤 하였다.
구름과 바람 꽃과 새
이들의 고운 인연만이 흘렀고
일월日月에는 아무런 괴변도 없었는데
담장이 덩굴랑 부덕부덕 기어오르고
밤만 새면 넘어보는 쪽빛 하늘이여
느티나무 그늘에서 움메에[6] 송아지가 부른다.

---

* 『제1시집』에 재수록되었다. (편주)
5) 『구름과 장미』에는 '꼬리를 흔들며 웃었다.'를 '꼬리를 흔들며 우스웠다.'
   로 표기했으나 시인이 『제1시집』에서 수정하였다. (편주)
6) 『구름과 장미』에는 '움메에'를 '우메ー'로 표기했으나 시인이 『제1시집』에
   서 수정하였다. (편주)

등藤

구름 한 점 성급히 스쳐가면
뜰 안엔 왼통
연둣빛 그늘이 스며든다.
어드매쯤
배추꽃 냄새도 풍기는데
마당개미 날짐승의
재재로운 세계가 멀어질 상하면
잎새 새 새로 주황색 놀이 돌고
해질 무렵에
고요가[7] 감아드는 가닭마다 덩굴에는
주렁 달린 송이 송이 아쉰 대로 한들이고……

---

7) 『구름과 장미』에는 '고요사'로 표기되었는데, 이것은 '고요가'의 잘못된
   표기이다.(편주)

불나비

푸르레 새순 뜯어 입에 물면
눈알 앞엔 한 장 하늘이 맴돌고

개나리 진달래 밈둘레 할미꽃
불바다 불바단 양 젖어들면은
낭떠러지에 비탈에
골돌아 아지랑이 불어 일고

하늘에는 낮에 별
별 하나 달래듯 일깨우노니

이파리 하나 둘 한들이고
구름이 오고 가는
바다에로 갸우린 볕살 바른 풀섶 여기

일월日月이여 성진星辰이여
너희 심심深深한 등허리를
불나빈 양 숨결이 닳우어라

언덕에서

(한송이는 바다로 흐르고
   한송이는 바다로 흘러가고)
이상한 말을 하고
사람들은 이 언덕을 넘어갔었다

낯설은 새들이 울음 울며는[8]
은행나무 잎사귀선 짜디짠 갯내가 코를 찔렀다

(한송이는 바다로 흐르고
   한송이는 바다로 흘러가고)
아는 사람은 다 이 언덕을 넘어갔는데

지금도 너는[9]
하나 둘 꼽아가며
꽃밭에 물을 주고 있는지도 모른다

---

* 『제1시집』에 재수록되었다.(편주)
8) 『제1시집』부터 '낯설은 새들이 울음 울면은'을 '낯설은 새들이 울음 울며
   는'으로 고쳐 표기하였다.(편주)
9) 『제1시집』부터 '상기도 너는'을 '지금도 너는'으로 수정하였다.(편주)

경瓊이에게

경이는 울고 있었다.
풀덤불 속으로
노란 꽃송이가 갸우뚱[10] 내다보고 있었다.

그것뿐이다.
나는
경이가 누군지를 기억ᄒ지 못한다.

구름이 일다
구름이 절로 사라지듯이
경이는 가 버렸다.

바람이 가지 끝에
울며 도는데
나는
경이가 누군지를 기억ᄒ지 못한다.

경이,
너는 울고 있었다.
풀덤불 속으로
노란 꽃송이가 갸우뚱 내다보고 있었다.

---

* 『제1시집』과 『부다페스트에서의 소녀의 죽음』에 재수록되었다. 마침표와
  쉼표는 후에 시인이 삽입하였다. (편주)
10) 『구름과 장미』에는 '갸우뚱'을 '갸웃둥'으로 표기하였다. (편주)

모른다고 한다

산은 모른다고 한다.
물은
모른다 모른다고 한다.

속잎 파릇파릇 돋아나는 날[11]
모른다고 한다.
내가 기다리고 있는 것을
내가 이처럼 너를 기다리고 있는 것을

산은 모른다고 한다.
물은
모른다 모른다고 한다.

---

* 『제1시집』과 『부다페스트에서의 소녀의 죽음』에 재수록되었다. 마침표는
후에 시인이 수정하였다.(편주)
11) 『구름과 장미』와 『제1시집』에는 '속잎 파릇파릇 돋아나는 날'이 '속잎/
파릇 파릇 돋아나는 날'로 행이 구분되어 있다.(편주)

귀촉도歸蜀途 노래
—척촉躑躅에게

이렇게 많은 꽃을
꽃마다 이를 수는 없지 않은가

이야기야 많지만
오늘 갓피올 너에게만
일러두고 가련다

환히 트인 날은
먼 촉蜀나라의 변두리도
나는 볼 수가 있었다고

이야기야 많지만
너에게만
나는 일러두고 가련다

창에 기대어

1

아드리아의
푸른 물결이 넘실거린다

보헤미아의 꿈 같은 하늘이
여기에는 흐르고 있다

네가 두고 간
아카시아의 수향(樹香)같이 오붓한 슬픔을
나는 잊을 수가 없구나

햇살이 샘물같이 흐르는
저 풀밭에서는 나의 마음이
서러운 벌레처럼 울고 있다

2

파리―로 가자

몬마르틀의 어느 으슥한 카페서
세리―를 마시며 나는

유랑인의 눈물을 흘리자

짚씨들의
애타는 곡조를 들으면서
순이와 경이를 생각하자

밈둘레도 개나리도 없는
류크산풀을 개같이 헤매다가
나이친겔을 들으면서
먼 하늘만 하염없이 바라보자

흐르는 세―느의 언덕에서
나는 조선아고 불러보자

황혼

뉘가 올간을 울리고 있다
꿈속에서처럼 하염없이
뉘가 올간을 울리고 있다

내가 잊어 버린 아득한 날을
실실이 풀어 주는 듯
뉘가 올간을 울리고 있다

어둑한 거리를
꼭 한 사람 삼십 세의 여자가 지나간다
내가 잊어 버린 아득한 날을
그 여자는 울며 간다

뉘가 올간을 울리고 있다
사라질 듯 질 듯
하염없이 뉘가 올간을 울리고 있다

---

* 『제1시집』에 재수록되었다. 『구름과 장미』에는 부제 「일우수—憂愁에 대
하여」가 있었는데 『제1시집』부터 삭제하였다. (편주)

밤이면

불이 켜인다
밤이면 집집마다
불이 켜인다

멀리 가까이
우는 듯 속삭이는 듯
불이 켜인다

사랑하는 이들의
사랑하는 이들의
우는 듯 속삭이는 듯
밤이면 집집마다에
불이 켜인다

따스한 손결들
보고 싶은 이름들
저마다 마음 속
소리도 없이……

불이 켜인다
밤이면 집집마다
불이 켜인다

---

* 『제1시집』에 재수록되었다. (편주)

날씨스의 노래
─살바돌 다리의 그림에

여기에 섰노라. 흐르는 물가 한송이 수선水仙되어 나는 섰노라.

구름 가면 구름을 따르고, 나비 날면 나비와 팔랑이며, 봄 가고 여름 가는 온가지 나의 양자를 물 위에 띄우며 섰으량이면,

뉘가 나를 울리기만 하여라. 내가 뉘를 울리기만 하여라.

(아름다왔노라
아름다왔노라)고,

바람 자고 바람 다시 일기까지, 해 지고 별빛 다시 널리기까지, 한오래기 감드는 어둠 속으로 아아라히 흐르는 흘러가는 물소리……

(아름다왔노라
아름다왔노라)고,

하늘과 구름이 흘러가거늘, 나비와 새들이 흘러가거늘,

한송이 수선이라 섰으량이면, 한오래기 감드는 어둠 속으로, 아아라히 흐르는 흘러가는 물소리……

혁명

　활활 타오르는 불꽃. 불꽃은 뛰고 불꽃은 뛰어, 드디어 하늘을 피빛으로 물들여 놓았으니, 불 속으로 불 속으로 우리들은 어디까지 가야만 하는 게냐?

　귀에 쟁쟁이는 멜로디—. 사람의 혼을 어지럽게 하는 꿈같이 아름다운 멜로디—. 우리들을 채찍질하는 저 노래는 어드매서 어드매서 끊어지는 게냐?

장미의 행방

한초롬 스며든 향기로운 내음새. 눈물겨웁게도 저녁 노을을
물들이고, 무여질 듯 외로운 밤을 불 밝히던 하나 호롱! 홀린 가
슴은 또 한번 출렁이고…… 출렁이며 흘려 보낸 끝없는 바다!
   깜박이며 흘러간 아아 한송이 장미!

서풍부西風賦[12]

너도 아니고 그도 아니고, 아무것도 아니고 아무것도 아니라
는데…… 꽃인 듯[13] 눈물인 듯 어쩌면 이야기인 듯 누가[14] 그런
얼굴을 하고,
　간다 지나간다. 환한 햇빛 속을 손을 흔들며……
　아무것도 아니고 아무것도 아니고 아무것도 아니라는데, 온통[15]
풀냄새를 널어놓고 복사꽃을 울려놓고 복사꽃을 울려만 놓고,[16]
　흰한 햇빛 속을[17] 꽃인 듯 눈물인 듯 어쩌면 이야기인 듯 누가
그런 얼굴을 하고……

---

* 『제1시집』과 『부다페스트에서의 소녀의 죽음』에 재수록되었다. 마침표와
　쉼표는 후에 시인이 수정하였다.(편주)
12) 『구름과 장미』에는 제목이 「서풍보西風譜」, 『제1시집』에는 「바람 속을」로
　되어 있다.(편주)
13) 『구름과 장미』와 『부다페스트에서의 소녀의 죽음』과 『제1시집』에는 '아
　무것도 아니라는데…… 꽃인듯'이 '아무것도 아닌데, 꽃인듯'으로 되어
　있었으나, 후에 시인이 수정하였다.(편주)
14) 『구름과 장미』와 『제1시집』에는 '누가'가 '뉘가'로 표기되었다.(편주)
15) 『구름과 장미』와 『제1시집』에는 '온통'이 '왼통'으로 표기되었다.(편주)
16) 후에 나온 시선집에는 '울려만 놓고,'와 '환한 햇빛속을' 사이에 행 구분
　이 없다.(편주)
17) 『구름과 장미』와 『제1시집』에는 '햇빛 속을'을 '햇빛속에'로 표기하였
　다.(편주)

눈물

　이것이 무엇인가? 할아버지의 할아버지의 그 또 할아버지의 천년 아니 만년, 눈시울에 눈시울에 실낱같이 돌던 것. 지금은 무덤가에 다소곳이 돋아나는 이것은 무엇인가?

　내가 잠든 머리맡에 실낱 같은 실낱 같은 것. 바람 속에 구름 속에 실낱 같은 것. 천년 아니 만년, 아버지의 아저씨의 눈시울에 눈시울에 어느 아침 스머든 실낱 같은 것. 네가 커서 바라보면, 내가 누운 무덤가에 실낱 같은 것. 죽어서는 무덤가에 다소곳이 돋아나는 몇 포기 들꽃……

　이것이 무엇인가? 이것이 무엇인가?

---

* 『제1시집』에 재수록되었다. (편주)

신화의 계절

간밤에 단비가 촉촉이 내리더니, 예저기서 풀덤불이 파릇파릇 돋아나고, 가지마다 나뭇잎은 물방울을 흩뿌리며, 시새워 솟아 나고,

점점點點이 진달래 진달래가 붉게 피고,

흙 속에서 바윗틈에서, 또는 가시 덩굴을 헤치고, 혹은 담장이 사이에서도 어제는 보지 못한 어리디어린 짐승들이 연방 기어나고 뛰어 나오고……

태고연히 기지개를 하며 산이 다시 몸부림을 치는데,

어느 마을에는 배꽃이 훈훈히 풍기고, 휘넝청 휘어진 버들가지 위에는, 몇 포기 엉기어 꽃 같은 구름이 서西으로 서으로 흐르고 있었다.

여명

맺은 이슬 위에
아찔아찔 피어나는 것
밤새 슬픈 풀벌레의 입술 적시고
폴폴 널리는 꽃가루

슬슬瑟瑟한 산기슭을
돌돌
개울물 흐르고
송아지 목덜미를 간질거리며
자수정 보얀 하늘 밀고 오는 것

보리 이랑 밀 이랑
누렁누렁 이랑 사이
꼬리치며 물결치며
기어오는 것

숲에서

　이리로 오너라. 단둘이 먼 산울림을 들어 보자. 추우면 나무 꺾어 이글대는 가슴에 불을 붙여 주마. 산을 뛰고 산 뛰고 저마다 가슴에 불꽃이 뛰면, 산꿩이고 할미새고 소스라쳐 달아난다.
　이리와 배암떼는 흙과 바윗틈에 굴을 파고 숨는다. 이리로 오너라. 비가 오면 비 맞고, 바람 불면 바람을 마시고, 천둥이며 번갯불 사납게 흐린 날엔, 밀빛 젖가슴 호탕스리 두드려보자
　아득히 가 버린 만년萬年! 머루 먹고 살았단다. 다래랑 먹고 견뎠단다. …… 짙푸른 바닷내 치밀어 들고, 한 가닥 내다보는 보오얀 하늘…… 이리로 오너라. 머루 같은 눈알미가 보고 싶기도 하다. 단둘이 먼 산울림을 들어 보자. 추우면 나무 꺾어 이글대는 가슴에 불을 붙여 주마.

푸서리

솔개미며 수리랑 오소소 부는 밤에 휘휘 쫓겨가고, 눈보라 매운 햇살 천둥이며 번갯불이 백화白樺와 장송長松을 후다닥 몰아갔다.

사나운 시절은 뿔뿔이 날아가고, 뉘가 닦았는지 이랑 같은 풀 섶길. 삭은 바위 위에 이끼만이 미끄러워, 오소리 도마뱀 둥개이며 살았고, 푸르른 하늘 아래 이름 모를 꽃이 피며, 철 어긴 나비 날고, 봄은 오고 봄은 가도 텅 비인 한나절.

골골에 물소리도 살살살 멀어진 데 몇 만년 흘러서 옛소리 들을는고, 도사리고 늘어진 꽃 같은 구름.

동해

화사한 옷자락을 스스로 울며, 울렁이는 가슴을 스스로 울며,
아득히 만년萬年은 흘러갔도다.

푸르른 하늘. 흐르는 구름엔들, 안타까운 울음은 스미었거늘,
초록빛 변두리엔 하이얀 물방울이 널리었도다.

산을 기면 물소리. 들로 가면 물소리. 고요히 숨쉬는 누리 위
에도,
고소란이 세월은 스쳐갔구나.

한아름 돋아나는 풀이파리에, 희맑은 사슴의 눈동자에도, 이슬
인 듯 눈물은 맺치었거늘.

답답한 가슴을 몸부림치며, 밤과 낮, 사모치는 소리로, 만년을
너 홀로 울음 울었도다.

밝안제 祭
─진震 쌍에는 예로부터 「붉근」이란 신도神道가잇서, 태양을 하느님이라하여, 섬겻
스니, 옛날의 임금은 대개 이 신도의 어른이니라

벌 끝에 횃불 날리며, 원하는 소리 소리 하늘을 태우고, 바람
에 불리이는 모밀밭인 양 태백의 산발치에 고소란히 엎드린 하
이얀 마음들아,

가지에 닿는 바람 물 위를 기는 구름을 발 끝에 거느리고, 만
년 소리없이 솟아오른 태백의 멧부리를 넘어서던 그날은,

하이얀 옷을 입고, 눈보다도 부시게 하늘의 아들이라 서슴ㅎ
지 않았나니, 어질고 착한 모양 노루 사슴이 따라,

나물 먹고 물 마시며, 지나 새나 우러르는 겨레의 목숨은 하늘
에 있어,
울부짖는 비와 바람 모두모두 모두어 제단에 밥 들이고,

벌 끝에 횃불 날리며 원하는 소리 소리 상달 희맑은 하늘을 태
우도다.

막달아 · 마리아

너의 눈이 기적을 보았다.

그날 새삼 애기처럼 잠이 들어, 꿈속에선 웃으며 웃으며, 무엇인지 모르는 팔을 벌렸다. 손가락 끝이 가늘게 떨리었다.

눈이 뜨니 귀도 뜨이다.

새 소리 바람 소리…… 아련히 아련히도 모습인 양 하늘은 멀어지고,

물결은 굽이굽이 바다처럼 스며드는 것은……

진정코 너의 귀가 임을 들었도다.

임이 부활하시는 날, 못 박힌 팔목에사 눈물은 구슬지어 빛났으되,

너도 가슴에 못을 박고, 이어 목숨이 다하는 오롯한 순간 마냥 울며 울며 울리며 예수를 지니도다.

바람결

1

사양 알타이 넘어서
벅찬 멧부리 갈래 뻗은 허릿등에 은사銀蛇인 양 굽이치는 실하河
를 넘어서
벌도 다하는 곳에

하늘보다 검푸른 아랄의 물구비
바다만큼 짙푸른 인도라의 성벽
태양에도 내음새
안뿌라의 꽃

티무울의 무덤을 밟고 간 순례의 무리가
진종일 울리이던
이교 종소리

서울 사말칸트
종려수 이파리 한들이고
인더스 간제스 천산天山을 불어오는
아아 애틋이 면면한 아라비아 피릿가락

2

눈이 무엇인들 보았으랴
귀가 무엇인들 들었으랴

보기 위하연
눈을 감을려고 하는구나
듣기 위하연
귀를 막을려고 하는구나

—어리석음이라
뉘가 감히 풀이할 수 있었을까—

눈 감을수록
귀 막을수록
돌돌돌 감돌아드는 것

잎과 가지 사이
안타깝게 한들이는
이는 애촛때 땅과 하늘이 맺은
홀홀惚惚한 약속이려니

너에게 가장 알맞은 것

이것을랑 간직하라

그가 쉬다가면
꽃 이운 뜰 안에
함초롬 향기는 부럽지 않은가

늪

1950년 3월 20일 문예사 발행(4×6판/75면)

|차 례|

하늘

언제나 하늘은 거기 있는 듯
언제나 하늘은 흘러가던 것

아쉬운 그대로
저 봄풀처럼 살자고
밤에도 낮에도 나를 달래던
그 너희들의 모양노

풀잎에 바람이 닿듯이
고요히 소리도 내지 않고
나의 가슴을 어루만지던
그 너희들의 모양도

구름이 가듯이
노을이 가듯이
언제나 저렇게 흘러가던 것

네가 가던 그날은

네가 가던 그날은
나의 가슴이
가녀린 풀잎처럼 설레이었다

하늘은 그린 듯이 더욱 푸르고
네가 가던 그날은
가을이 가지 끝에 울고 있었다

구름이 졸고 있는
산마루에
단풍잎 발갛게 타며 있었다

네가 가던 그날은
나의 가슴이
부질없는 눈물에
젖어 있었다

부재

어쩌다 바람이라도 와 흔들면
울타리는
슬픈 소리로 울었다.

맨드라미, 나팔꽃, 봉숭아 같은 것
철마다 피곤
소리없이 져 버렸다.

차운 한겨울에도
외롭게 햇살은
청석青石 섬돌 위에서
낮잠을 졸다 갔다.

할일없이 세월은 흘러만 가고
꿈결같이 사람들은
살다 죽었다.

---

* 『제1시집』과 『부다페스트에서의 소녀의 죽음』에 재수록되었다. 마침표와
  쉼표는 시인이 수정하였다.(편주)

영嶺에서

안개처럼 일다가 사라지는가
골짜기 골짜기의 아름다운 꿈들은
사라지는가

지저귀다가 지저귀다가
산새도 한숨 짓고
달아나는 곳

어디를 봐도
산 산 산
산들의 이 끝없는 고요함을 앞에 하고는

저 봄풀처럼 타다가
고스란히 간데없이
사라지는가

가을 저녁의 시

누가 죽어 가나 보다[1]
차마 다 감을 수 없는 눈
반만 뜬 채
이 저녁
누가 죽어 가는가 보다.[2]

살을 저미는 이 세상 외롬 속에서
물같이 흘러간 그 나날 속에서
오직 한 사람의 이름을 부르면서
애터지게 부르면서 살아온
그 누가 죽어 가는가 보다.

풀과 나무 그리고 산과 언덕
온 누리 위에 스며 번진
가을의 저 슬픈 눈을 보아라.

정녕코 오늘 저녁은

---

* 『제1시집』과 『부다페스트에서의 소녀의 죽음』에 재수록되었다. 『제1시집』에
  는 '누가' 가 전부 '뉘가' 로 표기되었다. 마침표는 시인이 수정하였다. (편주)
1) 『늪』과 『제1시집』에는 '죽어 가나 보다' 를 '죽어가나 부다' 로 표기하였
   다. (편주)
2) 『부다페스트에서의 소녀의 죽음』에서부터 1연과 2연의 끝행 '죽어 가는
   가부다' 를 '죽어 가는가 보다' 로 표기하였다. (편주)

비길 수 없이 정한 목숨이 하나
어디로 물같이 흘러가 버리는가 보다.

* 『늪』에는 1, 2의 두 편으로 수록되어 있었으나 『제1시집』 이후부터 2를 삭
  제하였다. 시인이 삭제한 「가을 저녁의 시 · 2」는 다음과 같다.(편주)

부서져 흩어진 꿈을
한가닥 한가닥 주어모으며
눈물에 어린 황금빛 진실을
한아름 안고
누가 나에게로 온다

바람이 가지를 흔들듯이
넘쳐흐르는 이 정적을
고요히 흔들며
누가 나에게로 온다

저 노오랗게 물든 전나무 가지 사이
가리마같은 언덕길을
한걸음 한걸음
누가 나에게로 온다

밤의 시

왜 저것들은 소리가 없는가
집이며 나무며 산이며 바다며
왜 저것들은
죄 지은 듯 소리가 없는가
바람이 죽고
물소리가 가고
별이 못박힌 뒤에는
나뿐이다 어디를 봐도
광대무변廣大無邊한 이 천지간에 숨쉬는 것은
나 혼자뿐이다
나는 목 메인 듯
누를 불러볼 수도 없다
부르면 눈물이
작은 호수만큼은 쏟아질 것만 같다
―이 시간
집과 나무와 산과 바다와 나는
왜 이렇게도 약하고 가난한가
밤이여
나보다도 외로운 눈을 가진 밤이여

풍경

    집집 굴뚝마다 연기 한 줄기 하소하듯 나부시 일렁거리고, 꼬부러진 길바닥의 한 모퉁이에는 무엇을 지키는지 헐벗은 전봇대 종일을 떨고 섰고,

    박모薄暮의 무여질 듯 외로운 이 골목을 지금 먼 업보의 슬픈 그림자를 끌고 소복素服의 여인 하나 얼없이 걸어간다

늪

늪을 지키고 섰는
저 수양버들에는
슬픈 이야기가 하나 있다.

소금쟁이 같은 것, 물장군 같은 것,[3]
거머리[4] 같은 것,
개밥 순채 물달개비 같은 것에도
저마다 하나씩
슬픈 이야기가 있다.

산도 운다는
푸른 달밤이면
나는
그들의 슬픈 혼령을 본다.

갈대가 가늘게 몸을 흔들고
온 늪이 소리없이 흐느끼는 것을
나는 본다.

---

* 『제1시집』과 『부다페스트에서의 소녀의 죽음』에 재수록되었다. 『부다페스트에서의 소녀의 죽음』에는 2연 2행과 3행 사이에 연 구분이 되어 있으나, 이는 잘못된 것이다. 마침표와 쉼표는 시인이 『부다페스트에서의 소녀의 죽음』부터 삽입하였다.(편주)

3) 『늪』과 『제1시집』에는 '물장군 같은 것'과 '거머리 같은 것' 사이에 행 구분이 없다.(편주)

4) 『늪』에는 '거머리'를 '거무리'로 표기하였다.(편주)

호湖

   슬픔 위에 슬픔이 덮이고, 덮인 슬픔 위에 바람이 지나가도[5]
짙은 그 속 한 장 건드리지 못하고,
   햇살이 샘물같이 쏟아지고, 밤이면 달빛이 은실모양 흘러내려
도 흘러내려도…… 하늘이 울어 땅이 동하고, 드디어 천지가 뒤
엎이는 저 나종의 나종에도, 밑바닥의 밑바닥 먼 나의 할아버지
가 애터지게 울고 간 그 슬픔 한 장 건드리지 못하고……

---

 *『제1시집』에 재수록되었다. 쉼표는 시인이 『제1시집』부터 삽입하였다.(편주)
 5)『늪』과『제1시집』에는 '지나가도'가 '지나가도 지나가도'로 되어 있었으
   나, 후에 시인이 시선집(1976년 정음사 발행)에서부터 수정하여 수록하였
   다.(편주)

갈대 섰는 풍경

이 한밤에
푸른 달빛을 이고
어찌하여 저 들판이
저리도 울고 있는가

낮동안 그렇게도 쏘대던 바람이
이찌하여
저 들판에 와서는
또 저렇게도 슬피 우는가

알 수 없는 일이다
바다보다 고요하던 저 들판이
어찌하여 이 한밤에
서러운 짐승처럼 울고 있는가

산을 등진 거리

1

가위눌린 하늘의 한 조각이 방금 무너지는 듯 매섭게 북풍이 휘몰아치면, 가게도 이발소도[6] 게어디 오똑하게 올라앉은 안과 의원도 아프게 찢어지는 소리를 하고……

미친 듯 달려온[7] 시커먼 밤이 온 거리를 소롯이 한입에 삼켜 버렸다.

2

밤은, 산냄새 풍기는 보오얀 안개 속에 그대의 입김 같은[8] 등불이 하나 둘……

---

* 마침표와 쉼표는 후에 시인이 시선집(정음사)에 재수록하면서 수정하였다.(편주)

6) 『늪』에는 '북풍이 휘몰아치면, 가게도 이발소도'가 '북풍이 휘몰아치면/ 가게도 이발소도'로 행이 구분되어 있다.(편주)

7) 『늪』에는 '미친 듯 달려온'이 '이내 미친 듯 달려온'으로 되어 있다.(편주)

8) 『늪』에는 '입김 같은'이 '눈물 같은'으로 되어 있으나, 후에 시선집(정음사)에 재수록하면서 수정하였다.(편주)

길바닥

패랭이꽃⁹⁾은
숨어서
포오란 꿈이나 꾸고

돌멩이 같은 것 돌멩이 같은 것
돌멩이 같은 것은
폴 폴
먼지나 날리고

언덕에는 전봇대가 있고¹⁰⁾
전봇대 위에는
내 혼령의 까마귀가 한 마리
종일을 울고 있다.

---

* 『제1시집』과 『부다페스트에서의 소녀의 죽음』에 재수록되었다. 마침표는
  시인이 수정하였다.(편주)
9) 『늪』에는 '패랭이꽃'이 '오랑캐꽃'으로 표기되었다.(편주)
10) 『늪』에는 마지막 연 '언덕에는'과 '전봇대가 있고' 사이에 '풀들이/저렇게
   도 괴로운 몸짓을 하고/그 언덕 위에는'라는 부분이 삽입되어 있었으나
   『부다페스트에서의 소녀의 죽음』에서부터 삭제하였다. 또 『제1시집』에는
   삽입된 부분의 '괴로운 몸짓'이 '서글픈 몸짓'으로 표기되었다.(편주)

비탈

풀 한 잎
패랭이 한 송이를 발 붙이지 않고
올올히 말라가던
네 심정을 알겠다

뼈를 깎는
섣달 한천寒天에
가슴 파 헤치며 미칠 듯 패악하던
네 그 심정을 알겠다

그리고 오늘밤
무섭고도 은은한 달빛을 이고
저리도 두 눈을 홉뜨고 있는
네 심정을 나는 알겠다

오랑캐꽃

너는 서서 있고나
고요하고 잔잔한 거기에

너는 서서 있고나
신이 주신 그대로의 모습으로

찌그러져 기울어진 나쁜 세상에서
인정스런 웃음을 띠우고

오랑캐꽃!
너는 거기에 서서 있고나

북풍

1

앙콤히 나누운 하늘을 찢는 듯 당산[11] 꼭대기에서 북풍이 울어
재끼면,
　풀이며 갈대며 전나무 가지며, 새며 벌레며 짐승이며, 아 헐벗
은 나의 마음도 한 조각— 찍히고[12] 핥이고[13] 비틀어진 얼굴들이
아픈 소리 지르며 어디론지 어디론지 쫓기어 간다.

2

　미쳤다. 이빨을 들낸 파도가, 아 울울한 바다의 부릅뜬 저 눈
깔이,
　깜박이는 돛대, 쓰러지는 깃발[14], 무너지는 방축…… 계절의
수심水深 깊이 오직 침몰해 가는 하나의 마음!

──────────

＊『제1시집』에 재수록되었다. 후에 재수록된 시선집(정음사)에는 1, 2를 각
　각 독립된 작품으로 수록하였다.(편주)
11) 『제1시집』에는 '찢는 듯'과 '당산' 사이에 쉼표가 삽입되어 있었으나, 후
　에 재수록된 시선집(정음사)에서 수정하였다.(편주)
12) 『늪』에는, '나의 마음도 한조각—/찍히고'로 행이 구분되어 있다.(편주)
13) 『늪』에는 '핥이고'가 '핥기고'로 표기되었다.(편주)
14) 『늪』에는 '깃발'이 '기빨'로 표기되었다.(편주)

산악

1

꿈꾸기 쉬운 사람은 게으른 손을 가졌다. 밭을 갈고 씨앗을 뿌리기도 전에 물결치는 이랑을 보고 있다. 그러나 운표雲表 드높이[15] 솟아오른 멧부리에 저녁 노을이 감아들 때의 그 장엄하고도 준열한 미美는 스스로 불타는 생명의 표현이다. 그 부단의 의욕에 스스로 터져 한아름 재가 되어 버릴 수도 있는, 아 그에겐 매서운 반항이 있다.

2

밀어 버려도 밀어 버려도 다가서는 것. 슬픔에도 외로움에도 굳이 입 다물고 올올히 내 앞에 다가서는 것. 비바람 눈보라 천둥이며 번갯불, 어느 사나운[16] 계절에도 오직 드높이 다가서는 것.

밀다가 밀다가 기진하여 드디어 까무러쳐 쓰러지는 그 날에도

비탈 하나 까딱 않고 나의 무덤에까지 꿋꿋이 다가설 이 모습![17)

---

17) 『늪』에는 '무덤에까지 꿋꿋이 다가설 이 모습!' 이 '무덤에까지 굳굳이 닥
   아설/아아 불사의 모습!' 으로 되어 있다.(편주)

담潭

깊이 잠겨든다. 싸늘한 촉감에 왼몸이 어지러워진다. 한 송이 연꽃도 너풀거리지 않고, 이상한 새들의 노래 같은 것도 들리지 않는다.

캄캄한 바닥에선 하이얀 촉루들이 껄껄대며 아가리를 벌리고 일제히 일어선다. 귀를 기울이면 어머님의[18] 울음 소리도 들려 오고…… 이 소[潭]의 수심水深을 나는 모른다.[19]

---

18) 『늪』에는 '귀를 기울이면 어머님의'가 '귀를 기울이면 끊임없이 어머님의'로 되어 있었는데, 시인이 후에 시선집(정음사)에 재수록하면서 수정하였다.(편주)

19) 『늪』에는 '……이 소의 수심을 나는 모른다'가 '…… 자꾸 비틀어져만 가는 나의 입술에 소리 있어, 미소를 띄우며 종용히 건너가라고 한다./아아 인생! 이 소의 수심을 나는 모른다.'였는데, 시인이 수정하였다.(편주)

혼魂

　종잇장같이 하아얀데 아가리가 귀밑까지 쭉 찢어지고 면상 한
복판에 등잔만한 눈깔이 하나 빙빙빙 굴고 있는 몸뚱이도 팔다
리도 없는 괴물이 짙은 안개 속에서 일렁일렁 갈데없이 일렁거
리고 있었다.

　시퍼런 하늘에는 갈구리 같은 달이 흐늘거리고 깎아세운 듯이
하늘까지 높은 양쪽 돌벽〔石壁〕에서는 쉴새없이 싸늘한 바람이
불어오고……

　노등路燈의 희미한 불빛 틈으로 가만히 엿보나 그것이 괴상한
소리로 염불처럼 무엇을 중얼거리고 있었다.

사蛇

1

지지는 듯 눈에 아픈
취색 수음樹陰 아래
배암 한 마리 열을 앓는다

게으르게 길든〔馴〕 몸뚱어리가
뚝뚝 떨어지는 햇살을
반사적으로 통기며
마노瑪瑙ㅅ빛 반짝이는 스스로의 비늘에
넋 잃을 듯 넋 잃을 듯
슬픈 자위自慰의 날이여

(눈에는 안 보이는 살 저미는 열풍이
오! 그의 몸뚱어리를 칭칭 감는다)

처치할 수 없이 무성한
계절의 허무
그 독한 수음에 안기어
배암 한 마리 열을 앓는다

2

숨 가빠
스스로의 몸뚱어리[20]에서 사프란처럼 익어 가는
계절의 이[21] 대낮은
미칠 듯 숨이 가빠
불꽃 토하는 불꽃 토하는 아가리의
바늘같이 찌르는 이빠디로
네 살을 네가 뜯어[22] 피흘리며
늘어져라[23] 배암!
눈 감고 징그럽게 늘어져라[24]
배암!

---

* 후에 재수록된 시선집(정음사)에는 2가 독립된 작품으로 수록되어 있다.(편주)

20) 『늪』에는 '몸뚱어리' 가 '몸뚱아리' 로 되어 있었는데, 후에 시인이 시선집(정음사)에 재수록하면서 수정하였다.(편주)

21) 『늪』에는 '사프란처럼 익어 가는 계절의 이⋯⋯' 로 행 구분이 없다.(편주)

22) 『늪』에는 '네 살을 네가 뜯어' 가 '내 살을 내가 뜯어' 로 되어 있었는데, 시인이 수정하였다.(편주)

23) 『늪』에는 '늘어져라' 가 '늘어지는' 으로 되어 있었는데, 후에 시선집(정음사)에 재수록하면서 시인이 수정하였다.(편주)

24) 『늪』에는 '늘어져라/배암!' 이 '늘어지는/오 배암!' 으로 되어 있었는데, 시인이 수정하였다.(편주)

기旗
—청마 선생께

1

하늘의 푸른 중립지대에서, 여기도 아니고 거기도 아닌 일상에서는 멀고 무한에서는 가까운 희박한 공기의 숨가쁜 그 중립지대에서, 노스달쟈의 손을 흔드는 손을 흔드는 너,
기ㅅ대여,

2

다시 말하면 오! 기ㅅ대여 너는,
하늘과 바다가 입 맞추는, 영원과 순간이 입 맞추는 희유한 공간의 그 위치에서 섰는 듯 쓰러진 하나의 입상立像!

백매白梅

긴 긴 겨우내 한결같이 지켜온 너의 마음의
소리없는 저것은 하소이런가?

오! 눈부시게 새하얀 저 빛깔!
저대로 보기에는 눈이 시리다

서序에 대하야

　김춘수 형의 이 책『늪』은 전저前著『구름과 장미』에 비하야 월
등한 진경이나 비약을 뵈이고 있는 것은 아니라고 나는 생각했
다. 그러나 치밀이라면 훨씬 더 치밀해졌고, 심화深化라면 또한
상당한 심화를 뵈이고 있는 것만은 사실이다.

　하여간 그의 잔잔하면서도 독특한 감성의 여러 체험들은 이
책에 와서도 한결같이 꾸준하야 우리들의 기꺼운 기대를 걸기에
족한 바가 있다.

　한개의 김춘수적 사상의 높이와 김춘수적 시적 종교의 넓이에
까지, 이들의 체험이 마침내 도달될 날이 있기를 바래 마지않을
따름이다.

　이상 몇마디 기쁨의 말씀으로써 부탁하신 것(서문 운운)에 대신
하는 바이다.

경인 삼월 병상에서

서정주

기旗

1951년 7월 25일 문예사 발행(4×6판/80면)

|차 례|

갈대

1

너는 슬픔의 따님인 가부다.

너의 두 눈은 눈물에 어리어 너의 시야는 흐리고 어둡다.

너는 맹목이다. 면할 수 없는 이 영겁의 박모薄暮를 전후좌우로 몸을 흔들어 천치처럼 울고 섰는 너.

고개 다수굿이 오직 느낄 수 있는 것, 저 가슴에 파고 드는 바람과 바다의 흐느낌이 있을 뿐

느낀다는 것. 그것은 또 하나 다른 눈.
눈물겨운 일이다.

2

어둡고 답답한 혼돈을 열고 네가 탄생하던 처음인 그날 우러러 한눈은 하늘의 무한을 느끼고 굽어 한눈은 끝없는 대지의 풍요를 보았다.

푸른 하늘의 무한.

헤아릴 수 없는 대지의 풍요.

그때부터였다. 하늘과 땅의 영원히 잇닿을 수 없는 상극의 그 들판에서 조그마한 바람에도 전후좌우로 흔들리는 운명을 너는 지녔다.

황홀히 즐거운 창공에의 비상.
끝없는 낭비의 대지에의 못박힘.
그러한 위치에서 면할 수 없는 너는 하나의 자세를 가졌다.
오! 자세—기도.

우리에게 영원한 것은 오직 이것뿐이다.

호수

1

이 고요함에서 영원으로 통하는 소리를 들었단다.
이 잔잔함에서 전율하는 영혼을 느꼈단다.

정말일까? 차라리 아무렇지도 않는 것으로 보아 버릴 수는 없
을까? 이 호수란 것을

2

(호수에서 눈. 눈에서 호수. 고모호湖에서 그레―트헨의 눈. 그레―트
헨의 눈에서 고모호)

원한다며는 호수가 화化하여 천사 될 수도 있는 우리들 창조하
는 이 무한한 기쁨!

3

괴로우나 외로우나 또는 기쁘나 즐거우나 되도록 쉬지 않고
일심으로 걸어가 보자.

우리들 최후의 유일한 원願은 고요한 그곳의 잔잔하고 티없는 호수 위에다 거짓없는 내 모습을 단 한번이라도 비쳐 보는 것.

4

높고 아늑한 그곳에 얼골이 있어 슬프도록 푸른 달빛을 이고 스스로의 한밤에 꽃처럼 곱게 눈을 뜨고 넘쳐 흐르는 정적을 고요히 느껴 우는

아! 높고 아늑한 그곳에 얼골이 있어,

기旗

1

    제일 용맹한 전사의 손에 잡힌 너는, 질타하고 명령하던 전장에서의 너는,
    우리들 마지막 성城이었다.
    기여,
    우리들 처음인 출범이었다.
    돛대 위에서 항구의 하늘을 노래처럼 흔들던 기여,

    펄떡이던 기.
    수지운 시늉으로 나부끼던 기.
    끝없는 하늘가에 저마다 올려 건 기, 기,
    빛나는 천旿의 눈동자에 새겨진, 그것은 넘쳐 흐르는 물결이었다.

2

    기를 위하여 훈장도 없이 용맹하던 사람들은 쓰러져 갔다.
    쓰러진 사람들을 불러 보아라.
    가슴같이 부풀은 하늘의 저기, 그들 무명의 전사들의 아름다운 이름을 불러 보아라.

지금은
저마다 가슴에 인印 찍어야 할 때,
아! 천구백이십육년, 노을빛으로 저물어 가는
알프스의 산령에서 외로이 쓰러져 간 라이나 · 마리아 · 릴케
의 기여,

집 · 1

1

무엇으로도 다스릴 수 없는 아버지는 나이들수록 더욱 소나무 처럼 정정히 혼자서만 무성해 가고,

그 절대한 그늘 밑에서 어머니의 야윈 가슴은 더욱 곤충의 날 개처럼 엷어만 갔다.

2

모란이 지고 나면 작약이 피고, 작약 이울 무렵이면 낮에는 아 니 핀다던 파아란 처녀꽃을 볼 수 있었다.

그 신록이 푸른 잎을 펴어 놓은 마당가에서 나는 어머니를 닮 아 가슴이 엷은 소년이 되어 갔다.

3

아버지는 장가 간 지 다섯해 만에 나를 낳았다.

나는 할머니의 귀여운 첫손주였다.

스물 난 새파란 소년과수로 춘향이의 정절을 고시란이 지켜온 할머니는 나의 마음까지도 약하고 가늘게만 기루워 주셨다.

4

그 집에는 우물이 있었다.

우물 속에는 언제 보아도 곱게 개인 계절의 하늘이 떨어져 있었다.

언덕에 탱자꽃이 하아얗게 피어 있던 어느 날 나는 거기서 처음으로 그리움을 배웠다.

나에게는 왜 누님이 없는가? 그것은 누구에게도 물어 볼 수 없는 내가 다 크도록까지 내 혼자의 속에서만 간직해온 나의 단 하나의 아쉬움이었다.

5

무엇이 귀한 것인가도 모르고, 나를 사랑하는 사람들 곁에서 한사코 어딘지 달아나고 싶은 반역에로 시뻘겋게 충혈한 곱지 못한 눈매를 가진, 나는 차차 청년이 되어 갔다.

집 · 2

1

밀림을 잃은 초원을 잃은
어쩌노 우리들의 살결은 조화의 생리를 닮아간다.

힘은 어디로 갔노?
산악을 움직이던 원시의 그 힘은 어디로 갔노?

저녁에만 피는, 새하얀 꽃잎을 보고 있는 듯 우리들의 살결은
너무 슬프다.

2

모든 이브에게는 아담만이 알고 있는 비밀이 있다.
모든 아담에게는 이브만이 알고 있는 비밀이 있다.

(오— 비밀은 연애처럼 달더라.)

그리하여 우리들은
다스릴 수 없는 원시의 알몸은, 저 동굴 같은 방 속에다 가두
워야 했다.

3

어둠 속에서 비밀을 따먹고 우리들의 살결은 이다지도 가냘프
게 고와졌는가?

볕에 쪼이면 창백한 모양이 백혈구 같다.
해를 못 봐서, 수목같이 싱싱하던 우리들의 피는 가슴에 응결
하여 병이 되겠다.

4

우리들 원시의 건강을 찾아
아! 초원으로 가자.

딸기

오전 열한 시의 다방에는 아무도 없었다.

칠한 지 얼마 안 된 말끔한 엷은 연둣빛 벽면에 햇발이 부딪쳐 이따금 거기서 은어의 비늘 같은 것이 반짝이곤 하였다. 나는 눈을[1] 가늘게 감아 보았다.

점점점 포실한 가슴 속에 안기어 가는 듯한 그러한 느낌인데,[2] 나의 귓전에는 찌, 찌, 찌…… 무슨 벌레 같은 것이 우는 소리가 선연히 들려왔다.

그것은 정적의 소린지도 몰랐다.

나는 어디 밝은 그늘 밑에서 졸고 있는 듯도 하였다.

내가 눈을 다시 떴을 때, 그때 나는 나의 왼쪽 뺨에 불같이 달은 시선을 느꼈다. 나는 처음에 그것이 꽃인가 하였다.

그것은 딸기였다. 쟁반에 담긴 일군一群의 딸기는 곱게 피어오른 숯불같이 그 벌겋게 달은 체온이 그대로 나에게까지 스며올 듯, 진열장의 유리를 뚫고 그것은 연신 풋풋한 향기를 발하고 있는 것만 같았다. 손님이라고는 나 한 사람뿐인 다방의 오전의 해이해진 공기를 그것들이 혼자서만 빨아들이고 토하고 있는 상 보였다. 진열장 근처의 공기는 그만큼 긴장해 보였다.

조금 전의 벌레 우는 것 같은 소리는 어쩌면 그것들이 쉬는 숨

소리인지도 모를 일이었다.

　나는 딸기를 딸기밭에서 본 일이 있다. 가늘고 키가 작은 줄기
에 어울리지 않는 보기 흉한 큰 이파리를 달고, 그 위에 더 무거
운 열매가 고개도 들지 못하고 있었다. 뿐 아니라 보오얗게 먼지
를 쓰고 있는 양이 몹시[3] 더러워 보였다. 그렇던 것이 어찌 또
그리 싱싱하고 풋풋하였을까?

　나는 열심히[4] 딸기를 보았다. 그 솜솜이 얽은 구멍이 구멍마다
숨을 쉬고 있는 듯 쟁반 위의 딸기는 생동하고 있었을 뿐 아니
라, 그 근처를 완전히 제압하고 있었다. 온 방안의 공기가 유리
안의 한 개 쟁반 위에 모조리 흡수되었다.

　딸기는 그날 누구보다도 비장하였다.[5]

---

3) 『기旗』에는 '몹시' 가 '아주' 로 되어 있다.(편주)
4) 『기旗』에는 '열심히' 가 '일심으로' 로 되어 있다.(편주)
5) 『기旗』에는 '비장하였다.' 가 '비장했다.' 로 되어 있다.(편주)

오전의 산령山嶺
— 한스·카롯사에게

당신의 눈짓은 이상한 치유력에 빛나고 있었읍니다.
꽃 한 송이 풀이파리 하나 하나가 모두 그들 본래의 건강을 회복해 갔읍니다.

모든 사람들이 병들고 싶어 할 적에 당신은 의사였읍니다. 모든 사람들이 위대한 암흑을 구가할 적에 당신은 외로이 「돌담에 속삭이는 햇발」을 노래해야 하는 사명을 지니고 있었읍니다.

잊혀지기 쉽고 믿어지지 않는, 그러나 발아하는 수목과 같은 미래에의 당신의 자세였읍니다.
퇴화한 종자들이 스스로의 토양을 좀먹고 있는 동안 생명을 위하여 아름다운 내일을 가꾸어야 하는 당신은 저 위대한 원정園丁의 한 사람이기도 하였읍니다.

당신은 비장한 운명의 의사였읍니다.
만물의 가장 어두운 곳에 굼틀거리는 무수한 병균들을 당신은 그 크낙한 당신의 애정 속에 삼켜 버렸읍니다. …… 이 끝없는 헌신과 신뢰.

당신의 눈짓은 이상한 치유력에 빛나고 있었읍니다.
상쾌한 오전의 산령이었읍니다.

순정

― 산화한 젊은 학병들의 영령께 드림

여기 풋풋한 향기의 과실이 있다.
익지 않은 그대로 몸부림치며 미래에로 떨어진 과실이 있다.

한번은 가졌던 우리들의 모습이다.

잊어버린 잊어버린 먼 하늘로 화살같이 달아난 그 모습이다.

한번 가면 돌아올 줄 모르는 너희들,

조국의 산하 위에 낙화처럼 산화한 젊음이여,
순정이여,

모든 찬란한 것 가슴에 안고
잠자듯 명목瞑目하라.
명목하라.

후기

　나의 눈에 비치는 삼라만상은 다란텔라의 춤을 추고 있었다. 나의 시신경은 몹시 어지러웠다. 삼라만상은 고-ㄹ공의 면面이 되어 버리지나 않을까?

　나는 나의 눈이 화석이 되기 전에 있는 힘을 다하여 장차 내것이 될 상싶은 것은 어떤 형식으로든지 이것을 적어 두어야만 했다.

　나는 스스로도 벅찬 나의 호흡을 소묘素描했다. 소묘는 물론 나의 문학의 최량의 형식은 아니다. 지금의 나에게 알맞은 형식일 따름이다. 나는 앞으로도 이런 것을 더 쓸 게다. 내가 이 세상에서 무엇인가를 요구할 수 있는 동안은,

　나는 지금 심신의 건강을 간절히 요구하고 있다. 키에르규—라는 사람의 『이십오시二十五時』라는 책에 이런 것이 있었다. 중국의 한 쿠리〔苦力〕가 길을 가다가 어떤 집의 처마 끝에 걸린 조롱鳥籠에서 새 소리를 듣고, 그 새 소리에 정신이 팔려 몇 시간이고 몇 시간이고 한자리에 멍하니 서 있더라고—

　이것을 그는 동양적인 허무라고 했다. 즉 속에 충만하여 겉으로는 비어 있는 상태. 서양인의 능률생활에 비하여 이 쿠리〔苦力〕의 상태를 인간 본래의 건강이라고 했다. 무엇에 악착하지 않는 정신의 건강과 수목과 같은 육체의 건강을 아울러 가지고 싶다.

　무엇보다도 나는 심리의 진흙밭에서 헤어나고 싶다. 나는 희랍을 꿈꾸어 보고 신라를 그려 본다. 푸라토—가 읽고 싶고 꾀—테가 읽고 싶다.

　나는 너무 이지러지고 찌그러지고 치우쳐 버렸는가?

나는 다 빈치라는 사람이 몹시 부럽다. 아니, 루넷쌍스인들의 '전인全人'이란 사상이 몹시 부럽다.

메카니즘의 초극—제2의 루넷쌍스

건설과 파괴가 교묘하게 교차된 위대한 세기. 어느 세기보다도 진지하게 고심하는 세기.

나는 나의 모든 어지러운 생각을 정돈해 가야만 했다. 이런 소묘의 형식으로라도 나는 나를 미래에로 건설해 가야만 했다.

이 책이 나올 수 있도록 각별한 노력을 해주신 여러 고마운 벗들과 평민인쇄소 여러분들께 감사드립니다.

단기 사천이백팔십사년 칠월 십일

저자지지著者志之

128

인인隣人

1953년 4월 6일 문예사 발행(4×6판/51면)

|차 례|

생성과 관계

1

하룻밤 나는
나의 외로운 신에게
물어 보았읍니다

그들 중에는 한 사람도
이방의 사람은 없었읍니다

2

꼭 만나야 할
그들과 내 사이에는
아무런 약속도 없었읍니다

그러나
약속 같은 것이 무슨 소용이겠읍니까?
그들이 있기 때문에 내가 있고
내가 있기 때문에 그들이 있는 이상—

3

내가 그들을 위하여 온 것이 아닌 거와 같이
그들도
나를 위하여 온 것은 아닙니다

죽을 적에는 우리는 모두
하나 하나로
외롭게 죽어가야 하기 때문입니다[1]

4

그러나
그런 것이 아닙니다
우리는 살기 위하여 있는 것입니다

그들이 나의 이웃이 된 것은
그들에게 죽음이 있기 때문입니다
죽음을 위하여
그들이 나의 이웃이 된 것은 아닙니다

---

1) 『인인隣人』에는 '외롭게 죽어가야 하기 때문입니다'가 '외롭게 죽어가야
   하기 때문이다'로 되어 있었는데, 후에 시인이 『김춘수 전집 1·시』(문장
   사)를 엮으면서 수정하였다.(편주)

무구한 그들의 죽음과 나의 고독

1

스스로도 모르는
어떤 그날에
죄는 지었읍니까?

우러러도 우러러도 보이지 않는
치솟은 그 절정에서
누가 그들을 던졌읍니까?

그때부텁니다
무수한 아픔들이
커다란 하나의 아픔이 되어
번져간 것은—

2

어찌 아픔은
견딜 수 있읍니까?

어찌 치욕은
견딜 수 있읍니까?

죄 지은 기억 없는 무구한 손들이
스스로의 손바닥에 하나의
장엄한 우주를 세웠읍니다

3

그러나
꽃들은 괴로왔읍니다

그 우주의 질서 속에서
모든 것은 동결되어
죽어갔읍니다

4

죽어가는 그들의 눈이
나를 우러러 보았을 때는

내가 그들에게
나의 옷과 밥과 잠자리를
바친 뒤였읍니다

내가 그들을 위하여
나의 땀과 눈물과 피를
흘린 뒤였읍니다

5

그러나
그들의 몸짓과 그들의 음성과
그들의 모든 무구의 거짓이 떠난 다음의
나의 외로움을
나는 알고 있읍니다

수정알처럼 투명한
순수해진 나에게의 공포를
나는 알고 있읍니다

내가 죽어가는 그들을 위하여
무수한 우주 곁에
또 하나의 우주를 세우는 까닭이
여기에 있읍니다

최후의 탄생

1

꽃이 없을 적의 꽃병은
벽과 창과
창 밖의 푸른 하늘을 거부합니다

　(정신은
　　제 부재 중에 맺어진 어떤 관계도
　　용납할 수 없기 때문입니다)

그리하여 꽃병은
제가 획득한 그 순수공간에
제 모습의 또렷한 윤곽을 그리려고 합니다

　(고독한 니―췌가 그랬읍니다)

2

그러나
빈 꽃병에
꽃을 한 송이 꽂아 보십시오

고독과 고독과의 사이
심연의 공기는
얼마나 큰 감동에 떨 것입니까?

비로소 꽃병은
꽃을 위한 꽃병이 되고
꽃은 꽃병을 위한 꽃이 됩니다

3

그것은 신의 눈짓과 같은
한 순간입니다

그 순간에 서면
정신은
날 수도 떨어질 수도 없는
한갓 진공 속의 생물이 됩니다

모든 것을 거부한 그에게
어찌 저항이 있을 수 있겠읍니까?

4

꽃병에 있어서
벽과 창과
창 밖의 푸른 하늘은
저항이었읍니다

꽃병은
제 영혼이 나는 것을 보아야 합니다
꽃병은
제 육체가 떨어지는 것을 보아야 합니다

아, 꽃병은
벽과 창과
창 밖의 푸른 하늘에 부딪쳐가는
제 스스로의 모습을 보아야 합니다

그것은 어쩔 수 없는
저 시원始源의 충동이어야 합니다

5

그리하여 꽃병은
벽과 창과
창 밖의 푸른 하늘에 에워싸여
한 사람의 이웃으로 탄생하는 것입니다

그것은
사로잡히고 사로잡는
한 관계라고 해도 좋습니다

후기

　이것(『인인隣人』)은 나에게 있어서 문제적이었던 것의 정리올
시다. 그러니까 이념이 앞서고 정서가 뒤처져 있을 것입니다.
　지금 나는 한 이념에 충분히 견딜 수 있을 만한 정서를 기다리
고 있습니다. 그러니까 이것(『인인』)은 또한 그 기다리고 있는
한 자세일지도 모릅니다.

제1시집(선집選集)

1954년 3월 25일 문예사 발행(4×6판/50면)

|차 례|

(다른 시집에 수록된 작품명은 생략함)

봄 B

복사꽃 그늘에 서면
내 귀는 새보얀 등불을 켠다

풀밭에 배암이 눈 뜨는 소리
논두렁에 밈둘레가 숨쉬는 소리

복사꽃 그늘에 서면
내 귀는 새보얀 등불을 켠다

봄 C

어디서 목련 봉오리 터지는 소리
왼종일 그 소리
뜰에 그득하다
아무것도 없어도 뜰은
소리 하나로
고운 봄을 맞이한다

후기

    저의 제1시집『구름과 장미』와 제2시집『늪』사이에는 각각 한 시집으로의 개성이 희박했읍니다. 너무 조급하게 잇달아서 내었기 때문인가 합니다. 그것이 늘 마음에 작은 가시처럼 걸려 있었는데, 모처럼 기회를 얻어 여기 한 개의 시집으로 엮게 되었읍니다. 이름지어『제1시집』이라고 했읍니다.

    이 시집이 나올 수 있도록 애써 주신 강신석 화백, 이진순 학형, 조영서 남윤철 양兩 사형에게 감사드립니다.

저자

꽃의 소묘素描

1959년 6월 1일 백자사 발행(4×6판/91면)

|차 례|

유월에

빈 꽃병에 꽃을 꽂으면
밝아 오는 실내의 그 가장자리만큼
아내여,
당신의 눈과 두 볼도 밝아 오는가,
밝아 오는가,
벽인지 감옥의 창살인지 혹은 죽음인지 그러한 어둠에 둘러
싸인
작약
장미
사계화
금잔화
그들 틈 사이에서 수줍게 웃음짓는 은발의 소녀 마아가렛
을 빈 꽃병에 꽂으면
밝아 오는 실내의 그 가장자리만큼
아내여,
당신의 눈과 두 볼에
한동안 이는 것은
그것은 미풍일까,
천㭴의 나뭇잎이 일제히 물결치는
그것은 그러한 선율일까,
이유없이 막아서는
어둠보다 딱한 것은 없다.
피는 혈관에서 궤도를 잃고

사람들의 눈은 돌이 된다.
무엇을 경계하는
사람들의 몸에서는 고슴도치의 바늘이 돋치는데,
빈 꽃병에 꽃을 꽂으면
아내여,
당신의 눈과 두 볼에는
하늘의 비늘 돋친 구름도 두어 송이
와서는 머무는가,

---

* 『부다페스트에서의 소녀의 죽음』에 재수록되었다. 마침표와 쉼표는 시인
이 수정하였다.(편주)

눈에 대하여

눈을 희다고만 할 수는 없다.
눈은
우모羽毛처럼 가벼운 것도 아니다.
눈은 보기보다는 무겁고,
우리들의 영혼에 묻어 있는
어떤 사나이의 검은 손때처럼
눈은 검을 수도 있다.
  눈은 검을 수도 있다.[1]
눈은 물론 희다.
우리들의 말초신경에 바래고 바래져서
눈은
오히려 병적으로 희다.
우리들이 일곱 살 때 본
복동이의 눈과 수남이의 눈과
삼동에도 익는 서정의 과실들은
이제는 없다.
  이제는 없다.
만톤萬噸의 우수를 싣고
바다에는

---

1) 『꽃의 소묘』와 『부다페스트에서의 소녀의 죽음』에는 '눈은 검을 수도 있
   다' 다음에 '저것들을 보아라./입이 있어도 코가 있어도 눈이 있어도/잎이
   없는/그늘이 없는/꽃이 안 피는/저 광물성 얼굴들을 보아라.'가 삽입되어
   있었으나 후에 시인이 삭제하였다.(편주)

군함이 한 척 닻을 내리고 있다.

뭇 발에 밟히어 진탕이 될 때까지
눈을 희다고만 할 수는 없다.
눈은
우모처럼 가벼운 것도 아니다.

우계雨季

눈에 봄을 담은 소녀여 뉴우케아여, 너는 죽고
너를 노래한 희랍의 시인도 죽고[2]
지금은 비가 내린다.
젖빛 구름
지중해
거기서 나는 포도의 많은 송이를
흙탕물에 우리들의 발이 짓밟는다.
소녀 뉴우케아여,
우리들의 망막에 곰팡이는 슬고
퀴퀴한 곳에서
벼룩 빈대가 알을 깐다.
습기 있는 눈물은 누가 우는가,
찾아갈 고향도 없는데
도시의 오물은 수채구멍으로 빠져 나갈 것인가,
눈에 봄을 담은 소녀여,
뉴우케아여,
너는 죽고
희망도 없이 기다리는 사람들의 마음에
지금은 비가 내린다.
비는 내려서
또다시 소녀 뉴우케아여,

---

2) 『꽃의 소묘』에는 '너를 노래한 희랍의 시인도 죽고'라는 부분이 없다.(편주)

봄을 담은 네 눈을 우리들의 추억이 적시고,
하꼬방의 판자 위에 무심히 잠들어 있는 유아의 뼛속으로 스
민다.
삼백육십 개의 유아의 뼛속에서 흐르는
비의 강물이여,
소녀 뉴우케아는 삼백육십 번을 거기서도 죽고
지금은 마흔 날 마흔 밤을 비가 내린다.

---

* 『부다페스트에서의 소녀의 죽음』에 재수록되었다. 『꽃의 소묘』와 『부다페
스트에서의 소녀의 죽음』에는 「비의 리듬」이라는 부제가 붙어 있었으나 후
에 시인이 삭제하였다.(편주)

부다페스트에서의 소녀의 죽음

다늅강에 살얼음이 지는 동구의 첫겨울
가로수 잎이 하나 둘 떨어져 딩구는 황혼 무렵
느닷없이 날아온 수발數發의 쏘련제 탄환은
땅바닥에
쥐새끼보다도 초라한 모양으로 너를 쓰러뜨렸다.
순간,
바숴진 네 두부頭部는 소스라쳐 삼십보 상공으로 튀었다.
두부를 잃은 목통에서는 피가
네 낯익은 거리의 포도鋪道³⁾를 적시며 흘렀다.
―너는 열세 살이라고 그랬다.
네 죽음에서는 한 송이 꽃도
흰 깃의 한 마리 비둘기도 날지 않았다.
네 죽음을 보듬고 부다페스트의 밤은 목놓아 울 수도 없었다.
죽어서 한결 가비여운 네 영혼은
감시의 일만의 눈초리도 미칠 수 없는
다늅강 푸른 물결 위에 와서
오히려 죽지 못한 사람들을 위하여 소리 높이 울었다.
다늅강은 맑고 잔잔한 흐름일까,
요한 · 슈트라우스의 그대로의 선율일까,
음악에도 없고 세계지도에도 이름이 없는

---

* 『부다페스트에서의 소녀의 죽음』에 재수록되었다. 마침표와 쉼표는 시인
  이 수정하였다.(편주)
3) 『꽃의 소묘』에는 '포도鋪道'의 한자가 '舖道'로 표기되었다.(편주)

한강의 모래사장의 말없는 모래알을 움켜 쥐고
왜 열세 살 난 한국의 소녀는 영문도 모르고 죽어 갔을까,
죽어 갔을까, 악마는 등 뒤에서 웃고 있었는데
열세 살 난 한국의 소녀는[4]
잡히는 것 아무것도 없는
두 손을 허공에 저으며 죽어 갔을까,
부다페스트의 소녀여, 네가 한 행동은
네 혼자 한 것 같지가 않다.
한강에서의 소녀의 죽음도
동포의 가슴에는 짙은 빛깔의 아픔으로 젖어든다.
기억의 분한 강물은 오늘도 내일도
동포의 눈시울에 흐를 것인가,
흐를 것인가, 영웅들은 쓰러지고 두 달의 항쟁 끝에
너를 겨눈 같은 총뿌리 앞에
네 아저씨와 네 오빠가 무릎을 꾼 지금,
인류의 양심에서 흐를 것인가,
마음 약한 베드로가 닭 울기 전 세 번이나 부인한 지금,[5]
다뉴강에 살얼음이 지는 동구의 첫겨울

---

4) 『꽃의 소묘』와 『부다페스트에서의 소녀의 죽음』에서 '열세 살 난 한국의
   소녀는/잡히는 것 아무것도 없는'이 '한국의 열세 살은 잡히는 것 하낱도
   없는'으로 되어 있었으나 후에 시인이 시선집에 재수록하면서 수정하였
   다.(편주)
5) 164쪽 참조.(편주)

가로수 잎이 하나 둘 떨어져 딩구는 황혼 무렵
느닷없이 날아온 수발의 쏘련제 탄환은
땅바닥에
쥐새끼보다도 초라한 모양으로 너를 쓰러뜨렸다.
부다페스트의 소녀여,
내던진 네 죽음은[6]
죽음에 떠는 동포의 치욕에서 역逆으로 싹튼 것일까,
싹은 비정의 수목들에서보다
치욕의 푸른 멍으로부터
자유를 찾는 네 뜨거운 핏속에서 움튼다.
싹은 또한 인간의 비굴 속에 생생한 이마아쥬로 움트며 위협
하고
한밤에 불면의 염염炎炎한 꽃을 피운다.
부다페스트의 소녀여,

---

6) 『꽃의 소묘』에는 '내 던진 네 죽음은' 부터 끝행 '부다페스트의 소녀여,'
   까지가 생략되어 있다.(편주)

'십자가에 못박힌 한 사람은
불면의 밤, 왜 모든 기억을 나에게 강요하는가,
나는 스물두 살이었다.
대학생이었다.
일본 동경 세다가야서署 감방에 불령선인不逞鮮人으로 수감되어 있었다
어느날. 내 목구멍에서
창자를 비비 꼬는 소리가 새어 나왔다.
〈어머니, 난 살고 싶어요!〉
난생 처음 들어보는 그 소리는 까마득한 어디서,
내 것이 아니면서, 내 것이면서……
나는 콩크리이트 바닥에 머리를 부딪고
북받쳐 오르는 울음을 참을 수가 없었다.
누가 나를 우롱하였을가,
나의 치욕은 살고 싶다는 데에서부터 시작 되었을가
부다페스트에서의 소녀의 내던진 죽음은
죽음에 떠는 동포의 치욕에서 역逆으로 싹튼 것일가,
싹은 비정의 수목들에서 보다
치욕의 푸른 멍으로부터
자유를 찾는 소녀의 뜨거운 피 속에서 움튼다.
싹은 또한 인간의 비굴 속에 생생한 이마아쥬로 움트며 위협하고

164

한밤에 불면의 염염한 꽃을 피운다.
인간은 쓰러지고 또 일어설 것이다.
그리고 또 쓰러질 것이다. 그칠 날이 없을 것이다.
악마의 총탄에 딸을 잃은
부다페스트의 양친과 함께
인간은 존재의 깊이에서 전율하며 통곡할 것이다.'

그 이야기를……

인천에서
아가야,
웃음짓는 네 미간을 바라고
이국의 한 아저씨는 방아쇠를 당겼다.
어느 시인은
한 마리의 나비가 나는 데에도
전 우주가 필요하다고 하였지만,
아가야,
네가 저승으로 나는 데에는
이국 아저씨의 한 발의 총알만으로 충분하였다.
가서
라케다이몬의 형제들에 전하여 다오.
천구백오십육년 가을,
부다페스트에서 죽어 간 그 소녀의 이야기를
전하여 다오.
불란서의 폭격기가
사키에 · 시디 · 유세프의 국민학교를 폭격한 이야기를 전하여
다오.
사과나무에 열린 사과알처럼
귀여운 어린이들이
일순의 화염과 함께 상공으로 튄
그 이야기를 전하여 다오.
가슴의 뜨거운 눈물 외에

무엇 하나 가진 것이 없는 우리는
죽어 가는 어린이들의 눈을 감겨 줄 꽃 한 송이
비둘기 한 마리를 날리지 못했다는
그 이야기를 전하여 다오.
가서
라케다이몬의 형제들에 전하여 다오.
그날 우리가 든 조기弔旗가
초연에 덮인 연회색의 하늘에서
다만 오열하더라는 이야기를
전하여 다오.

꽃밭에 든 거북

거북이 한 마리 꽃그늘에 엎드리고 있었다. 조금씩 조금씩 조심성 있게 모가지를 뻗는다. 사방을 두리번거린다. 그리곤 머리를 약간 옆으로 갸웃거린다. 마침내 머리는 어느 한자리에서 가만히 머문다. 우리가 무엇에 귀 기울일 때의 그 자세다. (어디서 무슨 소리가 들려오고 있는 것일까.)[7]

이윽고 그의 모가지는 차츰차츰 위로 움직인다. 그의 모가지가 거의 수직이 되었을 때, 그때 나는 이상한 것을 보았다. 있는 대로 뻗은 제 모가지를 뒤틀며 입을 벌리고, 그는 하늘을 향하여 무수히 도래질을 한다. 그동안 그의 전반신은 무서운 저력으로 공중에 완전히 떠 있었다. (이것은 그의 울음이 아니었을까.)[8]

다음 순간, 그는 모가지를 소로시 옴츠리고, 땅바닥에 다시 죽은 듯이 엎드렸다.

---

* 『부다페스트에서의 소녀의 죽음』에 재수록되었다.(편주)
7), 8) 『꽃의 소묘』에 표기된 '들려오고 있는 것일가?' '울음이 아니었을가?' 의 물음표를 『부다페스트에서의 소녀의 죽음』에서 시인이 쉼표로 수정하였다.(편주)

바위

　바위는 몹시 심심하였다. 어느 날, (그것은 우연이었을까,[9]) 바위는 제 손으로 제 몸에 가느다란 금을 한 가닥 그어 보았다. 오, 얼마나 몸저리는[10] 일순一瞬이었을까, 바위는 열심히 제 몸에 무늬를 수놓게 되었던 것이다. 점점점 번져 가는 희열의 물살 위에 바위는 둥둥 떴다. 마침내 바위는 제 몸에 무늬를 수놓고 있는 것이 제 자신인 것을 까마득히 잊어 버렸다.

　바위는 모르고 있지만, 그때부터다. 내가 그의 얼굴에 고요한 미소를 보게 된 것은…… 「바위야 왜 너는 움직이지 않니,」 이렇게 물어 보아도 이제 바위에게는 아무것도 들리지 않는다.

---

　* 『부다페스트에서의 소녀의 죽음』에 재수록되었다.(편주)
　9) 『꽃의 소묘』에는 '우연이었을까,' 가 '우연이었을가?' 로 표기되었다.(편주)
　10) 『꽃의 소묘』에는 '몸저리는' 이 '몸제리는' 으로 표기되었다.(편주)

꽃 · I

　그는 웃고 있다. 개인 하늘에 그의 미소는 잔잔한 물살을 이룬다. 그 물살의 무늬 위에 나는 나를 가만히 띄워 본다. 그러나 나는 이미 한 마리의 황나비는 아니다. 물살을 흔들며 바닥으로 바닥으로 나는 가라앉는다.[11]

　한나절, 나는 그의 언덕에서 울고 있는데, 도연陶然히 눈을 감고 그는 다만 웃고 있다.

---

*『부다페스트에서의 소녀의 죽음』에 재수록되었다.(편주)

11) 재수록된 시선집에는 '나는 가라앉는다.'를 '가라앉는다'로 표기하였다. 또『꽃의 소묘』에는 '가라앉는다'를 '갈아앉는다'로 표기하였다.(편주)

170

어둠

　촛불을 켜면 면경의 유리알, 의롱의 나전, 어린것들의 눈망울과 입 언저리, 이런 것들이 하나씩 살아난다.

　차차[12] 촉심이 서고 불이 제자리를 정하게 되면, 불빛은 방 안에 그득히 원을 그리며 윤곽을 선명히 한다. 그러나 아직도 이 윤곽 안에 들어오지 않는 것이 있다. 들여다보면 한바다의 수심과 같다. 고요하다. 너무 고요할 따름이다.

---

*『부다페스트에서의 소녀의 죽음』에 재수록되었다.(편주)
12)『꽃의 소묘』에는 '차차' 가 '차츰' 으로 표기되었다.(편주)

꽃 · II

바람도 없는데 꽃이 하나 나무에서 떨어진다. 그것을 주워 손
바닥에 얹어 놓고 바라보면, 바르르 꽃잎이 훈김에 떤다. 화분도
난(飛)다. 「꽃이여!」라고 내가 부르면, 그것은 내 손바닥에서 어
디론지 까마득히 떨어져[13] 간다.

지금, 한 나무의 변두리에 뭐라는 이름도 없는 것이 와서 가만
히 머문다.

---

* 『부다페스트에서의 소녀의 죽음』에 재수록되었다.(편주)

13) 후에 재수록된 시선집에는 '떨어져'가 '멀어져'로 표기되었다.(편주)

구름

   구름은 딸기밭에 가서 딸기를 몇 개 따먹고[14] 「아직 맛이 덜 들었군!」 하는 얼굴을 한다.

   구름은 흰 보자기를 펴더니,[15] 양털 같기도 하고 무슨 헝겊쪽 같기도 한 그런 것들을 늘어놓고, 혼자서 히죽이 웃어 보기도 하고 혼자서 깔깔깔 웃어 보기도 하고……

   어디로 갈까? 냇물로 내려가서 목욕이나 하고 화장이나 할까 보다…… 그러나 구름은 딸기를 몇 개 더 따먹고 이런 청명한 날에 미안하지만 할 수 없다는 듯이, 「아직 맛이 덜 들었군!」 하는 얼굴을 한다.

---

* 『부다페스트에서의 소녀의 죽음』에 재수록되었다.(편주)
14) 후에 재수록된 시선집에는 '따먹고'가 '먹고'로 표기되었다.(편주)
15) 『꽃의 소묘』에는 '구름은 흰 보자기를 펴더니'가 '구름은 흰 보재기를 펴 드니'로 표기되었다.(편주)

곤충의 눈

어딘가
소리 있는 곳으로 귀 기울이는
예쁘디 예쁜
열린 창이여,

꽃이슬에 젖은
새벽길 위에 서서
그 많은 소녀들은 아직도
기다리고 있을까,

단 한 번인 목숨
누구를 위하여도 죽을 수 없는
그 자라가는 소녀들의
열린 창이여,

---

* 『부다페스트에서의 소녀의 죽음』에 재수록되었다. 『부다페스트에서의 소
녀의 죽음』에서부터 마침표를 쉼표로 수정하였다. (편주)

바람

풀밭에서는
풀들의 몸놀림을 한다.
나무가지를 지날 적에는
나무가지의 소리를 낸다……

풀밭에 나무가지에
보일 듯 보일 듯
벽공에
사과알 하나를 익게 하고
가장자리에
금빛 깃의 새들을 날린다.

---

* 『부다페스트에서의 소녀의 죽음』에 재수록되었다. 『꽃의 소묘』에서는 전
  체를 1연으로 하였으나 『부다페스트에서의 소녀의 죽음』 이후 시인이 수
  정하였다.(편주)

눈짓

1

그것들은 내 눈 앞을
그냥 스쳐가 버렸을까,

산마루에
피었다 사라진
구름 한 조각,
온 하루를
내 곁에서 울다 간
어느 날의 바람의 그 형상,

그것들은 지금
숨쉬며 어디서
자라가고 있을까,[16]

---

* 『부다페스트에서의 소녀의 죽음』에 재수록되었다. 마침표와 쉼표는 시인
이 수정하였다.(편주)
16) 『꽃의 소묘』에는 '자라가고 있을까,'를 '자라나고'로 표기하였다.(편주)

2

전지戰地에로 간
병정들의 눈
무서운 눈

꽃이 지면
여운餘韻은[17] 그득히
뜰에 남는데
어디로 그들은
가 버렸을까,

그들은 그때
돌의 그 심야의 가슴 속에
잊지 못할 하나의 눈짓을
두고 갔을까,

---

17) 『꽃의 소묘』에는 '여운은'이 '여음餘音은'으로 표기되어 있으나 이는 '여
운餘韻'의 잘못된 표기이다.(편주)

꽃

내가 그의 이름을 불러 주기 전에는
그는 다만
하나의 몸짓에 지나지 않았다.

내가 그의 이름을 불러 주었을 때
그는 나에게로 와서
꽃이 되었다.

내가 그의 이름을 불러 준 것처럼
나의 이 빛깔과 향기에 알맞는
누가 나의 이름을 불러다오.[18]
그에게로 가서 나도
그의 꽃이 되고 싶다.

우리들은 모두
무엇이 되고 싶다.
너는 나에게 나는 너에게
잊혀지지 않는 하나의 눈짓이[19] 되고 싶다.

---

* 『부다페스트에서의 소녀의 죽음』에 재수록되었다.(편주)
18) 『꽃의 소묘』에는 '누가 나의 이름을 불러다오.' 다음에 연을 나누었으나
　　『부다페스트에서의 소녀의 죽음』에서 한 연으로 수정하였다.(편주)
19) 후에 시인이 '하나의 의미'를 '하나의 눈짓'으로 수정하였다.(편주)

능금

1

그는 그리움에 산다.
그리움은 익어서
스스로도 견디기 어려운
빛깔이 되고 향기가 된다.
그리움은 마침내
스스로의 무게로
떨어져 온다.
떨어져 와서 우리들[20] 손바닥에
눈부신 축제의
비할 바 없이 그윽한
여운을 새긴다.

2

이미 가 버린 그날과
아직 오지 않은 그날에 머물은
이 아쉬운 자리에는
시시각각 그의 충실만이

---

* 『부다페스트에서의 소녀의 죽음』에 재수록되었다.(편주)
20) 『꽃의 소묘』에는 '우리들'이 '우리들의'로 표기되었다.(편주)

익어간다.
보라,
높고 맑은 곳에서
가을이 그에게
한결같은 애무의
눈짓을 보낸다.

3

놓칠 듯 놓칠 듯 숨 가쁘게
그의 꽃다운 미소를 따라가며는
세월도 알 수 없는 거기
푸르게만 고인
깊고 넓은 감정의 바다가 있다.
우리들 두 눈에
그득히 물결치는
시작도 끝도 없는
바다가 있다.

돌

돌이여,
그 캄캄한 어둠 속에 나를 잉태한
나의 어머니,
태어나올 나의 눈망울
나의 머리카락은 모두
당신의 오랜 꿈의
비밀입니다.
아직은 나의 이름을
부르지 마십시오.
무겁게
겹도록²¹⁾ 달이 차서
소리하며 당신이 일어설 그때까지
당신의 가장 눈부신 어둠 속에
나의 이름은
감추어 두십시오.

그 한 번도 보지 못한 나를 위하여
어둠 속에 사라진 무수한 나……
돌이여,
꿈꾸는 돌이여,

---

* 『부다페스트에서의 소녀의 죽음』에 재수록되었다. 쉼표는 시인이 수정하
였다.(편주)
21) 『꽃의 소묘』에는 '겹도록' 이 '겨울도록' 으로 표기되었다.(편주)

분수

1

발돋움하는 발돋움하는 너의 자세는
왜 이렇게
두 쪽으로 갈라져서 떨어져야 하는가,

그리움으로 하여
왜 너는 이렇게
산산이 부서져서 흩어져야 하는가,

2

모든 것을 바치고도
왜 나중에는
이 찢어지는 아픔만을
가져야 하는가,

네가 네 스스로에 보내는
이별의
이 안타까운 눈짓만을 가져야 하는가.

3

왜 너는
다른 것이 되어서는 안 되는가,

떨어져서 부서진 무수한 네가
왜 이런
선연한 무지개로
다시 솟아야만 하는가,

---

* 『부다페스트에서의 소녀의 죽음』에 재수록하며 마침표를 쉼표로 수정하였
  다.(편주)

죽음

1

죽음은 갈 것이다.
어딘가 거기
초록의 샘터에
빛 뿌리며 섰는 황금의 나무……

죽음은 갈 것이다.
바람도 나무도 잠든
고요한[22] 한밤에
죽음이 가고 있는 경건한 발소리를
너는 들을 것이다.

2

죽음은 다시
돌아올 것이다.
가을 어느 날
네가 걷고 있는 잎진 가로수 곁을
돌아오는 죽음의

---

* 『부다페스트에서의 소녀의 죽음』에 재수록되었다. (편주)
22) 『부다페스트에서의 소녀의 죽음』에는 '고요한'이 생략되었다. (편주)

풋풋하고 의젓한 무명의 그 얼굴……
죽음은 너를 향하여
미지의 제 손을 흔들 것이다.[23]

죽음은
네 속에서 다시
숨쉬며 자라갈 것이다.

---

23) 후에 재수록된 시선집에는 '미지의 제 손을 흔들 것이다.' 다음에 연 구분
이 없이 전체 1연으로 되어 있다.(편주)

꽃의 소묘

1

꽃이여, 네가 입김으로
대낮에 불을 밝히면
환히 금빛으로 열리는 가장자리,
빛깔이며 향기며
화분花粉이며…… 나비며 나비며
축제의 날은 그러나
먼 추억으로서만 온다.

나의 추억 위에는 꽃이여,
네가 머금은 이슬의 한 방울이
떨어진다.

2

사랑의 불 속에서도
나는 외롭고 슬펐다.

사랑도 없이
스스로를 불태우고도
죽지 않는 알몸으로 미소하는

꽃이여,

눈부신 순금의 천年의 눈이여,
나는 싸늘하게 굳어서
돌이 되는데,

3

네 미소의 가장자리를
어떤 사랑스런 꿈도
침범할 수는 없다.

금술 은술을 늘이운
머리에 칠보화관七寶花冠을 쓰고
그 아가씨도
신부가 되어 울며 떠났다.

꽃이여, 너는
아가씨들의 간을
쪼아 먹는다.

4

너의 미소는 마침내
갈 수 없는 하늘에
별이 되어 박힌다.

멀고 먼 곳에서
너는 빛깔이 되고 향기가 된다.
나의 추억 위에는 꽃이여,

네가 머금은 이슬의 한 방울이
떨어진다.
너를 향하여 나는
외로움과 슬픔을
던진다.

---

* 『부다페스트에서의 소녀의 죽음』에 재수록하며 쉼표를 시인이 수정하였
다.(편주)

꽃을 위한 서시

나는 시방 위험한 짐승이다.
나의 손이 닿으면 너는
미지의 까마득한 어둠이 된다.

존재의 흔들리는 가지 끝에서
너는 이름도 없이 피었다 진다.
눈시울에 젖어드는 이 무명의 어둠에
추억의 한 접시 불을 밝히고
나는 한밤내 운다.

나의 울음은 차츰[24] 아닌 밤 돌개바람이 되어
탑을 흔들다가
돌에까지 스미면 금이 될 것이다.

……얼굴을 가리운 나의 신부여,[25]

---

* 『부다페스트에서의 소녀의 죽음』에 재수록되었다.
24) 『꽃의 소묘』에는 '차츰'이 생략되었다.
25) '나의 신부여.'를 '나의 신부여,'로 시인이 수정하였다.

나목과 시

1

시를 잉태한 언어는
피었다 지는 꽃들의 뜻을
든든한 대지처럼
제 품에 그대로 안을 수가 있을까,[26]
시를 잉태한 언어는
겨울의
설레이는 가지 끝에
설레이며 있는 것이 아닐까,
일진의 바람에도 민감한 촉수를
눈 없고 귀 없는 무변無邊으로 뻗으며
설레이는 가지 끝에
설레이며 있는 것이 아닐까,

2

이름도 없이 나를 여기다 보내 놓고
나에게 언어를 주신
모국어로 불러도 싸늘한 어감의

---

26) 『꽃의 소묘』에는 '있을까,' 가 '있을가?' 로 표기되었다. (편주)

190

하나님,
제일 위험한 곳
이 설레이는 가지 위에 나는 있읍니다.
무슨 층계의
여기는 상上의 끝입니까,
위를 보아도 아래를 보아도
발뿌리가 떨리는 것입니다.
모국어로 불러도 싸늘한 어감의
하나님,
안정이라는 말이 가지는
그 미묘하게 설레이는 의미 말고는
나에게 안정은 없는 것입니까,

3

엷은 햇살의
외로운 가지 끝에
언어는 제만 혼자 남았다.
언어는 제 손바닥에
많은 것들의 무게를 느끼는 것이다.
그것은 몸 저리는
희열이라 할까, 슬픔이라 할까,

어떤 것들은 환한 얼굴로
언제까지나 웃고 있는데,
어떤 것들은 서운한 몸짓으로
떨어져 간다.
―그것들은 꽃일까,
외로운 가지 끝에
혼자 남은 언어는
많은 것들이 두고 간
그 무게의 명암을
희열이라 할까, 슬픔이라 할까,
이제는 제 손바닥에 느끼는 것이다.

4

새야,
그런 위험한 곳에서도
너는
잠시 자불음에 겨운 눈을 붙인다.
삼월에는 햇살도
네 등덜미에서 졸고 있다.
너희들처럼
시도

잠시 자불음에 겨운 눈을 붙인다.
비몽사몽간에
시는 우리가
한동안 씹어 삼킨 과실들의 산미酸味를
미주美酒로 빚어 영혼을 적신다.
시는 해설이라서
심상의 가장 은은한 가지 끝에
빛나는 금속성의 음향과 같은
음향을 들으며
잠시 자불음에 겨운 눈을 붙인다.

---

*『부다페스트에서의 소녀의 죽음』에 재수록되었다.『꽃의 소묘』에는 4연이
없었으나『부다페스트에서의 소녀의 죽음』이후에 삽입되었다.『꽃의 소
묘』에는 '하나님'을 전부 '하느님'으로 표기하였다.(편주)

릴케의 장

세계의 무슨 화염에도 데이지 않는
천사들의 순금의 팔에 이끌리어
자라가는 신들,
어떤 신은
입에서 코에서 눈에서
돋쳐나는 암흑의 밤의 손톱으로
제 살을 긁어서 피를 내지만
살점에서 흐르는 피의 한 방울이
다른 신에 있어서는
다시 없는 의미의 향료가 되는 것을,
라이너어 · 마리아 · 릴케,
당신의 눈은 보고 있다.
천사들이 겨울에도 얼지 않는 손으로
나무에 꽃을 피우고 있는 것을,
죽어간 소년의 등 뒤에서[27]
또 하나의 작은[28] 심장이 살아나는 것을,

---

* 『부다페스트에서의 소녀의 죽음』에 재수록되었다. 후에 재수록된 시선집
  (민음사)에는 제목이 「가을 저녁」으로 되어 있고, 부제가 「릴케의 장」이었
  는데, 이는 시인이 수정한 것이다.(편주)
27) 『꽃의 소묘』와 『부다페스트에서의 소녀의 죽음』에는 '죽어간 소년의 등
  뒤에서' 가 '패배와 살육의 전장戰場에서' 로 되어 있었으나, 시인이 수정
  하였다.(편주)
28) 『꽃의 소묘』와 『부다페스트에서의 소녀의 죽음』에는 '또 하나의 작은' 이
  '한 개의' 로 표기되어 있었으나, 시인이 수정하였다.(편주)

라이너어 · 마리아 · 릴케,
당신의 눈은 보고 있다.
하늘에서
죽음의 재는 떨어지는데,
이제사 열리는 채롱의 문으로
믿음이 없는 새는
어떤 몸짓의 날개[29]를 치며 날아야 하는가를,

---

29) 『꽃의 소묘』에는 '날개'가 '나래'로 표기되었다.(편주)

부다페스트에서의 소녀의 죽음

1959년 춘조사 발행(4×6판/127면)

|차 례|

(선집選集이란 표시 없이 간행된 시집이므로 목차를 자세히 수록함)

귀향

바람은
냇가에 개나리를 피게 하지만,
그리고
그 색신色身 고운 눈만 먹고 겨울을 살았다는
산발치의 붉은 열매,
붉은 열매를 따먹는 산토끼의 눈에는
지금은
엷은 연두색의 하늘이 떨어져 있지만,
산토끼야 산토끼야,
너는 보았겠지,
무덤 속
조상들의 혼령까지 짓밟고 간
그 사나이의 거대한 군화를
산토끼야,
바람은 음유월에는
무화과나무에
맛있는 무화과도 익게 하겠지만,
이 고장의 젊은이들은 마음이 시들하다.
유서 깊은 아궁이에 어머니가 지피는
불은
아직도 따뜻하고 아직도 순수하지만,
이 고장의 젊은이들은 마음이 시들하다.
석탄이 아닌

석유가 아닌
문명 이전의 솔가리 타는 냄새가 슬퍼서 그런 것은 아니다.
그런 것은 아니다.
꽃들은
명절날의 아가씨들처럼 하고
왜 얼굴을 붉힐까,
지금은 아니 무너진 성이 없고
무구한 아무것도 없는데
왜
유구한 하늘 아래 어디서는
새봄의 속잎들도 돋아나고 있을까.

바람을 조금만

꽃, 나비, 소녀의 귀밑볼,
그런 것들은 흙 속에 잠들어 있고,
크낙한 바다는
숲 속에 그득히 잠이 들어 있읍니까,
하늘은 아아라히
귀가 먹고, 얼마큼은 눈도 멀었읍니다.
바람을 조금만 보내시어
화려한 공작이 아니더라도
한 마리 새를 날리시든지
이따금씩 사과나무 가지를 흔들어 주시든지
무슨 방법으로든지
뜻이 있다면
당신의 뜻을 알려 주십시오.

벽壁이

벽이 걸어온다. 늙은 홰나무가 걸어온다.
머리가 없는 인형이 걸어온다.
(어디서 오는 것일까,)
노오뜰담 사원의 회랑의 벽에 걸린 청동시계가
밤 한 시를 친다.
어딘가, 늪의 바닥에서 거무리가 운다.
그 눈물 위에 떨어져 쌓이는
뿕고 뿕은 꽃잎,

나목과 시 서장序章

겨울하늘은 어떤 불가사의의 깊이에로 사라져 가고,
있는 듯 없는 듯 무한은
무성하던 잎과 열매를 떨어뜨리고
무화과나무를 나체로 서게 하였는데,
그 예민한 가지 끝에
닿을 듯 닿을 듯하는 것이
시일까,
언어는 말을 잃고
잠자는 순간,
무한은 미소하며 오는데
무성하던 잎과 열매는 역사의 사건으로 떨어져 가고,
그 예민한 가지 끝에
명멸하는 그것이
시일까,

향수병

  그는 몸을 옴츠리더니 벽을 민다. 벽은 해면처럼 탄력 있게 그 부분만이 오므라든다. 그러나 그 같은 탄력으로 다시 그를 밀어 낸다.

  그는 막막하다. 그는 모가지를 든다. 볼록한 복부가 홀쭉해지 도록 그는 모가지를 치든다. 오 학과 같다. 어디로 날을 것인가? 그 순간, 그의 발은 한 발작 빗나갔다. 그는 마루 위에 떨어져서 산산이 부서졌다.

  뜻아니 쏟아지는 향내를 좇아 한 마리의 나비는 더욱 아름다 이 그 화려한 날개를 번적이면서……

후기

　처녀시집『구름과 장미』를 낸 지 십삼년 만이고, 제3시집『기旗』를 낸 지도 이미 팔년의 세월이 흘렀다.

　기회 있어 이번에 시집『부다페스트에서의 소녀의 죽음』을 내게 되는데, 그동안의 팔 년이란 세월은 나에게 있어 결코 짧은 것은 아니었다. 시집을 묶으면서 느껴지는 것은 상당히 변모했고나 하는 그것이다.

　「꽃을 위한 서시」편이 비교적 오래된 것이고, 그 다음이「소묘집」,「나목과 시」, 가장 최근의 것들이「릴케의 장」인데 역시 이렇게 일람표(시집)를 만들어 놓고 보니 인생관이나 시작법이 모두 한 과정, 한 과정을 걸어왔다는 나는 나대로의 감개가 없지 않다.

　나는 이제 시를 버릴 수가 없게 되었다.

천구백오십구년 십일월 십일

김춘수

타령조打令調 · 기타其他

1969년 11월 25일 문화출판사 발행(국판/112면)

| 차 례 |

타령조 · 1

사랑이여, 너는
어둠의 변두리를 돌고 돌다가
새벽녘에사
그리운 그이의
겨우 콧잔등이나 입언저리를 발견하고
먼동이 틀 때까지 눈이 밝아 오다가
눈이 밝아 오다가, 이른 아침에
파이프나 입에 물고
어슬렁 어슬렁 집을 나간 그이가
밤, 자정이 넘도록 돌아오지 않는다면
어둠의 변두리를 돌고 돌다가
먼동이 틀 때까지 사랑이여, 너는
얼마만큼 달아서 병이 되는가,
병이 되며는
무당을 불러다 굿을 하는가,
넋이야 넋이로다 넋반에 담고
타고동동打鼓冬冬 타고동동 구슬채찍 휘두르며
역귀신役鬼神하는가,
아니면, 모가지에 칼을 쓴 춘향이처럼
머리칼 열 발이나 풀어뜨리고
저승의 산하山河나 바라보는가,
사랑이여, 너는
어둠의 변두리를 돌고 돌다가……

타령조 · 2

저
머나먼 홍모인紅毛人의 도시
비엔나로 갈까나,
프로이드 박사를 찾아갈까나,
뱀이 눈뜨는
꽃피는 내 땅의 삼월 초순에
내 사랑은
서해로 갈까나 동해로 갈까나,
용의 아들
라후라羅睺羅 처용아빌 찾아갈까나,
엘리엘리나마사박다니
나마사박다니, 내 사랑은
먼지가 되었는가 티끌이 되었는가,
굴러가는 역사의
차바퀴를 더럽히는 지린내가 되었는가
구린내가 되었는가,
썩어서 과목들의 거름이나 된다면
내 사랑은
뱀이 눈뜨는
꽃피는 내 땅의 삼월 초순에,

타령조 · 3

지귀志鬼야,
네 살과 피는 삭발을 하고
가야산 해인사에 가서
독경이나 하지.
환장한 너는
종로 네거리에 가서
남녀노소의 구둣발에 차이기나 하지.
금팔찌 한 개를 벗어 주고
선덕여왕께서 도리천의 여왕이 되신 뒤에
지귀야,
네 살과 피는 삭발을 하고
가야산 해인사에 가서
독경이나 하지.
환장한 너는
종로 네거리에 가서
남녀노소의 구둣발에 차이기나 하지.
때마침 내리는
밤과 비에 젖기나 하지.
오한이 들고 신열이 나거들랑
네 살과 피는 또 한번 삭발을 하고
지귀야,

타령조 · 4

빠스깔 쁘띠의 헤어스타일을 하고
이촌二寸 오분五分 높이의 하이힐을 신고 당신은
지금 어디를 간다고 가고 있는가,
플라타너스에는 미풍이 있고
미풍에 나부끼는
색색가지 빛깔의 뉴스가 있고
비둘기 똥도 두어 곳 떨어져 있는
한여름 그러한 네거리를
가슴을 펴고 활개를 치며
당신은 가려거든 가거라,
장마 뒤 땡볕에 얼굴을 굽히며
잘생긴 콧등에 썬글라스도 멋지게 얹고
가슴을 펴고 활개를 치며
당신은 가려거든 가거라,
가려거든 가거라, 산에서 날아온
산비둘기다.
천둥이 울고 간 다음날 아침의
당신은 칠월달 나팔꽃이다.
빠스깔 쁘띠의 헤어스타일을 하고
이촌 오분 높이의 하이힐을 신고 당신은
지금 어디를 간다고 가고 있는가,

타령조 · 5

쓸개 빠진 녀석의 쓸개 빠진 사랑을 보았나,
녀석도 참
나중에는 제 불알을 따서
새끼들을 먹였지,
애비의 불알 먹는 새끼들을 보았나,
그래서 녀석의 새끼들은
간이 곪았지,
    불알 먹었다. 불알 먹었다.
    불쌍한 울아부지 불알 먹었다.
그래서 녀석의 새끼들은
뿔이 돋쳤지,
눈두덩에 뿔이 돋친 귀신이 됐지,
쓸개 빠진 녀석의 쓸개 빠진 사랑을 보았나,
녀석도 참
나중에는 오뉴월 구름으로 흐르다가
입춘 가까운 눈발로도 쓸리다가
히히 히히 히
쓸개 빠진 녀석은 쓸개 빠진 웃음을
웃을 뿐이지,

타령조 · 6

그해 여름은
유월 한 달을 비만 보내다가
칠월 한 달도
구질구질한 비만 보내 오다가
팔월 어느 날 난데없이 달려와서는
서둘렀을까,
지나가는 붕어팔이 노인을 불러다가
못물에 구름을 띄우기도 하고
수국水菊을 피우고
그동안 썩어 있던
로비비아 줄기에서도 어느새
갓난애기 귓불만한
로비비아를 뽑아 올리고,
그처럼 너무 서두르다가
웃통을 벗은 채로
쿵 하고 갑자기 쓰러졌을까,
정말 그처럼 허무하게
그녀의 마당에서 그해 여름은
쿵 하고 쓰러져선 일어나지 못했을까,
건장한 몸이 유월 한 달을
비만 보내다가, 칠월 한 달도
구질구질한 비만 보내 오다가 팔월 어느 날
난데없이 달려와서는……

타령조 · 7

시무룩한 내 영혼의 언저리에
툭 하고 하늘에서
사과알 한 개가 떨어진다.
가을은 마음씨가 헤프기도 하여라.
땀 흘려 여름 내내 익혀 온 것을
아낌없이 주는구나.
혼자서 먹기에는 부끄러운 이상으로
나는 정말 처치곤란이구나.
누구에게 줄꼬,
받아 든 한 알의 사과를
사랑이여,
나는 또 누구에게 줄꼬,
마음씨가 옹색해서
삼시 세 끼를 내 먹다 남은 찌꺼기
비릿한 것의
비릿한 그 오장육부 말고는
너에게 준 것이라곤 나는 아무것도 없다.
아무것도 없다. 허구한 날 손가락 끝이 떨리기만 하고
나는 너에게
가을에 사과알 한 개를 주지 못했다.
받아 든 한 알의 사과를
사랑이여,
나는 또 누구에게 줄꼬,

타령조 · 8

등골뼈와 등골뼈를 맞대고
당신과 내가 돌아누우면
아데넷사람 플라톤이 생각난다.
잃어 버린 유년, 잃어 버린 사금파리 한 쪽을 찾아서
당신과 나는 어느 이데아 어느 에로스의 들창문을
기웃거려야 하나,
보이지 않는 것의 깊이와 함께
보이지 않는 것의 무게와 함께
육신의 밤과 정신의 밤을 허위적거리다가
결국은 돌아와서 당신과 나는
한 시간이나 두 시간 피곤한 잠이나마
잠을 자야 하지 않을까,
당신과 내가 돌아누우면
등골뼈와 등골뼈를 가르는
오열과도 같고, 잃어 버린 하늘
잃어 버린 바다와 잃어 버린 작년의 여름과도 같은
용기가 있다면 그것을 참고 견뎌야 하나
참고 견뎌야 하나, 결국은 돌아와서
한 시간이나 두 시간 내 품에
꾸겨져서 부끄러운 얼굴을 묻고
피곤한 잠을 당신이 잠들 때,

타령조 · 9

재떨이에 던져진 꽁초
멋대로 나동그라진 꽁초,
흰 자월 드러내고
천정을 치떠보는 꽁초,
지그시 눈을 감고
필터를 깨물던
타고 있던 그때가 멋이었구나.
멋이었구나, 거리로 나서자
밤과 낮의 뒤통수에
퐁 불구멍을 내 주던
그때가 그래도 멋이었구나.
재떨이에 던져진 꽁초
멋대로 나동그라진 꽁초
흰 자월 드러내고
천정을 치떠보는 꽁초는
필터 가까운 한 부분이
아직 한 번도 타지 못한 그 부분이
이젠 좀 분하고 억울할 따름이라네.

붕鵬의 장章

중앙아세아 아한대지방의
늪 속에 사는 거머리,
거머리가 붕으로 화化하는 동안
우리 영혼의 저공低空을 무시로 나는 것은
여린 날개의 참새들이다.
에스쁘리의 오월달 풀밭에서
한동안 연둣빛 식사를 하고
산다화도 피기 전에
마냥 포물선을 그리며 겨울로 떨어지는 것은
그들의 무게 그들의 몸짓이다.
엎질러진 한 접시 물 위에 뜨는
그들은 몇 알의 겨자씨에 지나지 않는다.
보다 육중하고 보다 영원한 것은
싱싱한 바람 싱싱한 은행나무
살찐 표범도 삼키는
중앙아세아 아한대지방의
늪 속에 사는 거머리,
거머리가 붕으로 화하는 동안
우리가 지레 보는
우리 영혼의 상공을 덮는
거대한 날개,
날개가 던지는 미지의 그림자다.

나의 하나님

사랑하는 나의 하나님, 당신은
늙은 비애다.
푸줏간에 걸린 커다란 살점이다.
시인 릴케가 만난
슬라브 여자의 마음 속에 갈앉은
놋쇠 항아리다.
손바닥에 못을 박아 죽일 수도 없고 죽지도 않는
사랑하는 나의 하나님, 당신은 또
대낮에도 옷을 벗는 어리디어린
순결이다.
삼월에
젊은 느릅나무 잎새에서 이는
연둣빛 바람이다.

샤갈의 마을에 내리는 눈

샤갈의 마을에는 삼월에 눈이 온다.
봄을 바라고 섰는 사나이의 관자놀이에
새로 돋은 정맥이
바르르 떤다.
바르르 떠는 사나이의 관자놀이에
새로 돋은 정맥을 어루만지며
눈은 수천수만의 날개를 달고
하늘에서 내려와 샤갈의 마을의
지붕과 굴뚝을 덮는다.
삼월에 눈이 오면
샤갈의 마을의 쥐똥만한 겨울 열매들은
다시 올리브빛으로 물이 들고
밤에 아낙들은
그 해의 제일 아름다운 불을
아궁이에 지핀다.

겨울밤의 꿈

저녁 한동안 가난한 시민들의
살과 피를 데워 주고
밥상머리에
된장찌개도 데워 주고
아버지가 식후에 석간을 읽는 동안
아들이 식후에
이웃집 라디오를 엿듣는 동안
연탄가스는 가만가만히
주라기의 지층으로 내려간다.
그날 밤
가난한 서울의 시민들은
꿈에 볼 것이다.
날개에 산홋빛 발톱을 달고
앞다리에 세 개나 새끼공룡의
순금의 손을 달고
서양 어느 학자가
Archaeopteryx라 불렀다는
주라기의 새와 같은 새가 한 마리
연탄가스에 그을린 서울의 겨울의
제일 낮은 지붕 위에
내려와 앉는 것을,

시 · I

동체胴體에서 떨어져 나간 새의 날개가
보이지 않는 어둠을 혼자서 날고
한 사나이의 무거운 발자국이 지구를 밟고 갈 때
허물어진 세계의 안쪽에서 우는
가을 벌레를 말하라.
아니
바다의 순결했던 부분을 말하고
베꼬니아의 꽃잎에 듣는
아침 햇살을 말하라.
아니
그을음과 굴뚝을 말하고
겨울 습기와
한강변의 두더지를 말하라.
동체에서 떨어져 나간 새의 날개가
보이지 않는 어둠을 혼자서 날고
한 사나이의 무거운 발자국이
지구를 밟고 갈 때,

시 · II

구름은 바보,
내 발바닥의 티눈을 핥아 주지 않는다.
핥아 주지 않는다. 내 겨드랑이에서 듣는
땀방울은 오갈피나무의 암갈색,
솟았다간 쓰러지는
분수의 물보래야, 너는
그의 살을 냠내지 마라.
대학 본관 드높은 지붕 위의
구름은 바보.

시 · Ⅲ

사과나무의 천阡의 사과알이
하늘로 깊숙이 떨어지고 있고
뚝 뚝 뚝 떨어지고 있고
금붕어의 지느러미를 움직이게 하는
어항에는 크나큰[1] 바다가 있고
바다가 너울거리는 녹음綠陰이 있다.
그런가 하면
비에 젖는 섣달의 산다화가 있고
부러진 못이 되어
길바닥을 딩구는 사랑도 있다.

---

1) 『타령조 · 기타』에는 '크나큰'이 '크낙한'으로 표기되었다.(편주)

가을

개가 갓낳은 제 새끼를 먹는다.
올해 여섯 살인 죠의 눈에서
여름의 나팔꽃 채송화가 지는
저녁나절,
어머니가 주고 간[2] 위스키 한 병을
보시기로 마시며
한국의 외할아버지는 수염을 부르르
부르르 떤다.
언젠가
흑인黑人 아저씨[3]가 주고 간
얼룩얼룩한 양말 한 짝이
빨랫줄에서 시나브로 흔들리고 있다.
아메리카는 멀고도 가까운 나라,
올해 여섯 살인 깜둥이 죠는
한국의 외할아버지 몰래[4]
기침을 옆구리로 한다.
늑골 하나를 뽑아 아주 옛날에
사랑하는 누구에게 주어 버렸기 때문이다.

---

2) 『타령조 · 기타』에는 '어머니가 주고 간'이라는 부분이 없었으나 후에 시
   인이 시선집에서 수정하였다.(편주)
3), 4) 『타령조 · 기타』에는 '흑인 아저씨'는 '어머니', '외할아버지 몰래'는
   '할아버지 몰래' 였는데, 후에 시인이 시선집에서 수정하였다.(편주)

동국冬菊

미 8군 후문
철조망은 대문자로 OFF LIMIT
아이들이 오류인 둘러앉아
모닥불을 피우고 있다.
아이들의 구기자빛 남근이
오들오들 떨고 있다.
동국 한 송이가 삼백오십 원에
일류 예식장으로 팔려 간다.

낙엽이 지고

낙엽이 지고 눈이 내린다.
잠들기 전에 너는
겨울바다가 우는 소리를 듣고
꿈에 너는
동맥冬麥의 푸른 잎을 보리라.
동맥의 푸른 잎을 보고 잠을 깨면
너는 네 손발의 따스함을 느끼리라.

부두에서

바다에 굽힌 사나이들,
하루의 노동을 끝낸
저 사나이들의 억센 팔에 안긴
깨지지 않고 부서지지 않은
온전한 바다,
물개들과 상어떼가 놓친
그 바다,

처용

인간들 속에서
인간들에 밟히며
잠을 깬다.
숲속에서 바다가 잠을 깨듯이
젊고 튼튼한 상수리나무가
서 있는 것을 본다.
남의 속도 모르는 새들이
금빛 깃을 치고 있다.

봄 바다

모발을 날리며 오랜만에
바다를 바라고 섰다.
눈보라도 걷히고
저 멀리 물거품 속에서
제일 아름다운 인간의 여자가
탄생하는 것을 본다.

인동忍冬잎

눈 속에서 초겨울의
붉은 열매가 익고 있다.
서울 근교에서는 보지 못한
꽁지가 하얀 작은 새가
그것을 쪼아먹고 있다.
월동하는 인동잎의 빛깔이
이루지 못한 인간의 꿈보다도
더욱 슬프다.

유년시時 · 1

호주 아이가
한국의 참외를 먹고 있다.
호주 선교사네 집에는
호주에서 가지고 온 뜰이 있고
뜰 위에는
그네들만의 여름하늘이 따로 또 있는데

길을 오면서
행주치마를 두른 천사를 본다.

유년시 · 2

누군가의
돌멩이를 쥔 주먹이 어디선가
나를 노리고 있다.
꿈속에서도 부들부들 몸을 떨면서
한껏 노리고 있다.
은전 두 개를 다 털어
나는 용서를 빈다.

유년시 · 3

그 해의
늦은 눈이 내리고 있다.
눈은 산다화를 적시고 있다.
산다화는
어항 속의 금붕어처럼
입을 벌리고 있다.
산다화의
명주실 같은 늑골이
수없이 드러나 있다.

처용 삼장三章

1

그대는 발을 좀 삐었지만
하이힐의 뒷굽이 비칠하는 순간
그대 순결은
형型이 좀 틀어지긴 하였지만
그러나 그래도
그대는 나의 노래 나의 춤이다.

2

유월에 실종한 그대
칠월에 산다화가 피고 눈이 내리고,[5]
난로 위에서
주전자의 물이 끓고 있다.
서촌 마을의 바람받이 서북쪽 늙은 홰나무,
맨발로 달려간 그날로부터 그대는
내 발가락의 티눈이다.

---

5) 『타령조·기타』에는 '칠월에 산다화가 피고/눈이 내리고, 난로 위에서' 로
  행이 달리 구분되어 있다.(편주)

3

바람이 인다. 나뭇잎이 흔들린다.
바람은 바다에서 온다.
생선 가게의 납새미 도다리도
시원한 눈을 뜬다.
그대는 나의 지느러미 나의 바다다.
바다에 물구나무 선 아침하늘,
아직은 나의 순결이다.

보름달

계수나무 한 나무
토끼 한 마리
돛단배에 실려 인도양을 가고 있다.
석류꽃[6]이 만발하고, 마주 보면 슬픔도
금은金銀의 소리를 낸다.
멀리 덧없이 멀리
명왕성까지 갔다가 오는
금은의 소리를 낸다.

---

6) 『타령조 · 기타』에는 '석류꽃'이 '柘榴꽃'으로 되어 있었는데, 이 전집을
   엮으면서 시인이 수정하였다.(편주)

잠자리

백로白露 가까운 개울물소리
별에서도 풀벌레가 운다.
수세미 잎에 앉은 잠자리 한 마리
그의 허리는 부러지고 있다.
입 안에 든 달디단 과자처럼
그는 조금씩 녹아내리고 있다.

라일락 꽃잎

한 아이가 나비를 쫓는다.
나비는 잡히지 않고
나비를 쫓는 그 아이의 손이
하늘의 저 투명한 깊이를 헤집고 있다.
아침햇살이 라일락 꽃잎을
흥건히 적시고 있다.

아침에

크고 꺼칠한 손이
햇서리가 내린 밀감나무의
밀감을 따고 있었다.
밀감밭이 있는
탱자나무 울 저쪽의 언덕길을
바다를 바라고
한 마리 살찐 망아지가 달리고 있었다.

디딤돌 · 1

디딤돌이 달빛에 젖어 있다.
아내의 한쪽 발이 놓인다.
어디선가 가을 귀뚜라미가 운다.
무중력 상태의 한없이 먼 곳에
아내는 떠 있는 느낌이다.

디딤돌 · 2

천사는 프라하로 가서
시인과 함께 즐거운 식사를 하고,
반 고호는
면도날로 제 한쪽 귀를 베고 있었다.
누가 가만 가만히
디딤돌을 하나하나 밟고 간다.

금송아지

한낮의 금송아지,
목이 마른
여름 한낮의 금송아지,
가장 슬기로운 바람은
느릅나무 그늘에서 숨을 돌리고,
죽음을 죽이는
바다는
고혈압의 코피를 흘린다.

서촌西村 마을의 서부인徐夫人

서부인의 손은 나이보다 젊고
이마는 아직도 밝은 밀감빛이다.
서부인이 봄나들이를 가면
맥엽麥葉에도 하늘이 그득히 고이고
서부인이 가을 나들이를 가면
바다가 수심을 드러내고
그 많은 사과알이
하늘로 깊숙이 떨어지는 것을 본다.
서부인이 나들이를 가지 않으면
하늘은
낮동안 멍청히 누웠다가
한밤에 서부인의 머리맡에 와서 근심스럽게
에메랄드의 눈을 뜬다.
서부인이 나들이를 가지 않으면
우피 장화를 신은 팔자 수염의 장군이
사냥개를 몰고 왔다 가고
서촌 마을은
시들시들 앓아 눕는다.
바다는
시들어 낙엽이 진다.

작은 언덕 위⁷⁾

쥐약을 먹었는지 쥐가 한 마리
내장을 드러내고 죽어 있다.
내장이 하얗게 바래지고 있다.
한 달을 비가 오지 않는다.
제주도로 올라온 저기압골은
다시 밀리어
남태평양까지 갔다고 한다.
웃통을 벗은 아이가 둘
가고 있다.
그들의 발뒷꿈치에서 먼지가 인다.
먼지도 하얗게 바래진다.
흙냄새가 풍기지 않는다.
금잔화의 노란 꽃잎 둘레가
한결 뚜렷하다.

---

7) 『김춘수 전집 1 · 시』(문장사)까지 제목이 '적은 언덕 위'로 오기되어 있었
는데, 이 전집을 엮으면서 시인이 '작은 언덕 위'로 수정하였다.(편주)

새봄의 선인장

한 쪽 젖을 짤린
그쪽 겨드랑이의 임파선도 모조리 짤린
아내는 마취에서 깨지 않고 있다.
수술실까지의 긴 복도를
발통 달린 침대에 실려
아내는 아직도 가고 있는지,
지금
죽음에 흔들리는 시간은
내 가는 늑골 위에
하마를 한 마리 걸리고 있다.
아내의 머리맡에 놓인
선인장의
피어나는 싸늘한 꽃망울을 느낄 뿐이다.

강 화백의 파이프

어느 봄날
강 화백이 물고 있는 파이프에서
강 화백의 얼굴만한
커단 낙엽이 지는 것을 보았다.
어느 가을날
강 화백이 물고 있는 파이프에서
시네라리아의 귀여운 한 송이가
반쯤 피었다 지는 것을 보았다.
파이프를 물고 있을 때의
강 화백의 쌍꺼풀진 커단 눈은
언제 보아도 젖어 있다.

시법 詩法

모란이 피어 있고
병아리가 두 마리
모이를 줍고 있다.

별은 아스름하고
내 손바닥은
몹시도 가까이에 있다.

별은 어둠으로 빛나고
정오에 내 손바닥은
무수한 금으로 갈라질 뿐이다.
육안으로도 보인다.

주어를 있게 할 한 개의 동사는
내 밖에 있다.
어간은 아스름하고
어미만이 몹시도 가까이에 있다.

후기

　1959년에 춘조사의 「오늘의 시인 총서」 씨리이즈로 제4시집 『부다페스트에서의 소녀의 죽음』을 낸 지 꼭 십 년 만에 내는 이 시집은 그러니까 나로서는 제5시집이 되는 셈이다.

　제4시집 이후 십 년 동안 나는 또 한 번의 실험기를 겪게 되었다. 그것은 60년대의 상반기에 걸친 연작시 「타령조」를 통해서다. 장타령場打令이 가진 넋두리와 리듬을 현대 한국의 상황하에서 재생시켜 보고 싶었다. 이러한 처음의 의도와는 달리 결과적으로는 하나의 기교적 실험이 되어 버린 듯하다. 그러나 이러한 과정이 나에게 있어서는 헛된 일은 아니었다고 생각한다. 「타령조」 이후의 나의 시작에 이때의 기교적 실험이 음양으로 작용하고 있다는 것을 충분히 짐작하고 있기 때문이다.

　「타령조」 연작은 50편 정도의 양이지만 여기에는 그 중 9편만 싣기로 했다. 요즘 시지詩誌 『현대시학』에 연재 중에 있는 「처용단장」을 그 제1부만이라도 이번 시집에 넣고 싶었으나 이미 단편적으로 발표된, 그리고 이번의 시집에도 수록된 「처용」 시편들과 이미지 상의 어떤 혼란을 피하기 위하여 「처용단장」은 그것대로 완결을 본 뒤에 따로 책을 내는 것이 좋지 않을까 하여 할애하기로 하였다.

　이번 제5시집은 문화공보부의 작가 기금으로 상재하게 된 것임을 부기해 둔다.

육십구년 십입월 이십오일

저자

처용(시선집詩選集)

1974년 9월 25일 민음사 발행(신사륙판/123면)

|차 례|

---

* 「처용단장 제1부」는 『처용』에 수록되었지만, 이후에 발표된 『처용단장』을
원전으로 삼아 여기서는 수록하지 않기로 한다.(편주)

개 두 마리

　개 한 마리가 짖어댄다. 다른 데서 또 한 마리가 짖어댄다. 두 마리 개의 짖어댐은 밤하늘의 그리 높지 않은 어디서 서로 부딪쳐 피를 흘린다. 한 마리는 죽고 다른 한 마리는 겨우 살아 남는다. 살아 남은 한 마리는 제 울대에 그러나 갑자기 슬프디슬픈 긴 꼬리를 달고, 제가 죽인 다른 한 마리의 뒤를 하염없이 따라긴다.

눈물

남자와 여자의
아랫도리가 젖어 있다.
밤에 보는 오갈피나무,
오갈피나무의 아랫도리가 젖어 있다.
맨발로 바다를 밟고 간 사람은
새가 되었다고 한다.
발바닥만 젖어 있었다고 한다.

서사시

낭산狼山의 악성樂聖―백결 선생

1975년 12월 25일 동화출판공사 발행
(민족문학대계 6권 p.119~150에 수록)

서장序章

신라 자비왕慈悲王,
천 년도 훨씬 더
연년세세 흐르고 흘러
지금은
백결 선생 거문고 타던 손톱
낭산狼山에도 없고
알천閼川에도 없네.
왕의 가장 뜨거운 눈물로도
왕비의 미소로도
다스리지 못한
크낙한 하나의 제국,
남산의 산발치에서 피어나던
아득하고도
아련히
이어지고 스러지던
파장
그 아지랭이
지금은 없네.
오 지금은 다 가고
벌판에 솔바람 소리만 남았네.
백결 선생 손가락 끝의
그 피어나던 아지랭이
봄이 와서

봄이 가도록
이제는 벌판에 솔바람 소리,
자욱도 없이
삭아서 사라지고
다만 우리는
꿈을 꾸며
꿈속에서 바라볼 따름이라네.
백결 선생,
선생은 지금
하나의 제국이 아니라
제국이 하나 증발한 다음의
크낙한
크낙한 하나의 꿈이라네.

1. 낭산의 봄
　　―출생

바람아
꽃샘바람아,
아직도 서리 묻은
하늘을 날다가
목련화

매화
영산홍
명자
남천
어린 남천을 부벼 주고 만져 주고
흔들어 주고,
알천을 건너
낭산을 불고 있었네.
알천의 개나리
낭산의 진달래
복사꽃은 벌써
어디선가 우련히 지고 있었네.
가까이에서
열릴 듯 열릴 듯
밝아 오는 대낮,
암탉이 높이높이 홰를 치고 있었네.
홰를 치고 있었네.
감포甘浦 저 멀리
동해 바다 드높이
해는 중천에 있었네.
중천에 뜬 해는
이마에 땀을 조금
흘리고 있었네.

이마에
땀을
조금
흘리고
있었네.
삼월의 어느 날,

가느다란 작은 소리
땅에 스미고 있었네.
그것은 탄생의 울음소리,
이름 없는
한 창생의
어둠을 털고 빛을 받는
그 기쁘고 황홀한 순간의
울음소리,
땅에 스미고 있었네.
혼자서 즐겁게
가느다란 작은 소리
스미고 있었네.
이름 없는 창생蒼生의
모래알만큼이나 흔한
목숨의
천하디천한

슬픔이 빛이 되는
삼월의 어느 날,
동해 바다 드높이
해는 중천에 떠서
땀 흘리고 있었고,
꽃샘바람은
느릅나무
전나무
오갈피나무
산도화를 부벼 주고 만져 주고
흔들어 주고,
먼저 핀 산도화는 벌써
한 잎 두 잎 지고 있었네.

오 지고 있었네.
밝은 대낮에
꿈도 없이
도화는
남산을 가리며 지고 있었네.
한 잎 두 잎,

아지랭이 빛깔이
우련히 다가서는

봄의 몸부피
밀어내고 밀리고
지금 태어난 그 아이
무슨 보람을
이승에 남기고
살아 있는 동안
살아 있는 보람을
낭산 밑
양지바른 어디다
심어 가꾸리?
한 창생의 목숨
그 기쁨 어디다 새기리?

어미는 어미대로
꿈은 꾸었으리?
감포 앞바다
동해가 일렁이는
꿈을
깊은 한밤에
수심水深에 잠기듯
몸을 떨면서
꾸고 있었으리?
무섭고도 황홀한

꿈을 꾸고 있었으리?

잎이 지고 있었으리,
도화의 보얀 잎이
지고 있었으리,
꽃샘바람이
목련화
매화
영산홍
명자
남천
어린 남천의 푸른 잎을
부벼 주고 만져 주고
흔들어 주고,
느릅나무
전나무
은행나무
오갈피나무
향나무
향나무 푸른 잎을
감포 저 멀리
동해 바다 그 쪽으로
흔들어 주고 있었으리,

동해 바다 드높이
해는 중천에 뜨고
암탉이 대낮에
높이높이 홰를 치고 있었으리,
땀 흘리는 바다,
땀 흘리는 해와 바람,
봄은 오면서
이름없는 한 아이와
그의 꿈과
그의 어미의 꿈을 한꺼번에
낳아 주었네.

낳아 주었네.
아이와 함께 그의 어미를
빛 속으로 또 한번
낳아 주었네.
아지랭이 같은
눈앞의 알천
눈앞의 남산
오, 봄의 부피보다도 끝없는
깊고 깊은
수심에 잠기는 듯
꿈을

아이를 안으면서 그의 어미는
안았을까?
그 해를
동해 바다를
품 안에 안았을까?
그것은 가난보다도
배고픈
서러운 서러운 그 가난보다도
더욱 사무치는
오 그것은 눈물이었을까?

신라 자비왕 치세治世
낭산 밑 어느 초옥에서
이름 없는 천민을 부모로 하고
한 아이는 이승의 햇빛을 춘 삼월에
눈부시게 받았도다.

2. 두 개의 꽃잎
　　—성장

사랑은 왔다.
햇살이 빛나듯이

아니, 꽃눈보라처럼
아니, 기도처럼
왔다.
개운포開雲浦 열리는 바다
낭산에서 바라보는
그 열리는
개운포 바다처럼
사랑은 와서
넋을 적시고
넋을 목마르게 한다.
그는 바람이던가?
삼월에
젊은 향나무 잎새에서 이는
바람이던가?
꽃이던가 잎이던가?
봄에 피었다
한 달 만에 지는
꽃이던가?
초여름에 훤하던 얼굴이
가을에는
바람에 날리는
그는 잎이던가? 푸른 빛의
푸른 빛의 날개던가?

272

새던가?
오는 듯 가고
가는 듯 온다.
언제나 그런 모양의
눈앞에 아지랭이가 끼이고
입맛이 쓰다.

오, 배고픔보다도 더욱 눈물나는
안아 보고 싶어라,
저 아지랭이,
하늘을 가르고
냇물을 가르는
저 기류,
낭산에도 있고
남산에도 있는
그러나 안아볼 수 없는
안기지 않는
그것은 그대 가슴의
크나큰 돛,
풍선,
바람을 타라!
그대 가슴 부풀어 넘치는
비온 뒤

알천의 냇물같이
오, 넘쳐서 들을 적시고
서라벌을 잠기게 하라.
서라벌,
그보다도 더욱 더
하늘보다도 더욱 큰
그대 가슴
홍수로 하여 잠기게 하라.

길을 가다
우물을 들여다보면
하늘뿐이네.
그는 없고
구름 한 점 흐르는
눈물나는 눈물나는
하늘뿐이네.
모로 누워도 바로 누워도
잠자리가 거북한
잠이 안 오는
그것은 삼월의 꽃샘바람인가?
움이 트는,
아니, 속잎의
보얀 입김의

그것은 어머니의 앞쪽의 속살
인 듯
누더기 속의
동상凍傷 입은 겉살갗 속의
언젠가 훔쳐본
어머니의 여미고 여미던
앞쪽의 속살
인 듯……인 듯
그러나 잡히지 않는
바람의
햇살의
저 높다란 노송 밑의
일렁임,
오, 그 일렁임이로다.

누가 주었을까,
이 아픔을……
못을 하나 이마에 박고
멍든 이마를 자랑스럽게
저승에 계신
아버지도 그랬을까?
높이 치켜들고
눈물지었을까?

어머니는 모르리라,
아버지의 아픔을
배가 고파 울었던 어린 시절과
배가 고파 서러웠던
스물한 살
아니, 스물두 살의 아버지
어머니,
주지 못한 아픔을
그것은 가난이 아닌
바람과도 같고
햇살과도 같은
그 무엇인가
주지 못한 아픔을
아버지의 이마의 푸른 멍을
어머니는 모르리라.
아버지는 스물두 살에 저승으로 가고
어머니는
아무것도 모르고
모르면서 슬프게 늙었어라.

남자는 이승의 누구에게
주고 싶은 것이 있어,
그것이 간절할 때

노래가 되지.
산천도 듣고
초목도 들어라,
노래가 우는 울음소리를……
그것은 차라리 환희로다.
여자들은 듣고
얼굴을 붉히네.
목숨의 뜨거운 입김이로다.

속삭임이고
미소고
춤이고
무엇보다도 그것은
슬픔이로다.
목숨의 그것은
슬픔이로다.

낭산에서 보면
알천은 송림으로 빠지고
개운포 앞바다
동해가 옷을 벗고 눕는다.
예쁘게
젖무덤을 가리며 눕는다.

송림에 학이 앉고
상공에 매가 난다.
화랑들은 이럴 때
활을 쏘고
칼을 겨룬다.
활을 쏘고 칼을 겨루는
화랑들은 꽃이로다.
그들의 피는 고귀하기에
더욱 슬프도다.
그들은 슬픔을 모르고
죽어가야 하리.
관창官昌은 슬프도다.
적장 계백階伯도
관창이 슬펐도다.

열다섯 살
열여섯 살의 화랑이
죽어갔으니
신라는 어이하여 울지 않으리?
울음을 참고
신라는 삼국 위에 섰도다.
그것은 때로 보살과도 같고
때로는

어머니의 여민 속살과도 같았도다.
울음은 바늘구멍으로도
새어나오리.

새어나오리,
알천 송림을 따라
개운포를 지나
그대는 멀리멀리 가고
나는 아내를 맞아
아이를 낳았노라.
둘이나 낳았노라.
눈물은
배고플 때만큼이나 새어나오리,

(어느 날 꿈에 나는 남산 산발치를 헤매고 있었다. 하염없이
헤매고 있었다. 생시처럼 몸에 누더기를 감고 하는 일도 없이 배
고파하고 있었다. 먹는 것을 생각하면 입에 군침이 돌고 슬펐다.
　나는 동東에서 서西로 정처 없이 걷고 있었다. 낮은 언덕을 지
나 전망이 조금 트인 모퉁이로 나서자 저쪽에서 어머니가 오고
있었다. 한쪽 옆구리에 놋대야를 들고 있었다. 먹을 것이 담겨져
있었다. 어머니는 맨바닥에 그걸 놓고 손으로 집어 나를 먹이고
있었다. 받아 먹으면서 나는 울고 있었다. 그런데 그것은 어머니
가 아니었다. 누더기를 감고 때묻은 손이었으나 얼굴은 달랐다.

279

그는 나에게로 와락 안기면서 "개운포로 갔다! 개운포로 갔다!" 이렇게 두 번 일러주었다.

 그는 누더기를 벗어 던지고 내 팔을 자기 쪽으로 이끌어 갔다. 한 번 훔쳐본 어머니의 앞쪽의 속살이, 보얀 안개처럼 거기 흐르고 있었다. 나는 보얀 그 안개 속으로 몸을 던지며 울고 있었다. "어머니!"

 그러나 나는 낭산 밑 우리집에 와 있었다. 아버지가 저승에서 왔다고 했다. 스물두 살의 젊디젊은 장정이었다. 아버지도 배고프다고 그랬다. 아버지도 배고파서 우는 것은 아니라고 그랬다. 배고픈 것은 서럽지만 네 어머니를 보면 웬지 슬프다고 그랬다. 그 말을 나는 알아듣고 있었다. 나는 아마 일곱 살이나 여덟 살쯤 돼 있었는 듯했다.)

 남산 모롱이에서
 알천 안개 속에서도
 슬픔이 새어나듯이
 눈을 감아도
 눈을 떠도
 속눈썹 깊숙이 박힌
 눈물은 새어나온다.
 오, 그것은 슬픈 기쁨이다.
 이승의 그대 모습이다.
 어디다 두고 가리.

나는 알려야 하리,
아니, 나는 나에게
들려주어야 하리,
열다섯 열여섯 살의
피가 고귀한 사람들은
화랑이 되어
활을 쏘고
칼을 겨루고
산수를 소요逍遙하며
신라를 위하여 죽을 날을 생각할 때
나는 내
살아 있는 슬픔과 그 기쁨을
알려야 하리,
아니, 나는 나에게
들려주어야 하리,

내 재주는 내 운명이로다.
내 재주는 손톱 끝에 있고
내 운명 또한
내 손톱 끝에 달렸도다.
내 손톱은 울고
몸부림치고

가죽이 벗기고
피를 흘렸도다.
한 번이 아니라 열 번도 스무 번도
흘리고 또 흘렸도다.

거문고는 다섯 줄이 아니라
일곱 줄이 아니라
내 손톱의 희노喜怒에 따라
열 줄도 되고 스무 줄도 되었네.
그것은 바다고
안개고
지는 도화꽃이고
향나무를 스치는 바람이기도 하였네.

아버지의 이마의 멍이기도 하고
어머니의 배고픔
어머니가 먹이는 한 술의 먹이기도 하고
안아볼 수 없는
허리고
만져지지 않는 살갗이었네.

그것은 태풍이었네,
눈 내리는 한밤이었네,

봄이면서 가을이었네,
오, 깊고 깊은 수렁이었네,
온몸이 저리는
그것은 마약이었네,

죽음이었네,
황홀한 황홀한 죽음이었네,

(어머니는 나를 일찍 장가 보내려고 하였다. 나는 처음에는 그
걸 거역하다가 나중에는 어머니의 뜻대로 하기로 하였다. 나는
내 생각대로 장가를 들 수 없는 운명임을 이미 깨닫고 있었다.
나는 내 사랑의 어떤 대상을 얻지 못하고 늘 방황하고 있었다.
아니, 대상은 영원히 나타나지 않으리라는 것을 알고 있었다.
　나는 남의 남편이 되기가 두려웠다. 나는 일을 하기가 싫었다.
밥벌이를 할 엄두가 나서지 않았고, 그럴 능력도 나에게는 없는
것만 같았다. 그런데 어머니는 나더러 장가를 들라고 한다. 어머
니는 내 대신 며느리의 덕을 좀 보자는 것도 있고, 손주를 어서
보고 싶은 심정이기도 한 모양이다. 그건 아무리 생각해도 마땅
한 일이다. 자식을 하나쯤 만드는 구실까지 못 한다면 나는 어머
니에게는 있으나마나다. 아니, 그건 내 생각일 거고 어머니는 그
래도 좀 다를는지도 모른다.
　나는 어머니의 생각대로 장가라는 것을 들었다. 열여덟 살 때
의 일이다. 그리 빠르지도 않다. 몸 튼튼한 아내를 얻었다. 그는

남의 집 종살이를 하다가 죽은 가야 유랑민의 딸이다. 볕에 굽혀 얼굴은 검지만, 속살은 대조적으로 희고 그런대로 상판도 반반한 편이다. 나는 그와 정을 들였지만, 그것은 사랑이라고는 할 수 없다. 늘 나는 마음이 딴 데로 가 있었다. 마음이 채워지지 않았다. 나는 아내보다도 거문고와 더 가까이 지냈다. 어머니도 아내도 별로 간섭하지 않았다.

어머니는 손주 둘을 그 시든 품에 안아볼 수 있었다. 어머니는 별로 불평 없이 살다가 내가 스물여섯 살이 되던 해의 늦봄에 촛불이 꺼지듯 숨을 거두었다. 아주 자연스런 죽음이었다. 먹지 못하고, 고된 노동의 연속이라 남들의 칠십에 가까운 노쇠老衰를 불과 오십도 채 안 된 어머니는 온몸에 나타내고 있었다. 나는 별로 슬픈 줄을 몰랐다. 아내도 그런 것 같았다. 서운하기는 했지만, 뭔가 이유 없는 슬픔이 엄습해 올 때의 그 주체할 수 없던 심정과는 전연 다른 것이었다. 그저 서운하다는 그 말이 적격이다.

아이 둘은 배를 채우지 못하면서도 그런대로 자라고 있었다. 아내는 몸이 많이 쇠약해져 갔다. 이따금 문득 측은한 생각이 들곤 하였다.)

아내는 들에 가고
아이들을 데리고
하루 왼종일 들에 나가고
혼자서 무엇을 하랴?
긴 긴 배고픈

늦봄 하루 왼종일 낮잠도 오지 않고
바라보면 거문고는
절로 혼자서 울고 있다.
손이 가도 마찬가지
안 가도 그만,
내 귀에는
거문고가 운다.

그건 죄스러운 일이다.
아내에게 자식에게
고인들께도 죄스러운 일이다.
그러나
낭산 밑 초옥의 한 지아비는
죄를 알고도
죄를 달래고만 있었네.
밤마다 눈물은
베갯모를 적시고 있었네.
용서하라고 용서하라고,
거문고는 또한
그런 모양으로 울고 있었네.

아내는 귀는
더 열리지도 않고

더 막히지도 않고
아이들은 귀가 열리기 전에
배가 먼저 채워져야 했다.
아내는 나보다는
아이들의 어머니였다.
아이들의 배고픔에 모든 정성 다 쓰고
내 거문고는 있어도 그만
없어도 그만이었다.
그것은 하나의 습관이었다.
아내는 밥이 있으면
아이들 다음에는
나를 먹이고
자기는 굶는 일이 많았다.
그러면서도 아내는
거문고를 미워하지도 않았다.
아내는 아내일 뿐
끝내 내 슬픔
내 기쁨과는 남남이었다.
오, 얼마나 복된 일일까?

복되도다. 내 처지,
아내여,
죽어서 우리가 가는 곳이 있다면

내 그대를
꼭 한번 대접하리,
내 피와 내 살로
그대를 불러
그대를 배부르게 먹이리,
그대 또한 눈을 뜨리,
내 거문고는 그때
그대 귀를 울리리,

그대 먼저 이승을 뜨면
내 그대를 찾아
저승으로 가리,
이승에서 그대 귀를 막던
그 가락 다시 또 들려주리,
그대 귀는 그때사
개운포 바다처럼 열리리,
열리리,

아내에게 무엇을 주리,
자식들에 무엇을 주리,
아버지,
어머니,
무엇을 드리리까?

크나큰 하늘
지는 꽃,
자식들아 자식들아,
배고픈 너희에게 애비는 무엇을 주랴?

오, 가락 하나 주랴?
밥 한술 주랴?
밥을 못 주는 애비는
죄인이로다.
이승에서의 크나큰 죄인이로다.
너희들 굶어 죽고
너희 모母도 굶어 죽고
내 가락 더욱 황홀하게
저승으로 스며가리,
운명이로다.
이는 참말로 운명이로다.

그날 누군가
개운포 앞바다
치맛자락 스치며 가고 난 뒤
나는 맥이 풀리고
나는 바보 천치
병신이 되었네,

밥벌이도 못 하는 얼간이가 되었네,
사랑아,
너는 그런 모양으로
나에게로 왔도다.
크나큰 슬픔이로다.

아내는 어쩔 수 없이
내 이승이로다.
오, 내 자식들
자식들아,
너희들 또한 어쩔 수 없는
내 이승이로다.
그대들 굶주림은
내 아픔이로다.
아픔이지만
아픔도 참아야 하리,
점지한 운명 앞에
이승의 아픔은 참아야 하리,
가락은 울리리,
서라벌 동서남북을
가락은 울리리,
오, 복되도다 슬픔이여,
운명이여,

운명을 사랑해야 하리,

나랏님도 어쩌지를 못하리
내 운명의 밧줄을,
그것은 끝내
내 몸이 잡고 있어야 하리,
나랏님도 그 슬픔을
알고 계시리,
알고 있지 않으시면
어찌 다스릴 수 있으리?
억조창생의 마음을……
가락이여 울어라,
가장 어둡고 흐린 날에
가락이여 울어라,

문 열고 울어라,
꽃잎 하나는 지고
꽃잎 하나는 핀다고
그 명암의
쓸쓸하고 따스함을
울어라,
산도화 꽃잎에 드는
아침 햇살보다도

더욱 훤하게
더욱 훤하게 가락아
울어라,

이승에서의 소망은
하나뿐,
더욱 훤하게 더욱 훤하게
배고픔도 잊을 만큼
더욱 훤하게
가락이여 울어라,

아내여 용서하라,
자식들아,
너희들도 용서하라,
아버지
어머니
용서하소서,
동포여 용서하라,
입에 풀칠도 못 하는
이 얼간이
이 병신을 용서하라.

가락이여 울어라!

3. 섣달 그믐날 밤의 대악碓樂
─ 세파

아내는 품을 팔고
허구헌 날 나는
울고 있다.
거문고와 함께
나는 맏이를 달랜다.
막내는 아내가 데리고 가고
맏이는 어쩌지도 못하고
애비 곁에서
거문고를 듣는다.

맏이는 거문고보다도
배가 고프다.
배고픔은 거문곤들
달래줄 수가 없다.
어이하여 그것을 모르리오?
알면서도 애비는
거문고를 뜯는다.
손톱이 빠지고
가죽이 벗기고
피가 솟는다.

피가 튀고
피바다가 되고
방 안에 그득히 고인다.
그러나 마침내
가락은 모든 것을 물러가게 한다.
오직 소리만이 울림되어
천지에 그득하다.

아내가 돌아왔는지?
밤이 되었는지?
막내가 보채는지 젖꼭지를 물었는지
제 어미 품에서
울고 있는지
잠들었는지
맏이는 어떡허고 있는지?
오직 고요 뿐이다.
침묵을 다스리는
울림뿐이다.

나는 또 알고 있다.
아내는 깊이깊이
이승의 울음을 운다.
죽으면 그만인 이승의 울음을

나는 또 참아야 한다.
내 울음은
그렇다.
나중에 아내를 찾아
저승까지 가 닿는다.
그런 울음이다.
울어라, 내 울음,
울어라,

(그 무렵 아내는 매우 딱한 일을 당하고 있었다. 어느 댁에서
아이 둘을 데리고 와서 살라는 것이었다. 침모針母로 데리고 있겠
다는 것이었다. 대신에 남편은 떼어 버리고 오라는 것이었다. 남
편은 그래야 정을 다실 게 아니냐는 것이었다. 아내는 그런 말을
들을 위인이 아니다. 그러나 그 댁에서는 꼭 그렇게 하라는 것이
었다. 아니, 얼마 동안이라도 그렇게 해보라는 것이었다. 남편이
정을 다실 게 아니냐는 것이었다. 내 버릇을 고쳐 줄 심산이다.
그런 결단이 서지 않으면 그 댁에서는 아내를 불러 주지 않겠다
는 것이었다. 그건 아내와 아이들을 생각해서 하는 그 댁의 선심
이었다. 그러나 아내에게는 거북했다.
아내는 자기대로 자기 운명을 잘 알고 있었다. 나를 먹이는 것
은 아이 둘을 먹이는 거와 같았다.
우리 식구들은 모두가 누더기지만, 나는 더욱 심했다. 아내는
늘 나에게만은 좀 나은 것을 입힐 생각이었지만, 내가 그걸 미리

눈치채고 피해 왔었다. 남의 이목을 생각할 처지가 아니었고, 나는 이미 그런 것을 초월하고 있었다. 살만 가리면 되었고, 추위만 조금 막아 주면 그것으로 충분했다. 물론 아내에게는 아내의 마음이 있었지만, 나는 그것을 가로막아 버렸다.

　아내는 내가 어떤 환경하에서도 생활태도를 바꾸지 않을 것이라는 것을 잘 알고 있었다. 그것은 내 고집이 아니라, 내 운명이라는 것을 잘 알고 있었다. 그리고 아내는 그런 나를 아이처럼 먹여 주고 눕혀 주고 하는 것이 자기의 피할 수 없는 운명이란 것도 똑똑히 알고 있었다. 그 점으로 보아 아내는 아주 엄숙했고 의연하였다. 그래서 아내는 결국은 그 댁과는 발을 끊고 말았다. 큰 밥줄이 끊어진 셈이다.)

　아내는 들에 나가서
　남의 집 들일을 도왔다.
　남의 집 헛간이나
　부엌에서
　궂은 일을 도왔다.
　아내는 어머니를 닮아갔다.
　손등이 트고
　발등이 부어서 삭지 않았다.

　봄이 가고 여름이 왔다.
　기나긴 하루 해가 겨웁기도 하다.

아내는 갈 곳이 없었다.
들일도 없고
헛간일도 부엌일도 없었다.
잔치도 없고
서라벌 넓은 땅에 웬지 그 해는
죽는 사람도 없었다.
아내는 허구헌 날
나무 껍질을 벗기고 있었다.
젖먹이를 등에 업고
아내는 발도 벗은 채
햇살 따가운 줄도 몰랐다.
아내는 감각을 잃고 있었다.
아내의 눈에는
눈물도 없었다. 눈알이 벌겋게
달아 있었다.
아내는 자기 존재를 잊고 있었다.

나는 그와는 반대로
아내의 모습이 눈앞을 가로막고
문득 다가서곤 하였다.
누렇게 뜬 얼굴이 꿈에서도
나를 압도하고 있었다.
그것은 크나큰 힘이었다.

집채보다도 큰
내 힘으로는 끄덕도 않는
처음 당하는 아내의 힘이었다.
거문고를 겨드랑에 끼고
나는 거리로 나섰다.
하염없는 길이다.
나는 그럴 수밖에는 없다.

아내로부터 나는
도망가는 것이 아니다.
아내를 찾아
아내를 만나러 가는 길이다.
아내여,
그대의 힘을 어떻게 감당하랴?
나는 거리에서 광대가 되어야 하리,
그대의 힘을
그런 모양으로라도 감당해야 하리,

낭산 밑 백결은
이제 서라벌이 다 알게 되리라,
뜻있는 이는 시량柴糧을 보내리라,
나는 팔려가서 가락을 뜨으리라,
뜻있는 이는

나를 시량으로 사는 것이 아니라,
나를 시량으로 답례하는 것이지만
내 처지는 다르지,
나는 역시 재주를 파는 거야,
재주를 팔아
아내의 힘을 감당하는 거야,
집채 같은 그 힘을
내 손톱이 막아 주는 거야,
먹지 않으면 죽는다는 것이
서러울 뿐,
손톱으로 시량을 얻는 일은
새로운 하나의 기쁨일 수 있지,
아버지,
당신도 그러셨지요?
서럽고 서러운 일,
먹지 않으면 죽는다는 일,
당신은 등이 휘이도록
남의 땅을 파 주고
어머니를 품팔이로 내놓으셨지요?
나도 이제는
손톱으로 처자식을 기쁘게 해주시라,

재주를 판다는 생각은 잊어 버리자,

재주를 파는 것이 아니지,
아내의 힘을 감당하는 거야,
이승의 기쁨
그 눈물나는 눈물나는 기쁨을
통째로 한번 삼키는 거야,
처자식의 얼굴을
먹이를 씹는 그들의 입언저리를
새로 발견하는 거야,
눈여겨 보아 두는 거야,
치사스럽기는?
그건 이승의 축복인데
배가 부르면 기운이 나지,
고추도 서지,
얼마나 신나는 일인데
아내의 얼굴에 팟기가 돌고
부기가 빠지면,
그런대로 아내는 볼품이 있지,
이승을 산다는 건 그런 것일까?
치사스럽긴?
그러나 그것만으론
그것만으론 어딘가 서운하지.

거문고 다섯 줄

아니, 일곱 줄이 이다지도 질기던가?
모질던가?
새야,
쭉지 부러진 새야,
그 아픔을 밤새도록 울어라,
날지 못하는 새야,

아니 기뻐하라,
두더쥐야 새앙쥐야,
먹기 위해서 너희는 땅굴을 파고
먹기 위해서 너희는 뛰고 있느니
손톱으로 먹이를 얻는
이 기쁨을
기뻐하라.

가락만 먹고는 살 수 없을까?
─살 수는 없지,
─정말일까?
─정말이지,
─왜 정말일까?
─그렇게 살 수 있다면
─가락도 없는 거지,
─왜 그럴까?

—말해 줄까?

—말해 봐!

—서러움이 없으면 가락도 없는 거야.

—정말일까?

—정말이지.

(나는 거문고를 겨드랑이에 끼고 거리를 헤매었다. 좋은 구경
거리가 되었다. 백결 선생이란 이름이 붙게 되었다. 선생은 반드
시 내가 점잖아서 붙여준 것이 아니라, 얼마큼은 내 신세를 비꼬
아 주는 뜻도 있었다고 봐야 하겠지.

나는 서라벌을 두루 헤매었다. 어느 댁에서는 나를 불러 가락
을 뜯게 하고 시량을 얼마큼 등에 얹어 주었다. 나는 그런 마음
이 넉넉한 분들의 저택을 찾아 주악을 자청하기도 하고, 차츰 소
문이 나자 나를 일부러 불러 주는 이도 있어 따라가기도 했다.
여름에서 가을로 나는 이런 행각으로 식구들의 호구糊口를 대고
있었다.

아내는 무언으로 내 행각을 받아 주었다. 다른 호구의 방책이
없어서 그랬기도 했지만, 아내는 내 하는 짓은 무엇이든 간섭하
지 않았다. 아니다. 이번의 이 일에 대해서는 무엇인가 깊이 감
동한 듯이 보였다. 그의 눈빛을 보면 안다. 아이들도 훨씬 영양
을 회복할 수 있게 되었다. 그러나 호사다마好事多魔! 아내는 원인
모를 병으로 자리에 눕게 되었다. 아니, 원인이야 너무도 빤했는
지도 모른다. 그동안의 영양실조와 과로가 겹쳐서 이미 훨씬 이

전부터 몸의 요긴한 부분이 많이 상해 있었는지도 모르는 일이었다. 긴장돼 있을 때는 강단으로 이겨내다가 긴장을 얼마큼 풀게 되자 뚝이 무너진 듯이 갑자기 몸지게 되었는지도 모른다.

아내의 병세는 더해가기만 했다. 기동을 제대로 하지 못할 지경에 이르렀다. 사랑을 얻기 위하여 거리를 나돌아 다닐 수가 없게 되었다. 겨울이 오고 마침내 세모歲暮가 되었다. 아내는 병석에 있고 집안에 곡식 한 톨이 없었다. 드디어 섣달 그믐이 다가왔다. 내일은 설인데 우리는 불기 없는 방안에서 허기진 창자들을 매만지며 서러운 서러운 시간을 보내고 있었다. 낭산 밑 우리 초옥에는 정다운 이웃도 없었다. 떡방아 찧는 소리가 멀리서 들려 오고 있었다. 아무도 떡 한쪽 갖다 주는 이가 없었고, 그걸 바랄 염치도 없었다. 시량을 주악의 답례로 보내준 이들을―그분들 중 어느 한 분이라도―찾아 사정을 말해 보고 싶었으나 도무지 발이 떨어지지가 않았다. 아이들은 보채고 있었고, 아내는 말없이 다만 눈에 눈물을 담고 있었다.)

아내의 서러운 눈빛
그것은 벌써
이승의 것은 아니지 않을까?
오, 먹지 못하는 서러움
눈앞에서 불꽃이 튄다.
아내의 마음은
한껴 한껴 까무러치고 있다.

곁에서 지켜보는 나는
다만 허무할 따름이로다.

나는 거문고를 들었다.
우선 내 마음을 달래자,
이네도
아이들도 달래 주자!
아니 그건 거짓이다.
아내로부터
아이들로부터 멀리 달아나 버리자.
이승을 벗어나자.
방아 찧자 방아 찧자!
방아를 찧어
떡을 만들자
꿈에서 본 인절미!
나는 먹지 말고
새끼들을 먹이자!
아내도 한입 넣어줄까?
방아 찧자!
방아 찧자! 찧자! 찧자! 방아 찧자!

손톱이 벗기고
가죽이 벗기고

피가 솟는다.
피를 쏟아라, 내 몸을 젖게 하라,
피
피
피
피는 나를 저승으로 데리고 간다.

방아 찧는 노래,
오, 가락이 떡이 될까?
현실을 이겨낼까?
방아 찧자! 방아 찧자!
손톱이 빠지도록
가락을 뜯자.
내 죽은 뒤에
이 가락들을 사람들아
너희는 알지 못하리,
크낙한 슬픔은
울지도 못하는 것임을,
너희는 모르리라,

아내여,
일어서라, 누더기를 벗고
그 여미고 여미던 흰 살을 드러내고

춤을 추어라,
눈물나는 눈물나는
이승에서의 마지막 가락이다.
춤을 추어라.
세상 사람들은 단순한 대악礁樂이라 부르리라,
아내여, 그러나
그대는 알리라.

점점점 눈물은 씻기고
피도 멎고
손톱에서
아니, 거문고 다섯 줄에서
꽃샘바람이 인다.
벌써 봄이 오고 있었구나!
남산의 아지랭이,
알천의 아지랭이,
감포가 열리고
개운포가 멀리
동해 바다를 열어준다.
꽃이여, 꽃들이여,
피어라!
움이 트라! 잎이여,

백목련 자목련
매화
영산홍
명자
남천
남천의 새로 돋은 푸른 잎
푸른 잎들이 나부끼네!

남쪽으로 슬리네!
전나무
은행나무
개동백
향나무
단풍나무,
단풍나무 푸른 잎들이
남쪽으로 슬리네!
낭산의 눈도 녹고
개울물 소리,
이승은 새로 맞는
봄이로다.
봄이로다.

이승을 넘어뛰는

사랑아,
그대 언젠가
개운포 먼 바다
옷자락을 적시며 떠나간 뒤로
나는 바보
천치가 되었도다.

오늘도 보라!
나는 바보가 되었도다.
천치가 되었도다.
섣달 그믐날 밤,
아내는 몸져 눕고
새끼들은 보채는데
집안에 한 톨의 좁쌀도 없도다.
오, 멀쩡한 육신으로
나는 눈물도 없이
거문고를 뜯고 있네.

사랑아, 크나큰
바다만큼
하늘만큼
크나큰 사랑아,
나는 아내의 서러움을

새끼들의 배고픔을
이승에 두고
또 한번 불러보자
사랑아,
나는 널 찾아 저승으로 가고 있네.

저승길은 밝도다.
동해 바다
중천에 해는 떠
해는 땀 흘리고 있었네.
땀 흘리고 있었네.
내 손톱에서 아지랭이
남산의
알천의
아지랭이
보얗게 피어오르고 있었네.

내 손톱에서
새가 날고 있었네.
금빛 깃의 새가 날고 있었네.
상공에 매가 한 마리
날고 있었네.
열다섯 살 열여섯 살의

화랑들이
귀를 기울이고 있었네.
죽음을 노래하고 있었네.
동해를 건너가고 있었네.
서해를 건너가고 있었네.

가고 있었네.
꽃잎 하나
가고 있었네.
도화 꽃잎 하나
바람에 나부끼며 슬리며
남산을 가릴 듯 가릴 듯
흐르고 있었네.
가고 있었네.
눈물은 마르고 입가의 미소,
아내는 비妃가 되어
내 곁에 있네.
아내의 화사한 미소,
오, 입 다물지 말아다오.
그대 영원히
화사한 미소로 돌에 새겨져야 하리,
내 몸의 파란 피
그대에게 바쳐져야 하리,

바쳐져야 하리,
내 사지
제물로 바쳐져야 하리,
사랑을 본 대가로
이승을 못다 산 대가로
바쳐져야 하리,
이승의 아내
이승의 새끼들아
내 사지는 너희가 마음대로 하라.

나는 날으리라,
손톱을 타고
이승을 날아
저승으로 가리라.
눈물도 다 쏟고
신선한 눈매로
사랑아
크나큰 사랑아,
못다 산 이승을 날아
나는 저승으로 가리라.

방아 찧자 방아 찧자!

떡은 처자식을 먹이고
방아 찧자 방아 찧자
사랑은 나를 데리고 가라!
오, 이승의 인연이여
밧줄을 끊어라!
끊을 수가 있을까?
방아 찧자 방아 찧자!
찧자!
배고픈 처자식을 이승에 두고
해는 중천에
높이높이 솟았도다.
개운포 멀리
동해 바다 열리고
도화는 한 잎 한 잎
지고 있었네.

거문고는 울고—

4. 저승과 이승
—사별

죽음 어떤 모양으로 왔던가?

눈을 감으며
한 손을 허공에로 젓는
그런 모양으로
아이들의 장난처럼 왔지,

아내는 저승으로 가서
나를 뭐라고 할까?
아버지
어머니
아내는 뭐라고 합디까?
아내의 목소리 들으셨나요?

가는 사람은 가고
남은 사람은 잊어야 하리,
그것이 이승의 법도로다.
아내여 이제야 마음 놓고
그대 위하여
내 거문고는 가락을 타누나.
도화빛으로 그대는 피어나고
강물에 서린
보얀 안개,
그대 마음 더욱더 내 것이로다.
용서하라,

그러나 할 수 없지,
그대 또한 내 운명의 일부,
내 가락은 언제나
  (그대 생전에도)
저승을 드나들었지,
저승은 정다운 곳
그대 사는 곳
이제는 무엇이 아쉬우리,
그대 저승에서 비妃가 되소서.

(아내가 숨을 거두자 나는 정말 막막했다. 젖먹이는 아내를 따
라 아내가 숨을 거둔 지 열흘 만에 숨을 거두었다. 왜 아니 슬프
리오? 아내와 어린것을 낭산 허리에 묻고, 나는 또 맏이를 데리
고 주악행각奏樂行脚으로 나섰다. 그런대로 끼니를 이어가게 되었
다. 나는 차츰 아내 없는 생활에 길들어 갔다.

  세월은 흘러 맏이는 훌륭한 장정이 되어 제 구실을 하게 되었
다. 내가 그에게 얹혀 살게 되었다. 그러나 나는 이제 떠나야 하
리. 맏이에게 짝을 지어 주고 나는 내 길을 떠나야 하리. 그것이
저승길이 되더라도 저승은 정다운 곳 나는 떠나야 하리.)

낭산 밑 정든 곳
나는 어느새 마흔도 훨씬 넘어

아버지가 심은
감나무 한 그루 이미
노목老木이 되었도다.
감나무를 보면 또 배가 고파지네.
배고플 때 침 흘린
감 한 알,
맏이는 또 내 떠난 뒤에
감 한 알 그것을 어떤 눈으로 볼까?
감은 익고
나는 떠나야 하리,

낭산을 멀리
알천을 건너
남산을 지나
어디로 간다고 정처도 없이
나는 가야 하리,

가야 하리,
이제는 마음 가볍게
가야 하리,
구름이 물 위를 흐르듯이
가야 하리,
아내 곁으로 가야 하리,

이제야 이승의 밧줄은
다 끊었어라,
그 딴딴하던 밧줄은
이제야 끊겼어라,
물 위에 구름이 가듯이
이제야 어디든
동서남북 발 가는 대로
나는 가야 하리,
가다가 지치면 거기가 바로
내 잠들 자리,
내 누울 자리,
청산은 참말로 아름다와라,

아버지도
어머니도
아내도
나를 부르고 있도다,
맏이는 또 제 아내로 나란히 서서
손을 흔들며
나를 보내고 있도다.
마음은 둥둥 하늘에 떠 있네.

나이 마흔이 넘도록
이처럼 마음 가벼운 일 있었을까?
오, 나는 이제야 처음으로
탄생하였도다.
오, 자유여
나는 그대의 날개로다.

날아라, 이 마음
날아라, 내 손톱
거문고 여섯 줄은 내 우주로다.
이제는 기쁘고 기쁜
소리를 내어라,
슬픔이여 슬픔이여,
설령 그것이 기쁨으로 이어질지라도
가서 오지 말아다오,
가서 나에게는 영영 오지 말아다오.

아내여,
그대 있는 곳
나도 가서 우리 한번만 만났으면
만나서 그대 비妃가 된 모습
내가 보았으면
나는 그대 위하여

노래 부르리,
나는 빚을 갚고 그 다음
또 사랑과 만나러 가리,

아내여 그대와는
사랑이 아니로다.
그대와는 짓궂은 인연이었네.
사랑은 인연을 넘어서고 있었네.
사랑은 잡히지 않고
사랑은 때로는 보이지도 않네.

사랑은
오, 들어라,
가락으로 오지.
내 손톱에서 울리는
가락으로 오지.
사랑은 아내여
그대와 같은 여자지만
그대는 아니었네.
잡히지 않는
바람이었네.

바다였네.

동해 바다
그 넓고 넓은 구렁이었네.
소리하는 소리하는
구렁이었네.
아내여 한번만 보여다오.
그대 비妃가 된 모습,
윤나는 눈매,
보드라운 손등.
배고픔을 모르는 그대,
배고픈 서러움을 모르는 그대를
한번만 보고 나면
나는 그만
나는 또 그대 곁을 떠나가리,
내 사랑,
내 운명을 떠나가리,
그러나
살아서 저승으로 가서
꼭 한번 그대를 만나봐야지,

내 발은 가볍지만
내 마음도 가볍지만
자유는 이제야 나에게로 왔지만
아내여,

살아서 그대 굶주린 모습
나는 잊지 못하네.
내 자유인 그대는
그늘이라네.
시리게 발목을 적시네.

나는 가야 하리,
맏이는 맏이 그에게 맡겨 두고
나는 가야 하리,
아내여 이승에서 나는
한껏 가야 하리,
그대 한번 보았으면
한이 없으리,
이제는 자유로다.
인연을 끊었도다. 그대 한번 보았으면,
비妃가 된 그대 모습,
한번만 보았으면
한이 없으리.

5. 부운멸浮雲滅
　　─죽음

드디어 왔구나.
여기가 바로 그
내 누워야 할 곳이던가?
저 하늘
이 솔바람
멀리도 왔구나
남해 바다,
내 죽으면 바다로 물 되어
흘러가리.

아버지
어머니
하늘에 계신 아버지
그리고 어머니
굽어 살피소서.
하늘에 있는 아내여
하늘에 있는 우리의 어린것
지금 보고 있겠지?
왜 말이 없는가?
해가 지고

어둠이 오고 있구나.
어둠이 눈시울을 적시네.
오, 시원해라,
오, 갑갑해라,
나는 어디로 가지.
하늘은 어디 있고,
아버지
어머니
당신들은 어디 계십니까?
아내여, 그리고
어린것아,
너희는 또한 어디 있는가?
불러다오.
나는 어디로 가고 있는지?
맏이는 지금 제 땅을
얼마나 가졌는지?
이제는 배고프지 않는가?

솔바람 소리,
콧구멍에도 어둠이 와서
덮어 버리네.
거문고도 없고
아내도 없다.

어린것아 어린것아.
땅거미도 지기 전에 죽어간
어린것아,
지금은 밤이라네.
캄캄한 밤이라네.
거문고도 없는
밤이라네.

신라 자비왕 치세
낭산 밑 초옥에서 난
백결 선생
이름도 없이
쉰 살을 살다가
가야땅
남해 바닷가로 하염없이
헤매고 또 헤매다가
바다가 잘 보이는
언덕받이 송림 사이
자는 듯 쓰러졌다네.

방아 찧고 방아 찧고
방아 찧던 가락,
그 슬프디슬픈 가락,

구름 되고
물 되고
흙 되어
이제는 흔적도 없네.

지금은
삭아서 눈에는 안 보이는
혼령되어
문득 동해 기슭을 스치기도 하지.

백결 선생 눈 감을 때,
천지는 하나
그가 잠들 만한 구멍을 파 주었네.
바람 소리도 닿지 않고
물 소리도 닿지 않고
사람과 짐승의 발소리는 말할 것도 없고
소리란 소리는 너무 멀어
거기까지는 갈 수가 없는
그런 구멍 하나 파 주었다네.
침묵의 언저리,
소리 없는 곳에서
백결 선생은 천 년도 훨씬 넘는 세월을
잠들어 있네.

백결 선생!
그대가 그대로 하나의 가락이로다.

김춘수 시선詩選

1976년 11월 30일 정음사 발행(문고본/200면)

|차 례|

---

* 「처용단장 제2부」는 『김춘수 시선』에 수록되었지만, 이후에 발표된 『처용
단장』을 원전으로 삼아 여기서는 수록하지 않기로 한다.(편주)

서序

　해방 직후, 내 나이 스물이 조금 넘었던 시절의 습작품들을
「습유시편拾遺詩篇」이라고 해서 묶어 놓고 보니 참으로 생각이나
표현기교가 미숙하기 이를 데 없다는 것을 새삼 알게 된다. 그러
나 그 반면 뭔가 진지하고 성실한 구석도 보이는 것 같아 그때가
스스로 귀엽게 보이기도 한다. 이번 이 선집에는 다른 종류의 시
집에는 한 번도 들어가지 못한 「습유시편」과 「근작시초近作詩抄」
등 50~60편의 작품이 더 들어가게 된다.
　「습유시편」은 2~3편을 제외하고는 이미 말한 대로 모두 20대
초반의 것들이다. 세상에 나가서 이것들이 어떤 대접을 받게 될
는지 궁금하다.

1976년 6월 27일
대구 산격동 연구실에서
김춘수

베꼬니아의 꽃잎처럼이나
—마산 사건에 희생된 소년들의 영전에

남성동南城洞 파출소에서 시청으로 가는 대로 상에
또는
남성동 파출소에서 북마산 파출소로 가는 대로 상에
너는 보았는가…… 뿌린 핏방울을
베꼬니아의 꽃잎처럼이나 선연했던 것을……
천구백육십년 삼월 십오일
너는 보았는가…… 야음夜陰을 뚫고
나의 고막도 뚫고 간
그 많은 총탄의 행방을……

남성동 파출소에서 시청으로 가는 대로 상에서
또는
남성동 파출소에서 북마산 파출소로 가는 대로 상에
이었다 끊어졌다 밀물치던
그 아우성의 노도怒濤를……
너는 보았는가…… 그들의 애띤 얼굴 모습을……
뿌린 핏방울은
베꼬니아의 꽃잎처럼이나 선연했던 것을……

늪

간밤 섧게 울던 이무기,
오늘은 이승의 제일 고운 비늘 하나
바람 부는 서녘 하늘
가고 있다.
바람 부는 서녘 하늘 바라보면
개밥
순채
물달개비
우는 소리 아직도 들린다.
들린다.

죽도에서

날이 새면 너에게로 가리라.
시인이 되어 나귀를 타고
너에게로 가리라.
새는 하늘을 날고
길가에 패랭이꽃은 피어 있으리,
보라,
미크로네시아의 젖은 입술,
보라,
미크로네시아의 젖은 허리,
너에게로 가리라.
시인이 되어 나귀를 타고
날이 새면.

수련별곡

바람이 분다.
그대는 또 가야 하리,
그대를 데리고 가는 바람은
어느 땐가 다시 한번
낙화하는 그대를 내 곁에 데리고 오리,
그대 이승에서
꼭 한번 죽어야 한다면
죽음이 그대 눈시울을
검은 손바닥으로 꼭 한번
남김없이 덮어야 한다면
살아서 그대 이고 받든
가도 가도 끝이 없던 그대 이승의 하늘,
그 떫디 떫던 눈웃음은 누가 가지리오?

충무시

여황산餘艎山아 여황산아,
네가 대낮에
낮달을 안고 누웠구나.
머리칼 다 빠지고
눈도 먹고 코도 먹었구나.
동호동東湖洞 육십일번지,

---

* 『남천』에는 작품을 수정하여 「낮달」이라는 제목으로 수록하였다.(편주)

334

어떤 반사

베라가 가고 있다.
영산홍 꽃그늘의
작은 밝음보다 작은 꼬리를 떨구고
베라가 가고 있다.
베라가 가고 있는
연못 바다에서 오늘은 깊고 깊은
하늘이 하나 떠오른다.
가고 있는 베라,
베라 마즐로바의 뒷덜미에
작년에도 내린 진눈깨비가 은회색으로
또 한번 반짝인다.

꽃의 소묘(김춘수 시선詩選)

1977년 6월 30일 삼중당 발행(문고본/287면)

|차 례|

(다른 시집에 수록된 작품명은 생략함)

타령조 · 10

이세반도伊勢半島에서 온 오토미,
네 말을 빌리면
지형이
태평양을 바라고 기어가는 거북이 모양인 밀감밭에서
밀감은 따지 않고
바다에만 먼눈을 팔다가 일터를 쫓겨난 오토미,
빠 쿠로네꼬의 여급이 된 지
채 열흘이 안 되는 오토미,
오토미의 손등은 나이보다 늙고 꺼칠했지만,
오토미의 볼과 이마는 이세반도의 밀감밭의
밝은 밀감빛이었다고 할까,
나이 열다섯만 되면 마음이 익는다는
이세반도에서 온 열아홉 살 오토미의 눈에는
그 커단 눈에는
태평양보다는 훨씬 적지만
바다가 너울거리고 있었다.
오토미, 너는 모를 것이다.
그로부터 일 년 뒤
세다가야 등화 관제한 하숙방에서
시도 못 쓰고 있는 나를
한국인 헌병보가 와서 붙들어 갔다.
오토미, 참 희한한 일도 있다.
어젯밤 꿈에

이십 년 전 네가 날 찾아왔더구나,
슬픔을 모르는 네 커단 두 눈에는
태평양보다는 훨씬 적지만
바다가 여전히 너울거리고 있었다.

타령조 · 11

페넬로프,
춘하추동 자라는 그대 음모陰毛
의 아마존강 유역에서
나는 길을 잃고,
그대 스물네 개의 늑골에서
아담보다도 하나 많은
스물네 개의 그대 어둠이 밀려오는
을지로 어디서
나는 또 길을 잃고,
목이 타서
십오 원짜리 레몬 쥬스로 목을 축이며
나움 가보의 사진판이 걸린
삼층 다방에서
유연히 한때
남산을 마주보는 자세로 있다가
십 오원짜리 레몬 쥬스로 목을 축이며
문득
스물일곱 살의 이상李箱을 생각하다가
생각하다가, 무엇일까
기중기가 쇠줄을 타는 듯한
끼이끼이 끼꺽 하는
소리를 들으며, 생각 속에서
나는 또 다시 길을 잃고 헤매느니라
페넬로프,

타령조 · 12

어머니,
미지의 산하를
너울거리는 봄바다의 수소이온
의 어머니,
춘하추동 자라는
당신의 음모陰毛
의 아마존강 유역에서
오늘밤
눈에 불을 켜고 암흑으로 투신한 악어는
악어는 내일 아침 꽃필
수련화 꽃잎
의 달님 같은 어머니,
미지의 산하를
너울거리는 봄바다의 산소이온
의 어머니,

타령조 · 13
―공동 욕탕에서 발견한 한 가닥의 음모陰毛

누가 빠뜨리고 갔을까
이런 부끄러운 것을,
선원증도 아니고 기차표도 아니라서
달려와 찾아갈 사람이 없다.
잠겼다 떴다 잠겼다 떴다
그가 하는 몸놀림은
파브로 피카소가 그린
투명한 기하학적 선을 그으며
자꾸 추상으로 환원하는데
인간의 사타구니를 떨어져 나간
그것은 왕양汪洋한 자유라고 하는 것일까,
그의 에로티시즘은
그러나 보는 내가 민망하다.
대낮의 공동 욕탕 물탱크에다
누가 빠뜨리고 갔을까,
잠겼다 떴다 잠겼다 떴다
그가 하는 몸부림은
투명한 기하학적 선으로
선으로 자꾸 환원하는데,
누군가의 사타구니를 떨어져 나간
한때는 인간의 것이었던
그는 그 나름으로
지금은 죽어가는 한 가닥의 터럭인데

누가 빠뜨리고 갔을까
이런 부끄러운 것을,

더 많은 앵초

갈라진 혓바닥과
갈라진 입술,
갈라진 등골뼈와 등골뼈 사이
해가 지고 밤이 오면
어이하리오?
더러는 팔을 베고 하늘 보고
더러는 배를 깔고 땅만 보고,
갈라진 혓바닥과
갈라진 입술,
갈라진 등골뼈와 등골뼈 사이
밤이 가고 날이 새면
어이하리오?
더러는 가슴으로 하던 기침
어이하리오, 어리하리오?

성성猩猩이

처음엔
팔뚝 하나 분질러 놓고
코피 쏟게 하고
자네를 떠나는 모든 자네 체모,
자네를 떠나는 모든 자네 두발,
그 다음은 모가지를 분질러 놓고
허리를 분질러 놓고
무릎을 분질러 놓고
발가락 열 개를 다 분질러 놓고,
분질러진 모든 자네 뼈들이
하나 하나 실려 나가면, 허겁지겁
하늘 밖으로 나가 떨어지는
자네 난시의 눈알,
그런 눈알,

못

술에 마약을 풀어
어둠으로 흘리지 마라.
아픔을 눈 감기지 말고
피를 잠재우지 마라.
살을 찢고 뼈를 부수어
너희가 낸 길을 너희가 가라.
맨발로 가라.
숨 끊이는 내 숨소리
너희가 들었으니
엘리엘리나마사막다니
나마사막다니
시편의 남은 구절은 너희가 잇고,
술에 마약을 풀어
아픔을 어둠으로 흘리지 마라.
살을 찢고 뼈를 부수어
너희가 낸 길을 너희가 가라.
맨발로 가라. 찔리며 가라.

운주雲珠

흑해에서 만난 바람,
그리고 고비사막에서도
중앙아세아에서도 만난 바람,
우랄 알타이의 구름 비 천둥,
장백산맥을 넘어서면서 한번 울고
천년을 잠자다 문득 깨난
아라비아산 나마裸馬 일필一匹
얼마나 마음 다급했으면
운주는 경주 박물관
유리상자 안에 걸어둔 채
오늘은 해 저무는 감포甘浦 앞바다를
멀리멀리 달리고 있다.
달리고 있다.

대지진

한밤에 깨어보니
일만 개의 영산홍이 깨어 있다.
그들 중
일만 개는 피 흘리며
한밤에 떠 있다.
밤은 갈라지고, 혹은 찢어지고
또 다른 일만 개의 영산홍 위에 쓰러진다.
밤은 부러지고
탈장脫腸하고
별들은 죽어 있다.
별들은 무덤이지만
영산홍은 일만 개의 밤이다.
눈 뜨고 밤에 깨어 있다.
깨어 있는 것은 쓰러지고
피 흘리고
한밤에 떠 있다.
마침내 비단붕어는 눈 뜨리라.
지렁이가 눈에 불을 켜고
별이 또 떨어지리라.
바다는 갈라지고
밤도 어둠도 갈라지고 갈라지고
땅은 가장 깊이에서 갈라지고
개미만 두 마리 살아나리라.

영산홍의 바다,
일만 개의 영산홍이 깨어 있다.
커다란 슬픔으로
그것은 부러진다.
영산홍 일만 개의 모가지가
밤을 부수고 있다.
맨발의 커다란 밤이 하나
짓누르고 있다.
어둠들이 거기서 새어나온다.
어둠들이 또 한번 밤을 이룬다.
갈라진다.
혹은 찢어진다.

남천南天

1977년 10월 20일 근역서재 발행(국판/125면)

| 차 례 |

리듬 · I

하늘 가득히
자작나무꽃 피고 있다.
바다는 남태평양에서 오고 있다.
언젠가 아라비아 사람이 흘린 눈물,
죽으면 꽁지가 하얀 새가 되어
날아간다고 한다.

리듬 · II

모과는 없고
모과나무만 서 있다.
마지막 한 잎
강아지풀도 시들고
하늘 끝까지 저녁노을이 깔리고 있다.
하나님이 한 분
하나님이 또 한 분
이번에는 동쪽 언덕을 가고 있다.

물또래

물또래야 물또래야
하늘로 가라,
하늘에는
주라기의 네 별똥 흐르고 있다.
물또래야 물또래야
금송아지 등에 업혀
하늘로 가라.

하늘수박

바보야, 우찌 살꼬
바보야,
하늘수박은 올리브빛이다 바보야,
바람이 자는가 자는가 하더니
눈이 내린다 바보야,
우찌 살꼬 바보야,
하늘수박은 한여름이다 바보야,
올리브 열매는 내년 가을이다 바보야,
우찌 살꼬 바보야,
이 바보야,

소리 위에

젖은 모발은 가고
누가 신나게 신나게 시들고 있다.
대낮에 갑자기 해가 진다.
소리 위에 소리는 쌓이지 않는다.
소리는 하나뿐이다.
갈수록 소리는 하나뿐이다.
젖은 모발은 가고
누가 신나게 신나게 시들고 있다.
그런가 하면, 베라 마즐로바,
눈이 내린다.
삼월에 하얗게 눈이 내린다.

낙일落日

둑이 하나 무너지고 있다.
날마다 무너지고 있다.
무너져도 무너져도 다 무너지지 않는다.
나일강변이나 한강변에서
여자들은 따로따로 떨어져서 울고 있다.
어떤 눈물은
화류나무 아랫도리까지 적시고
어딘가 둑의 무너지는 부분으로 스민다.

잠자는 처용

메콩강은 흘러서 바다로 가나,
메콩강은 흘러서 바다로 가나,
부산 제1부두에서
귀뚜라미 한 마리가 울고 있다.
가을이 오면 어디로 가나,
가을이 오면 어디로 가나,
여름을 먼저 울자, 여름을 먼저 울자.

연발총

만체스타,
백 년 전 미국 서부를 날던 새.
천구백사십년
일본식 발음으로
동경에서 울던 새 만체스타,
미국 서부에서 죽어
백 년 뒤 천구백사십년
일본식 발음으로
만체스타 만체스타,
동경에서 울던 새.

가면假面

봄과 후박나무가 있는
사잇길을 문득 들어서면
지워 버리고 지워 버린
어둠,
그대 뒤통수가 보인다.
어젯밤 꿈에 본
지리산 후박나무의
지워 버리고 지워 버린
어둠,
그대 뒤통수는 소리가 없다.
옛날의 청동 귀고리 하나
사랑하라 사랑하라고 그대를 대신하여
오늘도 낮은 소리 내이며
바람에 가고 있을 뿐.

거리에 비 내리듯

비 개인 다음의
하늘을 보라.
비 개인 다음의
꾀꼬리새 무릎을 보라. 발톱을 보라.
비 개인 다음의
네 입술
네 목젖의 얼룩을 보라.
면경面鏡알에 비치는
산과 내
비 개인 다음의 봄바다는
언제나 어디로 떠나고 있다.

서녘 하늘

세발자전거를 타고
푸른 눈썹과 눈썹 사이
길이 있다면
눈 내리는 사철나무 어깨 위
사철나무 열매 같은 길이 있다면
앵도밭을 지나
봄날의 머나먼 앵도밭도 지나
누군가, 푸른 눈썹과 눈썹 사이
길이 있다면, 그 날을 다시 한 번
세발자전거를 타고,

낮달

여황산아 여황산아, 네가 대낮에
낮달을 안고 누웠구나.
머리칼 다 빠지고
눈도 귀도 먹었구나.
충무시 동호동
배꽃이 새로 피는데
여황산아 여황산아, 네가 대낮에
낮달을 안고 누웠구나.
바래지고 사그라지고, 낮달은
네 품에서 오래오래 살았구나.

---

* 처음에는 제목을 「충무시」로 발표했다가 개작하여 제목을 바꾸었다.(편주)

청마 가시고, 충무에서

저승은 남망산 저쪽
한려수도 저쪽에 있다.
해 저무는 까치 소리를 낸다.
올해 여름은
북신리 어귀에서
노을이 제 이마에 분꽃 하나를 받들고 있다.
후 후 입으로 불면
서쪽으로 쏠리는
분꽃도 저승도 어쩌면
해 저무는 서쪽 하늘에 있다.

썰매를 타고

눈이 내린다.
고지새가 한 마리 울고 간다.
죽은 사람들이 나를 본다.
사십오 년 전 느티나무,
눈이 내리고
고지새가 한 마리 울고 갔다.
썰매를 타고 있었다.
허리가 뒤로 꺾인 고지새,
죽은 사람은 아무도 없었다.
잡목림 너머 그 쪽에서
별이 하나 둘 돋아나고 있었다.

네 모발

여름은 가고
네 모발을 생각한다.
가을이 와서 낙엽이 지면
네 모발은 바다를 건너
더욱 깊이 내 잠 속으로 오리라.
바람이 이제
어제의 제 그늘을 떠나고 있다.
분꽃 하나가 바람을 따라 흐르고 있다.
하늘 높이 눈을 뜨고 불리우며
흐르고 있다.
마침내 깊이깊이
이 세상의 분꽃 하나가
하늘에 묻히리라.

풍란風蘭

나이 쉰다섯에
하늘 위 집 한 채 짓고
멀리 지리산 후박나무 바라본다.
백목련 지고
자목련도 지고
이제야 기동하는 후박나무 꽃송이,
노고단 희디흰 구름으로
피어오른다.
나비 한 마리 서해로 건너가고
여름이 수국빛으로 다가온다.
은은한 소리,
만지면 꿈이 될
바람에 뿌리박은
그 소리 들려온다.

두 개의 꽃잎

해질 무렵은
긴 회랑의 끝 아이들 발자국처럼
봄의 뜨락처럼
소리 없이 술렁이는
죽음 이쪽의 저무는 산허리,
늑골의 초록 비늘,
어제 죽고 내일 죽고
해질 무렵은
오늘 하루 저무는 꽃잎의
그 아련함.

*

세브린느,
오후 두 시에서 다섯 시 사이
네 살은 열린다.
비가 내리고
비는 꽃잎을 적신다.
꽃잎은 시들지 않고 더욱 꽃 핀다.
—이건 사랑과는 달라요.
세브린느,
네 추억은 너를 보지 못한다.
세브린느 세브린느,

부르는 소리 등 뒤로 흘리며
오후 다섯 시
네 삶은 시들고
사랑을 찾아
너는 비 개인 거리에 선다.

*

너 보고 싶은 마음
안개 속에 있고 진흙 속에 있다.
희멀건 하늘에 있고
연못 바닥에 모로 누워 있다.
세브린느,
너 꽃잎으로 피었다 지면서
바람 부는 날 코피 쏟고
눈감으면 또 아침과 만난다.
눈이 눈을 덮고 겨자씨를 덮는
그런 겨울밤에
나는 죽는 꿈을 꾸었지만
죽음은 없고, 없는 것이 너무 좋아
갈잎에 듣는 이슬방울을
세브린느,
나는 그만 꿈에서 보고 만다.

총알은 느닷없이
너를 길바닥에 쓰러뜨린다.
흥건한 피와 심장 하나를
사람들이 밟고 가고
너는 눈을 뜬다.
세상은 아무것도 달라진 것은 없고
때도 아직은 늦지 않았다.
흥건한 피를 깔고
총알 뚫린 남편의 옆구리는
들것에 그대로 누워 있다.
너는 물을 끓이고 죽을 쑨다.
날이 새고, 네 눈에 햇살이 스민다.
―여보, 세브린느에요.
당신의 아내에요.
피와 심장을 주고 왔어요.
여보, 사랑해요. 사랑은 왠지 슬퍼요.
눈물이 나요.

얼룩

낙엽은 지고
그늘이 낙엽을 덮는다.
저무는 하늘,
머리를 들면 멀리
바다가 모래톱을 적시고 있을까,
세상은 하얗게 얼룩이 지고
무릎이 시다.
발 아래 올해의 분꽃은 지고
소리도 없다.

수박

네가 뿌리고 간 씨앗은 자라
채송화가 낮에는 마당을 덮고 있다.
가장 키 큰 해바라기 하나는
해가 다 질 때까지
네 있는 쪽으로 머리를 박고 있다.
수박은 잘 익어 살이 연하다.
바다로 눈을 씻고
오늘 밤은 반딧불을 보고 있다.

남천南天

남천과 남천 사이 여름이 와서
붕어가 알을 깐다.
남천은 막 지고
내년 봄까지
눈이 아마 두 번은 내릴 거야 내릴 거야.

석류꽃 대낮

어제와 오늘 사이
비는 개이고
구름이 머리칼을 푼다.
아직도 젖어 있다.
미류나무 어깨 너머
바다
석류꽃 대낮.

처서 지나고

처서 지나고
저녁에 가랑비가 내린다.
태산목泰山木 커다란 나뭇잎이 젖는다.
멀리 갔다가 혼자서 돌아오는
메아리처럼
한 번 멎었다가 가랑비는
한밤에 또 내린다.
태산목 커다란 나뭇잎이
새로 한 번 젖는다.
새벽녘에는 할 수 없이
귀뚜라미 무릎도 젖는다.

아미蛾眉

반딧불 하나
흐르고 있다.
개울을 건너
하늘 높이 불리우며 흐르고 있다.
은하 가까이
달맞이꽃은 초저녁에만 핀다.
옛 사람들은 그것을 칠월칠석의
아미라고 불렀다.
아미는 누구의 이름일까,
지금은 없는 그대 면상의
두 개의 그 아미.

은종이
―책장을 넘기다 보니 은종이가 한 장 끼어 있었다

활자 사이를
코끼리가 한 마리 가고 있다.
잠시 길을 잃을 뻔하다가
봄날의 먼 앵두밭을 지나
코끼리는 활자 사이를 여전히
가고 있다.
너무 작아서 잘 보이지도 않는
코끼리,
코끼리는 발바닥도 반짝이는
은회색이다.

당초문唐草紋

　—혹은 장폴 사르트르

서재에서 보면
하늘 한쪽이 흔들리고 있다.
하늘 한쪽이 흔들리며 기울어지고 있다.
그런가 하면
짐승 한 마리 숲을 나와
바다로 가고 있다.
바다는 진눈깨비 내리고 있다.
지금은 꽃샘바람도
자고 있는데
꿈에서는 봄이 와서
탱자나무 사이 사이
샛노란 죽도화가 피어 있다.

이런 경우

―김종삼 씨에게

안개가 풀리면서 바다도 풀린다.
넙치 한 마리 가고 있다.
머나먼 알라스카 머나먼 알라스카로,
그러나 욕지도와 거제 둔덕 사이에서
해가 저문다.
안개가 풀리면서 바다도 풀리고
이제야 알겠구나.
넙치 두 눈이 뒤통수로 가서는
서로를 흘겨본다. 서로를 흘겨본다.
그래서 또 오늘밤은
더욱 가까이에 보이는
세자르 프랑크의 별,

봄 안개

이목구비
이 목 구 비
울고 있는 듯
혹은 울음을 그친 듯
넙치눈이. 넙치눈이.
모처럼 바다 하나가
삼만년 저쪽으로 가고 있다.
가고 있다.

미목眉目

그대 가거든 오지 말거라.
그대 기다리는 하늘과 땅 사이
눈이 내리고 바람은 자거라.
겨울이 가고 봄이 가고
다시 또 봄이 와서
새야 새야 파랑새야
녹두낡에 녹두꽃이 피고
해 저무는 하늘과 땅 사이
그대 한 번 가거든, 가거든
오지 말거라.

꿈꾸는 꿈

천정을 새던 물,
대야에 듣던 물이 하늘로 가서
어느 날엔가 등나무 뿌리를 적시고
등나무꽃을 피운다.
등나무꽃은 하늘로 가고
어느 날엔가 연둣빛 빛나는
등나무 열매도 하늘로 간다.
간밤 천정을 새던 물,
대야에 듣던 물이
하늘로 가서
어느 날엔가 그 어느 날엔가
떡갈나무 잎새를 적시고
자네 편두偏頭의 아문 데도 적신다.

이중섭 · 1

씨암탉은 씨암탉,
울지 않는다.
네잎 토끼풀 없고
바람만 분다.
바람아 불어라, 서귀포의 바람아
봄 서귀포에서 이 세상의
제일 큰 쇠불알을 흔들어라
바람아,

---

* 재수록한 시선집(삼중당, 정음사)에는 부제로「—고은 저著 '이중섭'에 대
하여」가 붙어 있었으나 『남천』 이후 삭제하였다.(편주)

이중섭 · 2

아내는 두 번이나
마굿간에서 아이를 낳고
지금 아내의 모발은 구름 위에 있다.
봄은 가고
바람은 평양에서도 동경에서도
불어 오지 않는다.
바람은 울면서 지금
서귀포의 남쪽을 불고 있다.
서귀포의 남쪽
아내가 두고 간 바다,
게 한 마리 눈물 흘리며, 마굿간에서 난
두 아이를 달래고 있다.

이중섭 · 3

바람아 불어라,
서귀포에는 바다가 없다.
남쪽으로 쓸리는
끝없는 갈대밭과 강아지풀과
바람아 네가 있을 뿐
서귀포에는 바다가 없다.
아내가 두고 간
부러진 두 팔과 멍든 발톱과
바람아 네가 있을 뿐
가도 가도 서귀포에는
바다가 없다.
바람아 불어라,

이중섭 · 4

저무는 하늘
동짓달 서리 묻은 하늘을
아내의 신발 신고
저승으로 가는 까마귀,
까마귀는
남포동 어디선가 그만
까욱 하고 한 번만 울어 버린다.
오륙도를 바라고 아이들은
돌팔매질을 한다.
저무는 바다,
돌 하나 멀리멀리
아내의 머리 위 떨어지거라.

이중섭 · 5

충무시 동호동
눈이 내린다.
옛날에 옛날에 하고 아내는 마냥
입술이 젖는다.
키 작은 아내의 넋은
키 작은 사철나무 어깨 위에 내린다.
밤에도 운다.
한려수도 남망산,
소리 내어 아침마다 아내는 가고
충무시 동호동
눈이 내린다.

이중섭 · 6

다리가 짧은 아이는
울고 있다.
아니면 웃고 있다.
달 달 무슨 달,
별 별 무슨 별,
쇠불알은 너무 커서
바람받이 서북쪽
비딱하게 매달린다.
한밤에 꿈이 하나 눈 뜨고 있다.
눈 뜨고 있다.

이중섭 · 7

아내의 손바닥의 아득한 하늘
새가 한 마리 가고 있다.
하염없이 가고 있다.
겨울이 가도
대구는 눈이 내리고
팔공산八公山이 아마亞麻빛으로 가라앉는다.
동성로東城路를 가면 꽃가게도 문을 닫고
아이들 사타구니 사이
두 개의 남근.
마주보며 저희끼리 오들오들 떨고 있다.

이중섭 · 8

서귀포의 남쪽,
바람은 가고 오지 않는다.
구름도 그렇다.
낮에 본
네 가지 빛깔을 다 죽이고
바다는 밤에 혼자서 운다.
게 한 마리 눈이 멀어
달은 늦게 늦게 뜬다.
아내는 모발을 바다에 담그고
눈물은 아내의 가장 더운 곳을 적신다.

내가 만난 이중섭

광복동에서 만난 이중섭은
머리에 바다를 이고 있었다.
동경에서 아내가 온다고
바다보다도 진한 빛깔 속으로
사라지고 있었다.
눈을 씻고 보아도
길 위에
발자욱이 보이지 않았다.
한참 뒤에 나는 또
남포동 어느 찻집에서
이중섭을 보았다.
바다가 잘 보이는 창가에 앉아
진한 어둠이 깔린 바다를
그는 한 뼘 한 뼘 지우고 있었다.
동경에서 아내는 오지 않는다고,

해파리

바다 밑에는
달도 없고 별도 없더라.
바다 밑에는
항문과 질과
그런 것들의 새끼들과
히니님이 한 분만 계시더라.
바다 밑에서도 해가 지고
해가 져도, 너무 어두워서
밤은 오지 않더라.
하나님은 이미
눈도 없어지고 코도 없어졌더라.
흔적도 없더라.

봄이 와서

꼬부라진 샛길을 빠져나와
또 하나 꼬부라진 샛길을 따라가면
뜻밖에도
타작마당만한 공지空地가 나오고
넝마더미가 널려 있고
그런 곳에
장다리꽃 너댓 송이 피어 있더라.
늙은 산이 하나
낮달을 안고 누워 있고
눈썹이 없는 아이가 눈썹이 없는 아이를
울리고 있더라.
언제까지나 울리고 있더라.

장화가 홍련에게

와서 보니 나는
못이더라. 댓자 깊이의 나는
못이더라.
하늘이 잘 보이더라.
하늘이 너무 잘 보이는 건 웬지 싫더라.
늘 보던 마당쇠가 어디 가고 없더라.
마당쇠야 마당쇠야 불러도
마당쇠는 어디 가고 없더라.
쓸개도 간도 없고, 훤한 대낮에
아기집만 있더라.
아기집도 결국은 못이더라.
댓자 깊이의 못이더라. 거기서도
하늘은 잘 보이더라.
하늘이 너무 잘 보이는 건 웬지 싫더라.
안개비 내리던 날, 옛날에 우리가 본
그런 어머님이 아니더라.
늘 보던 마당쇠가 어디 가고 없더라.
마당쇠야 마당쇠야 불러도
마당쇠는 어디 가고 없더라.

앵초

  ─강신석 화백께

상수리나무 어깨 위
해는 가지 않고 있더라.
금오강 남쪽 모래톱이
하얗게 바래지고 있더라.
그날
오지 않는 저녁은
오지 않는 저녁의 그늘이 되어 주고 있더라.
이른 봄 풀밭에
울어서 눈이 빨개진 고지새가 한 마리
내려와 있더라.

많은 앵초

하나는 눕고
하나는 절룩이며 가고 있더라.
비에 젖은 눈이 여럿
비에 젖은 노을을 보고 있더라.
하나는 눕고
히니는 절룩이며 가고 있더라.
해가 지면서 비는 개이고,
토끼풀 하나가 언덕을 덮고
바다를 멀리멀리 덮고 있더라.

화하 花河

　　—고故 목남에게

칼이 칼이거든
땅을 베랴 하늘을 베랴,
날이 새면 가리라던
날은 새지 않고
이승의 달무리가 가고 있더라.
칼이 칼이거든
땅을 베랴 하늘을 베랴,
어둡지도 않은 밤을
이승의 달무리가 가고 있더라.

안과에서

마당에는 덕석이 깔려 있고
감나무가 잎을 드리우고 있더라.
공중을
풍뎅이가 한 마리 날고 있더라.
해가 있고 언덕이 있고
구름이 있고,
피라미 새끼들이
남강 상류를 내려오고 있더라.

천사

그것은 처음에는 한 줄기의 빛과 같았으나 그 빛은 열 발짝 앞의 느릅나무 잎에 가 앉더니 갑자기 수만 수천만의 빛줄기로 흩어져서는 삽시간에 바다를 덮고 멀리 한려수도로까지 뻗어 가고 말더라. 그 뒤로 내 눈에는 늘 아지랭이가 끼여 있었고, 내 귀는 봄바다가 기슭을 치고 있는 그런 소리를 자주자주 듣게 되더라.

마약

―예수가 십자가에 못 박힐 때, 그의 아픔을 덜어 주기 위하여 백부장百夫長인 로마 군인은 술에 마약을 풀어 그의 입에다 대어 주었다.

예수는 눈으로 조용히 물리쳤다.
―하나님 나의 하나님,
유월절 속죄양의 죽음을 나에게 주소서.
낙타 발에 밟힌
땅벌레의 죽음을 나에게 주소서
실을 찢고
뼈를 부수게 하소서.
애꾸눈이와 절름발이의 눈물을
눈과 코가 문드러진 여자의 눈물을
나에게 주소서.
하나님 나의 하나님,
내 피를 눈감기지 마시고, 잠재우지 마소서.
내 피를 그들 곁에 있게 하소서.
언제까지나 그렇게 하소서.

아만드꽃

예수가 숨이 끊어질 때
골고다 언덕에는 한동안
천둥이 치고, 느티나무 큰 가지가
부러지고 있었다.
예루살렘이 잠이 들었을 때
그날 밤
올리브숲을 건너 겟세마네 저쪽
언덕 위
새벽까지 밤무지개가 솟아 있었다.
다음날 해질 무렵
생전에 예수가 사랑하고 그렇게도 걷기를 좋아하던
갈릴리호숫가
아만드꽃들이 서쪽을 보며
시들고 있었다.

요보라의 쑥

너무 달아서 흰빛이 된
해가 지고, 이따금 생각난 듯
골고다 언덕에는 굵은 빗방울이
잿빛이 된 사토砂土를 적시고 있었다.
예수는 죽어서 밤에
한 사내를 찾아가고 있었다.
예루살렘에서 제일 가난한 사내
유월절에 쑥을 파는 사내
요보라를 그가 잠든
겟세마네 뒤쪽
올리브숲 속으로, 못 박혔던 발을 절며
찾아가고 있었다.
―안심하라고,
쑥은 없어지지 않는다고
안심하라고,

세째번 마리아

가을이 짙어 가고 있었다.
천막절天幕節이 내일 모레로 다가오고 있었다.
나귀를 탄 사람들이
예루살렘 쪽으로 가고 있었다.
석양을 받은 키 큰 유카리나무들이 길가에
드문드문 빛나고 있었다.
예수가 하는 말에 귀 기울이는
마리아의 볼에 우물이 지고
웃을 때 고른 잇바디가
상아빛으로 빛나고 있었다.
베타니아 마을
말타네 집 헛간방에서
오랜만에 참으로 오랜만에 잇바디를 드러내고
예수도 한 번 웃어 보였다.

가나에서의 혼인

유카리나무 사이 사이
삼월의 빨간 들꽃이 피고
남풍은 어느새 밀을 다 자라게 하고
포도알을 살찌게 하고 있었다.
해질 무렵 헬몬산
감람나무 숲에서 바람이 일면
가나마을은 한동안
해발 오백 미터 높이에서
기쁜 듯 즐거운 듯 몸을 흔들곤 하였다.
승교乘轎에서 내린 신부의 이름은 마리아
열 다섯 살,
예수는 그날 가나마을을 위하여
땀 흘리며
한 섬 여덟 말의 물을
잘 삭은 포도주로 바꿔 주고 있었다.

겟세마네에서

꿀과 메뚜기만 먹던 스승,
허리에만 짐승 가죽을 두르고
요단강을 건너간 스승
랍비여,
이제는 나의 때가 옵니다.
내일이면 사람들은 나를 침뱉고
발로 차고 돌을 던집니다.
사람들은 내 손바닥에 못을 박고
내 옆구리를 창으로 찌릅니다.
랍비여,
내일이면 나의 때가 옵니다.
베드로가 닭 울기 전 세 번이나
나를 모른다고 합니다.
볕에 굽히고 비에 젖어
쇳빛이 된 어깨를 하고
요단강을 건너간 스승
랍비여,

---

* 『김춘수 전집 1·시』(문장사)에는 '라비'로 되어 있었는데 이 시전집을 엮
  으면서 시인이 '랍비'로 수정하였다.(편주)

후기

민음사의 김춘수 시선 『처용』이 나온 지도 만 3년이 지났다. 그동안(『처용』 이후) 써 온 52편을 엮어 보았다. 「이중섭」 9편은 연작으로 이 3년 동안의 내 시작의 주축이 되고 있다.

중간 제목으로 육구분六區分을 한 것은 얼마간의 무리가 있었지 않았나 스스로 짐작된다. 특히 「남천」 제하題下에 속한 두어 편은 「리듬」의 제하에 소속시켰으면 하는 느낌이 없지가 않다.

「예수를 위한 6편의 소묘」는 최근작이다. 앞으로도 예수를 소 재로 한 시가 더 쓰여질 듯하다. 예수에 대한 매력은 갈수록 더 해 간다. 그러나 예수는 나에게 자꾸 주제主題를 강요하고 있어 거북한 데가 없지도 않다.

정사丁巳 초추初秋 수거루에서

김 춘 수

비에 젖은 달

1980년 11월 30일 근역서재 발행(국판/78면)

| 차 례 |

겨울꽃

당초문唐草紋 | 겨울 꽃 | 어릿광대

차례

차례茶禮 | 나귀도 없이 | 살을 감추는 | 바이어르 아스피린 | 고뿔

후기

(다른 시집에 수록된 작품명은 생략함)

---

* 「골동설」은 『비에 젖은 달』에 수록되었지만 후에 출간된 시집 『호壺』를 원
  전으로 삼아 여기서는 수록하지 않기로 한다. 또한 이 시집에 실린 산문
  「고통에 대한 콤플렉스」와 「시에의 접근」도 수록하지 않기로 한다.(편주)

봄이 와서

연필향 허리까지
땅거미가 와 있다.
바람이 어디론가 떠나고 있다.
골목 위 하늘 한켠
낮달 하나 사그라지고 있다.

늦은 눈

개고랑 물이 풀린다.
여기저기 강아지풀들의 목뼈가
부러져 있다.
조금 밝아지는 그늘인 듯
조금 밝아지는 그늘의 설토화雪吐花꽃 비탈인 듯
눈발은 삐딱하게 쏠리면서
가지 마, 가지 마, 너무 멀리는
가지 마라고,
다리 오그린 채 들쥐들이
푸른 눈을 뜨고 있다.

깜냥

바람이 자고 있네요. 그 곁에
낮달도 자고 있네요.
남쪽 바닷가 소읍을
귀 작은 나귀가 가고 있네요.
패랭이꽃이 피어 있네요.
머나먼 하늘, 도요새 우는
명아주 여뀌꽃도 피어 있네요.

천재동千在東 씨의 탈

비쭈기나무 키 너머 영도 앞 바다
오륙도 저쪽에 뜬 달아,
여름 밤 둥근 달아,
우리 이모 보았지러,
곰보 곰보 살짝곰보
우리 이모 마실 갈 때 보았지러,

만월

강물은 어디쯤 가고 있는가.
숨이 차서 이제는 울지 않는 새
울다가 멎어 버린 입을 벌리고
눈감으면
발가락 사이 모래톱은 하염없이
무너지고 있다. 퍼석퍼석 소리 내며
무너지고 있다.

나이지리아

나이지리아 나이지리아,
바람이 불면 승냥이가 울고
바다가 거멓게 살아서
어머님 곁으로 가고 있었다.
승냥이가 울면 바람이 불고
바람이 불 때마다 빛나던 이빨,
이빨은 부러지고 승냥이도 죽고
지금 또 듣는 바람 소리
나이지리아 나이지리아,

바다 사냥

너무 낮게 뜬 놀이
자꾸 발바닥에 깔린다.
놀을 밟고 가는 듯한 경인가도京仁街道
키 큰 양버들.
소사素砂 가까운 중국반점에서
옛 동창을 만난다.
캡을 쓴 형사가 둘이
저만치 도보로 가고 있고,
그들을 보내면서
그새 짙은 귤빛이 된
바다,
바라보면 옛 동창은
한 마리 가을녀새가 되어
울고 있고,

호도胡桃

안다르샤, 도덕이
아마로 짠 식탁포처럼
마르셀이라는 농부의
콧등이 펑퍼짐한 호피 구두처럼
닳고 닳을수록 윤이 난다.
바스크족 늙은 추장의
처가가 있는 마을,
이승에서는 제일 높은
하늘이 있어 낮에도
은방울꽃 빛 달이 뜨고
다람쥐가 죽으면 눈이 내리는
안다르샤,

순댓국

남쪽
눈 내리는 날에
숱 짙은 눈썹 한 쌍,
숙주나물 시금치
해 저무는 까치 소리 들린다.

노새를 타고

기러기는 울지 마,
기러기는 날면서 끼루룩 끼루룩 울지 마,
바람은 죽어서 마을을 하나 넘고 둘 넘어
가지 마, 멀리 멀리 가지 마,
왜 이미 옛날에 그런 말을 했을까.
도요새는 울지 마,
달맞이꽃은 여름밤에만 피지 마,
언뜻언뜻 살아나는 풀무의 불꽃,
풀무의 파란 불꽃,

버찌

밤은
작디작은 입술이라고 하고
밤은 또
눈먼 코뿔소라고도 하지만
어깨를 타고 밤은 무너지는 시늉만 한다.
밤은 차라리 강물이고 숲이라
안은 보이지 않고
봄이 오면 산과 들에
한없이 이어지고 또 이어져 있다.

안료顏料

해가 지고 있다.
하늘 가까이 작은 열매 몇 개가
빛나고 있다.
여황산 긴 허리를 빠져나온
바다.
턱이 뾰족한 아이가
발을 담그고 있다.
집에는 가지 않는 그 아이를 위하여
달이 뜨고 어둠이 오고 있다.

서천西天을

하나님은 언제나 꼭두새벽에
나를 부르신다.
달은 서천을 가고 있고
많은 별들이 아직도
어둠의 가슴을 우비고 있다.
저쪽에서 하나님은 또 한번
나를 부르신다.
나를 부르시는 하나님의 말씀 가까이
가끔 천리향千里香이
홀로 눈뜨고 있는 것을 본다.

천리향

꽃망울 하나가 가라앉는다.
얼음장을 깨고 깊이 깊이
가라앉는다.
어둠이 물살을 그 쪽으로 몰아붙인다.
섣달에 홍역처럼 돋아난
꽃망울,
저녁에는 함박눈이 내린다.
마을을 지나
잡목림 너머 왔다 간 사람은
아무데도 발자국을 남기지 못한다.

저녁 별

막 태어난 별이
혼자서는 가지 못하고 있다.
지상의
키 작은 아저씨 귓쌈을 치며 치며
울고 있다.

김영태金榮泰의 '오리'

눈가에 연지 찍고
허리에 빨간 띠 두르고
지렁이 입에 물고
하늘 한끝
하님 품에 안기어 신부댁 가는
비오리,
여울목 비오리,

기입실期入室

호지胡地에는 달이 둘이다.
하나는 흉노 그들의 달이고
하나는 왕소군의 달이다.
늙은 선우單于의 남근이 시들고
젊은 선우의 남근도 시들어 갈 무렵
왕소군의 달은 늦은 아침
중천에 뜬다.
잠들기 전 왕소군의 달은 어디로 가랴?
머나먼 킵차크 초원
늑대의 수컷이 와서 물고 간다.

누란樓蘭

과벽탄戈壁灘

고비는 오천리 사방이 돌밭이다. 월씨月氏가 망할 때, 바람 기둥이 어디선가 돌들을 하늘로 날렸다. 돌들은 천년만에 하늘에서 모래가 되어 내리더니, 산 하나를 만들고 백년에 한 번씩 그들의 울음을 울었다. 옥문玉門을 벗어나면서 멀리 멀리 삼장법사 현장도 들었으리.

명사산鳴沙山

그 명사산 저쪽에는 십년에 한 번 비가 오고, 비가 오면 돌밭 여기저기 양파의 하얀 꽃이 핀다. 봄을 모르는 꽃. 삭운朔雲 백초련白草連. 서기 기원전 백이십년. 호胡의 한 부족이 그 곳에 호戶 천오백칠십, 구口 만사천백, 승병勝兵 이천구백십이 갑甲의 작은 나라 하나를 세웠다. 언제 시들지도 모르는 양파의 하얀 꽃과 같은 나라

누란.

흉노

도토리나무 어깨가 떨리고 있다.
정사正史 북적전北狄傳,
도토리는 음산산맥 이쪽
만리장성 이쪽
시황제 발등에도 우수수 우수수
떨어지고 있다.
다람쥐야 다람쥐야 뭐가 그리 이상하냐,
푸줏간 식칼은 뒤로 실컷 휘고
가도 가도 하늘은 황사빛이다.
달이 뜨면 밤에는 늑대가 운다.

왕소군의 달

잡목림 너머 양파들의 하얀 꽃 자갈밭을 지나 황토 진흙의 나
직한 언덕을 지나면 조랑말의 눈이 두 개 흑하를 건너 번국番國을
지나면 노선우老單于의 턱수염에 달린 고드름 고드름 따다가 고
드름 따다가 입에 넣으면 잡목림 너머 양파들의 하얀 꽃 자갈밭
을 지나 늪으로 빠지는 황사빛 하늘 머나먼 하늘,

하늘을 보니 생각난다.

누란樓蘭

고비는 사막이 아니라
과벽탄戈壁灘이다.
달밤에 늑대가 달린다.

스웬 헤딘이 로브호의 사구에서 본 것은 귀인의 무덤이 아니
라 달리는 늑대 뒷다리 부분의 화석이다. 동제胴體와 두부頭部는
서북쪽을 바라고 구름처럼 뭉개지고 있다. 타림 분지 머나먼 하
늘은 달과 밤뿐이다.

고비는 사막이 아니라
과벽탄이다. 십 년에 한 번
가을에 양파의 하얀 꽃이 핀다.

화랑 M

바다는 없고 하늘만 있다.
중앙아세아 흉노의
선우單于가 가지고 온 하늘
억센 주먹도
말발굽 소리도 아닌
하늘,

여름 밤에는 성주星州 수박만한
달이 뜨고
달이 뜨면 늑대 한 마리
강 화백의 파스텔화처럼
바다 있는 쪽을 바라고
운다.

달기姐己

흩어졌던 구름들이 다시 모여서
새로 하늘을 만들고 있었다.
여우비가 내리던 날은
치자꽃이 피고
왕이 될 사나이가 가고 있었다.
치자꽃 그늘 머나먼 은殷나라로 안양으로
가고 있었다.

가나 마을에서

노새는 죽어서 어디로 갔나,
하늘은 너무 밝고 너무 가까이에 있다.
토끼풀도 물또래도
노고지리도
저녁에는 별들도 너무 가까이에 있다.
허파와 간에 작은 방울을 달고
노새는 죽어서 어디로 갔나,

땅 위에

구름 위 땅 위에
하나님의 말씀
이제는 피도 낯설고 모래가 되어
한줌 한줌 무너지고 있다.
밖에는 봄비가 내리고
남천이 젖고 있다.
남천은 멀지 않아 하얀 꽃을 달고
하나님의 말씀 머나먼 말씀
살을 우비리라.
다시 또 우비리라.

둘째번 마리아

유카리나무 그늘에
가도 가도 갈릴리 호숫가
유카리나무 그늘에
발톱 다 빠지고
신발 벗고
눈 한번 곱게 감고
거기가 하늘인 듯
하늘 한쪽에
흐린 날은 무너지는 하늘 한쪽에
유카리나무 그늘에
마리아, 막달라의 마리아,
너는 아직 너의 잠을 깨지 않고 있나니,

서쪽 포도밭 길을

한국의 민화에 나오는
주둥이가 길고 빨간 한 떼의 오리 떼가 가고 있다. 그들 뒤를
귀가 작은 한국의 나귀도 한 마리 가고 있다.
뜻밖이다.
유카리나무는 잎이 반쯤 지고
하늘빛 열매를 달고 있다.
새처럼 가는 다리를 절며 예수가
서쪽 포도밭 길을 가고 있다.
그 뒤를 베드로가 가고 있다.
해가 지기 전에,

나자로여!

발렌티노는
루돌프 발렌티노라고 합니다.
피사 시청 광장을
나귀가 한 마리 가고 있읍니다.
베타니아까지는 아직도 먼 길입니다.
망개알이 가맣게 타고 있읍니다.
아침에 여자들의 눈은
비가 됩니다. 마리아,
비가 됩니다.
루돌프와 당신 오빠는 왜
죽을 수도 없었나요?

분꽃을 보며

목수의 아내 마리아,[1]
당신이 든 잔은[2]
눈물도 아니고 놋쇠도 아니다.
당신은 양 한 마리와
하늘에 있다.
아들을 위하여
언제까지나 처녀로 있어야 하는 마리아,
당신 아들은 지금도
갈릴리호수를 맨발로 가고 있다.

---

1) 『비에 젖은 달』에서는 '목수의 아내 마리아,' 가 '마리아,/목수의 아내,' 로
   행이 구분되었는데 『처용 이후』에서 수정하였다.(편주)
2) '당신이 든 잔은' 다음에 '유리가 아니다.' 가 삽입되어 있었으나 『처용 이
   후』에서부터 삭제되었다.(편주)

당초문唐草紋

-혹은 솔제니친

진실이 풀밭에 가 눕는다.
가을이 시작되려는 어느 날,
아무도 보지 못한다.
커다란 구둣발이 하나
눈 앞을 스쳤을 뿐이다.
겨레의 무릎은 따뜻했고
지금은 강아지풀이 마르고 있다.
진실은 밟히고 싶고 마지막 천둥과 함께
울고 싶을 뿐이다.
넓고 넓은 가을 하늘,
활자 사이로 끼어들어
겨울이 와도 죽을 수가 없다.
죽을 수가 없다.

겨울 꽃

잎을 따고 가지를 친다.
하늘이 넓어진다.
살을 버리고 뼈를 깎는다.
뼈를 깎아서 뼈를 드러낸다.
바다를 다 적신 피 한 방울,
그것은 언제나 가고 있다.
넓어진 하늘로
드러난 뼛속의 드러난 뼛속으로
그것은 언제나 가고 있다.

어릿광대

─루오 씨에게

내가 웃을 때 여러분은 조심해야 해요. 내가 비칠할 때 여러분은 날 붙잡아야 해요. 비칠하는 건 언제나 여러분이니까요. 내가 하늘을 난다면 날 놓아 줘야 해요. 비칠 비칠하는 건 언제나 여러분이니까요. 난 구름이고 새니까요. 곪아 가는 건 언제나 여러분의 치근齒根이고 다른 또 하나의 치근이니까요. 치근이니까요.

나는 지금 우스워요우스워요우스워요. 너무 우스워서 한 가지도 우습지가 않아요.

차례茶禮

추석입니다.
할머니,
홍시 하나 드리고 싶어요.
상강霜降의 날은 아직도 멀었지만
안행雁行의 날은 아직도 멀었지만
살아 생전에 따뜻했던 무릎,
크고 잘 익은
홍시 하나 드리고 싶어요.
용둣골 수박,
수박을 드리고 싶어요,
수박 살에
소금을 조금 발라 드렸으면 해요.
그러나 그 뜨거웠던 여름은 가고
할머니,
어젯밤에는 달이
앞이마에 서늘하고 훤한
가르마를 내고 있었어요.
오십 년 전 그 날처럼,

나귀도 없이

초라니,
남도 사투리로는
초랭이,
방정초랭이라고 한다.
유카리나무는 키가 얼마나 클까 하고
유카리나무에는 어떤 꽃이 필까 하고
예루살렘까지 밀밭길을 가고 있다.
나귀도 없이 별만 보며,

살을 감추는

나는 죽고 오늘 밤
살을 감추는 별 혹은 석류꽃 그늘에
눈뜨는 그대,
나는 이미 죽었나니 눈뜨는
그대의 눈물, 깨지 않는 내 밤을
젖게 하여라.

바이어르 아스피린

목로에 턱을 괴고 소주를 기울인다.
낙지회를 조금,
화류나무 휘휘 늘어진 가지가
비를 맞는다.
바이어르 씨는
유기합성화학의 제1인자다.
그가 발명한 인디고는 식물염료,
생각하면 머리가 어질어질
신열이 난다.
화류나무 휘휘 늘어진 가지가
비를 맞는다.
바이어르 씨의 바이어르 제약회사도 비를 맞는다.
죽은 낙지도 살아 있는 역사도
비를 맞는다.
바이어르 씨의 인디고는 식물염료,
살에 스미고 뼈에 스민다.

고뿔

―고故 장 폴 사르트르에게

하늘수박 가을 바람 고추잠자리,
돌담에 속색이던 경상도 화개 사투리.
신열이 나고 오늘 밤은 별 하나가
연둣빛 화석이 되고 있다.

후기

  시를 쓴다는 것이 즐거움이 되어야 한다. 마지 못해 쓰는 일은 없어져야 한다.

  좋은 시를 쓰고 싶다. 다른 모든 일에 있어서는 어줍잖은 처지에 놓인다 하더라도 시에 있어서만은 그런 모든 어줍잖음을 보상하고도 남을 처지에 놓여져야 하지 않을까? 그러나, 그런 것이 아닐는지도 모른다. 시를 쓴다는 의식이나 특히 어깨의 긴장 같은 것은 없어져야 하지 않을까도 한다. 시를 써서 다른 데에서는 받지 못한 보상을 받겠다는 생각도 이제는 없어져야 하리라. 그저 쓰고, 쓰는 것이 생리화되고, 그것이 또한 양생도 되어야 하리라. 그것은 하나의 경지가 되겠는데, 지금은 그렇지도 못한 것 같다.

  작년에 발표한 두 편의 짤막한 글을 싣기로 한다. 시에 대한 저자의 느낌이다.

경갑庚甲 초추初秋 남천재에서

김 춘 수

라틴점묘點描 기타其他

1988년 4월 탑출판사 발행(신국판 변형/100면)

| 차 례 |

그리스 소묘

아테네 상공 | 겨드랑 사이로 | 아크로폴리스 점경点景

기타

샌디애이고의 백일홍 | 버찌 | 반 고호 | 다시 반 고호 | 경포대에서 | 비쭈기 나무 | 잠수교 원경遠景 | 아주 누워서 | 에리꼬로 가는 길 | 책 | 노래 | 싸락눈 | 루오 할아버지가 그린 유화 두 점 | 고도古都에서 | 날지 않는 새 | 바다의 주름 예수의 이마 위의 주름 | 불을 켜고 불을 끄고 | 모자를 쓰고 | 어느 봄날에 | 여름 어느 날에 | 하품, 그 천국 | 책 | 꽃, 순수한 거짓 | 서울의 어디엔가 | 그의 메시지

나는 오래전부터 라틴문화권에 대한 동경과 흠모를 마음속 깊이 간직하고 있었다. 특히 그리스와 스페인을 나는 그리워했다.

그리스는 유럽학문의 발상지라는 의미보다는 그들의 신화가 주는 상상과 시적 진실의 쪽이 더한 의미를 나에게 늘 주어왔다. 스페인은 근대와 현대의 예술 및 사상을 대표하는 나라로서 나에게는 가장 친근한 정신적 어머니의 나라가 되어 있었다. 이 두 나라를 86년 크리스마스를 며칠 앞둔 세모에 다녀왔다. 너무 짧은 체류가 못내 아쉽기만 했다.

그리스에서는 아테네에서 아크로폴리스의 유적을 보고 나는 사실이지 실망을 떨쳐버리지 못하고 그리스 방문을 후회하기까지 했다. 그리스는 남아 있는 유적만으로는 너무도 초라했다. 나는 다시 책 속의 신화 쪽으로 달아날 수밖에는 없었다. 거기서 나는 고대 그리스사람들의 그 눈부신 푸슈케를 내 나름으로 재구성해볼 수밖에는 없었다. 그러나 스페인은 다르다.

마드리드의 궁전들, 그리고 프라도미술관의 근대를 빛낸 천재들의 걸작들을 보고 내 눈은 다시 새로 빛을 얻은 듯했다. 그리고 격동의 한때를 겪은 안다르시아의 평원과 역사를 잃고 중세의 아늑한 침상에 누워 있는 도시 토레도는 특히 인상적이었다. 스페인의 슬픔과 스페인의 구원이 대조적으로 내 눈에 비치게 되었다.

고야와 엘 그레꼬와 피카소와 달리와 미로의 나라 스페인, 우나무우노와 오르데카 위 가세트의 나라 스페인에 내가 드디어 왔구나 하는 감상적인 감회마저 나는 그것이 울어나는 그대로 내버려두었다. 나는 한동안 학생시절의 그 옛날의 심정으로 돌아가 있었다. 참으로 오랜만의 경험이다.

  이 시집에서는 스페인 기행이 주가 되고 그리스와 프랑스는 조금 곁들인 정도가 되고 말았다. 앞으로 보완하여 기행시집으로 따로 다시 한 권의 책을 엮을 생각이다. 라틴문화권의 인상을 적은 기행시 외의 시편들은 최근 한 6~7년 동안에 쓰여진 것들이다. 내 개인의 창작시집을 그동안 나는 내지 못했다. 그래서 이번에 수록하게 되었다.

1988년 새봄 서울에서

김춘수

드골공항에서 오를리공항까지

드골공항의 에스컬레이터는 너무 길다.
드골의 코가 생각난다. 그러나
드골의 코만큼 가파르지는 않다.
그저 마음 편안하게, 남자라면
파리지엔들의
사랑스런 걸음나비와 발의 무게를 느끼면 된다.
돌연 리듬을 깨는 것은
일본인이다.
  (HOPE[1]에 불을 붙이며)
비스듬히 몸을 눕히고 저만치서
키가 작아 더 잘 눈에 들어오는
한 중년의 사나이가 뭣 때문인지
  (전연 그럴 필요가 없는데도)
도쿄의 지하철을
그가 지금 가고 있다는 듯
아무렇지도 않다는 듯
그러나 눈 하나는
쉴새없이 어딘가로 에스컬레이트하고 있다.
서울에서는 그들은 더 미묘하고
더 모호하다.
갠 하늘에서 비가 내린다.

---

1) HOPE는 일본의 담배 이름.(원주-이후 '원주'에는 '원주'라는 표기를 삭
  제하고 각주 번호만 기입하기로 한다.)

넘치눈이,

*

나는 생각에 잠긴다. 그러나
Cogito는
  (라틴어라서가 아니라)
지금은 제 철이 아닌가부다.
오 년 전에 내가 왔을 때는
파리는 사월 하순이었다.
마로니에나무가 하늘이 보이지 않을 만큼
잎을 달고 있었다. 그런데
지금은 겨울이다.
겨울에는 생각도 얼어붙는가?
생각속의
잎진 마로니에나무들.

*

한순간
눈이 번쩍 뜨이고 누가 나를

하늘로 들어올리는 듯한 그런 느낌이다.
피레네산맥 너머 이베리아반도 저쪽
아프리카대륙이 달걀빛으로 보얗게
달걀 모양을 하고 나타난다.
그것은 한순간이었지만 왜 나는
보얗다고 했을까?
프랑스의 속옷 프랑스의 양심의 얼룩을
그 순간
내가 그만 봐버렸기 때문일까?
그럴는지도 모른다.

                              *

바로 코앞에
    (왜 나는 더 일찍 보지 못했을까?)
아이를 등에 업은(동양식으로)
길고 까만 목덜미를 드러낸
젊은 엄마,
그 흑인엄마는 왠지
머리를 조금 숙인 자세다.
귀에는 은제 귀고리,
털실로 짠 듯한 머리칼은

황갈색,(염색을 한 듯)
보얗다고 아까 내가 느낀 것은
어쩜 그의 목덜미였을는지 모른다.
아지랭이처럼 피어오르고 있다.
스스로도 눈부신 듯
혼자만의 기쁨이 따로 있는 듯
왜 그걸 늦게 깨달았을까?
프랑스는 바보다.
엄마는 엄마, 까만 엄마일 뿐
까만 토기는 아니지 않은가?

                          *

에스컬레이터에서 풀려나자
나는 막막하다.
2차대전에서 풀려난 아프리카대륙이
그랬으리.
출구를 나서면
공항은 아직도 졸고 있다.
내 시계는 한밤인데
오전 여섯 시,
공항직원 제복을 입은

벽안 금발의 사나이가 다가와
"안녕하십니까?"
나를 용케도 알아보고 한국어를 한다.
순간
드골의 분질러진 콧대가 생각났지만
얼떨결에 오를리공항으로 가는 입구를 물었더니
십사번 게이트라고 한다.
유창한 한국어다. 그러나
십사번에서 아무리 기다려도
버스는 오지 않는다.
그는 목구멍 어디에서 그도 모르게
동서가 그만 헷갈리지 않았을까?
그럼 그렇지.
나는 비로소
차츰 마음이 놓인다.

*

버스를 타고 보니
바로 앞에 또 그 흑인엄마다.
그의 길고 까만 목덜미가
이번에는 한순간 그쪽에서 나를 본다.

무슨 뜻일까?
파리는 일찍 잠을 깬다.
길가 아파트의 눈뜬 불빛들은
미모사의 꽃처럼 다홍색이다.
저런 불빛,
아침 불빛이 그리워 쟝 갸방의 삐삐는
목숨을 걸었나부다.
미모사는 중국에서는
함수초含羞草라고 한단다.
선잠을 깬 듯한 길가 아파트의 불빛,
그 많은 불빛 속에
간밤 부끄러운 일도 있었는 듯한
불빛도 서넛 보인다.
모든 파리지앵 모든 파리지엔들은
드골의 실없이 높은 코는 무시하고
미모사의 꽃과 같은
파리의 아침 불빛을 사랑한다.
나는 젊디젊은 흑인엄마의 목덜미를 훔쳐보며
시인을 생각하고 있었다.
대문자로 된 시인 말라르메를,

오를리공항 도착.
예약한 마드리드행 에어 프랑스는 이미 떠났음.
다음 이베리아 편은 세 시간을 더 기다려야 함.
오를리공항 이층에 화랑畫廊이 있시만
흑발백석黑髮白晳의 스페인소녀가
얼굴을 붉히며 되나온대서야,
비즈니스클라스라고 그러는지 나를
별실로 가라고 한다.
해바라기만한 주황색 꽃이 있는 방이다.
과자와 차가 나온다.
밖에 둔 내 짐을 조심조심 날라다 준
한 초로의 신사가
영어로
코리어라면 남쪽인가 북쪽인가를 묻고
차를 한 모금 입에 대고
잠깐 앉았다가
메르시!
내가 할 소리를 그가 하고는
자기 일행 쪽으로
더 밝은 불빛이 있는 그쪽으로
자리를 옮겨간다.

이베리아 탑승

에어 프랑스가 내는 포도주와
이베리아가 내는 포도주는 다르다.
혀에 와닿는
산성이 다르다.
프랑스와 스페인은
  (피레네산맥 탓일까?)
바람이 다르고 햇살의 미립자가 다르다.
물도 다르다.
늘 빳빳한 드골장군의
웃지 않는 코와
끝이 위로 조금 솟다가 안으로 말린
돈키호테의 코밑수염은 다르다.
  (둘이 다 우습기는 하지만)
이베리아를 타면
스튜워디스의 눈이 너무 까맣다.
너무 까매서 슬프다.
드골공항에도 오를리공항에도
그런 눈은 없다.

마드리드의 공항 대합실

섣달인데 어디선가 귀뚜라미가 운다.
　(그런 느낌이다)
부숴라는 악기가 내는
잠긴듯한
목쉰 소리다.
고비는 과벽탄戈壁灘,
바다가 없는데 탄灘이라고 하듯
사람의 육안은
가끔
마드리드의 공항 대합실에서도
바다를 본다.
삼만 년 저쪽에 두고온 듯한 바다,
한해旱海,
스페인에서 듣는 스페인어는
에플러강의 저녁처럼
잘 삭은 은회색이다.

Blue

호텔 로비에서 듣는 스페인어는
쪽빛이다.
역시
서울에서 생각했던 그대로다.
칼을 타면서도 줄곧 그런 생각을 했지.
말라카의 물빛만큼 환한
Blue,
그늘이 없다.
속이 잘 들여다보이지만 어디 가서
쉴 곳이 없다.
너무 환하다.
산호꽃도 보인다.
섣달에 우는 귀뚜라미,
목쉰 부엉소리는
에플러강의 저녁과 함께
어디로 갔을까?

토레도 외곽

ㄷ형型의, 아니
ㅁ형型의 담벼락에 둘러싸인
안뜰,
키 큰 꽃나무가 혼자서
몸을 흔들고 있다.
그 끄트머리 공중에 문드러진 꽃부리,
가난하게 살자
금주禁酒하자고
외친 성자들, 안다르시아의
성자들,
참나무문들은 굳게 닫히고
어느 집도 지금은 소리가 없다.
하느님은 더 남쪽으로
나들이 가시고
저만치 토레도대성당을
지긋이 누르고 있는
겨울하늘,

고야의 비명

루벤스의 수족을 라틴어 Ars가
꽁꽁 묶어놓았다.
그는 즐거운 듯 묶여 있다.
판타이크
틴토레트
베라스케스도 모두
Ars가 세계를 새로 태어나게 한다고
외치고 있다.
토레도에서 엘 그레꼬도
그런 말을 하는 것을 들었다.
그가 세들어 있던 집
햇빛이 희미한 골방에서 속삭였다.
고야만이 만년에
쇠사슬이
살을 파고드는 아픔을 느꼈다.
Ars가 만든 여자
마야부인은 목이 잘리고
어느 날
그의 인물들은 루오의 예수처럼
윤곽이 문드러져갔다.
배경도 없다.
가보렴!
그의 비명소리는 프라도미술관을
지금도 흔들고 있다.

흘라멩코 무舞
— 집시를 위한 짧은 서사시

옛날 옛적
히말라야에 아직도
파란 털의 늑대가 살고 있던 그때
한 아리안의 계집이
셈족의 한 사내를 사랑했다고 한다.
장마가 멎고
갠지스강[2]에 연꽃이 피던 날
그들은 서로의 종족을 버리고
길을 떠났다.
피레네산맥 너머 서쪽으로 멀리 멀리
다람쥐가 죽으면 눈이 내리는
바스크 족의 마을을 지나
지금은 발렌시아,
낮에도 은방울꽃빛 달이 뜨는
발렌시아,
발렌시아에서 마침내 그들은
바다를 보았다.
바다는 해가 지고 있었고
거기만 또렷해진 수평선,
물새들이 막 떠난 그쪽을 바라고
땅을 차며 발을 동동 구르다가

----

2) 『라틴점묘 기타』에는 '간지스강'으로 되어 있었는데 이 시전집을 엮으면
서 시인이 '갠지스강'으로 수정하였다. (편주)

구르다가
소리를 질렀다. 목청껏
fla fla man co,
fla-man-co,

마요르카 도島

헬렌을 업고 달아난
양 치던 왕자 파레스, 그가
아직도 살아 있다.
나이는 열여덟
열일곱?
아직도 샌들을 신었다.
억센 무릎이 사시나무 떨듯 떨고 있다.
태풍이 오고 있나부다. 그러나
태풍은 비켜가고
태풍이 비켜간 날 밤하늘에는
흑진주 같은 검은 별들이
검은 은하를 만들었다.
후앙 미로가 여기서 태어났다.
그의 그림 한쪽에는 언제나
보일듯 말 듯
귀가 쭈뼛하고 눈이 순한
그의 아내가 동그랗게 앉아 있다.
사람들은 일러
마요르카의 나귀라고 한다.

토레도 소견

하늘을 나는 새처럼
들에 피는 꽃처럼
토레도에서 사람들은
내일을 근심하지 않아도 되었다.
하느님은 모든 것을 주신다.
아이들 사타구니 사이
예쁜 남근을 주시고
할머니 머리칼의
은빛을 주시고. 그리고
꼬부라진 좁다란 골목길을 주시고
잡화점 처마 끝에 와서
잠깐³⁾ 머물다 가는
석양,
저녁의 안식을 주신다.
그렇다. 이젠
누군가의 기억 속에 깊이 깊이 가라앉아 버린
도시,
토레도.

---

3) 『라틴점묘 기타』에는 '잠간'으로 되어 있었는데 이 시전집을 엮으면서 시
인이 '잠깐'으로 수정하였다.(편주)

엄마야 누나야

피카소미술관의 문은
닫혀져 있었다.
게르니카는 결국 또 보지 못하고 말았다.
바르셀로나에 사는
살바도르 달리가 생각났다.
이제는 눈도 멀었다고 한다.
토레도는 흙으로 빚은 듯한 도시다.
흙냄새가 난다.(어디로 가나)
해질 무렵
엘 그레꼬가 세들어 있었다는 집
안뜰에서
안다르시아[4] 구릉의 갈잎들이
소리를 내고 있었다.
엄마야 누나야 강변 살자.

---

4) 『라틴점묘 기타』에는 '안다르씨아'로 되어 있었는데 이 시전집을 엮으면
서 시인이 '안다르시아'로 수정하였다.(편주)

마드리드의 어린 창부

마드리드에는 꽃이 없다.
다니엘 벨은
이데올로기는 이제 끝났다고 했지만
유카리나무에 피는
하늘빛 꽃은 바다 건너
예루살렘에 가야 있다.
마드리드의 밤은
어둡고 낯설고
겨울이라 그런지 조금은
모서리가 하얗게 바래지고 있다.
그네가 내미는 손이
작고 차갑다.

안다르시아

여자와 남자가
함께 있다.
함께라는 말은 아름답다.
눈이 오지 않는데도
밤이 따뜻하다.
탱자나무 울 사이로 겨울인데
탱자꽃이 하얗게 피어 있다.
안다르시아 평원에 슬리는
밤이
부피로 쌓이고 또 쌓인다.
그네는 남의 품에 안기어 언제까지나
오늘밤은 나와 함께 있다.

토레도 대성당

천사는
전신이 눈이라고 한다.
철학자 쉐스토프가 한 말이지만
토레도 대성당 돔의
천정의
좁은 뚜껑문을 열고 그때
내 육체가 하늘로 가는 것을
그네는 보았다.
색깔유리로 된
수많은 작은 창문들이 흔들리고
지상에서 한없이 멀어져 가는
내 육체의 갑작스런 죽음을
천사,
그네는 보았다.

에스코리알 궁을 나서며

카리브해의 무적함대,
그가 백 년을 두고 쉴 새 없이 실어나른
금은보화.
온 세계 고금의 금은보화를
다 보고
왕궁의 키 큰 문을 나서니
해는 기울고
마음 한쪽은 허전하고 서글프고
바람이 으시시 몸에 시리다.
외투 깃을 세우고 눈만 내놓고
이리로 오는 저 행인은
옛날의
라몬 나바로,
사내녀석이
눈매가 너무 곱던
무성영화시대
카리브해를 화물선을 타고 맨주먹 불끈 쥐고
미국 성림聖林으로 간
탱고의 나라 아르젠틴의
어깨가 동그랗던 연파배우軟派俳優
라몬 나바로,

컬럼브스의 어깨

받침대는 너무 높고
그 위에 얹힌 크리스토퍼 컬럼브스,
당신 몸은 너무 작아서 아득하다.
바싹 다가서면
하체는 어딘가로 묻히고 열 발짝도
더 물러나야 상하체가 함께 지구상에
비로소 드러난다. 그러나
이목구비는 고사하고
어깨의 능선마저 둘레가 아련하다.
한번 더 불러 볼까?
크리스토퍼 컬럼브스,
이탈리아에서도 베니스로 가든지
아메리카로 가든지 해서
떳떳히 좌정할 일이지
당신 왜
여기서 이런 모양으로
쫓겨나 올데갈데 없는 사람처럼
서 있어야 하는가?

세르반테스 동상

옆구리에 칼을 차고 있었던가
챙이 넓은 카다로니아 중절모를
머리에 얹고 있었던가
기억이 없다
날짐승의 똥오줌이
콧잔등과 눈두덩을 망가뜨리고 있었던가
한쪽 어깨에
예쁜 날개를 접고
날짐승이 한 마리 앉아 있었던가
기억이 나지 않는다.
다만 그는
끝이 위로 조금 솟다가 말고
안으로 말린
코밑 수염을 달고 있었다.
돈키호테가 달고 있던 그런
웃기는 코밑수염을 그도
달고 있었다.
그래서 그런지 그의 눈썹과 눈썹 사이가
몹시 오히려 찡그러져 있었다.

우나무우노의 안경

매부리콧등에 은테안경을 걸치고
저녁에는 우나무우노가 온다.
카다로니아어語로
그는 나에게 무슨 말을 해주지만
나는 한마디도 알아듣지 못한다.
고도 토레도에 내리는 희디흰
눈발과도 같다.
나는 알고 있다.
그는 사상가가 아니라
시인이다.

말

오르테가 위 가세트의 수필집을 찾았더니
그가 누구냐고 되물어온다.
코밑수염을 점잖게 기른
책방 할아버지는 그러나 미안했던지
책 대신 맛있는 음식점이 있다고
지도까지 그려준다.
맛에 굶주린 나는 지도를 펴들고
한 시간을 헤맨 끝에
찾기는 찾았으나
맛있다던 음식점에서 내놓는
음식을 보자마자 나는 그만 엉엉
울어버리고 말았다.
노린내가 앙등하는
양고기를 뜸뿍 썰어
노린내 나는 양념을 뜸뿍 쳐준다.
나는 코를 막고 숨을 죽여야 하는데
스페인어는
노린내를 맛있다고 한다. 그렇다면
오르테가 위 가세트의 수필집에는
얼마만큼 많은 노린내가
스미어 괴고 있을까?

꿈속에서

이틀을 꼬빡
양고기 냄새를 맡고 나니
나는 청맹과니가 되었다.
멀쩡하니 눈을 뜨고도
아무것도 보이는 것이 없다.
오직 꿍보리밥이 먹고 싶어
혀가 타는데
가도 가도 스페인은
양고기 냄새만 난다.
밤에 잠이 들어 꿈속에서 나는
보리깜부기를 오죽했으면 그것도
날것을 그냥 먹고 있었다.

아테네행 탑승

눈썹을 적시는
내 눈썹 위에 드러누운[5]
바다,
밤이고 낮이고 언제까지나
내 눈썹 위에서 잠만 자는
바르셀로나 그 겨울바다,

---

5) 『라틴점묘 기타』에는 '드러누은'으로 되어 있었는데 이 시전집을 엮으면
   서 시인이 '드러누운'으로 수정하였다.(편주)

아테네 상공
—기억은 참 희미하다. 추억도 그럴까?(독인부지讀人不知)

오르테가 위 가세트의 수필집을
어디다 두고 왔을까?
토레도 후미진 골목 안
잡화점의
처마 끝에 와서 머물다가
곧
동제銅製 작은 십자가가 걸린
참나무벽 쪽으로 자리를 옮겨가던
석양,
석양에 절어 밤빛나던
중세식 낡은 그 툇마루 위에
두고 왔을까?
카르시아 로르카의 문고판 희귀 고본古本 시집은
또 어디다 두고 왔을까?
바르셀로나 공항 대합실에서 본
한 할머니 머리칼의
은빛,
그 은빛 위에 와서 고개 숙이며
다소곳이 사그라져가던
이베리아 반도의 석양,
석양이 비킨 밤의 어디다
두고 왔을까?

겨드랑 사이로

낯선 이름
파트리스 드 라 듈르 듀 팽씨氏를
만나러 가듯
공항 출구를 나섰더니
뜻밖에도 낯익은 얼굴
멜리너 멜러쿠리 여사가
거기 있었다.
그네는 문화성의 장관이 되어
나를 싸안을 듯
긴 팔을 내쪽으로 멀리 뻗는다.
시원하게 트인 그네의 겨드랑 사이로
처음 내 눈에 들어온 아테네시의 외곽은
그러나 뜻밖에도
닳고 닳은
샌들 한짝처럼 너무도 납작하고
납작했다.

아크로폴리스 점경点景

1. 바람

바람이 분다.
바람은 아킬레스처럼
아직도 힘이 세다.
여기 저기서 강아지풀들의 목뼈를
부러뜨리고 있다.
겨울인데
에게해로 가는 바람은 그러나
춥지가 않다.
모과빛 나는 하늘,
저 멀리 옛날의 트로이 해안이
가무스름 보인다.

2. 살냄새

사천 년 전에 죽은 여자
헬레네의 살냄새는 나지 않는다.
신전의 기둥이
소문보다 너무 가늘다.
알렉산더대왕의 동체 없는 작은 얼굴이
그만 혼자 아직도 너무 젊다.

490

점잖게
등신대等身大로 누운 헤라클레스
그는 남근이 이미 반쯤 삭아
문드러지고 있다.

3. 낮은 언덕

고전고대古典古代
헬레니즘시대는 멀리 멀리 가버리고
신전은 아무 데도 벽이 없다.
한줌 유물을
눈요기로 팔아
입에 풀칠하는 사람들,
아크로폴리스 낮은 언덕 위에 내린
모과빛 나는
봄이 먼저 온듯한 하늘
겨울하늘,
어디로 날아갔나? 날개 달린
푸슈케,

샌디애이고의 백일홍

논어를 영어로 옮기면 어떤 모양이 될까? 에즈라 파운드는 논어를 시라고 했다던가? 고립어에서는 세계는 문자와 함께 완성되었다. 그러나 영어와 같은 굴절어에서는 세계는 언제까지나 이동한다. be+ing 그것은 있으면서 없다는 것일까.

아니면 공즉시색?

미국의 남쪽 휴양지

샌디애이고,

지난 해 가을 거기를 지나면서

나는 언뜻 보았다.

중국 산동성에서 옮겨 심었다는

백일홍나무, 이제는

환골탈태

곧게 뻗은 훤칠한 키,

꽃잎은 드진한, 글쎄

그런 걸 진분홍이라고 하는지?

아니다.

가지빛이 되어 있었다.

영어로는 뭐라고 하느냐고 물었더니

아직 이름이 없다고 그랬다.

버찌

―응화성전應化聖典

너희들은 왜 아무 데도
없는가?
저 푸른 하늘을 보아라,
떨어져가는 여드름빛의 설익은
겨울.
또는 한여름의 어떤 얼굴.
내가 어제 어느 잡지사에 보낸
수필의 제목
이 관음인데
관음이 반야심경에도
왕유의 시에도
아레나스의 소설에도
없듯이
여드름빛의 질척질척한 설익은
우상인
너희들은 왜
저 푸른 하늘에도 없는가?

반 고호

그의 해바라기[6]는
씨가 없다.
어디로 갈까?
지구처럼 해를 바라고
돌아나 볼까?
씨가 없으니 한번 죽으면
다시 또 오지 못할
이승,
이승의 하늘은 얼굴이 없고
감자를 먹는 가난한 가족[7]과
부러져 튀는 다리[8]가 강 위에 있다.
어디로 갈까?
여름 염천炎天에
해바라기의 모서리가 가맣게
타고 있다.

---

6) 해바라기 : 고호의 그림 제목.
7) 감자를 먹는 가난한 가족 : 고호의 그림 제목.
8) 부러져 튀는 다리 : 고호의 그림 제목.

다시 반 고호

눈먼 하늘에는
눈먼 해가 혼자서 목구멍이
끓고 있다. 해소병앓이처럼,
보리밭 어디서 문득 생각난듯
종달새가 한 마리 날아오른다.
휘이 휘이 삐이이!
어디로 갈까?
종달새도 눈이 멀어
그가 울고간
떫디 떫은 목소리만 언제까지나
귓전에 남는다.

경포대에서

주천酒泉⁹⁾은 멀다.
한무제漢武帝도 이릉李陵 장군도
너무나 옛날이다.
미주야광배美酒夜光杯
여기서는 보이지 않는
서울 플라자호텔.
플라자호텔 보이지 않는 광장에도
눈이 오고 있을까?
동해 앞바다 어해魚蟹는 잠이 들고
밤에 눈이 내린다.
이제 보니 송강松江도 그렇다.
그의 사사조四四調는 두운도 각운도
너무나 아득하다.

---

9) 서역으로 가는 중국 도시명.

비쭈기 나무

비쭈기 나무 키 너머
영도 앞바다,
부산에서
천재동千在東 씨가 보내온 낭자娘子 탈에는
마마자국이 희미하다.
마주보면 오늘 밤은
아내의 눈에
은하계의 별 하나 흐르고 있다.

잠수교 원경遠景

날은 개이고
인왕산 밋밋한[10] 허리께
등꽃빛 하늘이 열리자
이틀인가 사흘만에
잠수교가 얼굴을 드러낸다.
눈이 좀 부신 듯하다.
팔을 걷어붙인 인부가 한 사람
서울시민을 대표해서
쇠망치로 바닥 한 쪽을 때리고 있다.

—탈은 없는가? 괜찮은가?

---

10) 『김춘수 전집 1 · 시』(문장사)에는 '밋밋한'이 '밍밍한'으로 표기되었
다.(편주)

아주 누워서

김철호金喆鎬가 3라운드에서 일순
따운되었을 때
내 입에서는 나도 모르게
아 하는 소리가 새어나왔다.
그는 곧 일어섰지만,
마닐라에서 최충일催忠日이 KO로
아주 누워 버렸을 때는
나도 함께 거기에 아주 눕고 말았다.
아주 누워서 나는
섣달이 다가는 대구 만촌동晩村洞 내 집 뜰에
천리향이 멀리멀리
첫몽오리를 맺는 것을 보고 있었다.

에리꼬로 가는 길

비가 올 듯 올 듯[11] 하고 있다.
아니
날이 어느새 개이고 있다.
앞진 감람나무 어깨가 젖어 있다.
시장기가 도는 비탈진
포도밭길을
사제司祭와 레비인이 가고 있다.
때에 절인 그들의 아랫도리가 거무스름
젖어 있을 뿐
착한 사마리아인은 아직도
오지 않고 있다.

---

11) 『김춘수 전집 1 · 시』(문장사)에는 '올듯 올듯'으로 표기되었다.(편주)

책

얼마만큼 높을까,
하늘만큼 가을만큼 높을까,
망개알이 가맣게 타고 있다.
이제는 꿈이 되고 보석이 된
알맞게 휘어진 저 허리 저 어깨,
하늘을 눈으로 잴 수 있을까,

노래

새는 사철나무
키 작은 가지 끝에,
바람은 멀리멀리
낮달과 함께, 혹은
막 잠깬 골목길 입구 손수레 곁에,
하느님은 어린 나귀와 함께
이번에도 동쪽 포도밭길을 가고 있다.
해가 뜨기 전에,

싸락눈

눈썹 밑에 눈이 있고
코 밑에 입이 있고
　(입은 그늘도 없이
　　비스듬히 옆으로 돌아앉아 있다.)
배꼽 밑에 여자가 있고
남자가 있고
가슴은 어두워지면서
서울 근교에 난지도만한
바다를 하나 띄우고 있다.

루오 할아버지가 그린 유화 두 점

그 하나, 몸져누운 어릿광대

의롱衣籠과 갓으로 이름난
그때의 통영읍 명정리 갓골
토담을 등에 지고 쓰러져 있던
엿장수 아저씨,
기분 좋아 실눈을 뜨고
입에는 게거품을 문
거나하게 취한 얼굴 만월 같은 얼굴,
엿판을 허리에 깔고
기분 좋아 흥얼대던 육자배기
장타령,
그러나 그는 울고 있었다.
해저무는 더딘 봄날 멀리멀리 지워져 가던
한려수도 그 아득함,

그 둘, 교외의 예수

예루살렘은 가을이다.
이천 년이 지났는데도
집들은 여전히 눈 감은 잿빛이다.
예수는 얼굴이 그때보다도

더욱 문드러지고 윤곽만 더욱 커져 있다.
좌우에 선 야곱과 요한,
그들은 어느 쪽도 자꾸 작아져 가고 있다.
크고 밋밋한 예수의 얼굴 뒤로
영영 사라져 버리겠다. 사라져 버릴까?
해가 올리브 빛깔로 타고 있다.
지는 것이 아니라 솔가리처럼 갈잎처럼
타고 있다. 냄새가 난다.
교외의 예수, 예루살렘은 지금
유카리나무가 하늘빛 꽃을 다는
그런 가을이다.

고도古都에서

지귀志鬼가 죽은 다음
선덕여왕의 눈에 가끔
고동색의 이끼가 끼이곤 한다.
오동나무가 하늘 빛 꽃을 떨구고
가을에 가을의 살갗이 되듯이
오늘은
모과알 서넛 하늘의 깊이에서
절이 삭고 있다.
가라앉고 또 가라앉으면서 저녁에 불국사는
다보탑도 석가탑도 모과나무 제일 낮은 가지에서
눈을 감는다.

날지 않는 새

말더듬이처럼
말과 말 사이에
가로놓인 하늘 머나먼 하늘
낮에 뜬 달,
언제 보았던가
여름에 또는
다른 또 한번의 여름에
그 상수리나무 넓은 그늘,

바다의 주름 예수의 이마 위의 주름

  널따란 마당으로 나간다. 타작마당인가 저만치 들꽃들이 무리를 지어 시들고 있다. 포도밭이 있고 길은 그쪽으로 비스듬히 뻗어 있다. 오늘은 가을에 비가 내린다. 한번도 환하게 웃어보지 못하고, 늦게 맺은 포도알이 하나 둘 고개를 떨군다.
  저무는 하늘, 비쭈기나무가 한 그루 지워져가는 구름 사이 사지를 길게 뻗고 산발하고 아까부터 죽어 있다. 그런 모양으로 바다가 또한 저물어간다.
  망할 놈의 지옥,

불을 켜고 불을 끄고

한밤에 잠을 깨는 수가 있다. 거실로 나와 불을 켜고 소파에 앉아 물을 마시며 머리를 식힌다. 무심코 앞을 본다. 선반 위에 수반이 있다. 자갈 위에 짙은 쥐빛의 작은 돌이 하나 놓였다. 가만히 보자니까 그는 혼자서 한숨을 쉬었다가 뭔가 입을 달싹거리기도 한다. 그런가 하면 갑자기 몸을 도사리며 표정을 지워버린다. 누군가의 옆 얼굴을 닮았는데 얼른 생각나지 않는다.

불을 끄고 방으로 들면서 또 한번 그쪽을 본다. 돌은 없고 돌이 있다는 윤곽만 아련하다. 하얀 자갈을 깔고 앉은 그는 그러나 돌아앉은 누군가의 앉음새를 꼭 닮았는데, 그가 누구던가 얼른 생각나지 않는다.

모자를 쓰고

스톡홀름,
수만 개의 보석이 잠들어 있는
왕립박물관으로 가는 화강석 보도 위에서 본
작약꽃,
지금도 귓전에 향기로운 말발굽소리 들린다.
런던에서는 체크무늬의 캡을 하나
무슨 이름의 가게더라
은회색의 중절모,
보리사리노도 하나 더 샀다.
오월 초순의 동경에는 때마침
여우비가 내리고
빗발 사이로 아주 가까운 듯
서울까지
눈앞에서 밝고 밝은 아침이 열리고 있었다.

어느 봄날에

노트르담사원이 아니라서
미안하다.
쎄자아르 프랑크의 별이 보이지 않아
정말 미안하다.
아무 데도 없는 어떤 악기가
없어서 미안하다.
생각 좀 해보게,
꽃이 피는데 너무너무 조용하지 않은가,
옛날의 요단강 황해도 은율股栗
봄이라서 더욱 그런지
그대가 서 있는 배경에는
죽어서도 자꾸 진눈깨비가 내리고 있다.
김종삼,

여름 어느 날에

물 한 통 길어주고 있다.
세 살 난 조랑말의 덜미를
어루만지고 있다.
여름인데도 저녁에는 진눈깨비가 내린다.
오늘 하루도 무사히 끝났다고,
그러나 그게 아니다.
아우슈뷔츠의 굴뚝, 우는 아이를 삼킨
임진강의 물살을
어느 날 그만 보고 만다.
그때로부터 그대는
술 없는 사막을 혼자서 가고 있다, 고 생각한다.
발등이 부어 있다.
그런 일들을 그대는 또한
장편掌篇이라고 하고 문장수업이라고 한다.

하품, 그 천국

　풀꽃들이 눈 뜨는 아침은 풀꽃들의 액면額面, 어딘가 눈꺼풀 위에 또렷이 줄이 그어지고, 있다. 보이는 저승. 비누 방울의 날개. 꽃 피는 풀꽃들의 아침, 사이로 달 별 모자帽子 자궁 이데올로기의 작디작은 걸음마가 가고, 나란히, 아니 차례차례로 무너지는 도미노 현상의, 눈이, 모래에도 눈이 있다.

책
―그늘은 서늘하지만, 겨울에는 차갑다(독인부지讀人不知)

모자를 눌러쓴 사람은
미간이 반쯤 그늘에 가리워지고 있다.
누구던가 생각나지 않지만
쉬이 잊혀지지도 않는다.
십팔사략十八史略이라고 하지만
중국의 하늘은 오천 년 동안
속눈썹이 자라서 길게길게 지금쯤 오르도스 오지까지
짙은 그늘을 드리우고 있다.
책상 너머 저만치
미간이 반쯤 그늘에 가리워진 가을저녁이
무슨 모자라고 할까 챙이 긴
모자를 하나 눌러쓰고 있다.
어디선가 이제 막 출하한
마분지 냄새가 난다.

꽃, 순수한 거짓
—처용단장 제3부를 위한 서시

바다는 이쪽 기슭까지 와서
숨을 죽이고 또 한번 잠이 든다.
바라보면, 서천西天은 피어나고
보리밭 너머 잡목림 저쪽
그대는 가고 있다.

너무 일찍 떠나는 그대
돌아오라 돌아오라고
어리디어린, 대낮에
갓 태어난 별 하나가
나를 슬프게 한다.

그대 두고 가는 하늘 아래 거기
오늘은 그늘이 나고 바람이 일고
햇살이 스미는데
이제 내 눈에는 잘 보이지도 않는다.
…… 언제나 나를 앞질러 나보다는 먼저 떠나는 그대,

서울의 어디엔가

김종삼의 시를 좋아하는
박용래의 시도 좋아하는
한 젊은이가 살고 있는
서울의 어디엔가
낮에도 은방울꽃빛 달이 뜨는
이승에서는 제일 높은 하늘이 있는
서울의 어디엔가
안개꽃보다도 더 하얀 꽃들이
혹은 눈뜨는 보석처럼
하루 왼종일 잠자는 보석처럼
피어 있는
서울의 어디엔가 그런 골목이,

그의 메시지

작년 가을 도쿄에서 처음 만난
문학평론가 시노다 하지메가
연하장을 보내왔다.
나는 그를 시노다 가즈오로 읽었는데
시노다 하지메(篠田一士)로[12] 읽는 모양이다.
이 오독은 즐겁다.
그의 묵직한 턱과 굵은 눈썹이
눈앞에 떠오르고
거한巨漢인 그가 보내는
새해의 메시지라고 할까 그의 목소리는
뜻밖에도
오래 잊고 있던 남쪽바다
내 고향 새봄의 방풍(나물) 같은
흙냄새를 내고 있다.

---

12) 『라틴점묘 기타』에는 '시노다 하지메(篠田一士)로'가 '一士(篠田)는 하지
메로' 표기되었는데 이 시전집을 엮으면서 시인이 수정하였다.(편주)

샤갈의 마을에 내리는 눈(김춘수 대표 시집)

1990년 1월 15일 신원문화사 발행(신국판 변형/140면)

| 차 례 |

책 머리에

시선집을 또 내게 됐다. 그동안 나온 내 시선집과 시전집은 모두 일곱 여덟 권이 되리라. 그러나 이번 것은 그동안 나온 것에 비하여 좀 색다른 점이 없지 않다.

88년도에 낸 시집에 수록된 것들과 그 이후에 여기저기 발표한 근작들이 상당수 수록되어 있다는 것이 이번 선집의 특색의 하나다. 그리고 일차적으로 출판사에서 시선집 시리즈의 의도에 따라 수록 작품을 선정한 것을 내가 다시 또 가감하여 조정한 것이 또 하나의 특색이라고 할 수 있다.

근작들을 비교적 많이 넣은 것은 기왕의 내 시선집이나 시전집과는 그 모습을 다소나마 달리 해보겠다는 의도에서였고, 출판사의 출판 의도를 살리면서 내 자신이 쑥스럽지 않을 선집을 만들어 보고 싶었기 때문이다. 근 50년, 즉 반세기 가까운 시력詩歷을 가진 나로서는 그동안 몇 차례의 고비(변화)가 있었다. 그 고비를 되도록 선명하게 드러내보려고 한 것이 이번 선집이기도 하다.

모쪼록 나의 독자들에게는 좋은 선물이 되어 주었으면 한다.

김춘수

바다의 늪

새봄에는 살오른 숭어 새끼
온몸으로 바다를 박차고 솟아올랐다간
아 다시 또
떨어진다. 제 무게만큼의
깊이로,
바다 밑은 물구나무 선
하늘이고, 하늘에는
물구나무 선 발가락만 다섯 개
한쪽 발은 없고,
없어졌고,

코린토스 근교

요정妖精들이
지금도 어딘가에 살고 있다.
어디를 봐도
사화산死火山 석회질 암석뿐인데
겨울인데
등자나무 어깨가 보얗다.
코린토스는
가파르고 가파른 진흙 벼랑을
손으로 하늘까지 빚어 올려
무슨 보석처럼 원혼寃魂처럼 그 밑바닥에 깊숙이
운하를 하나 감춰 두고 있다.
이천 년 전 사도 바울이
여기를 한 번 잠깐 스쳐갔다고 한다.

부제副題로서의 시

소크라테스는 죽으면서
아스클레피오스 신에게
빚진 닭 한 마리 갚아주라고 했다는데
어떤 닭일까?
한국의 토종닭은 목을 비틀면
목과 함께 눈이 좀 비틀리고
죽을 때
날개만 조금 파닥거릴 뿐
소리도 내지 않는다고 하는데, 하고
아테네 시 서부
아카데메이아라고 부르는
옛 플라톤 학원學園이 있던 골짜기
잡목림 숲속을 가면서
나는 문득 웬지 그런 생각들을 했다.

소크라테스의 변명

아테네 시 서부
플라톤 학원으로 가는 긴 골짜기
어귀에 저만치 뒤로 나가자빠진 석회질 암석 하나,
때마침 석양을 받아
군내나는 그의 온 얼굴에서 피어나는
마른 버짐,
그 위에 지는 겨울 낙엽,
낙엽은 자꾸 또 지면서 낙엽은
낙엽을 덮어준다.
더 추워 보인다.

—민주주의가 나를 죽이지 않았다.
관념론과 귀족주의가 나를 죽이지도 않았다.
크리톤 크리톤아, 아스클레피오스 신에게
빚진 닭 한 마리 갚아 주게나.

유토피아

그리스 앞쪽
다도해에 가면 지금도
유토피아가 있다.
ou, 즉 무無가 있고
topos, 즉 소所가 있다.
봄은 아킬레스의 하얀 발뒤꿈치와 함께
멀리멀리 가버리고
봄이 오고 있다는 기척은 없다.
아프로디테의 허리와
아프로디테의 허리의 살갗을 만들어낸
물거품.
물거품은 흔적도 없고
옛날에 무슨 일이 있었다는 기억조차 잊어버린
바다는 섬들 사이사이
납빛으로 째무룩히 가라앉았다.

아비시니아 아비시니아

호박잎은 여름을 꿈꾸고
호박꽃은 호박을 꿈꾸고, 여름은
여름을 꿈꾼다.
저녁은
저녁을 꿈꾸고
놀은 저녁에 놀을
꿈꾼다고
이반 카라마조프는 또한 말한다.
하느님이 없으니 오늘은 뭘 해도 괜찮다. 고,

도스토예프스키를 읽을 때

가만 가만히
어리디어린 자유가
아무 데도 없는 어떤 악기 모양의
죽은 김종삼의 시에서 본
그런 악기 모양의
꿈과 같은, 꿈속의 꿈과 같은
어리디어린
자유가 하나 눈뜰 때까지
가만 가만히 발소리도 죽이고,

동지同志 푸루돈

파리의 하늘 아래
센 강이 흐른다.
겨울에 센 강은 굴내가 나고
알롱알롱 속속곳 한쪽이
꽃잎처럼 떠 있고
어디선가 사팔뜨기
장 폴 사르트르가 보고 있다.
-재산은 절도다.[1]
견분大糞도 석양을 받아
모과빛을 내는
대안對岸 서점가 어디
이제는 늙어서 구부정한 등허리를 하고
동지 피에르 요셉 푸루돈이
가고 있다.

---

1) 푸루돈의 저서 『재산이란 무엇인가』를 요약한 말이다.

동지 바쿠닌

한쪽 귀와 한쪽 볼이 화상을 입은 듯
모지라지고 있다.
1872년
인터 하그 대회에서
덫에 걸려
제명될 때의[2]
그 자국이다.
자국은 오래 가리라. 동지
미카일 알렉산드로비치 바쿠닌,
파리는 지금
마로니에나무들이 잎을 떨구고
알몸이 되어 일모日暮에
한천寒天을 바라고 섰다.
—하늘에는 하느님 땅에는 국가↔권력,[3]
익고 있는지 시들고 있는지 저기
쥐똥만한 겨울 열매들,

---

2) 1872년 인터 하그 대회에서 마르크스 일파의 계략에 빠진 바쿠닌은 인터에
   서 제명된다.
3) 바쿠닌의 저서 『매질하는 독일 제국과 사회혁명』 제1부의 제목이 「하느님
   과 국가」이다.

동지 피그넬

영하 40도,
시릿셀 베르그의
요새要塞 감옥 돌바닥에 살을 묻고
뼈를 묻으려 했다.
스물일곱 살,
월경月經의
피도
두 주먹으로 틀어막았다.
손바닥에 못이 박힌
누군가의 영혼처럼
21년 하고도 일곱 달,
볕이 드는 쪽으로는 한 발짝도
발을 떼지 못했다.
동지 베라 피그넬,

동지 신채호

키 큰 상록수나무 밑에 가 앉으면
눈물은 말라 코끝만 시큰둥하다.
대련大連과 여순旅順이 지척인데
대련에서 죽이지 않고 왜 일제는
여순에서 죽어라 했을까.
동지 단재 신채호,
어 다르고 아 다르다지만
민족주의자가 왜
아나키스트가 되어야만 했을까.
인왕산 위 눈물나는 눈물나는 저
등꽃빛 하늘,

처용단장處容斷章

1991년 10월 15일 미학사 발행(신국판/176면)

|차 례|

머리말

＊『처용단장』에 수록된 산문 「장편 연작시 〈처용단장〉 시말서」, 「그때 그 여름의 바다」, 「시인이 된다는 것」, 「자유, 꿈」, 「역사는 어디 있는가?」는 수록하지 않는다.(편주)

머리말

 내 개인의 창작시집만 해도 10권이 넘는다. 선시집과 시전집과 김춘수 전집에 실린 것까지 합치면 이 또한 열 권이 훨씬 넘는다. 게다가 각종 시화집에 참가한 일도 있는데, 그 수는 헤아릴 수가 없다. 그만큼 시를 오랫동안 써왔다는 증거가 되리라. 시작생활 반세기는 조이 된다. 어언 그렇게 되었다.

 이번의 장편연작시 「처용단장」 전 4부는 60년대 후반에 붓을 들어 91년 5월에 붓을 놓았으니 20년하고도 4년 5년이 더 걸린 셈이다. 저간의 사정과 나의 시작 운신에 대해서는 따로 장문의 글을 써서 함께 실었다. 더 이상의 말은 삼가키로 한다.

 장편연작시 「처용단장」은 제1부와 제2부를 시지 《현대시학》에 제3부와 제4부를 종합 문예지 《현대문학》에 각각 연재했다. 10수년의 간격을 두고 쓰여졌다. 《현대시학》에 연재할 때는 그때의 주간이던 고 전봉건 시인의 각별한 배려가 있었고, 《현대문학》에서는 주간 감태준 시인의 자상한 배려와 신진 시인 백상열 군의 많은 노고(교정 기타)가 있었다. 이 기회에 깊은 감사를 드린다. 미학사의 사장 박의상 시인의 채산을 도외시한 특별한 배려에 또한 뜨거운 감사를 드린다.

1991년 가을 서울 우거에서
김춘수

제1부 눈, 바다, 산다화山茶花[1]

1[2]

바다가 왼종일
새앙쥐 같은 눈을 뜨고 있었다.
이따금
바람은 한려수도에서 불어오고
느릅나무 어린 잎들이
가늘게 몸을 흔들곤 하였다.

날이 저물자
내 늑골과 늑골 사이
홈을 파고
거머리가 우는 소리를 나는 들었다.
베꼬니아의
붉고 붉은 꽃잎이 지고 있었다.

그런가 하면 다시 또 아침이 오고
바다가 또 한 번
새앙쥐 같은 눈을 뜨고 있었다.
뚝 뚝 뚝, 천杆의 사과알이

---

1) 제1부의 제목 「눈, 바다, 산다화」는 『처용단장』을 출간하면서 붙였다.
  (편주)
2) 『처용』에서는 각 번호가 'I의 I'식의 로마자로 표기되었다.(편주)

하늘로 깊숙이 떨어지고 있었다.

가을이 가고 또 밤이 와서
잠자는 내 어깨 위
그해의 새눈이 내리고 있었다.
어둠의 한쪽이 소금 얼리고
개동백의 붉은 열매가 익고 있었다.
잠을 자면서도 나는
내리는 그
희디흰 눈발을 보고 있었다.

2

3월[3]에도 눈이 오고 있었다.
눈은
라일락의 새순을 적시고
피어나는 산다화를 적시고 있었다.
미처 벗지 못한 겨울 털옷 속의
일찍 눈을 뜨는 남쪽 바다,
그날 밤 잠들기 전에

---

3) 『처용』에서는 '3월'이 모두 '三月'로 표기되었다. (편주)

물개의 수컷이 우는 소리를 나는 들었다.
3월에 오는 눈은 송이가 크고
깊은 수렁에서처럼
피어나는 산다화의
보얀 목덜미를 적시고 있었다.

3

벽壁이 걸어오고 있었다.
늙은 홰나무가 걸어오고 있었다.
한밤에 눈을 뜨고 보면
호주 선교사네 집
회랑의 벽에 걸린 청동시계가
겨울도 다 갔는데
검고 긴 망또를 입고 걸어오고 있었다.
내 곁에는
바다가 잠을 자고 있었다.
잠자는 바다를 보면
바다는 또 제 품에
숭어새끼를 한 마리 잠재우고 있었다.

다시 또 잠을 자기 위하여 나는

검고 긴
한밤의 망또 속으로 들어가곤 하였다.
바다를 품에 안고
한 마리 숭어새끼와 함께 나는
다시 또 잠이 들곤 하였다.

　　　*

호주 선교사네 집에는
호주에서 가지고 온 해와 바람이
따로 또 있었다.
탱자나무 울 사이로
겨울에 죽도화[4]가 피어 있었다.
주님 생일날 밤에는
눈이 내리고
내 눈썹과 눈썹 사이 보이지 않는 하늘을
나비가 날고 있었다.
한 마리 두 마리,

---

4) 『처용단장』에는 '죽두화'로 되어 있었는데, 이 시전집을 엮으면서 시인이
　　'죽도화'로 수정하였다.(편주)

4

눈보다도 먼저
겨울에 비가 오고 있었다.
바다는 가라앉고
바다가 있던 자리에
군함이 한 척 닻을 내리고 있었다.
여름에 본 물새는
죽어 있었다.
물새는 죽은 다음에도 울고 있었다.
한결 어른이 된 소리로 울고 있었다.
눈보다도 먼저
겨울에 비가 오고 있었다.
바다는 가라앉고
바다가 없는 해안선을
한 사나이가 이리로 오고 있었다.
한쪽 손에 죽은 바다를 들고 있었다.

5

아침에 내린
복동이의 눈과 수동이의 눈은

두 마리의 금송아지가 되어
하늘로 갔다가
해질 무렵
저희 아버지의 외발 달구지에 실려
금간 쇠방울 소리를 내며
돌아오곤 하였다.
한밤에 내린
복동이의 눈과 수동이의 눈은 또
잠자는 내 닫힌 눈꺼풀을
차운 물로 적시고 또 적시다가
동이 트기 전
저희 아버지의 외발 달구지에 실려
금간 쇠방울 소리를 내며
돌아가곤 하였다.

    *

눈이 내리고 있었다.
눈은 아침을 뭉개고
바다를 뭉개고 있었다.
먼저 핀 산다화 한송이가
시들고 있었다.
눈이 내리고 있었다.

아이들이 서넛 둘러앉아
불을 지피고 있었다.
아이들의 목덜미에도 불 속으로도
눈이 내리고 있었다.

6

모과나무 그늘로
느린 햇발의 땅거미가 지고 있었다.
지는 석양을 받은
적은 비탈 위
구기자 몇 알이 올리브빛으로 타고 있었다.
금붕어의 지느러미를 쉬게 하는
어항에는 크낙한 바다가
저물고 있었다.
VOU 하고 뱃고동이 두 번 울었다.
모과나무 그늘로
느린 햇발의 땅거미가 지고 있었다.
장난감 분수의 물보라가
솟았다간
하얗게 쓰러지곤 하였다.

7

새장에는 새똥 냄새도 오히려 향긋한
저녁이 오고 있었다.
잡혀 온 산새의 눈은
꿈을 꾸고 있었다.
눈 속에서 눈을 먹고 겨울에 익는 열매
붉은 열매,
봄은 한잎 두잎⁵⁾ 벚꽃이 지고 있었다.
입에 바람개비를 물고 한 아이가
비 갠 해안통을 달리고 있었다.
한 계집아이는 고운 목소리로
산토끼 토끼야를 부르면서
잡목림 너머 보리밭 위에 깔린
노을 속으로 사라지고 있었다.
거짓말처럼 사라지고 있었다.

8

내 손바닥에 고인 바다,

---

5) 『처용』에서는 '한잎 두잎'이 '한 잎 두 잎'으로 표기되었다.(편주)

그때의 어리디 어린 바다는 밤이었다.
새끼 무수리가 처음의 깃을 치고 있었다.
봄이 가고 여름이 오는 동안
바다는 많이 자라서
허리까지 가슴까지 내 살을 적시고
내 살에 테 굵은 얼룩을 지우곤 하였다.
바다에 젖은
바다의 새하얀 모래톱을 달릴 때
즐겁고도 슬픈 빛나는 노래를
나는 혼자서만 부르고 있었다.
여름이 다한 어느 날이던가 나는
커다란 해바라기가 한 송이
다 자란 바다의 가장 살찐 곳에 떨어져
점점점 바다를 덮는 것을 보았다.

9

팔다리를 뽑힌 게가 한 마리
길게 파인 수렁을 가고 있었다.
길게 파인 수렁의 개나리꽃 그늘을
우스꽝스런 몸짓으로 가고 있었다.
등에 업힌 듯한 그

두 개의 눈이 한없이 무겁게만 보였다.

10

은종이의 천사는
울고 있었다.
누가 코밑 수염을 달아주었기 때문이다.
제가 우는 눈물의 무게로
한쪽 어깨가 조금 기울고 있었다.
조금 기운 천사의
어깨 너머로
얼룩암소가 아이를 낳고 있었다.
아이를 낳으면서
얼룩암소도 새벽까지 울고 있었다.
그해 겨울은 눈이
그 언저리에만 오고 있었다.

11

울지 말자,
산다화가 바다로 지고 있었다.

꽃잎 하나로 바다는 가리워지고
바다는 비로소
밝은 날의 제 살을 드러내고 있었다.
발가벗은 바다를 바라보면
겨울도 아니고 봄도 아닌
설청雪晴의 하늘 깊이
울지 말자,
산다화가 바다로 지고 있었다.

12

겨울이 다 가도록 운동장의
짧고 실한 장의자의 다리가 흔들리고 있었다.
겨울이 다 가도록
아이들의 목덜미는 모두
눈에 덮인 가파른 비탈이었다.
산토끼의 바보,
무르팍에 피를 조금 흘리고 그때
너는 거짓말처럼 죽어 있었다.
봄이 와서
바람은 또 한 번 한려수도에서 불어오고
겨울에 죽은 네 무르팍의 피를

바다가 씻어주고 있었다.
산토끼의 바보,
너는 죽어 바다로 가서
밝은 날 햇살 퍼지는
내 조그마한 눈웃음이 되고 있었다.

13

봄은 가고
그득히 비어 있던 풀밭 위 여름,
네잎 토끼풀 하나,
상수리나무 잎들의
바다가 조금씩 채우고 있었다.
언제나 거기서부터 먼저
느린 햇발의 땅거미가 지고 있었다.
탱자나무 울이 있었고
탱자나무 가시에 찔린
서녘 하늘이 내 옆구리에
아프디 아픈 새발톱의 피를 흘리고 있었다.

제2부 들리는 소리[6]

서시

울고 간 새와
울지 않는 새가
만나고 있다.
구름 위 어디선가 만나고 있다.
기쁜 노래 부르던
눈물 한 방울,
모든 새의 혓바닥을 적시고 있다.

1

돌려다오.
불이 앗아간 것, 하늘이 앗아간 것, 개미와 말똥이 앗아간 것,
여자가 앗아가고 남자가 앗아간 것,
앗아간 것을 돌려다오.
불을 돌려다오. 하늘을 돌려다오. 개미와 말똥을 돌려다오.
여자를 돌려주고 남자를 돌려다오.
쟁반 위에 별을 돌려다오.

---

6) 제1부와 달리 제2부는 이미 『김춘수 시선』에서 제목을 「들리는 소리」라고
   붙여 수록하였다.(편주)

552

돌려다오.

2

구름 발바닥을 보여다오.
풀 발바닥을 보여다오.
그대가 바람이라면
보여다오.
별 겨드랑이를 보여다오.
별 겨드랑이의 하얀 눈을 보여다오.

3

살려다오.
북 치는 어린 곰을 살려다오.
북을 살려다오.
오늘 하루만이라도 살려다오.
눈이 멎을 때까지라도 살려다오.
눈이 멎은 뒤에 죽여다오.
북 치는 어린 곰을 살려다오.
북을 살려다오.

4

애꾸눈이는 울어다오.
성한 한 눈으로 울어다오.
달나라에 달이 없고
인형이 탈장하고
말이 자라서 사전이 되고
기중기가 올라갔다 내려오고 올라갔다 내려오고
올라갔다 내려온다고
애꾸눈이가 애꾸눈이라고
울어다오. 성한 한 눈으로 울어다오.

5

불러다오.
멕시코는 어디 있는가,
사바다는 사바다, 멕시코는 어디 있는가,
사바다의 누이는 어디 있는가,
말더듬이 일자무식 사바다는 사바다,
멕시코는 어디 있는가,
사바다의 누이는 어디 있는가,
불러다오.

멕시코 옥수수는 어디 있는가.

6⁷⁾

앉아다오.
손바닥에 앉아다오.
손등에 앉아다오.
내리는 눈잔등에 여치 한 마리, 여치 두 마리,
앉아다오.

    *

봄을 지나 여름을 지나
개울을 지나
늙은 가재가 사는 개울을 지나,
살구꽃 지는 마을을 지나
소쩍새와 은어가 사는 마을을 지나,
봄을 지나 여름을 지나
개울을 지나,

---

7) 『김춘수 전집 1 · 시』(문장사)에는 여기부터 번호가 'Ⅹ', 'ⅩⅠ', 'ⅩⅡ'로
   되어 있다.(편주)

7

새야 파랑새야,
울어다오.
로비비아 꽃 필 때에 울어다오.
녹두낡에 꽃 필 때에 울어다오.
바람아 하늬바람아,
울어다오. 머리 풀고 다리 뻗고
3분 10초만 울어다오.
울어다오.

*

키큰해바라기[8]
네잎토끼풀없고
코피
바람바다반딧불

모발또모발바람

---

8)『김춘수 시선』에는 '키큰해바라기', 이후 '코피', '바람바다반딧불', '모발또
모발바람', '가느다란갈라짐' 다음에 마침표가 있었으나『처용단장』을 단행
본으로 출간하면서 시인이 마침표를 삭제하였다.(편주)

가느다란갈라짐

8

잊어다오.
어제는 노을이 죽고
오늘은 애기메꽃이 핀다.
잊어다오. 늪에 빠진
그대의 아미,
휘파람새의 짧은 휘파람,

*

물 아래 물 아래 가던 새,
본다.
호밀밭에 떨군
나귀의 눈물,
딱나무가 젖고
뭇 별들이 젖는다.
지렁이가 울고
네가래풀이 운다.
개밥 순채,

물달개비가 운다.
하늘가재가 하늘에서 운다.
갠[9]날에도 울고 흐린 날에도 운다.

제3부 메아리

1

릴케의 비가悲歌를 읽는 동안 걷잡을 수 없이 눈물이 나더라는 일본의 어느 시인이 쓴 글을 읽은 일이 있다. 나도 릴케의 비가를 10번까지 다 읽어봤지만 어렵기만 하고 눈물은 나지 않았다. 일본어 번역으로 읽어서 그런가 하고 일본인 그 시인에게 당신은 독일어로 읽었는가고 물어보고 싶었으나 주소를 몰라 물어보지 못했다. 50년 전의 일이다. 엊그저께는 어떤 잡지를 뒤지다가 미국의 어느 문학이론가가 모든 글읽기는 다 오독이다라고 한 글을 보고 나는 눈을 번쩍 떴다. 조금 뒤에 나는 한 번 다시 눈을 번쩍 떴다. 오독이란 무엇일까 하고,

,표나 .표가 먼저 오는 수도 있다.
,誤. 讀

그의 눈물과 나의 눈물은 그래서
같지 않다.
내가 보는 그의 눈물은
저녁에 지는 하얀 얼룩처럼
거짓말 같기만 하다. 혹은
도마 위에 놓인 참새 늑골에 붙은
(내가 먹을) 보얀 살점처럼,

2

봄이던가 여름이던가
어느 날
햇살은 비쭈기나무, 아니
쥐오줌풀에 가 앉았다.
호야 옛날에 죽은 내 친구야,
내가 부르면 새다리처럼 가는 다리
날개는 접고, 낮인데도
밤에 보는 듯
그는 어느새 다 늙은
땅두릅나무였다.

3

꿈이던가,
여순 감옥에서
단재 선생을 뵈었다.
땅 밑인데도
들창 곁에 벚나무가 한 그루
서 있었다.
벚나무는 가을이라 잎이 지고 있었다.

조선사람은 무정부주의자가 되어야 하네
되어야 하네 하시며
울고 계셨다.
단재 선생의 눈물은
발을 따뜻하게 해주고 발을
시리게도 했다.
인왕산이 보이고
하늘이 등꽃빛이라고도 하셨다.
나는 그때 세다가야서 セタガヤ署
감방에 있었다.
땅 밑인데도
들창 곁에 벚나무가 한 그루
서 있었다.
벚나무는 가을이라 잎이 지고 있었다.
나도 단재 선생처럼 한 번
울어보고 싶었지만, 내 눈에는 아직
인왕산도 등꽃빛 하늘도
보이지가 않았다.

4

길은 동강 나 있었다.

소설 속에 불쑥 나온 언어단편처럼,
눈썹이 없는 아이가 눈썹이 없는 아이를
울리고 있었다. 언제까지나
아침에 죽고
저녁에는 눈을 뜨는 별들처럼
동강난 길은 언제쯤
다시 살아날까,
어느 날은
살 오른 숭어새끼
온몸으로 바다를 박차고
솟아올랐지만, 그의 눈에는
그해의 첫눈이 오고 있었다.
잡목림 너머
가고 있는 늙은 들쥐와
남천의 작은 꽃이
젖고 있었다. 새봄인데
아주 아주 낡은 투로 말이다.

5

요코하마ㅋㅗ/ㅅ/ㅁ헌병대가지빛검붉은벽돌담을끼고달아나던 요료하
마헌병대헌병군조모軍曹某에게나를넘겨주고달아나던박승줄로박살내게

하고목도木刀로박살내게하고욕조에서기氣를절絶하게하고달아나던 창씨
創氏한일본성姓을등에짊어지고숨이차서쉼표도못찍고띄어쓰기도까먹고
달아나던식민지반도출신고학생헌병보補야스다ヤスタ모의뒤통수에박힌
눈 개라고부르는인간의두개의 눈 가엾어라어느쪽도동공이없는

6

외할머니는 통영을
퇴영이라고 하셨다.
오늘은 뉘더라
얼굴이 하나 지워지고 있다.
눈썹 밑에 눈이 없고
눈 밑에 코가 없고
입은 옆으로 비스듬히 돌아앉아 있다.
외할머니의 퇴영은 통영이 아니랄까봐
오늘은 아침부터 물새가 울고
세다가야서 감방은 (나를 달랜다고)
들창 곁에 욕지欲知[10] 앞바다만한 바다를 하나
띄우고 있다.

---

10) 통영읍(현 통영시) 서남쪽에 있는 섬.

7

통영은 봄이다.
엉겅퀴풀이 자주빛 꽃을 여러 개나 달고
여황산[11] 기슭에 있다.
혼자 있지 않다.
뾰족지붕, 그리고
언제나 열려 있는 현관문
아치형의 안쪽에
호주 선교사네 흔들의자 크고 실한
해는 한 뼘 비켜 서고, 그런데
마당 한쪽에 웬일일까 남새밭이 있고
세조 때의 첨지중추부사僉知中樞府事처럼 생긴
눈이 부리부리한 젊은 토종닭이 한 마리,

요코하마 헌병대 겨울 감방에서
나는 깜박 꿈을 꾼 모양이다.
뛰꼭지의 꼭두서니 빨간 그 볏,

---

11) 통영읍(현 통영시) 서북쪽에 있는 산.

8

저녁은
일모日暮라고도 한다.
일모는
내가 누군가의 눈에 눈물을 본
갑골문자의 그때부터
저녁을 닦아내고 닦아내는
하얀
얼룩이 되곤 한다.
저녁에 어스름 어둠 곁에 서면
나무 하나가 머리 빗고
불 켜인 그쪽으로 다가간다.
세다가아서 감방에서 내가 본
크나큰 나의 일모였다. 그것은
하늘을 다 덮는,

9

한 발짝 저쪽으로 발을 떼면
거기가 곧 죽음이라지만
죽음한테서는

역한 냄새가 난다.
나이 겨우 스물둘, 너무 억울해서
나는 갓 태어난 별처럼
지상의 키 작은 아저씨
귀쌈을 치며 치며
울었다.
한밤에는 또 한 번 함박눈이 내리고
마을을 지나 나에게로 몰래
왔다 간 사람은 아무 데도
발자국을 남기지 않는다.

10

알은
언제 부화할까,
나의 서기 1943년은
손목에 쇠고랑이 차인 채
해가 지자
관부關釜 연락선에 태워졌다.
나를 삼킨 현해탄,
부산 수상서水上署에서는 나는
넋이나마 목을 놓아 울었건만

세상은
개도 나를 모른다고 했다.

11

호야, 네 숨이 멎던 그날은 시베리아로 가는 티티새의 무리가
하늘을 가맣게 덮고 있었다. 그때가 봄이던가 여름이던가, 비쭈
기나무, 아니 죽어서 어느새 꽃 핀 쥐오줌풀에 가 앉은 너는 (나
더러) 누군가 나를 데리러와서 나를 찾아낼 때까지 꼭 꼭 숨어서
얼굴 가리고 네잎 토끼풀처럼 망국의 왕세자처럼 그렇게 살아라
했다.

지금은 닫힌 눈꺼풀
그 틈새로
네 눈물의
젖은 속눈썹이 조금 보인다.

12

인카네이션, 그들은
육화肉化라고 하지만

하느님이 없는 나에게는
몸뚱어리도 없다는 것일까.
나이 겨우 스물둘인데
내 앞에는
늙은 산이 하나
대낮에 낮달을 안고
누워 있다.
어릴 때는 귀로 듣고
커서는 책으로도 읽은
천사,
그네는 끝내 제 살을 나에게
보여주지 않았다.
맨발로 바다를 밟고 간 사람은
새가 되었다지만
그의 젖은 발바닥을 나는 아직 한 번도
본 일이 없다.

13

갓 태어난 바다
갓 태어난 북신리北新里¹²⁾의 하늘을

---

12) 통영 동북쪽에 있는 동리.

작은 제 겨드랑이에 끼고
그날 아침 목성에서 날아온
새 한 마리,
새 한 마리 앞에 섰다 뒤에 섰다
외가 가던
장다리꽃 피어 있던
미나리아재비꽃 피어 있던
너무 길어 해 저물던
논둑길, 아무도 모르리라
그 길이 내 길이었음을,
죽어서도 그 길이 나만의
내 길이었음을,

14

총을 메고 사내들은
멀리 떠나가고
얼굴에서 화장을 지우고
여자들은 하루 하루 목덜미가
야위어갔다.
천황폐하와
나라를 위해서라고 했지만

천황폐하와
나라가 없는 나는
꿈에 나온
조막만한 왜떡 한쪽에
밤마다
혼을 팔고 있었다.
누구도 용서해주고 싶지 않았다.
들창 밖으로 날아간 새는
해가 지고 밤이 와도
돌아와주지 않았고
가도 가도 내 발은
세다가야서 감방
천길 땅 밑에 있었다.

15

옛날에 소월 김정식이라던가
그런 시인이 있어
어제도 오늘도 아니 잊고
먼 후일 그때에 잊었다고 했다는데
정말일까,
사각의 네 개의 모가

떨어지는
눈물의
아프디 아픈 그 관모冠毛를
호야, 죽어서도 너는
잊을 수가 있을까,

16

하늘에 입이 없듯이
물도래야,
네 입은
입이 아닐는지도 모른다.
이슬만 받아 먹고 이슬똥만 누는
물도래야,
어느 날 네 입이
들판 하나를 몽땅 먹어치운다 해도
답답하구나,
엊그저께 갑자기 네 입은 나처럼
울대를 잃었구나.
말을 못하는구나.

17

남의 집을
누가
울타리를 걷어차고 구둣발로
짓밟는다.
남의 넋은
내 발의 고린내라는 말이
있다고는 하지만
걷어차이고 짓밟히는 것은
남의 뼈 남의 살인데
누가 어디서
소리 죽이고 이 갈며
울고 있다.

18

네 꿈을 나는
훔쳐볼 수가 없다.
아름다운 프랑스말
아날로지,
30년대 말의 어느 날

긴자ギンザ[13]에서 봤던가, 영화의 포스터
「악마는 순수하다」고,
육체는 모양이 없고
영혼은 잠자고 싶어하던 그때,
이름도 모르는 나무의
길게 늘어진 가지 하니기
내 쪽으로 부러지고
어둠과 함께 갑자기
저녁이 왔다.
그 많은 나뭇잎 중에서
왜 하필 어느 하나만이 그때
그런 소리를 냈을까,
올빼미도 눈을 감는
슬픈 밤이 오고 있다. 고,
네 꿈을 내가
훔쳐볼 수 없듯이
악마는 순수하듯이
프랑스말 아날로지는 언제나 그대로
아름다운데,

---

13) 도쿄의 번화가.

19

꿈은 참 희한하다.

어디선가 멧종다리가 한 마리
할말이 있는 듯 날아왔다
말은 하지 않고 어디론가 또
날아갔다.
한 아이는 오뉴월 풋고추 같은
남근만 하나 달랑 달고
개울을 지나 또 하나
개울을 지나 자갈밭에 양파의
하얀 꽃이 피는
선비족의 어느 머나먼 마을로
가고 있었다.

20

「세르팡」[14]은 배암이지만
배암의 프랑스말이지만

---
14) 30년대에 젊은 지식층에 읽힌 잡지.

한때의 나의 「이브」였다.
「세르팡」을 겨드랑이에 끼고
꿈을 잃은 식민지의 젊은이처럼
남의 나라 거리에서 나는 왠지
눈물이 글썽했다.
모든 것이
전쟁까지가
모난 괄호 안에 들어가고 있었다.
「마르크스」와 「자본론」¹⁵⁾까지가,
30년대도 다 저물어가면서
나에게 때 아닌 세기말이 와서
나는 그때
밤잠도 설치며
쉐스토프를 읽고 있었다.
—「허무로부터의 창조」¹⁶⁾,

21

오마 오마

---

15) 『처용단장』까지 「資本誨」라고 잘못 표기되어 있던 것을 이 시전집을 엮으
    면서 시인이 「자본론」으로 수정하였다.(편주)
16) 쉐스토프가 쓴 안톤 체홉론.

울옴마야
니 케가 멧자덩가
니 폴이 멧자덩가
니 당군 소풀짐치 눈[17]이 하나
뽈락젓에 또 하나
세미물에 발 씻고
오마 오마
울옴마야
신 신고 가랏
박석고개 해 따갑따앗

호야,
서기 1930년이던가 31년에도
네가 부른 노래,

22

대낮에 갑자기
해가 지고, 그때
나는 신나게 신나게 시들고 있었다.

---

17) 구더기.

576

비가 멎고
릴라꽃 같은
비에 젖은 달이 뜨자
나는 죽고
그날 밤
살을 감추는 별 혹은 석류꽃 그늘에
눈 뜨는 그네,

23

무엇이 그렇게도 미안한지
21년 하고도 일곱 달
볕이 드는 쪽으로는 한 발짝도
발을 떼지 않는다.
그네
베라 피그넬[18]의 뒷덜미에
오늘은
진한 은회색의
진눈깨비가 내린다. 배고픈 듯
한 번 더 미안한 듯,

---

18) 여의사이자 무정부주의자. 시릿셀베르그의 요새감옥에서 21년을 살았음.

24

시로미꽃 꽃바람이
표트르 알레크세비치 크로포트킨의 얼굴을
한 번 다시 보여준다.
소태처럼 쓰디 쓰다.
서기 1921년[19] 봄
모스크바 근교에서 마지막 잎을 떨군
시로미꽃,

*

견분犬糞도 석양을 받아
모과빛을 내는
센 강변,
구부정한 허리를 하고
피에르 요셉 푸르동이 가고 있다.
고래가 알을 까고, 고래가 깐
알은 moral과 immoral을
까지 않는 그런 시대에 프랑스말로 우아하게
그는 'Qu'est-ce que la propriété?' 라고 말한다.

---

19) 볼세비키 혁명 뒤의 조국 러시아(소련)에서 냉대받다가 크로포트킨이 죽
은 해(볼세비키 혁명은 1971년).

서기 1872년
인터 하그대회에서
마르크스의 덫에 걸린
미카일 알렉산드로비치 바쿠닌,
그는 그 뒤로 (창피해서 그럴까?)
아예 소식이 없다.

*

날이 새면 가리라던
날은 새지 않고, 어인 하늘을
이승의 달무리만
가고 있던 서기 1923년[20] 어느 늦가을 밤의
금자문자金子文子,[21]
작은 손과 작은 발
작은 죽음만 가지고도
사랑할 수 있었을까
흑도회黑濤會의 박열朴烈을,

---

20) 박열이 일황 히로히토를 암살하려다 실패한 해.
21) 그네는 박열과 함께 투옥되어 끝내는 옥사했음.

25

반딧불 하나
열없이
내 손바닥에서 사그라져 간
순하디 순한 그해 여름
나는 죽고, 그때
갓 태어난 그네, 날마다 밤마다
오늘도 그네는
보지 못한
나를 운다.

26

무슨 말을 해도 괜찮아요.
오늘은 하느님이 없으니까, 어인
사다새 긴 부리를 조금 분질러놓고
태풍이 막 지나갔어요.
하여간 와臥라는 글자가 잘 어울리는 여기는
남쪽 나직한 소읍이에요. 와구臥丘라고 해요.
우체통이 있고,
　　(우체통은 왜 붉은색이라야 했을까,)

나귀가 한 마리 쭈뼛
귀를 세우고 있네요.
길섶에도 오늘 아침
솜 같은 구름 같은 풀꽃들이 피고,
이데올로기는 이제 곧 끝날 거라고
누가 그러네요.
서기 1941년
타향살이 몇 해던가, 목이 쉰
고복수高福壽, 그러나
살다 보면 좋은 일도 있을 것 같은
오늘은
긴 편지를 쓰고 싶어요.

27

시몬 시몽,
をとめのみづうみ.[22)
글쎄 그때
우리말에는 적당한 말이
없었다네.

---

22) 시몬 시몽이 주연한 영화 〈처녀들의 호수〉.

그해 봄에는 또
타타르해협을 나비가 한 마리
날아갔다[23]고도 하네, 그리고
니시와키 준사부로西脇順三郎, 늙은 귀를 쭈뼛
한 번 다시 세웠지, 그의
시칠리아의 파이프에는 「벌써」 가을의 소리가 난다.[24]고,

28

줄글로떠어쓰기와구두점을무시하고동사를명사보다앞에놓고잭슨·
폴록을앞질러포스트모더니즘으로존·케이시를앞질러소리내지않는악
기처럼미국의한병사가갖다준내쓸개한쪽서럽고도서럽던

서기 1945년 8월 15일.

---

23) 야스니시 후유에安西冬衛가 쓴 「봄」이라는 제목의 1행시는 「달단해협을
　　나비가 한 마리 건너갔다」로 되어 있다.
24) 니시와키 준사부로의 3행시 중 1행.
　　「」부분만 필자가 끼워넣었다.

29

아 다르지 않고
어 다르지 않은 대련大連감옥의
기왓장에 떨어진
빗소리.
어디가 다른가, 한양에서 듣던
빗소리. 조선사람은
무정부주의자가 되어야 한다고
우당友堂 이회영李會榮 선생께서 들으신
빗소리.
서기 1932년[25], 그로부터 10년 뒤에
나도 듣게 된
세다가야서 감방의 기왓장에 떨어진
아득하고 아득했던 겨울
빗소리.

30

일로 와 어서 와

---

25) 우당 선생께서 장독杖毒으로 돌아가신 해.

앵초 하나가 앵초 하나를
손짓하고 있었다.
사내녀석이 눈매가
너무 곱던
 (그래서 일찍 죽은) 라몬 나바로,
나이 스물둘인데
무정부주의자가 되지 못한 나는
그날
오지 않는 저녁이 오지 않는 저녁의 그늘이 되어주고 있는 것
을 보고 있었다.
 말의 장난처럼, 글쎄
 말의 장난처럼,

31

태초에
무정부주의가 있었다. 무정부주의는
발이 없다.
보이지 않을 때가 있다.
바쿠닌은 입이 크고
크로포트킨은 수염이 아름답다. 가을에는
모과빛이 난다.

시베리아 오지에는 일년 내내
눈이 오고
예예족芮芮族의 마을은 너무도 멀다.
죽은 늑대는 목뼈가
부러져 있다.
모든 것 다 잊으라고 눈이
쉬지 않고 온다.
각목角木을 보니 생각난다.
박열朴烈은 왜
울지 않는가,

32

다섯 살 때 나는
천사란 말을 처음 들었다.
내 귀는
봄바다가 모래톱을 적시는 소리를
듣고 있었다.
열다섯 살 때 나는
프롤레타리아란 말을
처음 들었다.
명문 중학에 다니는 것이

왠지 미안했다.
모자를 벗고 길을 걸었다.
리비도란 말을 처음 들은 것은
그 이듬해다.
봄에는 수학여행을 갔다.
봉천奉天에서 수랍水蠟 같은 하얀
양귀비꽃을 봤다. 거기가
만몽백화점滿蒙百貨店이던가,

33

탱자나무 울 사이
죽도화[26]가 지고
뚜우 하고 뱃고동이 운다.
된장을 엷게 풀어 저녁에는
시락[27]국을 끓인다.

　*

26) 『처용단장』에는 '죽두화'로 되어 있었는데, 이 시전집을 엮으면서 시인
    이 '죽도화'로 수정하였다. (편주)
27) 시래기.

서기 1943년 가을
총을 메고
벗은 서주徐州로 가고,
긴 꼬리를 달고 그의 그림자도
총을 메고 서주로 가고,
오늘은 황해에서
높새가 분다.

34

아쿠다가와 류노스케芥川龍之介의 「鼻」에 나오는 화상和尚의 코는 해학적이다. 너무 길다. 수세미외처럼 눈 밑에 대롱대롱 매달린 꼴이다. 코가 그래가지고는 얼굴에 위엄이 서겠는가?

어느 날, 한 관리가 아침식사를 막 하려는데, 수프에서 이상한 고기덩이가 하나 나왔다. 사람의 코다. 어디서 많이 본 듯도 하다. 옳지, 7등관인가 8등관인가 하는 그 자, 자기 부하인 그 자의 코가 분명하다. 그 자의 코가 왜 여기 와 있는가? 코는 짧고 뭉툭하다. 화가 머리 끝까지 나 있다는 투다. 예리한 날로 단번에 싹둑 잘라낸 흔적이 역력하다. 제 손으로 그랬을까? 하여간에 그 코는 고골리의 「코」에 나오는 그 코다. 그 코는 은밀한 어떤 메시지가 아닐까?

내 선친께서는
20년대에 이미 당신의 코 밑에
찰리 채플린 수염을 달고 계셨다.
콧구멍의 위생을 위해서 필요하다고 하셨지만
그 말씀은
어떤 구실인 듯도 했다.
어떤 때는 코믹하게도 보였고
어떤 때는 또
화가 머리 끝까지 나 있는 듯이도 보였다.
히쿠치ㅂクチ라는 일인ㅂ人 치과의사네 집 뜰에는
키 작은 비파나무가 있었다.
아픈 이를 뽑고 나니 비파열매가 왠지
더욱 작게 보였다.
알고 보니 히쿠치 의사도 코 밑에
찰리 채플린 수염을 달고 있었다.
박열이 죽이려던 일황 히로히토는
162cm의 키에 체중 45kg
고양이등을 하고 있었다.
그도 코 밑에
찰리 채플린 수염을 달고 있었다.
서기 1947년이던가 48년에
염에 흰 것들이 섞이는구나,
이제는 밀어버려야지, 라고

내 선친께서 혼자 하시는 말씀을
나는 아주 서운하게 듣곤 했지만
그 말씀도 결국은
어떤 구실인 듯했다.

35

게걸들어 눈두덩에 뿔이 난 아기 도깨비에게

닷새만 더 참았다가
동짓날 밤에 니 혼자 살짝 온!
폴죽은 폴죽이고
샐심²⁸⁾도 니 나²⁹⁾의 시³⁰⁾배는 더 줄게,
내년 봄엔 난리만 끝나믄
욕지 앞바다 민어만한 이쁜
고래도 한 마리 잡아줄게,

그랬는데, 서기 1944년 그해 동짓날 밤에 그는 오지 않았다. 내 말이
믿기지 않았던 모양이다. 특히 그 전반부의 후반이, (사투리가 심해

---

28) 새알심.
29) 나이.
30) 세(3).

서 그 부분을 알아듣지 못했는지도 모른다.)

36

나는 어디가 아픈지 아파서 누워 있다. 밖에서는 굿을 한다고 무당이 칼춤을 추고 있다. 무당의 몸에 달린 쇠방울이 요란하게 소리를 내고 있다. 머슴과 부엌데기들이 왔다갔다 하는 소리도 들린다. 나는 목이 탄다. 눈이 잘 열리지가 않는다. 그러나 나는 눈을 감고도 똑똑히 볼 수 있었다. 증조고曾祖考의 위비位牌. 신위神位. 소지燒紙 따위,

명도明圖가
아냐
명사明沙
명사鳴沙
명사鳴謝
명사螟詞
명사銘謝
명사名師
명사明絲
명사名士
그래 나는 명사고불名士古佛

590

이야
명신대부名信大夫
콧대 높은

　사바다는 그런 함정이 자기를 기다리고 있는 것을 전연 알지
못했다. 희망을 가지고 계까지 갔지만, 이상하다고 느꼈을 때는
이미 늦어 있었다. 창구와 옥상에서 비 오듯 날아오는 총알은 그
의 몸을 벌집 쑤시듯 쑤셔놓고 말았다. 백마가 한 마리 눈앞을
스쳐갔을 뿐 아무것도 생각할 틈이 없었다. 그 뒤에 일어난 일들
은 그의 알 바가 아니다. 그의 시신은 말에 실려가 그의 동포들
의 면전에 한 벌 누더기처럼 던져졌을 뿐이다.
　—보아라, 사바다는 이렇게 죽는다.

　가마때기를 여러 장 끼워 맞춰 그것으로 원형의 장막(그 직경
은 2m가 될까말까 하다.)을 치고, 투계鬪鷄 두 마리를 그 안에서
싸우게 하고 있다. 장막가를 삥 둘러싸고 검붉게 탄 얼굴들이 모
가 나고 핏발선 눈으로 들여다들 보고 있다. 이따금 알아들을 수
없는 말로 뭐라고 싸움을 돋우고 있다. 두 마리가 다 볏이 뜯기
고 날개 밑의 살점이 드러나보인다. 한 마리는 눈에서 피를 흘리
고 있다. 그러나 다른 한 마리는 어디를 상했는지 비칠거리고만
있다. 피를 흘리고 있는 쪽은 한번씩 날개를 치며 솟아오르기는
하지만, 힘없이 허공을 때릴 뿐이다.

증조고會祖考 제삿날에
그는 오지
않았다.

네잎 토끼풀이 있다고 어떤 아이가 나에게 그걸 보여줬다. 그
걸 보고도 믿지 않을 수는 없었다. 남이 그걸 가지고 있는 이상
나도 가질 수 있다고 생각하고 나는 네잎 토끼풀을 찾아나섰다.
쉽게 생각한 것은 내 잘못이었다. 사방이 어둑어둑해지고 갈라
진 잎의 모양새가 잘 보이지 않을 때까지 찾아다녔으나 나는 끝
내 그걸 찾아내지 못했다. 그런데 그 아이는 또 하나 다른 네잎
토끼풀을 찾아냈다. 모과木瓜의 딴 이름은

명사榠樝.

37

뉘더라
한번 지워진 얼굴은 복원이
쉽지 않다.
한번 지워진 얼굴은
ㅎㅏㄴㅂㅓㅈㅣ�784ㅈㅣㄴㅓㄹㄱㅜㄹㄷ
, 복상腹上의

592

무덤도 밀쳐낸다는데
글쎄,

38

게걸든
그 아기 도깨비에게 그 뒤에
일러주었어야 했을까,
나는 「상호부조론」을 읽은 지가 오래 되었지만
어느 날 천사가 행주산성의 그
행주치마를 두르고 조선땅 안양의 그
개구리참외를 먹는 것을
나는 그만 봐버렸다. 고,
그때 나는 이미 「 」 안에 들어가고 있었다. 고,
아니 이미 들어가버렸다. 고,
실은 입과 항문도 이미 「 」 안에 들어가버렸다. 고,
나는 위선자, 겉 다르고
속 다르다. 고, 네가 그날 밤
오지 않은 것이 천만 다행이었다. 고,

39

ㅕㄱㅅㅏㄴㅡㄴ
눈썹이없는아이가눈썹이없는아이를울린다.
역사를
심판해야한다 ㅣㄴㄱㅏㄴㅣ
심판해야한다고 니콜라이 베르쟈에프는
이데올로기의솜사탕이다
바보야
하늘수박은올리브빛이다바보야
.

역사는
바람이 자는가 자는가 하더니
눈이 내린다 바보야
우찌살꼬 ㅂㅏㅂㅗㅑ
.

ㅎㅏㄴㅡㄹㅅㅜㅂㅏㄱㄴ한여름이다ㅂㅏㅂㅗㅑ
.

올리브 열매는 내년 ㄱㅏㄹㅣㄷㅏㅂㅏㅂㅗㅑ
.

ㅜㅉㅣㅅㅏㄹㄲㅗㅂㅏㅂㅗㅑ

ㅣ바보야,
역사가 ㅕㄱㅅㅏ ㄱㅏ하면서
ㅣㅂㅏㅂㅗㅑ

어쩌나,
후박나무잎하나다적시지못하는
사이를두고동안을두고
내리는
떠나가고난뒤에내리는
천둥과함께맑은날을여우비처럼역사의만하晩夏의
늦게오는비
.
어쩌나,

40

새장의 문을 닫고 새의 날개짓을
생각했다. 그것이 곧
내 몫의 자유다.
모난 것으로 할까 둥근 것으로 할까
쭈뼛하니 귀가 선 서양 것으로 할까, 하고

내가 들어갈 괄호의 맵시를
생각했다. 그것이 곧
내 몫의 자유다.
괄호 안은 어두웠다.
불을 켜면
그 언저리만 훤하고 조금은
따뜻했다.
서기 1945년 5월,
나에게도 뿔이 있어
세워보고 또 세워보고 했지만
부러지지 않았다. 내 뿔에는
뼈가 없었다.
괄호 안에서 나서 괄호 안에서
자랐기 때문일까 달팽이처럼,

41

높새란 말은 시나브로 죽고
높새만 제 혼자 살아서 오늘도
동해를 불고 있다.
높새가 불면
당홍唐紅 연도 날으리,

그런 시를 쓴 이한직李漢稷은 죽고
그가 앓던 암성복막염癌性腹膜炎을
누가 또 앓고 있다

42

릴케의 천사는 풀잎이고
바람이다.
언젠가 그때
밥상다리를 타고 어디론가 가버린 그
바퀴벌레다.
겨울에는 봄이고
봄에는 여름이다.
서기 1959년
세모,
릴케의 그 천사가
자음과 모음
서너 개의 음절로 왠지 느닷없이
분해하는 것을 나는 보았다.

43

인동잎,
인동잎이 겨울을 나지 못하고
죽어간
서기 1970년 그해,
자취를 감춘
릴케의 천사도
끝내 죽었다는 소식이 왔다.
프라하가 아니고
서울에서 왔다.

44

만월滿月은 새벽녘에
소리를 낸다. 퍼석퍼석
밟으면 무너지는
소리를 낸다.
세상은 이다지도 슬프고 우리는 또
이다지도 슬프게 태어났다.
서기 1990년,
그때가 새봄인데 새벽녘인데

어디선가
시네라리아의 꽃잎이 지고
강 화백[31]의 쌍꺼풀진 커단 눈이
젖어 있다. 날이 새면
이제는 부득불 떠나야 하리.
입은 닫고
열네 개의 파이프[32]
꼬불탕한 그 열네 개의 구멍으로 말을 한
그 시절,
우리시대 마지막 보엠[33]
가난하고 가난했던 탐미주의자,

45

탐미주의자는 울지 않는다.
강 화백처럼 입에 열네 개의 파이프를 물고 있다.
낙엽이 진다.
가을에 지는 낙엽은
손바닥만하다. 손바닥

---

31) 파스텔 화가 강신석 씨. 90년 이른 봄 뉴욕에서 후두암으로 객사.
32) 강신석 씨의 유일한 재산이다.
33) Bohéme, 즉 방랑자.

두 개만하다.
옛날에 서태후西太后의 요리사가
한 술의 소금으로 숨죽인
눈물이 눈물이다.
울어도 울어도 울지 않는다.
강 화백이 죽은 뒤에
어느 날엔가 탐미주의자는 이미
탐미주의자가 아니다.

46

또 눈물인가, 하는 투로
나에게 대들지 말게.
옛날에 어느 일본 시인이
릴케의 비가를 읽다가 흘린 그런
눈물이 있었고
내 발을 따뜻하게 하고 내 발을
시리게도 한 단재 선생의 내가 꿈에서 본
눈물도 있었다.
열네 개의 파이프,
꼬불탕한 그 열네 개의 구멍으로 삭인
강 화백의 눈물이 있었고

참새 늑골에 붙은
　(내가 먹을) 보안 살점을 보고 흘린
눈물도 있었다. 50년 전의
내 눈물이지만, 요즘 내가 흘리는 눈물에는 가끔
납의 성분도 섞인다고 한다.
내 눈물을 검진한 젊은 인턴이 한 소리다.
인턴은 참 많기도 하고
인턴은 하나같이 너무도 젊다. 너무 젊어서
어쩌겠다는 건가, 너희들은 내 눈물을
가늘고 긴 유리대롱에 담아
어쩌겠다는 건가 서기 1990년 세모에,

47

잠깐, 생각 좀
해보자.
대자보 따위는 한 번도 본 일이 없는데
대자보에 이름이 얹힌
ㅣ다.
최루탄에 눈물 안 나고
화염병에 눈 데지 않은
나다.

서기 1950년 7월,
죽어가는 한 여자의 음부를
열 마리 스무 마리
구더기가 파먹는 것을 본
나다.
죽은 제 어미의 (죽은 줄도 모르고)
젖을 빠는
아이,
울음을 죽인다고
우는 아이를 삼킨
임진강의 물살을 본
나다.
잠깐, 숨부터 우선 좀 돌리고
생각해보자.

48

눈물과 모난 괄호와
모난 괄호 안의
무정부주의와
얼른 생각나지 않는 그 무엇과
호야,

네가 있었다.
또 하나
일곱 살인가 여덟 살에 죽은
네 죽음도 있었다.
허무하구나, 그러나
죽음은 힘이 세다.
가을이 오는 바로 전날의
남풍과도 같다.
릴케의 유명한 시에서처럼
포도알에 마지막 단물이 들게 하고
눈물 닦고 한 시대는 간다.
그리고
다시는 오지 않는다.

제4부 뱀의 발

1

서울은 꼭 달팽이 같다. 아니
달팽이뿔 같다. 오므렸다
폈다 옴츠렸다 뻗었다
앉았다 섰다
서울은 말하자면 이니까 이니까로 서 있는
뿔이니까, 달팽이뿔에는
뼈가 없으니까, 또 니까, 다. 그렇지
무슨 장광설이 무슨 자유가
무슨 무정부주의자가
오디오 비디오가 그렇게도
많은지,
광화문 네 거리에서도 보이지 않는
인정전, 더 깊은 곳에
비원이 있고
여름에는 제 혼자 호젓이
개불알꽃이 핀다.
이조잔영李朝殘影,
치즈를 한 입, 명동에서
술을 마시면
서울의 겨울 밤은 모든 것 다 잊으려한다.
저음으로 누가 징글벨 징글벨 노래하면서,

2

죄지은 자 모두 잠들어 있고
죄짓지 않은 자
홀로 깨어 있다.
술청을 앞에 하고 술 마시는
거기가 곧 선술집인데
젓가락 장단에 소매 걷어붙이고
옷가슴엔 김칫국도 튀어가야 한다.
어 어 어
우린 언제 어디서 왔나,

3

새의 (무슨 새든)
깃
같은
앵무새 부리
같은
내 눈썹아

이젠

보인다
용이
된
(그때)
늪
에
빠져
죽었다던

내
눈
의
하늘
인
내
눈썹
아

4

풀밭을 고지새가
깃에게 접고

넙치를 가물가물 가고 있는 둔덕屯德³⁴⁾
곶에게
해를
진다

서기 1991년을 장광長廣
설舌에게
끓으면서 자르면서

5

위벽이 헐어
피가 배고, 저승이
배주룩이 열린다.
마침내 그날
서기 1973년 6월 18일
내 위벽 한쪽이 칼로 베이고
까무러진 나 대신
음메 음메메 가늘고 짧은

---

34) 거제도에 있는 마을.

염소울음을 운 이는 뜻밖에도
시 「수首」를 쓴 대가 시인
청마였다.
청마는 죽어 이미 저승으로 갔는데
저승은 남망산[35] 저쪽
한려수도 저쪽
해 저무는 서쪽 하늘 그 또 저쪽에 있다는데,

6

천야일야야화千夜一夜夜話.

신드밧드의 배는
어디로 갔나,
새벽 2시
알라딘의
마법의 램프는 불을 끄고
서기 1991년 1월 16일
바그다드는 왠지
한 번

---

35) 충무시(지금의 통영시)에 있는 작고 나직한 산.

돌아눕지도 않는다.

7

그해 한여름의 사나흘 동안
외할머니께서 당신의 죽음을
달래며 어루만지며
하신 말씀,
구기자열매의
괴좆나무가 이제 또 보인다.
우리 어릴 때는
괴좆나무열매를
구기자라고
했지,

8

잎갈이를 한다고
또르르 참죽나무 사지가 말린다.

남한강

지는 해가
등자나무 살찐 허리를 한 번 슬쩍 안아준다.

길모퉁이 손바닥만한
라면가게 작은 문이 비주룩이
열려 있다.
갓 태어난 이데올로기는
들어갈까 말까 망설이고 있다.

보리깜부기 하나가 목구멍을 타내리면서
목구멍을 자꾸 간지럼친다.
간지럽다. 세상이,

밤은 못생긴 눈썹처럼
제 얼굴을 제가 찌그러뜨린다.
글쎄,

9

공자는 꿈에 주공周公을 본다. 보고 또 보아도 끝이 보이지 않는 황하의 질펀한 물과 같다.
그때처럼 웃통을 벗은 아이가 입에 바람개비를 물고 해안통을 달리지 않는다. 그늘이 (시꺼멓게) 밀리는가 하더니 서북쪽의 하늘 한쪽이 와르

르 무너진다. 후두두 굵은 빗방울이 스쳐간다. 제비붓꽃 하나가 목이 부
러지고, 그때처럼 어디선가 날콩 볶는 고소한 비린내가 나지 않는다.
　서기 1981년, 나는 꿈에 이순耳順의 나를 본다.

10

아인슈타인
헤르바르트 훈
어느 날
고장난 내 귀가 듣는
이명.

아인슈타인은 유태인
유태교도, 그
아인슈타인은 잘 알겠는데
헤르바르트 훈은 누구더라,

헤르바르트 훈이
내 귀를 마구 짓밟는다.
이명은 잔인하다.
까마아득 잊고 있었는데 그 소리
다시 또 듣게 한다.

아인슈타인은 유태인
유태교도
상대성 원리로도 타고난 제 슬픔을
달래지 못한,

그런데 헤르바르트 훈은
히틀러 만세,
서기 1991년 어디서 온 그는
나치스당일까,

11

묏산아
우리 아아兒兒 봤재[36]
앞니 빠진 개오지,

새가 되[37] 날라갔나
앞니 빠진 증강새,

묏산아

---

36) 봤지.
37) 돼.

섣달 그믐밤 묏산아
우리 아아 봤재

앞니 빠진 개오지
우리 아아 으데[38] 갔나
낼[39]이 설인데

12

살금살금 살금
손목을 잡는 회회回回아비
이내 손목 너무 가늘고
회회아비 코는
매부리코,
눈은 지는 해처럼
눈은 크고 너무 붉어
슬프다.
누가 볼라, 서울 테헤란로 쌍화점에
그때처럼 밤이 와서

---

38) 어디.
39) 내일.

13

바로 거기
댓발 앞에
오늘은
해 저무는 까치소리 들린다.

나이 70에
눈이 늘 젖어 있던
당숙어머니,

14

천일초千日草는 천선과天仙果나무가 아니다.
차差다.
천선과나무는 연延
색즉시공色卽是空
하늘의 뜻이다. 역사는
아라라선인阿羅羅仙人은 그럼
무엇일까,

몽고족의 역대한汗은 모두 잿빛 털의 늑대들이다. (「원조비사元朝秘史」 참조) 눈이 옆으로 길게 찢어지고 광대뼈가 두드러지고 몸은 깡말라 있다.

「라마가 죽어 저승에 가서 스승을 만났다. 스승은 닭으로 재생해서 아무것도 죽이지 말고 오라고 했다. 닭이 된 라마는 모이를 쪼다가 날마다 날마다 무수한 땅벌레를 죽이게 되었다. 라마인 닭이 죽어서 또 저승으로 갔다. 스승을 또 만났다. 스승은 말하기를, 너는 이제 구원될 수가 없다.」(「오르도스 구비口碑」에서)

그 새는 꽁지 끝이 희고 몸뚱이에 비해서 꽁지가 긴 편입니다. 등의 털은 다갈색입니다. 어른의 손의 길이만 할까요? 그만한 크기의 샙니다.

개동백의 열매가 그날따라 유난히도 붉게 보였습니다. 뜰은 넓고, 눈이 내린 뒤의 설청雪晴의 하늘이었습니다. 그 새는 눈에 씻긴 개동백의 붉은 열매를 쪼아먹곤 했습니다. 한나절 내내 그랬습니다. 어머님이 인두질을 하고 계셨습니다. 화로에 잿불이 하얗게 식어가고 있었습니다.

골고다 언덕에는 해가 막 지려고 하고 있었다. 예수는 등 뒤에 지는 해를 따갑게 느끼고 있었다. 그때, 예수는 또 한 번 옆구리와 손바닥에 통증을 느꼈다. 그의 한쪽 무릎은 조금 치켜올려지고, 마음속으로는 손이 그리로 내려가고 있었다. 아픈 곳은 무릎이 아니지만, 그의 고개는 땅 쪽으로 떨어지고 있었다. 얼굴을 가까스로 받치고 있던 어깨로부터 갑자기 힘이 빠져갔다. 심한 갈증이 오고 온몸이 가렵다. 누가 이 가려움을 긁어줄까?

이윽고 해가 지고, 등 뒤로부터 어둠이 밀려오고 있었다. 땅에서 열기가 조금씩 가시어지고 있었다. 그때다. 예수는 자기의 눈앞이 자기를 가만히 바라보는 하나의 눈으로 왼통 채워져 가는 것을 보았다.

「내가 다 보고 있다.」

그 커단 눈이 그렇게 말하고 있었다.

그 커단 눈이 차差
연延, 슬픔이다.
역사는
아라라선인은 그럼
무엇일까,

15

꿈에 오랜만에
아라라선인을 뵈었다.
흰 수염이 그동안
자를 넘고
밥 대신 여전히

616

공기를 먹고 있었다.
속도가 더 빨라져서 한 ksana에
한 되씩 먹고 있었다.
잠을 깨자 나는
혓바닥에 혓바늘이 일고
바싹 마른 하상河床이
멀리 어디선가 허연
제 살을 드러내곤 했다.
너무도 도식적이다.
나는 이제
꿈은 꾸지 말아야지,
꿈이 없는 잠을
잠만 자다가
어느 날 누군가에 들킨
선사시대의 그 난장이 화덕처럼,

16

꿈은 꾸지 말아야지,
깨고 나면
혓바닥에 혓바늘이 이는
그런 짓은 이젠 하지

말아야지,
흘러간 30년대 옛 가요의
가사 같은 어제 오늘,
앞뒤가 맞지 않아
남세스럽고
토씨 하나 제대로
놓이지 않은
일흔 살 나의 천기^{喘氣},
잠 들면 그러나 또 한 번
꿈을 꾼다.
이를테면
뉴욕에서 후두암으로 새벽녘에
강 화백이 숨을 거두는,

17

라마는 죽어
닭이 된다.
닭이 된 라마
땅벌레는 왜 쪼아먹어야 하나,
제 뜻이 아니면서
땅벌레는 죽어

반쪽은 라마의 살이 되고 피가 되고
반쪽은 라마의 똥이 된다.
스승께서 하신 말씀 그대로
저승에도 이처럼 구원은 없다.
없는 것이 차라리 구원이다.

18

네 꿈을 훔쳐보지 못하고, 나는
무정부주의자도 되지 못하고
모난 괄호
거기서는 그런대로 제법
소리도 질러보고
부러지지 않는
달팽이뿔도 세워보고,

역사는 나를 비켜가라,
아니
맷돌처럼 단숨에
나를 으깨고 간다.

신미 4월 초이레
지금은 자시,

돌의 볼에 볼을 대고(시선집)

1992년 3월 20일 탑출판사(문학과비평) 발행(신국판 변형/94면)

|차 례|

시력 50년의 그동안 헤아릴 수 없이 많은 사화집에 참가하기도 하고, 내 개인의 선시집도 그 수를 얼른 알아낼 수 없을 만큼 많이 나왔다. 대개의 경우 출판사의 출판 취지에 따라 그쪽에서 작품 선정을 했다. 그 결과는 작자인 내 입장에서 볼 때 낯 뜨거운 일이 더러 있었다. 기회를 얻어 내가 직접 작품 선정을 해서 일종의 결정판을 내야 하겠다는 생각을 하곤 했다. 그 기회가 왔다. 나는 우선 서정성이 짙은 것들만 64편을 골라 「김춘수 서정시선」이란 제하에 이 방면(서정성이 짙은)의 결정판을 한 권 내기로 했다.

이 책에서는 시대 순으로 구분을 5개로 해봤다. 1은 주로 40년대의 것들을 묶었고, 5는 주로 80년대의 것들이다. 그러니까 1과 5까지의 40년 이상의 시간적 거리가 있다. 1의 것들은 역시 생각이나 느낌이 단순하고 톤도 매우 높다. 5에 가까워질수록 생각과 느낌이 미묘해지고(따라서 시로서는 난해성이 붙게 되고) 톤도 가라앉아 있다.

서사시나 극시를 빼고, 우리가 보통 시라고 할 때 대개는 서정시를 가리키는 것이 된다. 그러나 현대에 와서 서정시는 아주 건조해지고 비서정적 요소가 오히려 더 큰 자리를 차지하게 되었다. 그 점을 염두에 두고 이 책은 묶어지고, 일부러 서정시선이라고 명시까지 하게 되었다. 현대시의 일반적인 경향에서는 조금 비켜선 느낌의 것들을 모아본 셈이다. 물론 내 시적 지향과는 상관없는 일이다.

91년 늦가을
김춘수

센티멘틀 자니

으루나무잎들이 흔들린다.
흔들리는 으루나무잎들은 지금이 가을인데 아직 푸르다.
으루나무는 상록수라서 그럴까, 아니면 하늘 탓일까,
가물가물
하늘은 너무 높고 너무 훤한데
한 번도 잎을 떨구지 못한
으루나무는 슬프다. 그리고
마냥 서운한 것은 바람이다.
으루나무잎들을 또 한 번 흔들어본다.
흔들어도 흔들어도
떨어지지는 않는 으루나무잎들은
슬프다.
지금이 가을인데
할 수 없이 돌아서는
해질녘
혼자가는 바람의 뒷모습은
쓸쓸하다.
그는 누구더라,
벌써 그렇게 되었구나 세상이,
너는, 이미 가버린
그날 우리들의
센티멘틀 자니,

2월 어느 날

지난해를 어둡게 한
쇠기름 파동은 이제 다 가버렸을까,
길모퉁이 손바닥만한
라면가게 작은 문이 밝게 열리고
한려수도 저 멀리
물 나간 모래톱
혼자서 먼저 나온 아기 짚신게
모과빛 갓난 털을 세우고 있다.

다시 2월 어느 날

겨울이 풀릴 듯 풀릴 듯 하는
하늘은
플로베르의 소설에 나오는 시골아가씨처럼
꿈이 많다.
그런가 하면
겨우내 울어서 목이 잠긴
들쥐
아직도 울고 있다.
잡목림 너머 잊진 오솔길
날이 저물 때까지.

다시 또 2월 어느 날

여름에 살구꽃이 지듯
보리깜부기가 목구멍을 타내리면서
목구멍을 간지럼치듯
미당의 시에서 운을 읽듯
잘생긴 악기樂器처럼
유미의 눈썹처럼
죽고 새로 태어나는 어떤 이데올로기처럼
올해는 왜 끝내
눈이 오지 않을까,

엉겅퀴풀

미미의 집의 미미가
오늘 죽었다.
닫친 눈꺼풀 사이로
기다랗던 속눈썹이 조금 보인다.
천사란 말을
처음 들었을 때처럼
어디선가 멧종달새가 한 마리
날아왔다.
날아간다.

작은 침대 위에 작은 탁자
그 위에 얹힌
작은 전기스탠드의 작은 불이 꺼지듯
미미의 집의 미미가
오늘 죽었다.

늦여름

떠나가고 난 뒤에 내리는
늦게 오는 비,
굵게 내리지도 못하는
어쩌나
후박나무 잎 하나 다 적시지 못하는
사이를 두고 동안을 두고
내리는
떠나가고 난 뒤에 내리는
천둥과 함께 맑은 날을 여우비처럼
늦게 오는 비,

서서 잠자는 숲

1993년 4월 20일 민음사 발행(신국판 변형/110면)

|차 례|

낮잠

　넓적넓적한 꽃잎을 여러 개나 달고 대구 만촌동 옛 내 집 연못에 수련꽃이 피었다. 너무너무 흐뭇하다. 하늘은 쾌청, 연못가 수련꽃 그늘을 고개 빳빳이 세운 어인 삽사리 한 마리 가고 있다. 66년 전 소꿉질친구 옥수나 같은 머리를 땋고 댕기를 길게 드리우고.

놀이딱지

꿈에서도 딱지는 팔팔할까. 딱지 하나는 가엾게도 모서리 어디가 나가 있다. 그의 발등에 누가 고약을 발라준다. 조趙고약. 그리고 손오공. 그의 손에 여의봉이 없다. 눈을 떠야 한다 떠야 한다 하며 나는 벽을 더듬적거린다. 상의는 손에 잡히는데 포켓이 없다. 어디 갔나. (어제 딴) 내 딱지!

부유스름, 혹은 뿌유스름

　열네 살에서 열아홉 살까지 나는 지도만 들여다보며 지냈다. 지도에 그려진 내 고향 통영, 그 해안선, 톱날처럼 날카롭기만 하던 그 무수한 요철, 지도는 물론 하나의 독특한 개념이다. 경기중학의 그 5년 동안 거기(지도)서도 가끔 새나는, 물새가 우는 소릴 나는 들었다. 가늘고 애처롭고 너무 길어 끝이 보이지 않던, 길을 가다가 요즘도 문득 듣는 그 소리, 환청일까.

바다 밑

　봄에는 물오른 숭어새끼 온몸으로 바다를 박차고 솟아오르다
간 제 무게만큼의 깊이로 다시 또 떨어진다. 바다 밑은 물구나무
선 하늘이고 하늘에는 물구나무선 발가락이 다섯 개, 발 한쪽은
어디로 갔나,

쥐오줌풀

게 좀 앉거라 서 있지만 말고, 기다리다 기다리다 새벽닭이 울 때마다 눈이 다 묽어지고 묽어지고, 그랬어 안 그랬어, 아니 왜 이럴까, 고갤 빠뜨리고 왜 이럴까, 고갤 떨구고 그새 잠이 들었네. 이젠 다 끝났을까, 선 채로 벌써 잠이 들었네.

새

　나는 그때 방문 한복판에 내 낯짝만한 크기로 박혀 있는 유리
조각에 얼굴을 대고 밖을 내다보고 있었다.

　그 새는 꽁지 끝이 희고 몸뚱이에 비해 꽁지가 긴 편이다. 등
의 털은 다갈색이다. 어른의 손 길이만 할까 그만한 크기의 새
다. 뜰에는 사철나무 열매가 붉게 빛나고 있다. 눈이 내린 뒤의
설청雪晴의 하늘이다. 새는 눈 속의 그 사철나무 붉은 열매를 쪼
아먹고 있다. 동생은 구둘목에서 잠이 들어 있고 어머님은 인두
질을 하고 계신다. 화로에 잿불이 하얗게 식어가고 있다.

　그 뒤로 나는 나이가 들고 집을 떠나 유학길에 있었다. 서울의
하숙에서 겨울을 처음 맞게 되었다. 그해 겨울은 유난히도 눈이
많이 왔다. 학교에서는 겨울행사로 토끼잡이 사냥을 갔다. 소사
素砂다. 산 위 능선에다 그물을 쳐놓고 밑에서 고함을 지르며 몰
이를 한다. 정신없이 몰이를 해가다가 나는 문득 눈 속에 야생의
새빨간 열매 하나를 보았다. 그러자 웬일일까. 그 새의 눈이 똥
그랗게 나를 보고 있다. 그날 사냥에서는 토끼 두 마리를 잡았
다. 죽은 토끼들의 눈이 왠지 자꾸 생각났다.

　나는 다니던 학교를 자퇴하고 늦가을에 잠시 집에 내려와 있
었다. 우리가 뒤청이라고 부르던 뒤채의 대청마루에 나는 멍하
니 앉아 있었다. 저녁 무렵이다. 서쪽 하늘이 훤하게 낙일을 받
고 있었다. 뒤청은 북면이다. 뒤청 앞에 뒤뜰이 있고 그 저쪽에
높이 쌓아올린 축대가 있고 그 축대 또 저쪽의 비탈진 곳에 집이
여러 채 모여 있다. 그 중의 한 채, 그 한 채에는 마당 한쪽에 고
목이 된 우람한 느티나무가 한 그루 서 있다. 망개나무 넝쿨이

온몸을 휘감고 있다. 망개알 몇 선연한 빛깔로 아직도 지지 않고 있다. 그러자 그 새가 또 나타났다. 키 큰 조모님은 허리를 구부 정히 낮추시고 내 얼굴을 살펴보셨다. 내 눈빛이 달라져 있었던 모양이다. 그 뒤로도 10년에 한번쯤 그 새는 내 앞에 나타나곤 한다.

만화보기

　아까부터 외손녀 자매가 꼼짝 않고 만화책에 눈을 붙이고들 있다. 나는 그들 어깨넘어로 가만히 들여다보며 미소짓는다.

　외손녀 자매는 만화책에서 좀처럼 눈을 떼지 않는다. 음식을 갖다 줘도 거들떠보지 않는다. 내 입가에서 미소가 떠난 한참 뒤에야 책을 놓고 책을 한번 쓰다듬는다. 언니 쪽이 어드메쯤의 책장 하나를 곱게 접는다. 그렇게 얼마큼은 남겨둔다. 언젠가 나에게도 그런 일이 있었다. 그때 나에게도 그랬듯이 그건 그들만의 비밀이다. 그들은 지금 한없이 행복하리.

땅뺏기놀이

　여름철에 나무그늘에서 계집애들과 사내애들이 어우러져 땅뺏기놀이라는 것을 한다. 가위 바위 보를 해서 이긴 쪽이 진 쪽의 돌을 손끝으로 자기 돌을 퉁겨서 맞춘다. 그렇게 되면 상대편 돌이 이쪽 돌에 맞아 퉁겨나간다. 멀리 나갈수록 이쪽은 유리해진다. 퉁겨나간 만큼은 이쪽의 땅이 되기 때문이다. 퉁겨나간 쪽은 그 지점에서 이쪽 돌을 손끝으로 퉁겨서 맞춰야 하는데 거리가 멀어져 있으면 잘 맞추지를 못한다. 공연히 또 한번 이쪽의 밥이 된다. 이쪽 돌의 근처까지 왔다가 멎거나 하면 이쪽은 신이 나서 또 한번 딴 방향으로 그쪽 돌을 퉁겨내게 되면 퉁겨나간 만큼 그 방향으로 또 땅이 생긴다. 이렇게 해서 어느 한계 안에서 서로 뺏고 빼앗기고 하다 보면 어느새 해가 설핏해진다. 땅은 결국 몇 뼘도 안 되는 것이고 빼앗아본들 그것을 내 것으로 가져갈 수도 없는, 학교 운동장이거나 느티나무 밑 누구네 타작마당이거나 한 그런 곳이다. 그런데도 애들은 핏대를 세워가며 손톱에 퍼렇게 멍이 들도록 열중한다. 왜 그랬을까?

뤼용에서

여긴 예쁜 책을 파는 가게가 한 집. 과자와 봉봉을 파는 가게
는 두 집밖에 없습니다. 다홍색 꽃들이 저만치 한데서 떨고 있습
니다.

1834년 설날 아침 샤를 삐엘 보들레르 올림.

---

* 보들레르 열두 살 때의 편지를 대본으로 했다.

까치

뜻밖이다. 겨울 에게해는 납빛으로 가라앉았다. 눈앞의 사라미스해협은 낮고 좁스럽다.

나는 눈을 감는다. 60년 전 우리집 넓디넓은 마당귀 키 큰 감나무 제일 높은 가지 끝에 까치가 한 마리 앉아 있다. 꽁지 통박한 옛날의 그 새[鵲]. 울지는 않고 이상한 눈으로 나를 본다. 너는 왜 거기 가 있는가 하는,

그늘

　그날도 노근한 봄날의 저녁 무렵이었다. 친구네 집은 언덕빼기에 있었기 때문에 앞동네는 굽어봐야만 했다. 친구와 마루 끝에서 딱지놀이를 하고 있었다. 어느 서슬엔가 탁 트인 공간 하나가 내 눈에 가득 들어왔다. 그 넓은 뜰의 한가운데를 빙빙 돌면서 한 계집애가 공을 가지고 놀고 있었다. 이쪽으로 돌 때마다 놀을 받아 놀빛으로 물든 볼을 볼 수 있었다. 긴 머리채가 자주 자주 흔들리고 그때마다 댕기가 그의 몸의 한 부분인 듯 나풀대고 있었다. 내 손끝이 조금 떨리고 있었다. 저 계집애는 나를 보고 있지 않다. 내가 보고 있다는 것도 모르고 곧 어디론가 가버릴 것이다. 두 번 다시 내 앞에 나타나지 않으리라. 그런 생각을 하자 갑자기 눈앞에 그늘이 지고. 그늘은 삽시간에 내 몸을 덮치고 말았다.

　내 나이 스물이 되었을 때, 어느 날 이국의 하숙방에서 쉐스토프를 읽고 있었다. 그때가 저녁 무렵도 아니고, 창가에 무슨 나무 같은 것이 서 있었던 것도 아닌데, 오랜 시간 날 기다리고 있었다는 듯이 그러나 불쑥 짙은 그늘이 이중 삼중으로 밀려오고 있었다. 나는 그 그늘 밑에 겹겹으로 깔리고 말았다. 나는 추위를 느꼈다. 쉐스토프의 책에는 '천사는 온몸이 눈[眼]으로 되어 있다' 는 구절이 있었다. 그렇다면 어디선가 그때 천사가 나를 빤히 보고 있었다는 것일까? 어렴풋이 나는 또 그것을 느끼고 있었다는 것일까?

마귀

마귀는 나이 좀 들고 남자인 경우는 키가 훨씬 커야만 했다. 뼈대가 굵고 몸이 깡말라 있어야만 했다. 내 유치원의 원장 선생님이 바로 그런 분이었다. 선교사인 그분은 늘 검고 긴 부대 모양의 옷을 입고 있었다. 그래서 실지보다 키가 더 크게 보였는지도 모른다. 핏기 없는 하얀 얼굴에 굵은 테의 안경을 끼고 있었다. 겨드랑이에 언제나 검은 꺼풀의 성경책을 끼고 다녔다. 말도 걸지 않고 표정도 별로 없었으나 그분이 안아준다면 그분에게 한번 안겨봤으면 싶었다. 코가 매부리처럼 앞이 굽어 있지 않은 것이 왠지 마음에 늘 걸렸었다.

백모白毛의 맥貘[1]

　나는 그때 중학 5학년이었다. 졸업을 서너 달 앞두고 학교가
싫어지면서 하루는 불현듯 황해도 백천온천이 가보고 싶어졌다.
등교시간에 책가방을 든 채 백천행 기차를 탔다. 그때가 겨울이
다. 사과를 다 따낸 나목들의 긴 사과밭을 지나 어느 한 온천에
가서 몸을 담그게 됐다. 창문에 김이 서리고 바깥이 희부옇게 내
다보였다. 곰 같기도 하고 돼지 같기도 한 짐승이 나목들의 긴
사과밭을 가로질러 가고 있었다. 어디서 눈을 맞았을까 털이 하
얗다. 나는 온몸이 나른해지고 학교고 뭐고 언제까지나 거기 그
러고만 있고 싶었다. 그 짐승이 그날 밤 객사客舍의 꿈에 또 한
번 나타났다. 그날은 온종일 하늘이 쇠를 깨문 듯 흐려 있었다.

---

　* 홍자출판사의 최신대자원最新大字源에는 맥을 사태식철似態食鐵, 일명 설
　철齧鐵이라고 하고 있다. Shogakukan Dictionary에는 맥은 돼지를 조금 닮았
　는데 코가 길고 부드럽다고 하고 있다. 속설에 의하면 맥은 꿈을 먹고 산
　다고 한다.
　1) 『서서 잠자는 숲』에는 제목이 「백모白毛의 모貘」라고 오기되어 있었는데
　이 전집을 엮으며 시인이 수정하였다.(편주)

강설 降雪

　이눔의 새끼, 지주새끼, 그 작인作人영감은 거제도, 둔덕에서
왔다고 했다. 이눔의 새끼 하며 이번에는 침을 퇴 뱉았다. 침은
힘없이 영감의 코앞에 떨어졌다. 누르께하고 메말라 보였다. 갓
끈이 풀리고 눈발이 드날리고 있었다. 이눔의 새끼, 지주새끼,
하며 눈발이 내 목덜미를 덮치고 또 덮치고 했다.

쓸쓸한 완구

　미미는 〈미미의 집〉의 아기 가장인데 아무도 얼굴을 본 이가 없다. 어디로 갔을까, 온종일 대문이 열려 있고, 가끔은 방문도 반쯤 열려 있다. 나무 한 그루 혼자서 그늘을 펴고 창가에 혼자 우두커니 서 있다. 낑낑거리다가 삽사리도 제물에 잠이 든다. 밤이 이슥하도록 전기스탠드에 불이 들지 않고 작은 탁자 위에 무슨 꽃일까 꽃이 댓 송이 제각기 딴 데를 보고 있다.

고추잠자리

　내 나이 댓 살 났을까 했을 때다. 나보다 열 살이나 더 먹은 외사촌 형이 땅바닥에 비틀배틀 옆으로 길게 줄을 한 가닥 그어놓고, 요걸 넘음 넌 죽는다 알았제! 하며 눈을 한번 부라리고는 친구 몇이와 어디론가 가버렸다. 댓 살 때의 열 살 차이는 너무도 아득했다. 나는 더럭 겁이 났다.

　푸르스름한 날개를 하고 고추잠자리가 한 마리 저만치 장다리 꽃밭을 두어 바퀴 돌다가 제 마음에 들었던지 장다리꽃 하나가 앉는다. 그 푸르스름한 날개를 한번 가볼까 말까 한번 가볼까 말까 하다가 끝내 나는 그만 거기 쓰러져 잠이 들고 말았다.

48년의 그

　고하古下 설산雪山 몽양夢陽 비명에들 가시고 48년 세모歲暮 명동 입구 쪽에서 저만치 오고 있는 한 사나이는 나이 30의 중간쯤 되었을까. 시각은 저녁 다섯 시 삼십 분에서 여섯 시 사이. 거리에 땅거미가 깔리고 있었다. 때에 절어 동정이 보이지 않는 두루마기에 갈라져야 할 가운데가 산고山高로 솟은 그런 중절모를 쓰고 있다. 비딱하다. 걸음은 갈짓자. 1차는 벌써 끝내고 2차로 가는가, 인파에 밀리는 듯하더니 어느새 옆길로 쏜살같이 빠진다. 어둠이 그의 뒤를 쫓아간다.

한벽寒碧

딸을 낳아 왕비로 시집보낸 청풍 김씨가 살던 마을, 강 건너 저쪽 언덕에 우뚝 선 다락의 이름이 한벽루, 8월 상순인데 강물의 푸르름이 눈에 시리다. 지금은 죽어버린 말들이 하나 둘 다시 살아난다. 근엄謹嚴, 외경畏敬, 금도襟度, 그리고 염치廉恥,

하늘에는 왜 아직도

소월 김정식의 하늘이란 것이 왜 있지 않는가. 갠 날에 가랑비가 내리는, 여우의 암컷이 시집가는, 우린 그걸 우리 한국인의 여우비라고 왜 하지 않는가. 그렇다면 단재 신채호 선생의 하늘은 왜 없는가. 선생 가신 지 어언 50년, 이 땅의 시인들을 보라. 하늘에는 왜 아직도 입이 없는가.

페레스트로이카

   노서아露西亞 황제의 묘예苗裔 누군가의 함자 같기도 하고, 마차 이름 같기도 하다. 언젠가 한번 어디서 본 듯도 한, 톨스토이처럼 생긴 할아버지와 안나 카레니나처럼 생긴 그의 예쁜 손녀가 팔을 끼고 앉아 있던 그 마차 말이다. 무슨 영화더라, 잿빛 털의 늙은 두 마리 약골 말에 이끌리어 느릿느릿 숨을 돌리며 가고 있던, 야스나야 포랴나의 별나게 바퀴가 큰 그 마차 말이다.

어떤 스냅

버스가 한 대 정차하고 있고 출입구 근처에는 책가방을 든 고등학교 학생인 듯 수삼 인의 청소년들이 서 있다. 이쪽과 저쪽 버스 바로 앞켠의 플라타너스의 체통 큰 줄기에 제각기 한 사람씩 바바리코트의 사나이가 몸을 기대고 있다. 둘 다 저쪽을 보고 있으나 그들의 표정을 읽을 수가 있다. 누군가를 하염없이 기다리고 있는 지친 뒷모습들이다. 길을 건너 그쪽에도 두셋 행인의 윤곽이 희미하게 떠 있고, 이쪽 켠에도 행인이 두셋 점철돼 있다. 그러자 갑자기 해가 떨어지고 빗방울이 든다. 이 돌변한 상황은 사진에서가 아니고 사진을 보고 있던 내 주위에서 일어난 일이다. 사방이 어둑어둑해진다. 스위치에 손이 가도 불이 오지 않는다. 정전이다. 그때다. 사진 속의 바바리코트의 사나이 (저쪽 켠의)가 걸어가고 있다. 뒤통수가 보인다. 코트의 깃을 세우고 비를 맞으며 가고 있다. 하염없이 가고는 있는데 아주 가버리지는 않는다. 사진 속의 다른 한 사나이가 다른 바바리코트의 그를 하염없이 바라보고 있다. 그도 코트의 깃을 세우고 있다. 모발이 비에 젖는다. 버스가 움직이고 빗속에 그만 혼자 남는다. 그런 느낌이다.

강 화백

  화류樺榴나무에 연두빛 기류가 감돌게 되면 봄은 벌써 와 있다
고 해야 한다. 해가 차츰 길어지고 낮달이 유난히 눈을 끈다. 저
녁에는 사철나무 키 작은 어깨가 달싹인다. 저희끼리 뭔가 표정
을 나누고 있다. 이럴 때 서울의 부암동 산꼭대기 그 누옥, 술 때
문인지 온종일 입에서 떼지 않는 파이프 때문인지 강 화백의 한
쪽 눈이 젖어 있다. 지금도 아마 그 큰 눈의 어느 한쪽은 젖어 있
으리. 고지새가 한 마리 거실 맞은편 뜰에 내려와 집주인의 눈을
먼발치서 가만히 바라본다.

대여大餘

꽃진 오동나무. 가지들이 수척해 보인다. 그들 위에 뜬 달도 수척해 보인다. 목월木月, 당신은 순수한 서술체다. 미당未堂의 집 당堂 자는 골기와에 이끼가 핀다. 축축하다. 미당께서 지어주신 내 아호가 대여大餘다. 푸짐하다. 선생은 나더러 춘수春洙는 시와 더불어 영원을 살아라 하셨다.

메시아

1

헤르몬산은 해발 1만 척, 연중 눈이 녹지 않는다. 언저리는 울창한 숲을 이루어 요단강의 수원水源이 되고 있다. 그런 헤르몬산을 등지게 하고 헤롯왕의 아들 빌립이 만든 빌립 카이자리아가 꽃핀 꽃밭처럼 펼쳐져 있다. 갈릴리[2] 호수는 남쪽으로 100리쯤 떨어져 색지를 오려 붙인 듯 짙은 쪽빛으로 누워 있다. 밀은 남풍을 받아 이미 알이 다 찼다. 그는 왜 올해도 오지 않는가.

2

딱한 내 사정을 들어줄 그가 여기(다방) 오게 돼 있었다. 약속시간을 10분이나 넘겼다. 무슨 사정이 있었겠지. 조금만 더 기다려보자. 30분이 지났다. 한 시간이 지났다. 할 수 없이 자리를 뜨면서도 무슨 사정이 있었겠지 다음 또 기회가 있겠지 하고 나는 나에게 타이른다. 그러나 마음에 몹시 걸린다. 아무렴, 그렇다 하더라도 전화 한 통 해줄 수는 있었겠는데 말야.

---

2)『서서 잠자는 숲』에는 '갈리리'로 되어 있었는데, 이 전집을 엮으면서 시인이 '갈릴리'로 수정하였다.(편주)

마속정전馬謖正傳

　그는 열아홉에 한 번 죽었다. 겨드랑이에 난 비늘 때문이다. 그런 걸 가진 자는 대역大逆을 범한다고 목을 베게 했다. 어명은 추상 같았다. 15년이나 그는 저승에 가 있다가 서른넷에 간신히 이승에 되돌아왔다. 겨드랑이를 깨끗이 면도하고, 그는 역사의 뒤안으로 얼른 숨어버렸다. 아무도 그를 몰라봤다. 기산祁山 전투에서 가정街亭을 버린 것은 그가 아니다. 제갈공명이 울면서 목을 친 자는 그가 아니다. 그가 아님 어떠랴,

대大톨스토이

랴잔 우랄철도의 소역小驛 아스타보보역의 역장실 한쪽 구석에
서 눈을 감았다. 오랜 불면 탓일까 눈꺼풀이 하늘하늘 처져 있었
다. 1910년 11월 20일 아침, 장녀 아렉산드라가 먼 길 혼자 떠나
는 아버지 손을 한번 꼭 잡아주었다. 늑대가 울고 으루나무숲을
눈보라가 휘몰아치고 있었다. 향년 82세, 조문객은 현지 주민 외
는 시의侍醫 한 사람뿐이었다고 한다.

어느 날 문득 나는

포켓이 비어 있다. 땡그랑 소리내며 마지막 동전 한 닢이 어디
론가 빠져나갔기 때문이다. 서운할 것도 없다. 세상은 무겁지도
가볍지도 않다. 〈않다〉는 〈않다〉일 뿐이다. 괄호 안에서 멋대로
까무러쳤다 깨났다 하면 된다. 말하자면, 가을에 모과는 모과가
되고, 나는 나대로 넉넉하고 넉넉하게 속이 텅 빈, 어둡고도 한
없이 밝은, 뭐라고 할까, 옳지, 늙은 니힐리스트가 되면 된다.

운행雲行

   소월素月의 하늘은 여우비 내린 뒤의 은모래빛, 그 곁에 단재丹齋와 우당友堂의 입다문 하늘. 어딘가에 명창 이화중선李花中仙의 하늘도 있으리. 세수가 하기 싫어 저만치 혼자 나가앉은 이상李箱의 하늘. 그런가 하면, 춘사春史의 하늘에는 오늘도 허리 꺾인 고지새가 한 마리 울고 간다. 아리랑 아리랑 아라리요.

얼굴

안색은 핼쑥한 편이다. 이마는 넓고 반반하다. 콧날은 섰으나 우뚝하지는 않다. 눈은 큰데 조금 옆으로 찢어졌다. 가장자리에 늘 그늘이 져 있다. 입술은 붉다.

이 얼굴은 표정이 없다. 탈바가지를 하나 얻어쓴 듯한 그런 느낌인데 그 자신도 〈하나 얻어쓴 탈바가지〉쯤으로 생각하고 있는지도 모른다. 이 탈바가지를 벗겨볼 수는 없을까,

어느 때 꼭 한 번 내가 그 얼굴에서 어떤 동요의 빛을 보았다고 하자. 눈언저리가 조금 붉어진다. 야윈 볼의 한쪽 어디에 두어 가닥 주름이 지어진다. 입가가 실룩한다. 그는 무엇에 감동했을까. 다음 순간 그러나 그는 여느 때의 제 얼굴로 얼른 돌아가버린다. 좀전의 동요는 흔적도 없다. 그저 그는 먹먹한 탈바가지가 되어 시원스레 거기 있을 뿐이다.

저자에서

　중노中老의 한 열쇠장수. 그는 도수 높은 안경을 코끝에 슬쩍 얹어놓고 안경알 너머로 뭔가를 응시하고 있다. 입에는 긴 빨부리를 물었다. 빨부리 끝에는 다 탄 꽁초가 물려져 있다. 담배가 타고 있는 데는 관심이 없는 듯하다. 빨부리를 문 입은 왼쪽으로 조금 비뚤어졌는데 그것은 빨부리를 놓치지 않겠다는 무의식 중의 어떤 조화인 듯하다. 그는 지금 자기가 빨부리를 물고 있는지 안 물고 있는지도 자각 못하고 있으리라. 앞가슴에서부터 아랫 배까지 늘여찬 형형색색의 열쇠들은 그와는 아랑곳없다는 표정들이다. 누가 그에게 지금 열쇠를 사겠다고 해도 그는 그 말이 무슨 뜻인지 얼른 알아듣지 못할는지도 모른다. 자기가 열쇠장수인 것을 잊고 있을는지도 모르는 그에게 열쇠가 무슨 뜻을 가진다고 할까.

그

네거리 한쪽에 서서 그는 나를 기다리고 있었다. 나는 그에게 뭔가를 부탁한 모양이다. 그와 함께 그와 비슷한 나이 또래의 사나이가 저만치 비켜서 있었는데 그 사나이의 모습은 영 기억에 떠오르지 않는다. 그도 그 사나이도 둘 다 흰 와이셔츠 바람이었던 것만 기억에 또렷하다. 그가 나에게로 다가오자 그 사나이는 전봇대 같은 곳에 몸을 감추고 만다.

그는 손가락으로 동북쪽을 가리키며 나더러 그쪽으로 가라고 한다. 가서 뭘 어떻게 하라는 말은 없다. 나는 다급한데 내 입에서도 말이 나오지 않는다. 이와 같은 일이 언젠가 또 있었다고 나는 꿈속에서 새김질을 하곤 한다. 일은 글렀는 듯하다. 그런데 내가 해결해야만 할 일이 무엇인지 잠을 깨고 나서도 알 길이 바이없다. 잠을 깨고 나니 그때가 새벽 4시 조금 전이다. 잠을 영 설치고 말았다.

가을비

    비는 R자나 N자 모양을 하고 거리에 내린다. Rain! 하는 소리를 내며 포도 위에 떨어진다. 비를 맞으며 빗속을 걸을 때 목덜미를 적시는 한 방울의 빗물은 차다. 여지없고 사정없다. 손등의 살을 나는 꼬집어본다.

    비는 하염없이 온다. 가을비는 Rain! Rain! Rain! 하는 목멘 소리를 내며.

계절

누가 어디서 몹시 수줍어한다. 그는 무슨 악기일까 소리를 내지 않는다. 보리깜부기 하나가 내 목구멍을 간질간질 자꾸 간지럼친다. 저만치 잡목림 너머 나들이가는 들쥐 가족이 서넛, 그 또 너머는 푸른 하늘 오솔길, 늙은 가재가 미수眉壽를 사는 마을, 대낮에 살구꽃이 진다. 곳이 멀다.

(PIZZA), HUT

　강설에 따끈한 보리차 한 잔, 중학 1학년이던 나에게 그런 흐
뭇한 겨울밤을 차려준 중국인 호떡집이 그때의 화동花洞에는 있
었다. 핫토 핫토 발음하며 통나무집이라고 뜻새김한 일인日人 영
어 선생도 그때의 경성제일고등보통학교에는 있었다. 통나무집
을 알지 못하는 나는 덩달아 핫토 핫토 하기만 했다. 그때는 또
서울이 얼마나 추웠던지 방(온돌) 안의 잉크며 정강이가 다 얼
어붙곤 했다. 한밤에는 불알도 얼어붙고, 달과 별, 꿈도 다 얼어
붙곤 했다.

사양斜陽

길을 가면 뉘 집일까 배주룩히 대문이 열려 있다. 뒤따라온 햇
살이 그 집 안뜰까지 들어가 그제는 걸음을 멈추는가 하더니 이
내 푸르스름한 땅거미가 되어 떠난다.

첫눈

    길모퉁이 손바닥만한 라면가게 작은 문을 살짝 열고, 어디서 온 이데올로기 하나가 들어갈까 말까 발을 멈춘다. 누이의 사랑니를 왠지 다시 보는 듯하다.

당면唐麵

한일관에서 먹은 장국밥은 부슬비 걷힌 늦봄이었다. 다형茶兄
김현승 시인께서 사주신 점심이다. 얇고 넓적한 편육 한쪽이 하
늘에 떠 있었다.

엊그저께는 롯데월드 민속관에서 장국밥이라고 사 먹었다. 편
육은 없고 하늘도 없고 장맛은 울긋불긋한 단청丹靑이 되고 있었
다. 일본인들과 구미인區美人들에게 보이고 싶다고 한다. 그래서
그런지 장국밥은 장국밥이 아니라 선지국이었다. 고래고래 고함
지르는 선지피 사이사이 당면이 여럿 하얗게 고개 수그리고 있
었다. 다형 김현승 시인의 콧날 선 늦봄의 보슬비 내리는 그때의
한일관이 몹시 그리웠다. 얇고 넓적한 편육 한쪽이 한없이 보고
싶었다. 모두들 어디로 갔나.

빈혈

올봄에는 자주 쑥이 눈에 띈다. 좀 유난스럽다. 길을 가다가도 문득 눈에 띈다. 손톱이 엷어지고 뒤로 자꾸 휘곤 한다. 어릴 때 먹은 쑥버무리가 문득문득 생각난다. 숨을 쉬면 코에서 쑥 냄새가 난다.

정적 靜寂

사막에서 시계는 하물하물 묽어간다. 넝마 같다. 보들레르는
시계포에서 무수한 시계바늘이 제각기 제멋대로 서 있는 것을
보고 깨달았다. 하늘에는 물고기비늘 모양의 구름이 떠 있고, 땅
에는 나뭇잎이 바람에 흔들린다. 고,

음이월陰二月

　엠마는 꿈이 많다. 시집이 가고 싶은데 말은 못 하고, 해가 지면 볼때기에 작은 반점이 핀다. 사람들은 그것을 마른버짐이라 하지만, 엠마는 알고 있다. 샤를 보봐리가 밤마다 큰 가방을 들고 온다. 샤를 보봐리는 청진기를 귀에 대고 제 심장의 뛰는 소리를 들어준다. 그에게 모든 것 다 주고 싶다. 꿈은 그러나 밤이 새도록 한 번도 문지방을 넘지 못한다.

게

    한려수도 저 멀리 혼자서 먼저 나온 아기 짚신게가 모과빛 갓
난 털을 세우고 있다. 2월 하순, 눈은 왜 반쯤 감고 있는가,

훈독

　해의 웅덩이. 담장가나 뒤뜰 한쪽에 손바닥만큼 해가 괸다. 새봄에 손등이 트고 두 볼에 마른버짐이 핀 여자아이가 혼자 동그랗게 앉아 있다. 고개를 떨구고. 그러나 가끔 초점 흐린 눈을 먼 데로 주기도 한다. 일류日溜. 일인日人들은 그때 그것을 자기네의 말로 어루만지며 싸안으며 곱게곱게 풀어서 읽었다. ひだまり.

식탁

−꿈에본

프라하 근교의 어느 농가에서 참나무의 닳아서 반들반들한 식탁 하나를 보았습니다. 다리가 조금 굽고 투박했습니다. 밤이 이슥해서 식솔들이 잠든 뒤에 천사가 왔습니다. 천사는 몹시 시장했던지 빵 한쪽을 다 먹고 차를 들며 들릴락 말락 혼잣말로 누군가의 이름을 불렀습니다. 보헤미아 분지의 밤안개가 이윽고 보헤미아 분지를 뭉개고 다 지워버렸습니다. 어인 천사 한 분과 참나무의 닳아서 반들반들한 식탁 하나만 이승에 달랑 놔두고,

돌각담

　김종삼이 쌓고 간 돌각담은 우리의 돌담불과는 사뭇 다르다. 스페인의 고도古都 톨레도에서 본 아랍식 완만한 원형의 돌담과도 사뭇 다르다.

　김종삼의 돌각담은 '각'이란 말이 암시하듯 이집트의 피라미드를 닮았다. 그것은 정교하고 딴딴한 삼각형이다. 그 속의 어딘가에 김종삼의 혼이 누워 있다.

　생전의 김종삼은 가랑비에도 무르팍이 젖었다. 삭아가는 늑골이 생각난다. 죽어서도 턱수염이 자란다. 살이 쏙 빠진 하관이 길어진 중국 오지의 장자長者, 아니 가을 귀뚜리 같은 모습이다. 그런 모습으로 김종삼의 혼이 가끔 찌 찌 찌 운다. 정교하고 딴딴한 삼각형의 그 어느 틈새로,

양등洋燈

　아침을 굶고 점심도 굶고, 저녁은 꿈에서 먹는 그 기쁨으로 해
만 떨어지면 곧 잠이 드는 1920년대의 어린 그를 위하여 호 호
나는 등피燈皮를 닦고 있었다. 겨울저녁은 이내 밤이 된다. 모과
빛 나는 내가 켠 불을 보며 나는 조금 울었는 듯하다. 또는 등잔
에 기름을 채우며 마디가 가는 그의 손가락이 생각났다. 그가 죽
던 날도 호 호 나는 등피를 닦고 있었다. 그것은 램프, 아니 남
포, 불이라고 했다.

배우 에이킴 다미로프의 하늘

그는 땅딸보다. 배가 나오고 입술이 두툼하다. 프랑스인들은
피레네산맥 너머 저쪽(서쪽)은 유럽이 아니라고 하지만, 그는
산악지대 바스크족의 당당한 추장이다. 그의 아내는 매부리코,
그보다 키가 두 자는 더 크다. 그의 하늘은 언제나 산그늘 아마
빛이다. 여름이 없고 봄은 짧다.

---

* 에이킴 다미로프는 영화 〈누구를 위하여 좋은 울리나〉에서 바스크족의 추
  장으로 나온다.

실제失題

한 번 본 천사는 잊을 수가 없다. 봄바다가 모래톱을 적시고,
한 줄기의 빛이 열 발짝 앞의 느릅나무 잎에 가 앉더니 갑자기
수만 수천만의 빛줄기로 흩어진다. 그네가 저만치 새로 날개를
달고 오고 있다.

방풍

    전라도 여수로 빠지는 통영군 산양면 바다쪽 비탈의 양지에서 자란 푸르스름 자주빛 도는 반질하고 길쭉한, 티티새의 깃같이 생긴 풀이다. 3월 한달은 밤이고 낮이고 온 거리가 해풍에 절은 향긋 짭짤한 이 풀 냄새를 내뿜는다.

동동動動

어하둥둥 어하둥둥, 마지막 한 박자는 물기 싹 가신 똑 하고
부러지는 나무 목木 자로,

경명풍景明風

　추풍령을 지날 때 차창으로 강아지풀 하나가 눈에 들어왔다. 목뼈가 반쯤 부러져 있었다. 다른 날 대관령에서는 패랭이꽃 댓 온몸에 먼지를 쓰고 하나같이 앞으로 시들시들 꼬꾸라져 있었다. 저만치 전봇대가 서 있고, 전봇대 끝에는 들까마귀가 한 마리 모난 눈을 뜨고 빤히 언제까지나 나를 보고 있는 듯했다. 언젠가는 어인 게 한 마리 고향 앞바다 썰물 나간 갯벌에 다 으깨진 제 머릴 처박고 죽어 있었다. 팔다리의 모과빛은 아직 그대로 살아 있었다.

문전작라門前雀羅

구우금우舊雨今雨는 구우금우舊友今友의 언롱言弄일까, 그렇다고 한다. 그러나 가만히 듣고 보면 비는 어딘가 벗을 닮았다는 것을 알게 된다. 요즘 어쩌다 듣는 밤비소리는 무릎을 시리게 한다. 아침에 나가보면 벗은 어느새 왔다 가고 문전門前에 참새 서너 마리 놀고 있다.

만하晚夏

    시시한 제목인 줄 알면서도 제목을 하나 달아놓고 서늘한 바람 가을을 기다리기로 한다. 너무 많은 인파 때문일까 아무도 제목을 보지 못한다. 혹시나 해서 나는 공항 한쪽에 피켓을 들고 발돋움하며 우뚝 선다. 그러나 여름이 다 가도록 비는 오지 않고, 어디가 가려운지 도토리나무가 온몸을 뒤튼다. 도토리 몇 개가 떨어지면서 뭐라고 댓꼬챙이 모양의 바싹 마른 소리를 낸다. 하 답답해서 나는 내 얼굴을 까발리고 있었다. 하 답답해서,

순명順命

처서 지나고 땅에서 서늘한 기운이 돌게 되면 고목나무 줄기나 바위의 검붉은 살갗 같은 데에 하늘하늘 허물을 벗어놓고 매미는 어디론가 가버린다.

가을이 되어 수세미가 누렇게 물들어가고 있다. 그런 수세미의 허리에 잠자리가 한 마리 붙어 있다. 가서 기척을 해봐도 대꾸가 없다. 멀거니 눈을 뜬 채로다. 날개 한짝이 사그라지고 보이지 않는다. 내 손이 그의 몸에 닿자 긴 꼬리의 중간쯤이 소리도 없이 무너져내린다.

바다 하나는

비행기가 바르셀로나 상공을 날 때, 바다 하나는 구름 위에 있고, 바다 하나는 내 눈썹 위에 드러누워 있었다. (내 눈썹을 적시며) 프랑스말로 그것을 쉬르레알리슴이라고 하는가, 그러나 아니다. 살바도르 달리가 눈이 멀었다는 건 헛소문이다. 그는 처음부터 눈을 뜨지 않고 있었다.

비렁뱅이 거렁뱅이

웬일일까, 너무 팍팍해서 그럴까, 비렁뱅이 또는 거렁뱅이 또는 가난뱅이, 아참 초랭이, 초랭이는 방정맞다고 방정초랭이, 소매小梅라고도 했다. 이런 따위 뱅이 또는 랭이들이 줄을 이어 가고 또 가고 있다. 웬일일까, 버드나무에 버들개지 같은 버들꽃이 피고, 한길을 간들간들 조랑말도 가고 있다.

호시장공 好是長空

12월 하순, 화가 후안 미로가 태어난 스페인 마욜카섬. 바다를 바라고 돌담 한쪽에 한 뼘만큼, 아니 두 뼘만큼 괸 해의 웅뎅이, 다리 오그리고 눈은 먼 데로 주고 힘 빠져 앉았는 턱수염만 더부룩 빳빳한 그 염소. 언젠가 어디서 한 번 본 듯도 한,

아득하구나. 너무 멀리 왔구나.

뉴욕의 중국요리

거두절미하고, 가주산加州産 쌀은 내 입에 너무도 까칫하다. 듣던 소문과는 사뭇 다르다. 왠지 문득 공자의 시래유사柴來由死[3]가 생각난다. 순서도 이상하지만, 밥 뒤에 나온 수프는 운남성雲南省 오지에 뜬 달을 보듯 하다. 맹물보다 드맑다. 소소昭昭하고 소소簫簫하다. 내일 모레가 추석이라 그럴까,

---

3) 시래유사 : 시柴, 즉 자고子羔와 유由, 즉 자로子路가 공자가 천해서 벼슬을 하던 고을에 조반造反이 나 권력자가 바뀌게 됐을 때, 자고는 돌아오고 자로는 무도한 새 권력자에 항의하다 죽임을 당했다. 그때 그는 의관을 정제하고 칼을 받았다. 공자는 자로의 죽음을 예측하고 그런 말을 했다.
    —정상정井上靖 「공자」에서

가을을 나며

후박나무는 잎을 몇 개도 달고 있지 않다. 몇 개 남지 않은 잎들은 안으로 말리어 오므라들고 파삭파삭한 흙빛이 되어 있다. 가지며 줄기까지도 검붉은 반점들이 드러나고 있다. 특히 위쪽이 심하다.

가을하늘은 무한으로 뻗어 있고 내 눈앞에는 후박나무 두 그루가 서 있다. 잎이 거의 다 지고 초라한 몰골로 겨울을 기다리며 서 있다. 지금 막 후박나무 두 그루가 보이지 않는 먼 곳을 바라고 한 발짝 발을 뗀 듯하다.

몇 개 남은 잎들이 바람에 떨고 있다.

몽우리

　동백나무 가지 몇 개를 얻어 유리컵에 담아 책상머리에 얹어
놓았다. 몽우리가 아직도 단단해서 껍데기가 벗겨지지 않는다.
하루 이틀을 기다렸다. 뾰족한 연록색의 몽우리 끝이 볼고스름
물들어 있다. 혹시나 하던 마음이 풀리고 새론 기대를 품게 되었
다. 아닌게 아니라 그는 하루하루 붉은 빛을 더해 간다. 그러나
여간해서 그 다문 입술을 열지 않는다. 오늘이 닷새쩬데 이젠 달
라졌다. 입을 빼쪼롬 벌리고 있다. 노란 꽃술이 내다뵌다. 그러
나 꽃잎을 다 피우고 제 모습을 선연히 드러내려면 며칠이 더 걸
릴 것 같다. 그동안 몽우리도 아니고 꽃이랄 수도 없는 몽우리에
서 꽃으로 옮아가는 과정의 모습을 그때그때 볼 수 있게 되었다.
참 즐겁다.

그 비단잉어

지나치다가 우연히 연못을 들여다보니 문제의 그 비단잉어가 떠올라 있다. 얼음이 2cm 정도의 두께로 얼어 있다. 그러니까 그는 그 얼음 두께 바로 아래까지 떠올라와 있다는 것이 된다. 움직이는 기색이 없다.

30분쯤 뒤에 다시 가보니 그제는 완전히 모로 누워버렸다. 지느러미가 그래도 달싹달싹 하고 있다. 얼음을 깨고 애들 목욕대야에 건져다 놓았다. 물에 소금을 한 움큼 타주었다.

30분쯤 뒤에 가보니 아직도 비딱하기는 하나 이따금 몸을 꿈틀하며 그때마다 조금씩 앞으로 간다. 눈은 여전히 초점이 흐려진 채로다. 밥풀을 한 숟갈 풀어주었다. 외출했다가 저녁 때 와보니 기가 살아나 있다. 운신이 민첩해지고 눈망울도 또록또록하다.

그는 초여름에 제짝을 잃었다. 그래서 그런지 한동안 매우 성깔이 사나와져서 연못 밖으로 마구 치솟곤 했다. 용케도 그때마다 식구들 눈에 띄어 명을 건지곤 했다. 한여름에는 한밤에 연못 밖으로 솟구쳐나와 흙투성이가 되어 사철나무에 비늘을 비비고 있는 것을 아내가 발견하고 살린 일도 있다. 지금은 대야에 몸을 맡긴 채 움찔 않고 있다. 잠이 들었을까.

나비가

    호주 선교사네 집, 그 붉은 벽돌집을 가로막고 있는 탱자나무 울타리 사이로 텅 빈 앞마당의 잔디밭을 넘겨보기도 하고, 언젠가 거기서 늙은 자라를 건져올리는 것을 본 일이 있는 유치원 뒤뜰의 우물물을 한동안 들여다보기도 했다. 그것들은 무슨 눈짓 같은 것을 보내는 때가 가끔 있었기 때문이다.

    가을이 가고 겨울도 가고 봄이 또 와서 나비가 장다리꽃에 앉는 것을 보았을 때, 나비를 나는 이해할 수가 없었다. 언젠가 수만 수천만의 빛줄기로 흩어져서 한려수도 저쪽으로 가버린 그 많은 천사, 그들 중의 하나가 아닐까, 눈앞이 하얗고 매끌매끌한 그런 것으로 동그랗게 부풀어오르더니 그것은 어느새 쾌적한 무게로 나를 지그시 누르고 있었다. 그것은 그러나 손에 잡히지가 않았다.

    그해 겨울은 눈송이가 어디선가 아이들이 지피는 모닥불 위에 떨어지고 또 떨어지고 했다.

철쭉은 벌써

작년 가을, 성탄절을 전후해서 앵초가 대궁이 하나를 길게 뻗더니 올해 1월 중순께부터 희뿌연 연분홍의 꽃을 맺기 시작했다.

양란洋蘭은 몽우리 끝이 뭉툭하게 여러 개 나와 있다. 노르스름한 껍질을 뚫고 복닥한 속살이 드러나 있는 것도 있다. 거실의 온도가 계절을 일찍 오게 하고 있다.

철쭉은 벌써 꽃잎을 활짝 벌리고 있다. 창 밖 베란다의 양지 쪽에 남천南天이 두 그루 빨갛게 잘 익은 열매를 수북이 달고 있다.

산보길

어떤 늙은이가 내 뒤를 바짝 달라붙는다. 돌아보니 조막만한
다 으그러진 내 그림자다. 늦여름 지는 해가 혼신의 힘을 다해
뒤에서 받쳐주고 있다.

매우梅雨

그까짓 다 잊고 이젠 좀 느슨하게 살아라. 나잇값을 해야지.
그 말을 듣고도 전쟁 중 내내 루이 아라공은 『엘자의 눈』⁴⁾만 생
각하고 있었다. 비가 또 온다! (전쟁이 끝나고 파리를 도로 찾았
는데) 엘자는 어디 있는가,

---

4) 아라공의 시집명.

코린토스

어디를 보나 사화산 석회질 암석뿐인데 왠지 등자나무 어깨가 보얗다. 옛날에 사도 바울이 잠깐 스쳐갔기 때문일까,

제우스신이 어느 날 진흙으로 빚었다는 가파르고 가파른 벼랑이 있고, 벼랑 밑은 예의 그 운하다. 유니언 재크의 기를 단 하얀 상선들이 밤낮없이 무슨 꽃일까, 하얀 꽃들을 어디론가 실어나르고 있다. 지금이 한창때의 봄이라서 그럴까,

노부부

　서울 변두리 아파트 단지 후미진 길목에 놓인 장의자의 한쪽 귀퉁이에 할아버지 한 분이 앉아 있다. 비스듬히 몸을 뒤로 젖히고 눈을 감고 있다. 여남은 발 앞의 맞은편에도 장의자가 하나 놓이고, 그 한쪽 귀퉁이에는 할머니 한 분이 앉아 있다. 할머니는 앉아서도 긴 지팡이에 몸을 의지하고, 조금씩 고개가 한쪽으로 기울어지는 할아버지를 물끄러미 바라보고 있다.
　아카시아꽃이 만발한 5월 어느 날 아침,

길

네 귀에 들리느냐, 제르소미나 제르소미나 부르는 소리,

길, 또는 봄

　네 눈에 보이느냐, 저기 저 산비탈 마을을 가고 있는, 떡잎 같은 날개를 두 개나 달고, 죽어서 나비가 된 제르소미나,

겨울 에게해

물새소리를 듣는다. 물새는 보이지 않고 물새소리는 멀리멀리
저녁을 풀어놓는다. 웬일일까, 지는 해가 한 번 슬쩍 등자나무
살찐 허리를 비춰준다. 메디아, 코린토스의 왕녀, 그네는 죽어서
무슨 혼백일까, 아직도 해 저무는 물새소리를 낸다.

무위귀인無爲貴人

　서울 변두리, 내가 사는 강동구 명일동 길가 토공土公 땅에 요즘 예쁜 건물이 하나 새로 섰다. HAITAI MART, 곧 개점할 모양이다. 길 건너 맞은편은 아직도 야산이다. 야산 길섶에는 연필향이 쭉 늘어섰다. 가을해가 조금 기울고 있다. 50년도 훨씬 전에, 막 개점한 화신백화점에서 맛있는 점심을 사주신 선친 생각을 하며 연필향 그늘을 가고 있는데, 누가

　괜찮다
　괜찮다
　다 괜찮다

　고 행을 끊어 세 번이나 같은 말을 되풀이한다. 돌아보니 천상병이 거기 서 있다. 엊그저께는 벌써 환갑을 지냈다고,

---

* 『괜찮다 괜찮다 다 괜찮다』는 천상병의 책명.

707

혼魂

위고 드 흐리스의 완두콩이 비유가 아니듯 낙동강의 가물치,
그 열리지 않는 아가미, 현미경으로 보면 그 끝 부분에 더듬이
모양의 혼이 하나 있다. 모세관 인력이라고 한다. 두산의 페놀사
건 뒤에 더욱 잘 보인다.

화석

  여자건 남자건 사람의 샅에 달린 그것은 너무 우습고 하 우스
워서 보고 있으면 눈물이 다 난다. 여자아이건 남자아이건 아이
들의 것은 그런대로 귀엽기라도 하지만, 70, 80줄 노인들의 그것
은 웃음도 멎게 한다. 갑자기 고개가 수그러진다. 화석이 된 쥐
라기의 바퀴벌레를 보았기 때문일까.

옹치雍齒

양철지붕 위의 고양이다. 야아웅 야웅, 본래 밍밍한 턱인데 이
상하다. 언제 수염이 나서 희끗희끗하다.

스페인에서 사흘이나 양고기만 먹고 하두 꽁보리밥 생각이 나
서 하필이면 마드리드의 한 치과에 가봤더니, 의사는 멀쩡한 내
생니만 하나 뽑아내더라.

간에도 쓸개에도 저 혼자 의롭다고 야아웅 야웅 우는 한여름
양철지붕 위의 저 고양이.

수과 水瓜

수박水朴은 수과라고도 한다. 박은 호로葫蘆지만 과는 오이다. 호로와 오이가 다른데, 사전을 뒤져보니 오이는 호로과에 속한다고 되어 있다. 박(호로)과 오이는 한국인의 눈에는 뚜렷이 구별이 된다. 수박은 겉모양이 박 중에서도 호박에 가깝다. 피부색이 다를 뿐이다. 사람도 백인이 있고 황인이 있지 않은가? 그런데 과瓜라고 할 때 나는 또한 가끔 조爪와 헷갈리는 일이 있다. 오이가 왜 손톱을 닮아야 하는가, 혹은 손톱이 왜 오이를 닮았다고 하는가, 이런 따위 넌센스를 앞에 할 때마다 나는 영어의 water melon이 생각나곤 한다. 10년 전 하와이 여행 때 동행한 어느 국회의원이 식당에서 water melon을 주문했다. 커다란 서양수박 한 덩이가 나왔다. 그러나 그는 오이를 생각하고 있었던 모양이다. 이상해서 또 한번 water melon을 시켰다. 커다란 서양수박이 또 한 덩이 나왔다. 사정使丁의 표정이 코믹해진다. 커다란 서양수박을 두 덩이나 앞에 하고 그래도 그는 완강히 water melon water melon 하고 있었다. 그 소리는 점점 입 안으로 기어들어가고 있긴 했지만,

인仁

그를 기다리며 나무 밑에 서 있다. 다리가 저리면 퍼질러 앉기도 한다. 그러나 그는 좀처럼 오지 않고 해가 저문다. 밤이 되자 바람이 몸에 시리고 시장기가 온다. 옛날 세다가야의 유치장 취조실에서 만난 그 노인이 생각난다. 갓 구은 듯 색깔도 선명한 빵이 두 개, 그는 내 눈앞에서 혼자 먹어치웠다. 2~3분 동안이다. 방 안은 그와 나 둘뿐인데 나는 그때 거기에는 없는 것처럼 되어버렸다.

사람(人)이 둘(二)이라야 한다는데, 나는 그를 더 기다려야 하나? 눈은 또록또록 더 맑아진다. 그런데 다리가 후들후들 떨린다. 우선 몸이 몹시 피로하다.

선善

　　모난 괄호를 만나면 모난 괄호가 되고 둥근 괄호를 만나면 둥
근 괄호가 되고 쭈뼛 귀가 선 괄호를 만나면 쭈뼛 귀가 선 괄호
가 된다. 괄호만 있고 나는 없다. 없는 것이 나다. 가다 보면 어
디선가 잘 물든 나뭇잎 하나 떨어진다. 쓸쓸하면 그런 것 하나
신고 가면 된다.

persôna

싸안을 듯이 하지 말고 내던질 듯이 톡톡 분질러서 사정없이 분지르고 분질러서 더 이상 아무것도 보이지 않을 때까지 더 이상 아무것도 들리지 않을 때까지,

경인구警人句

　보석은 눈뜨고 있지 않다. 잠자고 있다. 잠자면서 꿈을 꾸고 있지도 않다. 보석의 잠은 그대로가 꿈이다. 꿈은 발이 없다. 무정부주의처럼 풍선처럼. 삼단논법으로 말을 하자면, 고로 보석은 하늘나라의 것이다. 보석이여 땅에서는 눈뜨지 마라!

화서국華胥⁵⁾國

몸은 어디 가고 넋만 있다. 참斬 편鞭에도 무상無傷이다. 생사生
死가 없고 애증이 없다. 옛날 성왕 황제가 낮잠을 자다 꿈에 보았
다고 한다. 신분의 상하가 없고 사욕이 없고 이해손득이 없다.
거북이 등에 갑이 없고 토끼 몸에 털이 없다. 여름에 부채가 없
고 겨울에 화로가 없다. 아니, 여름도 없고 겨울도 없다. 넋은 하
늘에서 잠자고 구름처럼 간다. 몸이 없으니 도盜와 간姦이 없다.
넋은 뭔가 간절히 보고 싶은 것도 없다. 있는 건 갓 핀 꽃잎 같은
두 개의 날개, 거기가 바로 빛나는 상춘常春의 나라, 호접蝴蝶의
나라다.

---

5) 胥자는 나비라는 뜻도 가지고 있음.

정향丁香

　사전에 '정향나무의 꽃봉오리'로 나와 있다. 나는 정향나무도 정향도 본 일이 없다. 아니, 본 일이 있었는지는 모르나 그것을 정향나무로 또는 정향으로 알고 본 일은 없다. 정향이 어떤 꽃을 피우는가에 대해서는 더욱 아득할 뿐이다.

　정丁은 벌목정정伐木丁丁이라고 나무 찍는 소리로 옥편에 나와 있다. 『시경』에도 나온다. 누수 소리, 즉 물 새는 소리로도 나와 있다. 앞의 소리는 힘차고 쩌렁쩌렁한데 뒤의 소리는 약하고 은밀하다. 그런 엇갈린 미묘한 소리를 내는가보다. 아직 나는 꽃봉오리가 그런 소리를 내는 것을 듣지 못했다. 그것으로도 내가 그를 보지 못했다는 증거가 되리라.

　정丁은 흔히 곰배정이라고 한다. 곰배팔이의 준말이다. 어딘가 글자 모양이 병신스런 데가 있어서 그렇게 불리게 된 듯하다. 그러나 그렇지만도 않다. 꼬리에 향香자가 붙으면 매무시가 예스런 뉘 집 할머니 함자 같기도 하고, 고故 이모某 여사의 시조집 제호題號 같기도 하다.

　곰배정자 정씨는 희성稀姓이다. 희성이라 외우기가 수월하다. 곰뷔님뷔 하면서 말이다. 그러나 정향丁香, 즉 ㅈㅓ ㅇ ㅎ ㅑ ㅇ은 이 세상 어디에 있다고 하는가.

717

별

　별은 일종의 거리(시공時空) 감각이다. 사람에 따라 다르다. 후
안 미로의 그림에는 검은 별이 나온다. 그가 태어난 스페인의 마
욜카섬에 가서 밤이 새도록 하늘을 쳐다보고 있었지만, 내 눈에
는 검은 별이 보이지 않았다. 학생 때 일본의 내륙 오지에 가서
그쪽 하늘을 몇 날 밤이나 보고 또 보아도 별만 보이지 내 눈에
ホシ는 보이지 않았다. 목성을 보면 왠지 나는 가보지 못한 중국
의 서주徐州를 생각하게 된다. 그 나무 목木 자의 별은 아마 거기
서 태어났으리라.

　오늘밤은 죽은 조카녀석이 갑자기 별이 된다. 몽고의 오르도
스에서 보는 듯 아직은 낯설다.

눈물

40을 갓 넘긴 아내에게 아닌 밤중에 홍두깨지 느닷없이 이혼하겠다고 이혼계를 내겠다고 동사무소엔가 가서 일건—件 양식을 받아오라고 내쫓는다. 봄 코트의 띠를 여미며 나가는 아내의 허리께가 아직도 알맞게 살이 쪄 보인다.

양변기가 있는 화장실이 없어졌다. 어느새 그 자리에 양철지붕의 판잣집이 들어서고, 문을 여니 재래식의 헛간이다. 일이 급한데,

신발 한 짝의 밑창이 달아나버렸다. 비는 멎지 않는다. 발을 떼지 못하고 비를 맞고 섰는데, 그때 난데없는 난전 하나가 눈앞에 선다. 온갖 잡동사니가 다 있다. 사모 각띠(대) 화관 비녀 댕기도 있다. 주인인 듯 껄껄한 중년이 나막신 한 켤레를 한 손에 거머쥐고 나온다. 3천5백 원에 팔겠다고 한다. 그 순간 내 눈에 눈물이 핑 돈다. 나에게 그만한 돈이 없다.

사족蛇足

보기가 안됐다고 자사子思는 할아버지(공자)가 만든 배암의 복부에 발을 여러 개 달아주었다. 「중용」이 바로 그것이다.

엊그저께는 대한민국예술원 주최의 국제심포지엄에서 문학부문의 주제 발표를 하며 나는 배암의 복부에 사족을 두 개 달아주었다. 그랬더니 배암에게는 원래 발이 있는 것으로 알고 있는 대부분 청중들은 나를 자사라고 하고, 질의자도 3분이나 시간을 주었는데도 사족에 대해서는 묻지 않았다. 나는 슬쩍 배암이 늙으면 용이 된다고도 했지만, 아무도 귀담아듣는 것 같지가 않았다. 너무도 당연한 소리를 듣는다는 표정들이었다. 순간 나는 깨달았다. 공자처럼 늘 참말만 해도 잘 돌아가지 않는 세상이 있다는 것을.

신라시대에 이미 솔거率居가 갈퀴 모양의 용의 긴 발톱을 그리고 있다.

산문시 열전

갑자기 땅바닥에 떨어진, 제 얼굴은 버리고, 한 노파가 톨이 된 동체만 이끌고 그래도 가고 있다. 그러나 그보다 더 선득한 건 시계포의 그 많은 시계바늘이 제각기 딴전을 보고 있는 그 표정들이다. (보들레르의 「파리」)

재봉틀과 박쥐우산이 해부대가 아니라, 눈 내리는 덕운德雲의 그 우물가에서 만났다면? 치성인痴聖人과 함께 방긋 혹은 싱긋 웃으며, (로트레아몽의 「노래」)

해질녘, 빨래터를 지나 그 공동 목간에서 예수를 만났다. 새다리처럼 가는 다리, 눈이 오목하게 그늘져 있었다. 아무도 감히 엿보지 못하게. 그래서 그런지 세상은 이내 밤이 되었다. (랭보의 「지옥」)

걸인에게 시혜하지 말 것. 그러나 위대한 모국어는 너무도 난삽해서 사상을 만들지 못하고, 두고두고 갖가지 오해만 낳게 했다. 질척질척 그 언저리를 비만 오게 했다. 언제까지나, (투르게네프의 「산문시」

벌목정정伐木丁丁, 장수산長壽山이 2천5백 년의 먼지를 털고 깨난다. 그 고요함, (정지용의 「담潭」)

꽃은 다 지고 말았다. 어제의어제의어제의어제 계절은이미바

꿔고있었다. (그것도모르고있었나) 혹은내일은무화이무과無花而
無果. (이상李箱의「꽃나무」)

후기

1

산문은 운문에 대하여 모순개념인 동시에 시에 대하여도 그렇다. 산문은 운문에 대하여는 무운無韻의 줄글이요 시에 대하여는, 시 즉 창조creative 문학에 대립되는 토의discussible 문학이다. 이처럼 모순되는 것들을 배합하여 하나의 징르로 묶는다는 것은 둘을 다 해체시킨다는 것이 된다. 그러나 이런 따위 해체현상을 다른 측면에서 바라보면 변증법적 지양현상이라고 할 수도 있다. 나는 산문시를 시도하는 내 입장을 지양 쪽으로 두려고 했다.

나는 오랫동안 시 쪽에 서 있었다. 극단적으로 시를 고집하기도 했다. 내 나름의 순수시를 말함인데 나는 그것을 무의미시라고 명명하기도 했다. 그러나 「처용단장」이란 연작시를 30년에 걸쳐 완성하고 나니 나는 더 이상 시만을 고집할 수 없게 되었다. 시를 위한 나의 미학은 일단 쉼표가 찍히게 되었다. 「처용단장」의 3부와 4부를 쓰면서 이미 나는 암시를 받았다. 그때 내 뇌리에 지양이란 낱말이 깃들게 되었다.

산문과 시는 나에게 있어서는 리얼리즘과 반리얼리즘을 뜻하기도 한다. 다르게 말하면, 물리세계와 심리세계라고도 할 수 있다. 산문시는 나에게 있어서는 리얼리즘과 반리얼리즘, 즉 물리세계와 심리세계의 화학적 배합이요 대립의 지양이다.

2

　〈서서 잠자는〉은 인간의 입장에서 보면 하나의 아이러니가 된
다. 그러나 나무와 같은 자연의 입장에서는 그 상태는 아주 정상
적일 수밖에는 없다. 자연이니 생명이니 하지만 인간의 입장에
서는 그것들은 로맨틱한 환상일 따름이다. 인간은 〈서서 잠자는〉
상태를 가눌 수가 없듯이, 인간에게는 그 자신의 차원이 따로 있
다. 인간은 일면 자연이기도 하고 생명이기도 하면서 다른 일면 문
화와 역사를 만든다. 즉 대자적對自的 존재다. 인간된 비애다. 나
는 이번의 이 산문시집에서 이런 따위 인간된 비애를 이모저모
로 많이도 들여다보았다. 그러는 그 자체가 또 하나의 비애인 줄
을 알면서도 말이다. 어쩔 수가 없었다.

1993년 새봄

김춘수

다른 시집에 수록되지 않은 작품들

| 차 례 |

---

* 여기에 실린 작품들은 다른 시집에 수록되지 않은 작품들로 정확한 작품 게재지와 연도는 알 수 없다. 그러나 『서서 잠자는 숲』 이후 『호壺』 이전에 발표한 작품들로 순서에 따라 이곳에 수록한다.(편주)

바꿈 노래[替歌]

길

제르소미나
죽어서 너는 무엇이 됐나,
왜 한 번의 떠도는 소문도 없는가,
그쪽은 왜 그다지도 아득한가,
대낮에 휘파람은 이제 불지 않기로 했다.
우산오이풀이 되어 풀꽃이 되어 어느 날 갑자기
네가 내 앞에 나타나면 어쩌나 해서,

베레모

저만치, 아니 더 멀리 미래사의 절이 보인다. 한려수도 트인
예쁘게 잘 굽은 용화사 허리께, 효봉 스님이 막 입적했다고 미래
사 뽕나무들이 횡설수설이다. 입적이 뭐 그리 대순가, 입적 그
말에 아직도 쉬어 갈 그늘이 있기나 한가,
나는 시인이다. 남의 시는 차마 훔치지 못하고 엊그제 쓴 내
시의, 그것도 제목만 겨우 따 와서 조심 조심 머리에 씌워 본다.
역시 그늘이 없다.

나스타샤 킨스키[1]

몸을 주니 마음이 놓인다. 이젠 언제든 그 밑을 내가 거닐 마로니에 밤나무도 있다. 마음을 놓으니 텍사스에도 파리가 있다. 눈 뜨자 오늘 아침은 나를 사랑한다고 신부 ㅂ은 챙 넓은 모자 하나 가득히 얼굴을 묻는다. 밤마다 밤을 핥는 너 귀먹은 늙은 개야, 내 말이 들릴까. 몸을 주니 마음이 놓인다. 마로니에 밤나무 잎들의 나는 이제 갈매빛 환한 그늘이다.

ㅂ 화백의 2호짜리 유화

눈썹인 듯 가늘게
모녀는
모가지가 빠져 있다.
시를 길게 쓰자니
부끄럽다.
게딱지만한 오두막이 한 채,
그 곁에
꼬챙이 같은 나무,
그래도

---

1) 킨스키는 〈파리 텍사스〉라는 영화에서 창녀로 나온다. 다른 영화에서는 창녀로 나와 신부를 사랑한다.

잎이 파랗다. 여러 개나,
$\frac{3}{4}$ 은 여백인데
여백인 줄 알면서도
모녀는
하염없이 모가지를 빼고 있다.

이월에

수염 허옇게 센 귀뚜리 내외
밤새 들락날락한다.
어쩌나,
문지방이 다 닳것다.
내일 모레면 겨울도 아주 떠나는데
그들은 이제 어디로 가야 하나,
언젠가 그때
마드리드의 공항 대합실에서
문득 소리 내던
부ㅠ,
부는 중국의 질장구,
옛날
비단길 따라 삼만리
눈트는 봄과 함께 다리 절며

서역에서 왔다고 했다.

망개알

세상의 끝가는 곳 그 벼랑에
망개알,
붉다 못해
까맣게 탄다.
지금은 가을
흙이 야위고
낙엽이 지고
잠언들이 설레인다.
한 잔의
잘 삭은 모과주를 위하여
내 넋의 작디작은
손바닥,
손바닥에 와 눕는 가을 해거름,

밤이 와도

밤이 와도

서울의 하늘에는
별이 없다.
길 건너
가로등에 불이 든다.
사람이 만든 불은 따뜻한가,
가지런히 머리 빗고 누가
불 있는 그쪽으로 가고 있다.

비늘

어느 날 빨래터를 가다가
소년 시인 아르튜르 랭보는
저만치 오고 있는 눈이 오목한
키 작은 예수를 보았다고 한다.
충무시 동호동
배나무 짧은 그늘이 비켜 선 한여름 대낮
골목길을 가다가
나는 그만 몇 개나 보고 말았다.
소년 장수 유충렬의 겨드랑이에 난 비늘,
사금파리였을까, 눈앞에서
반짝했다.

낙엽

잠을 깨자
아침에 왠지 발목이 새금하다.
50년 전의 어떤 일이
문득 생각난다.
하늘 한쪽에
누이의 사랑니도 보인다.
오늘은 눈꼬리를 실룩실룩, 그러나
웃고 있는,

남쪽 나직한 소읍

낮달
세발자전거
모자
자궁
제비초리만한 고개를 쳐든
이데올로기의 작디작은 걸음마가
가고 있다.

약방 앞에 우체통,

제 그림애에 움쩔한다.

나의 시

나의 시를
고급 장식품이라고
누가 말했다고 한다.
잘한 말이다.
오스카 와일드는 장식품을
'어떠한 의미에 의하여도 손상되지 않는다' 고
말했는데,
그렇다.
의롱에 앉은 백동나비는
술어述語가 없다.
하늘에 뜬 해와 달이 그렇듯 나의 시는
'어떠한 의미에 의하여도
손상되지 않는다.'
섭씨 39도에도 나의 시는
옷깃을 여민다.

오디가 익고

꿈에서처럼
나는 신발 한 짝을 잃고
다만 가야 한다 가야 한다고
소리질렀다.
오디가 익고
생각난 듯
3월에 높새가 불고
수염난 가재가 미수眉壽를 살던
마을,
남쪽 개울가
미나리냉이라는 풀이 한낮에도 실눈 뜨고
잠만 자던 마을,

일사日射

어쩌자고
나발꽃 주둥이가 저렇듯
부루퉁하냐, 아니
열 발이나 저렇듯 빠져 있냐,
꿈에서도 우린 아직 한번도

만나지 못했다.
　(하 심심해서)
그새 누가 초를 쳤나 보다.
이젠 네 몸에서 시금떨떨
신내가 난다.
한여름 대낮
썰물 나간 갯가
　(보늬도 다 쓸어 갔냐,)
내 눈에 갯벌이 하얗다. 내 눈에
누구라 할 것 없이 명치뼈가
조금씩은 다 불거져 있다.

꿈에 고비를 가다

요새 삼천 척
나를 지키기 위하여 나는
나를 가두었다.
겨울 나무들처럼 그새 나는
뼈만 남았다.
아래쪽 한 군데 이가 빠지자
누가 밖을 한번 내다보라고 한다.
김종삼의 말마따나 밖은 (여전히)

광막한 (乾) 시대다.
허튼 소문들 다 숨을 죽인
로브호湖
반월도半月刀 하나 아직도
나를 노리고 있다.
나는 (여전히) 간이 작은 누란樓蘭의 왕
흉노의 밥이다.

초상

햇살
한 톨
땅
위에
떨어진다.
춥고
낯설다.

민스크라는 도시

가도 가도 2월은
2월이다.

기다리는 그는 오지 않고
제철인가 하여
풀꽃 하나 봉오리를 맺다가
움찔한다.

금자문자金子文子[2]

황동규는 그의 시에서.
여행이 악기라고 했다.
그렇다면
손도 작고 발도 작고 간만 큰
어린 우리 문자文子는
죽음이 악기라서
피 쏟고 모로 누워
새우처럼 허리 꺾고 감옥에서
죽었을까,

2) 금자문자는 무정부주의자 박열의 어린 동지고 애인이었다. 폐를 앓다가
  끝내 옥사했다.

VOU

사금파리 같은 것이 빤짝빤짝하고, 더 먼 데서 물푸레나무꽃
들이 고개를 간들간들 흔들고 있다. 그 언저리가 푸르스름하다.
그건 통영항을 떠나는 뱃고동 소린데, 오후 한 시 반. 벌써 물새
들의 날개가 젖어 있다. 턱수염이 더부룩한 염소 한 마리 그늘에
쪼그리고 앉았다. 누굴 하염없이 기다린다. 이윽고 마개를 따고
살금살금 염소 그는 기다림을 빠져나온다. 절이 잘 삭았나 보다.
바람개비가 천천히 멎는다. 나른하고 어딘가 느슨하다.

골목

돌아서는 이의 뒤가
구부렁하다.
숙주나물 시금치,
갑자기 그는
해 저무는 까치 소리를 낸다.

현미경으로 들여다본 은행나무잎

가을이 다 가는데

740

가을이란 말에
낙엽이 없다.
낙엽이 있던 자리
한 가닥 가느다란 실핏줄이 가고 있다.
무안한 듯 멋적은 듯 슬그머니 나도
자리를 뜬다.
얼마나 시원할까
날개를 달고 누군
새가 되어 날아간다.
한 번 가면
다시는 오지 못할
하문도 남근도 없는
여긴 텅 빈 증발한 ksana의 한해旱海
그 신기루,
어디로 갔나,
생각할수록
가을에 모과빛 나는 나,

작鵲

까치야,
옥편에는 백모여연연白毛如練練으로 나와 있는데

흰 털은 보이지 않고
키 큰 감나무도 보이지 않고
늦가을 빠른 햇발
해가 지는데
또 한 번
고도古都 톨레도에서 듣던 안다르시아 구릉의
갈잎의 노래
―엄마야 누나야 강변 살자,고

처용나處容儺

바다 밑은
물구나무 선 누군가의 질편한 그림자
자꾸 퍼지는
스멀스멀거리는
아직 귀도 없고 눈도 없는
막 태어났다고 항문이 하나
입을 아 벌리는
나무 캄캄한
바삐 바삐 포개지는
끝내 그의 눈알의 소용돌이로 수렴되는
뜻밖에도

지금은 평양에 가 있는
예봉 누나가 빠뜨린 하늘 한 조각
이제야 보이는가 보다
그 낮달,

윤이상의 비올론첼로

그는 너무 가난하다.
그의 가난은 그러나
수탉 뒤꼭지에 달린 볏인 듯
악을 쓴다.
허파앓이와 객혈
길을 가다가도 그는 문득
본다.
괜찮아 괜찮아
시간은 아직 많이 남았다고
가느다란 대롱을 타고 생각보다
피는 아주 먼 데서 온다.
느릿느릿 해가 지고
하얗게 풀꽃들이 어둠에 잠기고
키 낮춰 누가 그의 집
손바닥만한 옆채 골방으로 들어간다.

문 닫고 혼자서
목쉰 소리를 낸다.

고드름

어쩌자고
그처럼이나 큰 불알을 차고
처마 끝에 거꾸로 매달린
너는 고드름이 되었나,
봄이여 어서 오라,
죽어 너는 흥건히
땅을 적시리.
봄이여 각목이여
어서 오라,
동지 박열을 위하여

만월

너와 나 발 맞춰 발을 떼면
퍼석퍼석 소리 내며 우리 발 밑이
무너진다.

너와 나 두 포기의
무배추일까,
소금 한 술로
누가 우릴 숨죽인다.
달의 얼굴이
오늘밤은 유난히도 크다.
하 추워
방 안의 잉크가 얼어 붙고, 한밤에는
네 살이 얼어 붙고
밤도 새기 전
내 잠 속에서 잠자던
내 꿈의 한쪽 귀가 얼어 붙고
밤이 새도록
희멀쑥하니 달의 얼굴만
오늘 밤은 유난히도 너무 크다.
너와 나 우린
이다지도 슬프게 태어났다.

시인 에세닌

새봄이 와서 그
멧송장개구리가 한번 또 눈뜰 때까지

가만 가만히
발 소리도 죽이고,

젓갈

언젠가 김동리 씨에게
내 고향 젓갈을 권했더니
한입 입에 넣어 보고는
심각한 맛! 이라고 했다.
썩어 가는 어물을
그 창자를
소금은 나트리움의 짜디짠
연옥이 되게 하지만
보라, 이젠
네 이마 위 천당이 없고
네 발 아래 지옥이 없다.
앙리 미쇼의 시를 읽으며 나는 가끔
비공鼻孔 깊숙이 스미는
뭔가 탕쳐 버린 듯한 소금의
쌉쌀한 그 냄새를 맡고
그 맛을 본다.

바다의 늪

바다를 들여다보면
바다에는 물장군이 없다.
소금쟁이도 없다.
바다를 들여다보면
개밥
순채
물달개비가 없다.
물장군은 물살을 가르며
어디로 갔나,
소금쟁이는 물살도 가르지 못하고
어디로 갔나,
용이 된 이무기 내외는 날개도 없이
하늘로 갔는데
왜 바다에는 늪이 없나,
누군가 그때
마이너스의 바다라고 했다는데
그 늪,

그
　―구투舊套로

해지고 길을 가는데
먼저 나온 별 하나가
지상의 내 귀싸때기를 치며 치며
울고 있다.
누군가 했더니
신발 벗어 들고
리리안 깃슈의 제비초리를 저만치 바라보던
라몽 나바로,
사내녀석이 눈매가 너무 곱던
그때가 언제더라,
시베리아 오지 머나먼 예예족芮芮族의 마을로
여름 티티새처럼 철 따라 가버린
그 흑백 무성 영화 시대,

화서국華胥國

나뭇잎의 귀
나뭇잎의 눈
나뭇잎의 입

748

나뭇잎의 코
나뭇잎이 바람에 흔들릴 때
나뭇잎의 짧고 아련한
속눈썹도 보인다.
지는 해가 하루의 마지막
뼘 작은 그늘을 지울 때
또 한 번 바람에 흔들리며
나뭇잎은 비늘을 턴다.
비늘은 갈매빛,
후두두 후두두 여름은
빗방울 듣는 소리가 난다.

메시아

가요의 가사일까,
동백꽃 꽃부리가 벙긋하면
온다더니,
추풍령에 된세바람이 불어
강아지풀 목뼈가 부러지면
온다더니,
어느새 한 번 또 봄이 와서
색지를 오려 붙인 듯 바다는

멀리 멀리 쪽빛을 띄고 누워 있다.
왜 오지 않나,
물 위를
맨발로 걸어서 온다더니,

원경遠景

구멍,
중국인들은
혈六이라고 한다.
움집 여덟 채가 아슬아슬
위아래로 포개져 있다.
누군들 겁이 없으랴,
들쥐 한 마리 밤을 새며
산호꽃이 보이는 카리브해까지
고불탕 고불탕 길을 내고 있다.

가을비

지난해만 해도
낯간지러운 듯 그러나
나만 혼자 들으라고
저음으로 살짝
레인! 하는 이국적인 소리도 내더니
시치미를 뚝 떼고
오늘은 왠지
한쪽 팔을 저만치 내저으며
남망산³⁾ 너머 장개섬⁴⁾ 너머 못 본 척
헤내끼⁵⁾ 가버린다.

---

3) 남망산은 내 고향 집 바로 앞에 있는 나직한 산.
4) 장개섬은 남망산 앞에 있는 작은 섬.
5) 헤내끼는 '종종걸음으로'의 내 고향 사투리.

경인구警人句 삼제 三題

비상飛翔

산진이 수진이
재진이,
어떤 형형한 눈알도
발톱도
결국은 다 땅에 떨어지는데
너는 날개도 없이
하늘에 늘 있게 됐구나,
무정부주의처럼
별처럼

분꽃

목수의 아내
마리아,
더 이상 할 말은 없지만
너무 서운해서
사족으로 한마디 하자면,
스스로도 꽃핀 꽃밭 같은
빌립 카이자리아[6]에도

---

6) 빌립 카이자리아는 헤롯 왕의 아들 빌립이 만든 화려한 도시.

네 꽃이 있더구나.
똥그랗게 또렷이 눈을 뜨고
네 꽃이 있더구나.

알라딘의 램프

보석상자를 엎질러 놓은 듯한
아침이라고 말한 시인이 있었지만
나에게는 밤이 있다.
자정이 지나서야 겨우
윤곽을 드러내는
뚜껑을 못질하고 또 못질해 버린
보석상자와 같은 밤이
나에게는 있다.

인플루엔자

서울에는 인디고가 없다.
바이어르 아스피링이 바이어르가 만든
인디고,
그 잘 갠
쪽빛 하늘이 없다.
비는
명동 성당 지붕의 기왓장을 적시고
　(오 비에 젖는 까떼드랄!)
명동 어느 약방 하나를 기웃거린다.
서울에는 성당은 있지만
아직 인디고는 없다. 고,
그때
문득 생각난 듯
계동에 사는 어인 신사 한 분이
레인 코트의 깃을 세우며
거리로 나가 비를 맞는다.
그때가 삼동三冬인데
참 딱한 양반!

해거름 장의자

기다려도 기다려도
암은 낫지 않는다.
나을 암이라면
놔둬도 제물에 절로 낫는다고 한다.
그때는 아침에
눈이 오더니
오늘은 우수수 우수수
아카시아꽃이 진다.
한세상 저렇듯 속절없이 꽃에 묻히고
방금도
서리 까마귀 우지짖고 지나간
서쪽 먼 하늘
얼마나 무거우냐
네 궁둥이.

동시童詩 오제五題

미미의 집의 미미

대문은 열어 놓고
어디로 갔나,

끙끙거리는 삽사리만 놔두고
어디로 갔나,
날이 다 새는데 동이 트는데
어디로 갔나,

못난 여치

수염이 자 가웃
눈은 왕방울

못난 여치가 사는
마을이 있다.

치자꽃 피는 달밤에
여봐라 활개치며 나들이 간다.

발톱 하나

꼭 꼭 숨어라,
발톱 하나 보인다.

퍼렇게 멍든 발톱
  (울지 말고)
꼭 꼭 숨어라.

겨울 파리

파리손을 비비는 너
파리야,

뭘 잘못했니?
넌 무슨 죽을 죄를 졌니?

그러다 손바닥 다 닳을라,
꼭 손바닥 다 닳아야 쓰겠니?

달맞이꽃

언니 언니
소리 내며 핀다.

달이 뜬다
어서 나와라,

언니 언니 작은 언니
들릴락 들릴락 소리 내며 핀다.

천한봉千漢鳳의 사발

구름도 쉬어 가는 문희[7]읍 진안리
늦가을 저녁 어스름
여럿이서 새재를 넘고 있다.
얼굴보다
아니
키보다 더 큰 손과 발
잎 지는 그 떡갈나무,

펑퍼짐한 아랫도리
춥지 않다.

산 너머 저기
바람 잔 풍산마을 모서리 뉘 집
구들목
아까 먹은 말린 무청
그 토장국이 생각난다.

---

7) 문희는 문경의 별명.

섬

저만치 겨우
내 알리바이가 보인다
몸피가 수미水米만 하다고
나는 어디선가 말한 일이 있다.
뒤본 뒤 손을 씻는데
바다가 왜 필요할까,
어느 날 그러나
내 알리바이는 바다로 가더니
제 혼자 호젓이 섬이 된다.

하일지지夏日遲遲

숙취에는 시골 우거지국이 좋듯이
대머리 독두禿頭에는
빵떡모자를 얹듯이
네 사는 하루는
금강아지풀 하나가 너도 모르게
네 집 마당에 네 코밑만한 그늘을 치더니
그나마 한낮에는 제물에 절로 사그라진다.
한낮에는 또
바닷가 어린 해안메꽃이
명색이 제가 해안메꽃이라고
바다를 바라고 제 키를 곧추세우려다
얼씨구! 여린 그
목뼈만 그만 부러뜨린다.

산

가을일까,
또 가을이다.
어딘가 개고랑 같은 곳에
산이 하나 그림자를 드리우고 있다.
장난감 무소를 탄 손자 녀석이
산을 보며 신이 나 있다.
돌아설까 하다가 다시 보니
어딘가 개고랑 같은 곳에
그림자를 드리우고 산이 하나
제 무릎과
제 목을 잘라낸다. 피가
거무데데하다.

다시 화서국華胥國

나뭇잎의 귀
나뭇잎의 눈
나뭇잎의 입
나뭇잎의 코
나뭇잎이 바람에 흔들리는데
어디로 갔나,
나뭇잎의 짧은
속눈썹,

배롱나무

처서 지나자
겨드랑이 어디가 자리자리하다고
먼저 온 철새 한 마리
눈을 내리깐다.
시집 갓 와서 증조모가 심었다는 뒷채 배롱나무
덩달아 눈 한번 깜박하려다
그만둔다.

곳

서울에서는 꽃을 아직도
꼿이라고 한다
ㅅ과 ㅊ 사이
인천쯤일까
가물가물 바다 하나가
저물고 있다.

꽃

헤드 라이트에 불을 켜고
터널을 간다.
터널이 너무 길다.
무슨 꽃일까 오늘도
피지는 않고 멀리서
푸르스름 자줏빛 나는
그늘을[8] 친다.

---

8) 『김춘수 시전집』(민음사)에는 '오늘을'로 오기되어 있었는데, 이 전집을
엮으면서 시인이 수정하였다.(편주)

메시지

아우슈비츠,
그 날로부터 아무도 서정시는
쓰지 못하리.

르완다에서는
기린이 수천 마리나
더 이상 뻗을 곳이 없어
모가지를 하늘에 묻었다고 한다.
올여름
서울은 비가 오지 않아
사람들은 너나 없이
남의 사타구니만 들여다본다.
지리고 고린 그 살 냄새가
어디서 나나 하고,

호壺

1996년 2월 5일 도서출판 한밭 발행(신국판 변형/96면)

|차 례|

서序

병은 누가 만들었는가?
애초에 병의 의지란 없었던 것이 아닐까?
이제야 그(병)는 제 알리바이를
밝힐 때가 되었다.
너무 오래 머뭇거렸다.
알리바이는 모든 것의 근본이니까
다들 여기서부터 새로 시작해야 한다.
시도 그렇다.

95년 가을
김 춘 수

골동설骨董說

1.

대낮에
멀리 서북쪽
작디작은 별 하나가 돋아났다 사라진다.¹⁾
조랑말과 오르도스 사람들의 별이라고 한다.
미나리냉이라는 풀은
올해 나이 몇 살이나 되었을까,
문경새재에 와 보니²⁾
수련꽃 한쪽 모서리에서
그는
아직도 자고 있다.
젖먹이처럼 자고만 있다.

2.

아니다 아니다고 하지만

---

1) 『비에 젖은 달』에는 '작디작은 별 하나가 돋아났다/사라진다. 조랑말과/
  오르도스 사람들의 별이라고 한다.'로 행이 다르게 되어 있다. (편주)
2) 『비에 젖은 달』에는 '문경 새재에 와 보니/수련꽃 한쪽 모서리에서 그는/
  아직도 자고 있다.'로 행이 다르게 되어 있다.(편주)

올봄에 버찌들은³⁾
아마
입술이나 볼기짝을
아니면
바다나 산호부전이라도
어디다 빠뜨린 모양이다.
아니다 아니다고 하지만
비도 바람도 개들도
얼굴이 핼쑥하다.
할머님이 두고 가신 놋쇠 두멍에
새로 물이 고일 때까지.

3.

전 화백,
당신 얼굴에는
윗니만 하나 남고
당신 부인께서는
위벽이 하루하루 헐리고 있었지만
Cobalt blue,

---

3) 『비에 젖은 달』에는 '올봄에 버찌들은 아마' 로 행이 다르게 되어 있다.
   (편주)

이승의 더없이 살찐 여름 하늘이[4]
당신네 지붕 위에 있었네.

4.

하느님을 생각하면
무릎이 시다.
가을에 피는 장미는
그 언저리만 하루하루 시들고 있다.
비는 갠[5] 듯
유카리나무 키 큰 그늘에는
날개 젖은 방울새 한 마리,

죽은 나자로가 저만치
또 오고 있다.

4)『비에 젖은 달』에는 '이승의 더없이 살찐/여름 하늘이'로 행이 다르게 되어 있다.(편주)
5)『비에 젖은 달』에는 '갠'이 '개인'으로 되어 있다.(편주)

5.

하늘은 늘 그득합니다.
가을에도 시들지 않는 나무
천리향,
바람처럼 물처럼
지금 멀어져가는 것은
작디작은 낙차落差입니다.[6]
낙차뿐입니다.
보세요.
아흔 살에 이제 눈뜨는
땅벌레 한 마리.[7]

6.

하이에나가 운다고 한다.
인도양은 멀고

---

6) 『비에 젖은 달』에는 '작디작은 낙차입니다./낙차뿐입니다.' 가 행 구분 없
이 한 행으로 수록되었다.(편주)
7) 『비에 젖은 달』에는 '땅벌레 한 마리' 다음에 마침표가 아닌 쉼표로 표기
되었다.(편주)

안개꽃보다도 작고[8]
안개꽃보다도 하얀 꽃이 핀다고 한다.
만촌晩村에 사는 벗은
꿀벌을 치며
사기史記를 읽는다.
헐린 위벽에서 하이에나[9]가 울고
해가 늦게 늦게 지는 밤
벗은 홍옥紅玉과
시바의 여왕을 사랑한다고 한다.

7.

천지는 불인不仁이라
노자를 읽으면 멀리 곡인리에서 암탉이 울고
날이 저문다.
꽃핀 쥐오줌풀이 하나둘
고개를 든다.
바라보면 원경遠景이 된
산과 들

---

8) 『비에 젖은 달』에는 '안개꽃보다도 작고/안개꽃보다도 하얀 꽃이 핀다고
   한다.'가 행 구분 없이 한 행으로 수록되었다.(편주)
9) 『비에 젖은 달』에는 '하이에나'가 전부 '하이히나'로 표기되었다.(편주)

778

(초楚)의 호로胡蘆
릴라꽃 같은 보얀 비에 젖은
달이 뜬다.[10]

8. 배롱나무[11]

오뉴월 눅눅한 이 장마철
소문들이 어우러져 큰 소문 하나를 낳고,
그 소문 더욱 커다랗게 눈뜨며
다가온다.
호야,
너 귀 닫은 지 일흔 해
새삼 무슨 소문일까,
너네 집 뒤채
늙은 그 배롱나무
오늘은 어떤 얼굴을 할까
한번 가보고 싶구나.

---

10) 『비에 젖은 달』에는 '릴라꽃 같은 보얀/비에 젖은 달이 뜬다'로 행이 달
리 구분되어 있다.(편주)
11) 『비에 젖은 달』에는 〈8. 배롱나무〉부터 〈15. 계단〉까지가 수록되지 않았
다.(편주)

9. 호湖

네 언저리에서
오늘도 하루 해가 저문다.
시청 옥상
피뢰침이 꼿꼿이 서 있다.
시민을 위한다고

여자여,
네 알리바이는 비 갠 하늘 한쪽에
오늘도 다리를 걸친다.
무지개처럼 잘 휜 가랑이 사이
거뭇거뭇 거웃이 보인다.
얼마나 시원하랴
바람에 나부낀다.
여자여,
네 죄가 아니다.
너는 그때 거기에는 있지도 않았다.

여자여,
고개를 들라.
립스틱 짙게 칠하고
가요의 가사처럼 너는

그까짓
온몸으로 오늘밤 누군가를 사랑하면 된다.

10. 하회河回에서

돌고 돌아
물은 도로 제자리를 찾는데
나는 그렇지 않다.
뻐덕뻐덕 어쩌자고
하늘로 치솟은 눈썹
매부리코 메주코 혹은 악어입
능글능글 이제는 구리쇠빛 나는
넉살좋은 저들 탈바가지 속 내 얼굴.

11. 을이네 할아버지

마마를 앓다
내 친구 을이가 죽고
지금의 나보다 훨씬 더 젊던
그의 할아버지,
보람나무 새잎으로

죽은 손자 밑구녕을 닦아 주며
'이눔아 이늠으 자석아,
이 세상
므할라고 니 나왔덩고.'

12. 어질병

어질어질
어질병도 높다랗게 베고 누웠던
내가 본
또 한 분의 할아버지
누굴 잊으려다 잊지 못하고
뒤꼭지 홀랑 까진
까치,
까치가 되어 까 까
여든 해를 혼자서 다 넘긴
그런
곤대추 같던 곤죽 같던

13. 통영읍

도깨비불을 보았다.
긴 꼬리를 단
가오리 모양을 하고 있었다.
비석고개,
낮에도 사람들의 발걸음이 뜨음했다.
시구문에는 유약국이 살았다.
그 집 둘째가 청마 유치환
행이불언行而不言이라
밤을 새워 말술을 푸되
산군처럼 그는 말이 없고
서느렇던 이마,
해저터널 너머
해핑이로 가는 신작로 그 어디 길섶
푸르스름 패랭이꽃
그리고 윤이상
각혈한 그의 핏자국이 한참까지
지워지지 않았다.
늘 보는 바다
바다가 그 날은 왜 그랬을까
뺨 부비며 나를 달래고
또 달래고 했다.

을유년 처서
조금 전의 어느 날.

14. 노새

감람나무와 감람나무 사이
먼지를 쓴 꽃들이 볼록볼록
부피를 쌓고 있다.
따뜻해 보인다.
밟히면 양의 젖내 같은
젖내가 난다.
갈릴리 호숫가 아직도 그
귀 쭈뼛한 노새가 가고 있다.

15. 계단

을유년이던가 먼저 간
예봉누이,
그때 떨군
작디작은 발자국은 남아 있지 않다.
쥐가 갉는

밤의 모서리,
밤의 모서리가 얼비치고
아직도 여름인데 귀뚜리는
가을을 먼저 운다.
가을이 오면 어쩌나 하며
가을을 먼서 운다.
서리도 한 번 채 내리기 전에
고지새야 허리 꺾고
어디로 가나.
다 가고 이젠 아무도 없는데.

칸나

하늘이 밍밍하다.
눈썹이 없다.
낯 가리고 대낮에 반음半音 소리내던
까만 곁눈썹도 젖은 눈시울도 이젠 없다.
기다리다 기다리다
까치가 다 쪼아 먹고
하늘에는 눈이 없다.
없는 것이 너무 많은 하늘이
남의 집 울타리에 하릴없이
긴 다리 하나를 걸치고 있다.

머쓱한 풍경

칸나
키 크다.
뉘더라
땅 위의
보얀 저 뒤꿈치까지
너무나 멀다.
걸어서 몇 억겁
피도 다 마를라.

꽃샘

새벽 네 시
이불 밖으로 나온
콧등이 시리다.
세계의 모든 아침이 다
발을 멈추고 나를 본다.
먼저 핀 시로미꽃이 한데서
입술을 떨고 있다고.

겨울

햇살 한 톨 떨어져 뉘 집 담장가에 햇살의 작은 옹당이를 만든
다. 애들이 너더댓 둘러앉아 모닥불 쬐듯 팔을 뻗고 손을 내민
다. 멀리 또는 가까이 눈 주는 곳과 눈빛은 저마다 다르다. 이럴
때 그 동아리에서 얼른 발을 빼는 애가 있다. 그 애는 토끼털 귀
막이를 하고 잎 진 도토리나무 밑에 가끔 오도카니 서 있다. 입
술이 얇고 콧날이 섰다.

해 지자
어디서 눈을 맞고 돌아오는
새끼 다람쥐.
그 애는 겨우내
볼이 할쑥하다.

추억

    조조할인 극장에 간다. 한쪽 구석에 가 앉는다. 학교는 싫고 그 시간에 거기 혼자 앉았는 것이 너무 너무 흐뭇하다. 내 품에 극장 하나가 그득 안긴다. 발 밑에서 사각사각 쥐가 의자 다리를 갉고 있다. 나는 눈을 감는다. 한려수도 저 멀리 게 한 마리 모과빛 털을 세우고 있다. 구름은 가지 않고 물새들의 덜미가 하얗다. 갑자기 어둠이 제 무게로 지긋이 나를 누른다. 그때다. 누가 '난 지금 빵을 먹고 있어'라고 한다. 영화가 시작되었나 보다. 눈을 뜨며 가난은 키가 작아 쓸쓸하겠다고 왠지 나는 그런 생각을 한다. 언젠가는 한번 꾸뻑하는 사이 도톰한 입술 하나가 스크린 밖으로 톡 볼가져 나왔다. 시몬 시몽, 그런 모양으로 넌 나를 놀렸지만, 어디서 얻어들은 소릴 나는 속삭였다.

    bonjour simon.

어느 날 아침

누군 인생을
커피 스푼으로 되질했다고 한다.
누군 또 인생을
위대한 요리사가 친
한술의 소금이라고 한다.
라디오는 오늘 아침
상해上海는 쾌청
레닌그라드는 눈보라가
으루나무가지를 분질렀다고 한다.
한 시인은 조찬朝餐의 수저를 놓고
장미나무 가시에 찔린
피가 안 멎는 자기의 별난 죽음을
저만치 유심히 바라본다.

미래사寺 가까이

닭이
꼬끼요 운다.
아침 여섯 시
안개가 조금 걷히고
개울물 소리.
이상하다.
아무것도 생각나지 않는다.
제 울음에다 볏을 묻고
닭이
한 번 또
꼬끼요 운다.

네 살난 천사

하늘에서 막 내린
새도 아닌데 날개를 접고
도독한 볼기짝 너머 갈매빛 나는
네 불두덩에는 왜
불알이 없었나,
걷힌 그늘 풀밭에
알몸인 채 갸우듬 모로 누운
네가 천사,
너는 지금도
면도한 날의 아침처럼 내 눈에 포르스름하다.

향로 곁에

향로 곁에 문방구
붓 벼루 먹 또는 연적
문진도 있었던가
반지半紙 한쪽
엷게 가라앉는다.
어딘가 거기
휘늘어진 대낮
그늘 대신 병풍에 잘금
얼룩이 진다.

보르헤스가 죽었다

1986년
카리브해가 대낮에
옷을 벗었다.
보르헤스가 죽었다.
그의
할머니의 나라 영국은 그때
앵초꽃이 막 지고
히이스가 바람에 흔들리며 나부끼며
소리를 내고 있었다.
여름이 또 오고 있었다.
1986년
그해,
아직 태어나지도 않은
호르헤 루이스 보르헤스가 죽었다.

해거름

소머리국밥집과 체인 코코스 사이
화강암 돌벤취 위에 잎이 지는 팽나무
해태마트 뒷골목
아물아물 60년 만에 돌아오는
그 새 귀먹고 너무 작아진
낱말 하나
bonsoir

(밤의) 쪼가리들

미루나무 숲이 희부옇게
상체만 하늘에 떠 있다.
어둠이 아직도 아랫도리를 뭉개고 있다.
감춰야 할 것이 있다.
그런가 하면
달빛이 너무 푸르다.
너무 푸른 달빛을 헤집고 늪이 하나
한사코 가라앉는다.
물땅땅이를 등에 업었다.
등이 무겁다.
그런가 하면
아까부터 어디서 누가
이를 간다.
그 소리 미루나무 숲에서 머뭇거린다.
아무도 아랑곳하지 않는다.
다들 잠이 들었나 보다.

그의 구두 · 1

많이 걷고
아콘카과산[12]의 염소처럼
더 많이 걸어야 한다고
닳아서 아마빛 나는
펑퍼짐 내려앉은
콧등,
그러나
그 언저리 한데
밤마다
밤을 새워 높새가 불고
들쥐들 눈이 밤마다
퍼렇게 불을 켠다.

---

12) 남미 최고의 산(6,960m).

그의 구두 · 2

아침부터 취설吹雪
발목까지 푹
발이 빠진다.
대낮에 허깨비를 보았나
개가 컹컹 짖어대고
눈앞에서 갑자기
길이 막힌다.
뒤축이 무너지고
갑자기
귀가 먹먹하다.

팬터마임을 위한 두 개의 콘티

　—만월

달
무대 좌편
큰 쟁반 같은 둥근 달
달무리지게 한다
황사바람
초원 끝가는 곳
선우單于의 허름한 막사(윤곽만)
늑대 운다.
두어 번 멀리 퍼진다.
말발굽 소리
기마騎馬 한 떼 무대 복판을 가로지른다[13]
그 중
젊고 정한한 한 치
막 벤 적장敵將의 머리 마상 높이 치켜든다.
함성
늑대 또 운다 (아득히)
황사바람
(암전)

소요시간은 5분 이내로 한다. 사람은 쓰지 말고 실루엣으로 대
신한다. 그게 더 현실적이니까.

---

13) 『호』에는 '가로지르다' 로 표기되었으나, 시인이 이 전집에 수록하면서
　　'가로지른다' 로 수정하였다.(편주)

팬터마임을 위한 두 개의 콘티
　―하현달

빌딩과 빌딩에 물린
하현달
삭풍朔風
취객의 실루엣 비틀거리며 조그맣게 사라진다
사이를 두고 (5초에서 10초까지가 적당하다)
꽁무니에 불 끈 오토바이
천방지축
어디로 쏜살같이 내닫는다
오토바이 소리 점점점 멀어져 가는가 하더니
무대 한복판
굉음과 함께 되돌아 온 오토바이
점점점 클로즈업 되다가 다시 또 멀어져 간다.
(급히 암전)

소요시간은 3분 이내로 한다. 오토바이는 실루엣일 수밖에 없다.

청마青馬의 헬멧

　해방 직후, 솜 입힌 불쌈만 차고 낮잠 자는 청마 머리맡에 어인 헬멧 하나가 얌전히 놓여 있었다. 언젠가는 복막염 수술을 받고 누웠는 청마를 문병하고 나오는데 어인 헬멧 하나가 따라나와 나를 자꾸 뒤돌아보게 했다. 엊그저께는 꿈에 또 어인 헬멧 하나가 사하라 사막을 어쩌자고 떼굴떼굴 혼자서 굴러가고 있었다. 바퀴도 없이.

바쿠닌은 입이 크다

언젠가 내가 말했듯이
바쿠닌은 입이 크다.
얼마나 우스운가
언젠가 내가 또 말했듯이
늙은 산이 하나
대낮에 낮달을 안고 누워 있고
눈썹이 없는 아이가
눈썹이 없는 아이를 울리고 있다.
언제까지나 울리고 있다.
그런가 하면
바쿠닌의 무정부주의는 밤에
밤을 타고 와서
나만 혼자 들으라고
뭐가 그리 간절한지 큰 입 딱 벌리고
그러나
도둑괭이 모양 아옹아옹 운다.

자유

기적을 울리며 기차는 산모롱이를 돌아서 갔다.
어디쯤 가고 있을까
누군 땅콩을 까고
누군 오징어 다리를 씹고 있을라
자유는 그처럼 저 혼자 흐뭇하다.
차창 밖은 바다
어느새 눈은 수평선에 가 있다.
그 너머는 보이지 않는다.
어쩌나
바다를 봐 버린 자유는
거머쥘 지푸라기 하나 없다.

너무 무거우니까

너무 무거우면 떨어뜨려야지
수다와 수사
수염과 수컷
수자 붙은 모든 것은 다
떨어뜨려야지
군살은 빼고, 지용의 시처럼
딴딴한 참살만 남게 해야지.
머뭇머뭇하다가도 거기서 행을 바꿔
말을 덜고 말을 달래듯
너무 무거우니까
보라,
이별도 슬픔도 다 솎아내고
겨울에
마지막 하나 남은
저 잎새.

이설異說 두 마당 · 1

테나리라는 은화는 어떻게 생겼나
겉에는 티베리우스황제의 나체 흉상이 새겨져 있고
신만이 쓰는
머리에 월계관을 얹고 있다.
각명刻銘에
경배하는 신의 아들
황제 티베리우스라고 씌어 있다.
뒤에는
모후母后 유리아 아우구스터가 신들의 자리에 앉아 있고
바른쪽에는 올림포스의 긴 왕홀王笏이 있다.
왼쪽에는 올리브나무의 지엽枝葉이 놓였다.
그녀를
하늘의 평화가 땅 위에 수육受肉한 것으로 치부한다.
테나리라는 은화는
말하자면
예배의식의 한 상징이다.

이설 두 마당 · 2

갑자기 훤해지더니
무엇으로
마치 투명한 렌즈로 사방이 뒤덮이는 듯했다.
세상은 그것뿐이다.
그것은 눈이다.
누구의 눈인지도 모르는 눈이다.
나는 널 알고 있다.
그러나 어쩔 수가 없었다.
그 눈은 그렇게 말하고 있었다.
예수는 그때 분명히
또 한 번 확인하게 되었다.
그렇다.
누군가가 보고 있었다.

5월에

이데올로기는 끝났다고
역사가 이제 끝이 났다고
거기가 어딘데
누가 말뚝을 박는가
그때다.
겁먹은 원숭이 한 마리
아뿔싸!
낡에서 떨어진다.
그러나 얼씨구
원숭이는 팔이 길어 공중에서 얼른
제 몸을 낚아챈다.
하는 짓이 너무 귀여워
누가 하 하 웃는다.
광화문 네거리에서 길이 막힌
저 하늘.
어쩌나
금강아지풀과 함께
여름이 또 오고 있다.
어쩌나
그는 아직 태어나지도 않았는데.

역설은

4월은 잔인한 달이라지만
해가 지자 누가
머리 빗고
불이 있는 그쪽으로 다가간다.
밤낮없이 해와 달을 갉아먹고
우리 추억 속에 왜 불개미는
따뜻하고 으늑한 집을 짓는가
말하자면 왜
역설은 제 속에
또 하나의 역설을 배는가
생각해 보라.
꽃들은 지난 겨울에 벌써 싹이 나 있었다.
소미小米만한.

알리바이

거기는 왜 갔을까
마당 한쪽에 감나무가 서 있고
감나무 꼭대기에서 둥지를 틀던
까치가 모난 눈을 하고
한참이나 빤히 나를 본다.
어디선가 개 짖는 소리
어린 우산반동사니 어깨죽지가
바르르 떤다.
하필이면 그 시각에
거기는 왜 갔을까
담배꽁초와
방문여닫이에 혹시나 묻었을지도 모를
내 지문, 그러나
웅그린
소미小米만한 몸피의 내 알리바이가
저만치 겨우 보인다.

안료顔料

극 속의 극
연못 속의 연못처럼
언뜻 내비치는
네 눈망울 속에
눈망울,

궤적
— 나는 그때 그 수렁에서 나도 모르게 그렇게 뒤죽박죽 태어났다.

애벌레 같기도 하고 모세혈관 같기도 한
스멀스멀거리다가 톡 끊어지는
그것은 절벽
움찔하는 지구,
톱날처럼 요철진 긴 해안선,
그런 해안선을 달래는 한밤의 고동소리
먼 불빛,
말로만 듣던
누군가의 보이지 않는 큰 발자국[14],
날이 새자 헐레벌떡 달려가면
먼지 쓴 (길섶의) 그것은 강아지풀
고개숙인,
그러나 햇살 퍼지면서
눈 앞에서 갑자기 슬쩍 포개지는
뭐라는 이름의 꽃이더라 샛노란
이목耳目도 선연한,

---

14) 『호』에는 '발바국'으로 오기되어 있었는데, 이 전집을 엮으면서 시인이
　　수정하였다.(편주)

원경遠景

나는 길을 좌로 가고
너는 길을 우로 간다.
우리는 어디서 언제 만나게 될까,
작은 바람에도 서쪽 별자리 하나가 움찔한다.
그런 느낌이다.
너무 아득해서 그럴까,
가을이 썰렁한 호피狐皮 구두를 신고
어디로 우리와는 다른 길을
그는 가고 있다.

거도鋸刀를 보며

물방아잠자리의 코는 왜 여름에만 있고
가을에는 없나,
왜 겨울에는 바람이 복면을 하나,
간을 다 꺼내주고
토끼는 어디로 갔나,
(게딱지만한 보얀
토끼의 간은 누가 먹나,)
보라,
닭 울기 전 세 번이나
나를 모른다고 한 그는 지금
뿌드득 소리내며
이갈고 있다.

어린 쏘냐를 위하여

암토끼가 귀를 세운다.
수토끼도 쭈뼛
귀를 세운다.
누가 오고 있다. 어디로
달아나야 할까,

산중에 책력이 없다고 했거늘
대낮에 고요를 쪼던
딱다구리 코 밑에
지금은 어디로 갔나
부리가 없다.

아직도 어딘가에
아니 무너진 성이 있을까,
불러보고 싶구나 막막한 이 새봄에
너, 쏘냐
라고,

메시지

네 꿈을 훔쳐볼 수가 없다.
네 꿈을 너는 또 나에게
보여줄 수가 없다.
눈 뜨자 아침에 네가 하는 말을
나는 믿을 수가 없다.
간밤의 네 꿈을
나는 보지 못했으니까.
너와 나 사이
밤이 깊어갈 뿐이다.
밤은 깊어만 가는데
보라,
서울의 하늘에는 별이 없고
별이 있던 자리 뜬 소문만 자자하다.

자장磁場

부不
부卜
그렇지
붙일
부付
복伏
부俘
부斧
그렇지
도끼로 쪼갤
부剖

들림, 도스토예프스키

1997년 1월 20일 민음사 발행(신국판 변형/96면)

| 차 례 |

소냐에게

가도 가도 2월은
2월이다.
제철인가 하여
풀꽃 하나 봉오리를 맺다가
움찔한다.
한 번 꿈틀하다가도
제물에 까무러치는
옴스크는 그런 도시다.
지난해 가을에는 낙엽 한 잎
내 발등에 떨어져
내 발을 절게 했다.
누가 제 몸을 가볍다 하는가,
내 친구 셰스토프가 말하더라.
천사는 온몸이 눈인데
온몸으로 나를 보는
네가 바로 천사라고,
오늘 낮에는 멧송장개구리 한 마리가
눈을 떴다.
무릎 꿇고
리자 할머니처럼 나도 또 한 번
입맞췄다.
소태 같은 땅, 쓰디쓰다.
시방도 어디서 온몸으로 나를 보는

내 눈인 너,
달이 진다.
그럼,

1871년[1] 2월
아직도 간간이 눈보라치는 옴스크에서
라스코리니코프.

---

1) 1866년에 도스토예프스키의 『죄와 벌』이 나왔다.

아료샤에게

즈메르자코프가 목을 매단 그날도
사타구니에 그처럼 큰 불알을 차고
머리에 금술 단 예쁜 벙거지 쓰고
아들 손에 목 배틀린
바람든 푸석한 무 같은
아버지 죽음이 생각났다.
우습기만 했다.
하느님이 없는 나에게 나를 보는
네 눈이 너무 커 보인다.
하늘이 그득 담겼다.
겨울에
네 목을 따뜻하게 하고
네 목에 맵시를 내주는
하느님은 네 목의 목도리다.
라고 말하려다 어쩐지 나는 그만
무안해진다.
내 꼬투리는 그만 정도가 고작이다.
네 발로 차 버려라.
풋볼인 듯 저쪽 골로 차 버려라.

1881년[2] 세모
작은 형 이반.

---

2) 1880년에 도스토예프스키의 『카라마조프가의 형제들』이 나왔다.

라스코리니코프에게

자넨 소냐를 만나
무릎 꿇고 땅에 입맞췄다.
그러나
나는 언제나 외돌토리다.
그때
우들우들 몸 떨리고
눈앞이 어둑어둑해지면서
나는 그만 거기 주저앉고 말았다.
내 머릿속에 있을 때는
그처럼이나 당당했던 그것이
즈메르쟈코프 그 녀석
그 바보 천치에게로 가서 그 모양으로
걸레가 되고 누더기가 되고 끝내는 왜 녀석의
똥창이 됐는가,
견딜 수가 없다.
어디를 바라고 나는 내 풀죽은
돌을 던져야 하나,

페테르부르크 우거에서
이반.

이반에게

알고 보니
즈메르자코프는 한갓
콧물이더라.
그 녀석 고뿔을 몹시 앓았나 보다.
갈잎들이 술렁인다.
날이 샌다.
아침마다 높새가 와서
내 등을 긁어준다.
이제 내 등은 막막하지 않다.
시로미꽃이 피고
그 곁에
노루가 와서 웅그린다.
가끔 아직도
옆구리가 뜨끔뜨끔한다.
그 두더지 녀석 예까지 따라왔나 보다.
철새들이 가고 있다.
마디풀과 함께 여치와 함께
여름이 또 온다.
아버지는 〈내〉가 죽였다.
그 말 한 마디가 하고 싶어서
날마다 나는 즈메르자코프를
침 뱉고 발로 차고 또 침 뱉고 발로 차고 했나 보다.

시베리아 남쪽 오지에서
형 드미트리.

소치小癡 베르호벤스키에게

샤토프는 네가 죽이지 않았다.
죽일 수도 없었다.
샤토프는 너로부터
너무 멀리 가 있었다.
샤토프는 말하자면 공자 다음가는
아성亞聖이다.
너는 겨우 네 발등에다
불을 냈을 뿐이다.
너는 개똥을 수집, 약을 쓴다 했지만
개똥은 개똥이다. 온 거리에
구린내만 분분하다.
너는 타고난 넙치눈이,
나를 보지 못한다.
말해 줄까,
날개에 산홋빛 발톱을 단
archaeopteryx라고 하는
나는 쥐라기의 새, 유라시안들은 나를 악령이라고도 한다.
내가 누군지 알고 싶어
거웃 한 올 채 나지 않은
나는
내 누이를 범했다. 그
산홋빛 발톱으로,

829

흑해 바닷가 별장에서
스타브로긴 백작.

존경하는 스타브로긴 스승님께

불에 달군 인두로
옆구리를 지져봅니다.
칼로 손톱을 따고
발톱을 따봅니다.
얼마나 견딜까,
지는 자의 상상력의 키를 재봅니다.
말도 많고 탈도 많은 그것은
바벨탑의 형이상학,
저는 흔듭니다.
무너져라 무너져라 하고
무너질 때까지,
그러나 어느 한 시인에게 했듯이
늦봄의 퍼런 가시 하나가
저를 찌릅니다. 마침내 저를 죽입니다.
그게 현실입니다.
7할이 물로 된 형이하의 이 몸뚱어리
이 창피를 어이 하오리까
스승님,

자살 직전에
미욱한 제자 키리로프 올림.

추신, 스승님께

죽음은 형이상학입니다.
형이상학은 형이상학으로 흔듭니다만
죽음을 단 1분도 더 견디지 못합니다.
심장이 터집니다.
저의 심장은 생화학입니다.
수소가 7할이나 됩니다.
억울합니다.

키리로프 다시 올림. 이제
죽음이 주검으로 보입니다.

드미트리에게

즈메르자코프는
네 속에도 있었다.
아버지는 내가 죽였다고
너는 외쳐댔다.
얼마나 후련했나,
그것이 역사다.
소냐와 같은 천사를 누가 낳았나,
구르센카, 그 화냥년은 또 누가 낳았나,
아료샤는 밤을 모른다.
해만 쫓는 삼사월 꽃밭이다.
저만치
얼룩암소가 새끼를 낳는다.
올해 겨울은 그 언저리에만
눈이 온다.
그것이 역사다.
너는 드미트리가 아닌가, 아직도
이리 흔들리고 저리 흔들리는
네 나날은 신명나는
배뱅이굿이다. 그리고
즈메르자코프,
그는 이제 네 속에서 죽고 멀지 않아
너는 구원된다.

변두리 작은 승원에서
조시마 장로.

소피야에게

꽃은 자불고 있다.
아무도 깨우지 못한다.
그의 노동은 이제 다 끝났다.
가을이 온다고 누가
볼가 강의 허리를 동강내고
우랄산맥의 늑골을 뽑아
소금에 절인다.
꿈이 아닌데
소피야,
네 눈이 그처럼 아름답듯이
그런 천사도 있었나 하고
나는 생각에 잠긴다.
꿈이 아닌데
왜 내 눈에 그런 것이 보일까
하는 생각도 하면서 나는 나도 모르게
낯선 길을 너무 멀리 왔다. 사람들은 나를
백치라고 한다.

1875년[3] 늦여름 시골 어느 객사에서
무이시킨 공작.

———————————

3) 도스토예프스키의 소설 『미성년』이 나온 해.

치혼 승정僧正님께

아흔 살 난 마슬로바 할머니가 말합니다.
자식을 낳아
하나 둘 키워보면
불이 얼마나 따뜻한가를 알게 된다고.
그런데
루바슈카만 걸치고 겨울 밤
우스리 강을 건너는 그분의
야윈 그림자를
시인 릴케가 보았다고 합니다.[4]
승정님,
승정님의 넓고 넓은 가슴에
씨를 뿌리는 일은
겨레의 몫입니다.
아시겠지만 이 땅에는
교회의 종소리에도 아낙들 물동이에도
식탁보를 젖히면 거기에도
천사가 있습니다. 서열에는 끼지 않은
천사가 있습니다.

슬라브 겨레의 내일을 굳게 믿는
샤토프 올림.

----
4) 릴케의 기행 소설 「하느님 이야기」에 나온다.

나타샤에게

나타샤,
죄는
피와 살을 소금에 절인
그 어떤 젓갈이다.
7할이 소금이다.
페테르부르크는 보들레르의 시처럼 어디를 가도
나트륨의 냄새가 난다.
나도 한 번
마차 바퀴에 몸을 던져보니 알겠더라.
치통齒痛에도 쾌락이 있다.[5]
몸을 팔고도 왜 소냐는
천사가 됐는가,
불빛이 그리워 우리는 지금
밤을 기다린다.

이승에서는 아무것도 한 일이 없는 건달
와르코프스키 공작.

---

5) 도스토예프스키의 소설 「지하 생활자의 수기」에 나오는 말.

제브시킨에게

손끝만 닿아도 온몸이 뒤틀린다.
S자 형으로,
그것은 전류이지만
그것은 또 열이기도 하고, 눈먼
빛이기도 하다.
코앞이 아찔하더니
멀리 바다가 보인다.
타타르 해협,
양태 한 마리 헤엄쳐 간다.
기억하라,
나는 언제나 외톨이고 페테르부르크는 지금
한여름이고 대낮이고
리비도는 염치가 없다.
돈도 없다.

변두리 우거에서
스비드리가이로프.

---

* 『들림, 도스토예프스키』에는 1행의 '닿아도'가 '달아도'로, 17행의 '스비
드리가이로프'가 '스비드리가로프' 되어 있었는데 이 전집을 엮으면서 시
인이 수정하였다.(편주)

구르센카 언니에게

뼈대 굵은 아저씨가 와서
풀잎처럼 왠지
제물에 시들어갔어요.
내 삶은 너무 벙벙해서
뭐가 뭔지 나는 몰랐어요.
내 몸에 왜 그런 것이 있어야 하나, 하고
나는 내 슬픔을 보고 나서
내가 알고 있는 나는 내가 아니지 않을까
하는 생각을 나는 또 했어요.
간밤에는 꿈에 언니를 봤어요.
술 달린 하얀 털모자를 쓰고 썰매 타고
길을 떠나고 있었어요.
어딜 가느냐고 물었더니
그리움만 있고 남자는 없는 거기라고
입술 살짝 깨물며
언니는 말했어요.

개꽃 하나 벙긋 하는 날
소냐.

딸이라고 부르기 민망한 소냐에게

오직 그것만이 방법인가 싶어
나는
대낮에 한길에서
달려오는 마차 바퀴에 몸을 던졌다.
그런데 웬걸
그건 한 청년의
넓적한 등이었다. 아니
보늬가 다 벗겨진
거긴 썰물 나간 허연 갯벌이었다.
어인 미물 하나 깡총 솟구쳐
내 면상에다 찔끔
오줌을 쌌다.
얼마나 놀랐을까,
그러나 그 청년
　(라스코리니코프라고 하던가,)
인생의 비참 앞에 무릎을 꿇는다고 했다.
어쩜 좋으랴,
하느님은 왜 나를
꽃병으로 만들지 않았을까,
오늘은 네 어미 잠든 머리맡에서
밤을 꼬빡 새고 싶다.

지금은 곤드레만드레가 아닌, 그러나
진액 다 빠진 아비.

조시마 장로 보시오

드미트리 그 녀석에게
그 계집은 줄 수 없소.
줄 생각도 없거니와
방법이 없소.
구르센카 그 계집은 너무도 잘 알고 있소.
제 넋을 달래고 이르고
나른하게 하고 잠들게 하는
나는 늙은 궁노루
내 배꼽 밑에는 향낭이 있소.
그렇소.
냄새를 맡고
가끔 내 꿈속까지 나를 찾아온다오.
드미트리 그 녀석은 몰라요.
너무 몰라요.
거기가 바로 그 〈특수〉 고간股間인데
샅만 눈에 띄지
괄호 안에 뭐가 있는지는 깜깜 모르고 있소.
어림도 없소.

어찌하면 좋겠는지 알려주시오.
표트르 카라마조프.

표트르 어르신께

소냐가 꿈에 절 봤대요.
어딘가 멀리 길을 떠나고 있었대요.
어딜 가느냐고 물었더니
그리움만 있고 남자는 없는 거기라고
입술 살짝 깨물더래요.
어르신,
어르신은 돈에 인색하고 나이도 많지만
어르신은 살진 궁노루,
어르신 배꼽 밑엔 향낭이 있잖아요, 넋을 잠재우는
말하자면 어르신껜 남자만 있고
그리움은 없지만
저에겐 그게 더 좋아요.
소냐에게 한 소린 괜한 소리예요.
그건 꿈이니까요.

겉 못 잡고 넋이 떠도는
(거리의 여자) 구르센카 드림.

스비드리가이로프에게

산타 마리아는 어디 있지,
아니 아니
산타 마리아는 지명이 아니지,
나 어릴 때 우리 외할머니는
구기자나무를 괴좆나무라고 했는데
일 년 내내 눈이 내리는
옴스크에 가면
젊은 도스토예프스키가 옥살이를 한
유명한 감옥이 있고
그 옆댕이 어디
늙은 산타 마리아 나무[6]가 한 그루 산피에트르 사원처럼
눈 속에 웅크리고 있었다네.
꽃눈 두엇 달고,

라일락꽃이 만발한 5월 아침
문득 생각이 나서
제브시킨.

---

6) Santa Maria Tree, Calaba Tree라고도 한다.

즈메르자코프에게

아버지 고환의 심줄,
농익은 삭과蒴果 냄새가 난다.
뭉크러뜨려야 한다고
하느님이 없으면 뭘 해도 된다고
작은형 이반이 꼬투리를 찾고 있다.
혁명은 끝냈는데
너는 이번에는 또 옛 동지를 죽인다고
도끼를 들고 멕시코로 가려 한다.
그렇지?

지금은 저녁
땅거미가 내리며
손바닥만한 내정內庭 뜰7)을 싸안는다. 하늘과 땅 사이
촉대 든8) 그림자 우련 스친다.
조시마 장로님이시다.

입동의 날 아료샤.

---

7) 『들림, 도스토예프스키』에는 '내정'으로 되어 있었으나, 이 전집을 엮으면
서 시인이 '내정 뜰'로 수정하였다.(편주)
8) 『들림, 도스토예프스키』에는 '촉대 등'으로 오기되어 있었으나, 이 전집을
엮으면서 시인이 '촉대 든'으로 수정하였다.(편주)

답신, 아료샤에게

아버지 살에 아버지도 모르게
아버지 뜻도 아닌데
호로 모양의 눈도 없는 희멀건
불알이란 것이 와 달리듯
왜 하느님이 있어야 하나,
어디서 해가 지고 달이 떴나.
하늘과 땅 사이
도끼 든 그림자 우련 스친다. 멕시코로 가는
작은형 이반이다.

입동 다음다음날 즈메르자코프.

죽은 네루리를 위하여

네루리[9]가 죽었다.
열여섯 살
너는 갈매나무의
갈맷빛 눈을 하고 있었다.
심호흡을 하면
가슴이 뻐근하다 하더니
숨 헐떡이며
먼 길 가긴 갔구나.
봄이 또 와서
보라,
저 우산오이풀꽃
귀밑을 붉힌다.
헤어지기 위하여 우리 만남이 있었다면
네루리,
너는 죽고
나는 이제 누구에게도 내 이름 밝히지 않으리,

---

9) 도스토예프스키의 소설 「학대받은 사람들」에 나오는 와르코프스키 공작의
   숨겨둔 딸. 미모의 소녀로 요절한다.

영양令孃 아그라야

어머니가 거기서
보자기를 챙기고 있네요.
나에게 준다고,
설청雪晴의 하늘
꽁지가 하얀 작은 새가 입에
사철나무 붉은 열매를 물고 있네요.
귀때기에 눈이 묻었네요.
기침이 잘 나지 않아
빠르르 빠르르
아버지 턱수염이 떨리고 있네요.
아버지는 크리미아[10] 전쟁에 갔다 왔대요.
세바스토포리를 적에게 내준 아버지는
옛날에 장군이었대요.
아버지 이름은
에반친,
어디로 갔나, 어머니는 그새
보자기를 다 챙겨놓고,

---

10) 『들림, 도스토예프스키』에는 '크림'으로 표기되었으나, 이 전집을 엮으
면서 시인이 '크리미아'로 수정하였다.(편주)

에반친 장군 영전에

따로따로 우리는
누워서 잠을 잡니다.
나무들은 숲이 되어 하나가 되어
서서 잠을 잡니다.
해가 서쪽으로 졌습니다.
장군께서 또 오시게 되면
해가 동쪽으로 지게 하세요.
한 번 다시 크리미아[11] 전쟁을 일으키세요.
세바스토포리를 도로 찾으세요.
이번에는
사람은 한 사람도 죽이지 마세요.
다치지도[12] 마세요.

---

11) 『들림, 도스토예프스키』에는 '크림'으로 표기되었으나, 이 전집을 엮으면서 시인이 '크리미아'로 수정하였다.(편주)
12) 『들림, 도스토예프스키』에는 '다치게도'로 표기되었으나, 이 전집을 엮으면서 시인이 '다치지도'로 수정하였다.(편주)

어둠에게 들려준 이야기[13)](#)

불가 강에 발 담그고
립스틱 짙게 칠하고
가랑이 어디가 까무러치는 소리로
그러나
아무에게도 들리지 않게
백오십 년 선에도 벌써
구르센카, 그 화냥년은 깔깔거리고 있었다.
고 한다.

---

13) 릴케의 기행 소설 「하느님 이야기」에 나오는 에피소드.

리자 할머니

해거름
마당에 평상을 내놓고
평상에 걸터앉아 리자 할머니가
사모바르에 차 달이는 자기 옆모습을
저만치 곁눈질한다.
비가 오지 않아
티티새 깃이 꺼칠하다
아무르 강 건너 고리도 족의 마을은
너무도 멀다.
그
꿈에 본 젊은
델스 우자라.[14]

_____

14) 연해주에 사는 고리도 족의 뛰어난 엽사獵師.

와르와라

어둠이 어둠을 낳았다.
순산이었다.
페테르부르크를 호주머니에 넣고
우리는
기차를 타고 있는 기분이었다.
별은 너무 멀어
으루나무 숲을 한쪽만 조금 보여주었다.
어둠은 갓 낳은 어둠을 시켜
우리 비밀을
날이 새도록 숨겨주었다. 1846년[15]
페테르부르크를 몽땅 다 훔친,

---

15) 도스토예프스키의 소설 『가난한 사람들』이 나온 해.

삼동三冬

돌로 팔매질하듯 귓전이 씽하다.
소리가 다 잠긴다.
바람이 너무 차면
고르코프가 생각난다.[16]
발톱 빠진 러시아 알타이의 늙은 곰
손이 커서 손부터 늘 먼저 까무러치던
고르코프, 가래 호미도 못 잡고
가슴 안쪽에도
옆구리에도 호주머니가 없어
밤에 내리는 눈발처럼
뭔가 어디다 소리없이 자꾸 빠뜨리기만 하던
모서리가 안 보이던 그때
그의 넋
그의 넋은 누가 와서 언제 다 거둬갔나,
극북極北 시베리아에서 만난
고르코프 그 영감쟁이,

---

16) 『들림, 도스토예프스키』에는 '생각한다.'로 오기되어 있었으나, 이 전집
   을 엮으면서 시인이 '생각난다.'로 수정하였다. (편주)

티모파이 노인이 노래하며 이승을 떠났다[17]

한밤에 그 어귀 문이 열린다.
가을이 가고
거꾸로 거꾸로 하며
등이 꺼지도록 몽고 말에 짐을 지우고
가던 여름이 되돌아온다.
그나마 실물失物을 했을까,
키예프 공국公國에서는, 하며
샤토프[18]가 누구에게 귀띔을 한다.
우연은 아직 한 번도 없었다. 고,

---

17) 릴케의 기행 소설 「하느님 이야기」에 나오는 에피소드.
18) 『들림, 도스토예프스키』에는 '키예프'로 되어 있었으나, 이 전집을 엮으
    면서 시인이 '샤토프'로 수정하였다. (편주)

허리가 긴

등이 휘도록 죄를 짊어지고
라스코리니코프는 시베리아로 가고,
죄를 씻는다고 드미트리도
짧은 허리를 추스르며 시베리아로 갔다.
가고 싶은 시베리아, 그러나
나 누루무치와 내 동생 우루무치는
허리가 긴 족속, 죄를 짓고도
아무르 강을 건너지 못한다.
다리가 짧아.

우박

구르센카,
백 번을 불러봐도
너, 희대의 화냥년,
웬일일까,
잠긴 하늘에서 오늘 밤은
동고비새 똥 같은 뭉클한 우박
하나 둘
네 발등에 떨어지는구나, 네 발등에
하나 둘, 뚫리지 않는
구멍을 뚫는구나,

변두리 작은 승원僧院

우리는 가끔 불러본다.
메아리가 듣고 싶어,
저녁에는 개구리가 기차게 울어쌓더니
부슬부슬 비가 내린다.
게까지 온 땅거미가
무안한 듯 슬쩍 발을 돌린다.
그러자
누가 뒤늦게 우산을 펴 든다. 그러나
조시마 장로님은 어디로
아침부터 나들이 가셨는데
고해성사는 누가 하나,
저만치 한데서 비가 비에 젖는다.
닭 발등 위 오두막집[19]
의 낮은
반음계,

---

19) 림스키 코르사코프의 피아노 곡명.

소녀 네루리

심호흡을 하면
가슴이 뻐근해요.
까치밥나무를 보면
거기 달린
녹백색 꽃들을 보면 자꾸
기침이 나요.
아버지 와르코프스키 공작이 저만치
눈으로 제 키를 재고 있어요.
얼마나 컸나 하고,
아버지가 눈으로
제 목덜미를 문지르고 있어요.
왠지 자꾸 기침이 나요. 모발을 날리며
혼자서 전 어디로 멀리 가야 할까 봐요.
오늘이나 내일쯤,

수기手記[20]의 사족

개는 개집을 나와 저잣거리에서 흘레붙고
이성은
방문 처닫고 이불 쓰고 소리 새지 않게
베개를 함께한다.
이성은
갓끈을 아무 데서나 매지 않고
남의 앵두 밭에는 가지도 않는다.
이성은
22의 4는 사死[21]라고 말한다.
그러나 그러나
어디서 누가 죽건 살건 그건 다 남의 일
나와는 상관없다.
오늘 내 하루는
볕 바른 툇마루에 의자를 내놓고
아내가 달인 따끈한 차 한 잔
맛있게 먹고 싶은 생각뿐,

---

20) 도스토예프스키의 소설 「지하 생활자의 수기」.
21) 「지하 생활자의 수기」에 나오는 말.

옴스크

뿌리는 하늘에 있고
꽃도 하늘에 있다.
루바슈카는 따뜻한가,
사람들은 일 년 내내 햇볕 쨍쨍한
(어디쯤에 있는가),
겨울을 바라며 가고 있다.

자리

흑해가 있던 자리
흑해 바닷가
촘스키 할아버지 오두막이 있던 자리
촘스키 할아버지 오두막 저쪽에 푸릇푸릇
밀밭이 있던 자리
밀밭에 땅거미 내린 자리
땅거미 저쪽에
산수유나무가 있던 자리
산수유나무의 노란 꽃이 있던 자리
산수유나무의 빨간 열매가 있던 자리
참새 두 마리 앉았다 간 자리

또 옴스크에서

길 모퉁이
어느새
산타 마리아 나무도 없어진
거기,
바람이 코를 벤다. 누군가,
누구의
손목도 덮어줘라,
낙낙한 화장
올겨울에도
네 루바슈카는 따뜻하다고,

아무르 강 저쪽

아무르 강 건너면
시베리아,
시베리아에도 봄은 올까,
들개들이 컹컹대며 마을까지 내려오고
시로미꽃이 봉오리를 맺다가
움찔 할까,
야윈 하늘 보고
아직은 제철이 아니라고,
시베리아에 오는 봄은
키프차크 초원을 달리는
몽고 말 뒤꿈치처럼 아련하다.
산새가 언제 알을 품고
마디풀이 언제
땅을 우빌까,

1880년[22] 페테르부르크

낮에 이반이 길바닥에다
힝 하고 코를 풀면
밤에는 잠 속에서 스메르자코프가
뿌드득 이를 간다.
하느님은 그렇다 치고
알렉산드르 2세는 배알도 없나,
세상의 허구한 낮과 밤을
저들 둘이가 저희 맘대로 왜
주무르고 휘젓고 해야 하나,

---

22) 도스토예프스키의 소설 『카라마조프가의 형제들』이 나온 해.

잠언 둘

햇볕에
거북이 등의 가느다란
위태위태한 갈라짐이
변두리 돌각담의 자기 증명이듯
너무 잘 뚫린
아 하고 입 턱 벌린
표트르 카라마조프의 똥구멍은
속앓이 설사의 자기 증명이니라.

혁명

얼룩,
세상은 하얗게 얼룩이 지고
무릎이 시다.
발 아래 올해의 분꽃은 지고
소리도 없다.
꿀밤 먹은 멧돼지처럼
너는 너 혼자 너무 멀리 달아났구나.
베르호벤스키, 너
넙치눈이.

역사

구름은 딸기 밭에 가서 딸기를 몇 따 먹고
흰 보자기를 펴더니
양털 같기도 하고 무슨 헝겊쪽 같기도 한
그런 것들을 풀어놓고
히죽이 웃어보기도 하고 혼자서 깔깔깔 웃어보기도 하고
목욕이나 할까 화장이나 할까 하며
제가 진짜 구름이나 될 듯이
멀리 우스리 강으로 내려간다.

무릎 꿇고 요즘도
땅에 입맞추는 리자 할머니는
올해 나이 몇 살이나 됐을까.

발톱

죽음은 낯설다.
네 혈육은 잘 삭아 흔적이 없다.
네 볼의 보조개도 아득하기만 하다.
너는 어디로 갔나,
너 없이도 잘도 자라는
네 발톱,
살아서는 안 보이던 멍이 퍼렇다.
걷기는커녕
일어서지도 못하는 주제꼴에
왜 자꾸 자라며 네 발톱은
너를 낯설게 하나, 죽은 너는 이제
너, 나스타샤가 아닐까,

나 죽으면 그때 너는
설청雪晴의 하늘
꽁지가 하얀 새가 되어
날아가거라.

수라修羅

가을이 와서 낙엽이 지면
네 모발은 바다를 건너 더욱 깊이
내 잠 속으로 오리라.
바람이 어제의 제 그늘을 떠나고 있다.
대낮에 갑자기 해가 지고
소리 위에 소리가 쌓인다. 밑에 깔린
소리 하나가 소리를 지른다.
보라, 여름에 죽은
풀꽃 여럿이 바람을 따라 흐르고 있다.
하늘 높이 눈들을 뜨고 불리우며
흐르고 있다.
그런가 하면
나스타샤, 네 뒷덜미에
작년에도 내린 진눈깨비가 은회색으로
멀지 않아 한 번 또 반짝이리.
─잊지 말라, 고

악령

Besy,
유라시안들은 나를 그렇게 부른다.
얼마나 사랑스러운가,
물오리 이름 같다.
그날
거웃 한 올 채 나지 않은
새벽 이슬 같은
나는 내 누이를 범했다.
나는 내가 누군지 알고 싶었다.
어디를 가나 내 눈앞은
유카리나무가 하늘빛 꽃을 다는
그런 계절이었다.
나는 번데기일까, 키리로프[23] 그는
나를 잘못 보았다.
나는 지금 후설의 그
귀가 쭈뼛한 괄호 안에 있다.
지금은 눈앞이 훤한 어둠이다.

---

23) 도스토예프스키의 소설 「악령」에 나오는 인물. 인신론자人神論者. 스타브
로긴 숭배자.

창녀 나타샤

키예프 공국에 가면
창녀 나타샤가 살고 있다.
살고 있다. 윗니 빠진 늙은 개와 함께,
길 건너
마로니에 밤나무 잎들의
갈맷빛 나는 작은 그늘 하나 남몰래
버려져 있다. 나타샤의 볼기짝 같다.
나타샤가 사랑하는 치혼 승정님은
오늘 아침도 챙 넓은 그 까만 모자 하나 가득히
얼굴을 묻었다.
절망하라,
절망하는 것이 곧 타락이니라.

윤회

아콘카과 산의 염소처럼
얼마나 많이 걸었으면
보라,
펑퍼짐 내려앉은 구두 한 켤레
그 콧등, 이제
높새기 불고 밤이 와서
들쥐들 눈이 퍼렇게 불을 켠다.
언제 보았나, 다시
보일 듯 보일 듯
너는 무슨 흔적일까,
조금 전에도 누가 낙엽을 밟고 간,

1871년 10월 30일

또 윤회

현미경으로 들여다보면
너는 가느다란 실핏줄이고
몽글몽글
태평양 바다 위에 뜬 너는
쪽빛 거품이다.
너는 또 현미경 너머 저만치
지는 해안메꽃이고
해 저무는 서쪽 하늘이다.
꼭꼭 숨어라,
머리카락 보일라.

중국의 고립어孤立語

오논 강 건너면 삼황三皇
한족漢族의 땅,
뉘는 아침에 철새가 되어 날아가고
뉘는 저녁에 우산오이풀이 되어
풀밭에 가 허리 꺾고 남몰래 가만히 웅그린다.

사족
—직설적으로 간략하게

의식도 영혼도 다 비우고
나는 돼지가 될 수 있다.
밥 달라고 꿀꿀거리며
간들간들 나는 꼬리를 칠 수도 있다.
성서에 적힌 그대로
무리를 이끌고 나는 바다로
몸 던질 수 있다.
말하자면 나는
죽음을 이길 수 있다.
그러나
그 다음이 문제다. 내 눈에는
그 다음이 보이지 않는데, 썰렁하구나
나에게는 스승이 없다.

1872년 3월 1일

대심문관 大審問官

—극시劇詩를 위한 데생

인물 재림한 예수

　　　대심문관

　　　사동使童

장소 예수가 수감돼 있는 감방.

　막이 오르자 대심문관이 사동에게 작은 나무의자 하나를 들리고 나타난다. 사동은 대심문관의 지시에 따라 들고 온 나무의자를 감방 앞 두서너 발짝 거리에 놓고 나간다. 대심문관은 의자에 걸터앉자 감방 안을 살핀다. 기침을 한 번 하고 입을 뗀다.

　대심문관　이런 곳에 모셔서 죄송하오.
　　　　　그러나 어쩔 수 없었소.
　　　　　바깥 접촉을 막아야 했소.
　　　　　당신을 위한 짓은 아니나
　　　　　저들을 위한 길이었소.
　　　　　나는 그렇게 생각하오.

　밖에서 할렐루야 할렐루야 부르는 소리 들려온다. 간헐적으로 찬송가 합창 소리도 들려온다.

　대심문관　저 소리가 들리지요.
　　　　　저들은 당신을 잊지 않고 있소.

저들 속에 당신은 살아 있소.
어떤 모양으로 살아 있는지
당신은 더 잘 알 것 아니오?
왜 또 오셨소?
뭐가 또 부족하시오?

사동이 찻잔을 받쳐들고 들어온다. 대심문관은 저분께도 차
한 잔 드려야지, 하며 사동에게 이른다. 사동은 나가서 곧 차 한
잔을 다시 받쳐들고 들어온다. 감방의 창살 사이로 찻잔을 밀어
넣는다. 그러나 감방 안의 예수는 움직이지 않는다. 그 동안 대
심문관은 차를 천천히 음미한다. 이윽고,

대심문관   왜 또 오셨소?
         이미 당신은
         역사에 말뚝을 박지 않았소?
         당신 자신이 더 잘 알 것이오.
         그러나
         그 뒤에도 역사는 가고 있소.
         아니
         모두들 그렇게 믿고 있소.
         당신이 다시 오게 된 건
         그것 때문이 아닐까?
         역사는 끝났다고

아니

역사는 처음부터 있지도 않았다고

한 번 더 알려주려고

당신은 다시 오게 됐지요?

저들

할렐루야 할렐루야 부르는 저들을 위하여는

그러나

역사는 언제나 가고 있다고 하는

눈 딱 감고

헛소리를 해야 했소.

기다림의 아득함이 없으면

저들은 못 견뎌요.

언제까지나 저들은 기다릴 것이오.

이 점 당신은 성급했소. 이건

내 기준에 따른 것이오.

갑자기 감방 안의 예수가 일어선다. 좌측 벽에 붙은 변기 뚜껑을 열고는 소변을 본다. 밖에서도 희미하게 보인다.

대심문관 우습구나,

왜 당신이 저 짓을 해야 하나,

당신이 갈릴리 호수를 맨발로 걸어간 그 일이 생각나네요.

새처럼 발바닥만 젖어 있었지요.

죽은 나자로를 깨나게 한
당신,
나는 알고 있소.
그건
인류의 자존심 때문이다. 라고,
그런 일들을 당신이 하지 않았다면
인류는 지금껏 부끄러워
고개를 아마 들지 못했을 것이오.
그러나
저들은 모르고 있소.
저들은 기적이라고 하고 있소.
기적이 어디 있나?
당신에게는 사랑이
오직 사랑이 있었을 뿐인데,

　사동이 와서 대심문관에게 뭔가를 알린다. 대심문관이 황급히
자리를 뜬다. 감방 안이 차츰 어두워진다. 할렐루야 부르는 소리
또 들려온다. 얼마큼 사이를 두고 대심문관이 몹시 질린 낯색을
하고 들어온다. 뒷짐을 지고 감방 앞을 왔다갔다 한다. 감방께로
바짝 다가선다.

대심문관　그 사실은
　　　　저들에게는 프리즘이오.

얼마나 억울했으면 빛이 그런 모양으로
굴절해야 했겠소?
말하자면 그건
희망이고 또 절망이고,
―절망하면 타락한다[24] 하지 않았소?
저들은 실은
타락이 뭔지 모르고 있소.
구르셴카는 몸을 팔고 창녀가 됐지만
소냐는 몸을 팔고 천사가 됐소.
왜 말이 없으시오?
하긴
할 말은 벌써 다 했으니까,
숨이 차오.
좀 쉽시다.

대심문관은 의자에 가 앉는다. 두 다리를 길게 뻗는다. 고개를
좀 빠뜨린다. 한동안 그러고 있다. 이윽고 혼잣말로 중얼거린다.

대심문관　베르호벤스키 그 녀석,
　　　　　그 돼지 녀석,
　　　　　개량종 돼지

---

24) 신학자 유르겐 볼트만이 한 말.

요크셔,
제가 요크셔인 줄도 모르는 주제에
꿀밤 먹은 멧돼지처럼 천방지축
내닫고 있지,
키리로프,
그 꿀꿀이,
제가 꿀꿀이인 줄도 모르는 주제에
뭐
하느님?
하느님이 곧 될 거라고,
제물에 곯아 물크러지는
바람 든 무 같은 푸석한 하느님,
머릿속 하느님,
그들의 수괴 스타브로긴은 그래도
수괴답게 제가
스타브로긴임을 알고 있지,
스타브로긴,
그는 이미 죽어 있다는 것을.

　　대심문관은 멍하니 한동안 앞만 바라본다. 그러다 벌떡 일어
선다. 또 왔다갔다 한다. 짜증스런 표정이 된다. 감방으로 다가
갔다가 물러난다. 가슴을 펴며 심호흡을 한다. 의자에 가 앉는
다. 큰소리로 사동을 부른다. 사동이 달려온다. 사동에게 차 한

잔을 더 가져오라고 시킨다. 감방 쪽을 노려본다. 사동이 찻잔을 받쳐들고 들어온다. 대심문관은 찻잔을 받아들고 천천히 차를 음미한다. 속에서 치미는 뭔가를 가라앉혀야 한다. 이윽고,

대심문관 이보시오.
　　　　　내가 뭘 잘못했소?
　　　　　말해 보시오.
　　　　　수차 말한 대로 저들을 위하여는
　　　　　당신은 여기 이러고 있어야 하오.
　　　　　당신이 다시 왔다는 소문이 퍼져
　　　　　벌써
　　　　　저들이 저렇게
　　　　　예까지 몰려오지 않았소?
　　　　　당신을 보고 싶어하오.
　　　　　저들이 나는 두렵소.
　　　　　나는 좀 전에
　　　　　저들 중 몇을
　　　　　처형,
　　　　　목을 잘랐소.
　　　　　그건 그렇다 치고,

　대심문관은 기침을 몹시 한다. 얼굴이 벌겋게 달아오른다. 얼마큼 사이를 두고,

대심문관　언젠가 당신은

　　　당신 어머니를 저만치 손가락질하며

　　　이 여자여!

　　　하고 부르지 않았소?

　　　그러나

　　　마리아, 그녀

　　　당신 어머니는 당신을 위하여

　　　아직도 처녀로 있소. 장소를 가리지 않고

　　　누구 앞에서나

　　　그렇게 부르지 마시오.

　　　이승에는

　　　이승의 저울이 있소.

　　　저들을

　　　너무 무겁게도

　　　너무 가볍게도 달지 마시오.

　　　요는

　　　방법이 문제요.

　　　나는

　　　이 점

　　　당신과는 달라요.

　　　당신은 너무 아낌없이 주기만 했소.

　　　다른 한쪽 뺨은 이젠 내주지 마시오.

　　　너무 헤프면 저들은

버릇이 없어져요.

예수가 일어선다. 방 안을 이리저리 바자닌다. 뭔가 생각에 잠
겨 있는 듯하다. 한쪽 벽에다 몸을 붙인다. 그런 자세로 한참이
나 가만히 서 있다. 대심문관은 그러는 예수의 움직임을 또한 유
심히 살핀다. 혹 예수가 입을 열지나 않을까 하고 기대해 본다.
그러나 예수는 끝내 말문을 열지 않고 도로 제자리에 가 앉는다.
전과 같이 미동도 하지 않는다. 대심문관은 실망한다.

대심문관 왜 말이 없으시오?
        뭔가 할 말이 있어 다시 오지 않았소?
        말해 보시오.
        나는 당신을 잘 알고 있소.
        잘 알고 있다고 생각하고 있소.
        당신 말씀은 가끔 가끔
        내 옆구리를 후비곤 했소.
        그러나
        지금은 달라요.
        지금은 나도
        내 저울을 따로 가지게 됐소.
        당신 손바닥의 구멍,
        너무 깊은 그 끝을 쫓다가
        나는 그만 눈이 다 먹먹해졌소.

나는 잊지 못하오.
그러나
나는 또 닭 울기 전 세 번이나
당신을 모른다고 했소.
그것이 내 저울이오.
당신은
나를 용서한다고 하지 마시오.
나를 버리시오.
카이자의 것은 카이자에게 맡기시오.
나는 저들을 끝내
용서하지 않을 것이오.
나도 저들 중의 하나니까요.
엘리엘리라마사막다니.
그건
당신이 하느님을 찬미한 이승에서의
당신의 마지막 소리였소.
내 울대에서는 그런 소리가 나오지 않아요.
끝내 왜 한마디도 말이 없으시오?

대심문관은 감방으로 다가가더니 감방 문을 한 번 주먹으로
내리친다.

대심문관 그럴 수 있다면

맘대로 하시오.
　　가고 싶을 때 가고 싶은 곳으로 가시오.

　　대심문관은 꼿꼿한 자세로 천천히 무대 밖으로 걸어나간다.
　　그날 밤 사동은 꿈에서 본다. 어인 산홋빛 나는 애벌레 한 마리가 날개도 없이 하늘로 날아오르는 것을. (사동의 이 부분은 슬라이드로 보여주면 되리라.)

프로이트는 정신분석학의 창시자다. 이른바 그는 과학자로 자타가 공인한 인물이다. 그는 선과 악이라는 도덕의 가치관을 허물고 가치의 중립 상태인 에고와 이드라는 과학 용어를 만들었다. 그는 이런 용어로 인간의 내부에 도사린 어떤 심리 현상을 사실로서 지적하는 데 그쳤다. 말하자면 그는 선이라는 이념 세계를 지시하지 않았다. 신학자 니버는 프로이트의 이런 따위 몰이념의 세계를 계급의 이상을 잃은 상층 중산 계급의 절망의 표현이라고 했다. 다시 말하거니와 프로이트에게는 선도 악도 없고 오직 어떤 사실이 있었을 뿐이다. 인류는 이 사실을 응시하는 지점에서 다시 시작해야 한다고 프로이트는 말하고 있는 듯이 보인다. 그러나 도스토예프스키는 다르다.

도스토예프스키는 프로이트의 과학적 몰가치의 세계, 즉 과학적 허무의 세계와는 전연 다른 위치에 있다. 그는 선과 악을 가치관의 차원에서 보고 있다. 선과 악은 갈등하고 있는 것이 사실이지만 이 악을 압도해야 한다고 그는 가치관, 즉 이념의 차원에서 말하려고 한다. 그러나 그의 투시력의 밀도가 워낙 짙기 때문에 얼른 그가 어느 쪽에 서 있는지를 분간하기가 어렵다. 그의 문학은 해결을 제시해 주고 있지 않다. 갈등의 양상이라고 하는 어떤 사실만 제시하고 있는 듯이 보인다. 이 점에서 프로이트의 싸늘한 시선과 일맥 통하고는 있으나 도스토예프스키에게는 고뇌하는 자의 복잡 미묘한 정서적 뉘앙스가 도처에 배어 있다. 프로이트에게는 다만 논리가 있을 뿐인데 말이다.

도스토예프스키를 읽으면 들리게 된다. 프로이트를 읽을 때처럼 단지 논리적 수긍만 하고 있을 수가 없다. 그것이 문학과 과학의 차이라고 한다면 너무 단순한 도식적 해석이 되지 않을까? 도스토예프스키는 인간의 존재 양식이 비극적(신학적 용어를 쓰면 앤티노미의 상태)이라는 것을 여실히 그려 보인다. 여기서 우리는 하나의 계시를 받게 된다. 인간 존재의 이 비극성은 역사의 대상이 될 수 없다는 그 계시 말이다. 이미 인간의 존재 양식은 한 패턴으로 굳어 있다. 역사는 늘 이 점을 잊어서는 안 된다. 역사주의의 낙천주의는 도스토예프스키에게서 좌절을 경험해야 한다. 그래야만 역사주의는 겸손해질 수 있다.

　나는 오래 전부터 도스토예프스키를 되풀이 읽어왔다. 그때마다 나는 그에게 들리곤 했다. 그러는 그 자체가 나에게는 하나의 과제였고 화두였다. 이것을 어떻게 풀어야 하나? 나는 나대로 하나의 방법을 얻었다. 그의 작중 인물들끼리 서로 대화를 나대로 시켜봄으로써 나는 내 과제, 내 화두의 핵심을 나대로 다시 짚어보고 암시를 받을 수 있을 것 같았다. 그것을 내가 오래 길들여온 시로써 해보고 싶었다. 시는 이미지를 뽑아내는 일이다. 즉 육화 작업이다.

　제3부의 「스타브로긴의 봄」은 도스토예프스키의 소설 「악령」에 나오는 인물인 스타브로긴 백작이 쓴 고백을 나대로 어렌지했다. 제4부의 「대심문관」은 도스토예프스키의 소설 「카라마조프가의 형제들」에 나오는 한 장을 나대로 또한 극화시킨 것이다. 극시를 시도해 봄으로써 대심문관의 처지(모습)를 나대로 부각시켜 보려고 했다. 내가 보기에는 그(대심문관)는 극적 인물이

다. 예수와 나란히 세워놓고 보면 더욱 그런 느낌이 든다. 그는 예수와는 아이러니컬한 입장에 선다. 말하자면 예수와 그는 겉으로는 대립적인 입장이다. 그럴수록 어느 쪽도 어느 쪽을 무시 못한다.

민음사에서 이런 체제로 시집을 내는 것은 두 번째이다. 박맹호 사장께 그 배려에 감사드리며 시집을 만드는 수고를 맡아준 이갑수 편집국장에게 고마움을 전하고 싶다.

1997년 새봄
김춘수

의자와 계단

1999년 2월 5일 문학세계사 발행(신국판 변형/110면)

|차 례|

책머리에

────────────

* 『의자와 계단』에 수록되었던 산문 「시인이 된다는 것」과 「자유, 꿈」은 수록하지 않는다. (편주)

책 머리에

의자는 사람이 엉덩이를 놓는 도구다. 그것은 일종의 안식을 표상하는 기호가 된다. 의자에 엉덩이를 놓으면 푸근해지는가? 더욱 초조해지는 일은 없을까? 있으리라. 그(의자)가 갑자기 나를 밀어내고 자기를 그렇게 대접하지 말라고 한다. 자기는 한갓 도구가 아니라고 한다. 그렇다면 그(의자)는 무엇일까? 그는 스스로를 무엇을 표상하는 기호가 아니라 무엇 그 자체라고 한다. 말하자면 그는 안식 그것이다. 그러나 이 세상에는 그런 것은 없다. 그러니까 그 자리(의자)는 늘 비어 있다. 누군가를 기다리는 자세로 있다. 나는 왜 이런 따위 배배 꼬인 말들을 늘어놓고 있는가? 내 속이 한시도 반반하게(편안하게) 펴진 날이 없었으니 어쩌겠는가?

이 세상에 의자는 없다고 하자. 누가 나를 기다리고 있고 나는 거기 가서 내 엉덩이를 놓고 싶고 나는 한 번 푸근해지고 싶은데 말이다. 그러나 하는 수 없다. 나는 지금 의자가 없는 세상에 살고 있다.

계단도 그렇다. 제아무리 올라간다 해도 계단에는 한계가 있다. 다시 또 내려와야 한다. 높은 곳은 낮은 곳의 상대개념이다. 어린애들도 다 알고 있는 이 이치를 그러나 나만이 까먹는다. 간혹 그런 일이 있다. 나는 지금 어디쯤 발을 디디고 있는가? 거기가 얼마만큼 위험한 지점인가? 균형 잃은 아슬아슬한 지점인가? 왜 나는 이런 따위 위기의식에 시달려야 하는가? 계단이란 어차피 중간 지점이 아닌가? 아파트만 해도 그렇다. 기껏 15층까지 가면 거기가 끝이다. 좀더 가고 싶으면 나는 발을 하늘에 내놓아야 한다. 하늘이란 아무 데도 없는 곳을 뜻한다. 유토피아와 같다. 나는 15층에서 내려갈 수밖에 없다. 결국은 땅바닥에 발을 디뎌야 한다. 나는 어릴 때 어디까지 올라가면 네가 보고 싶은 것이 보일까 하고 생각해본 일이 있다.

계단도 그 무엇을 표상하는 하나의 기호일까?

*

시집 『들림, 도스토예프스키』를 낸 이후 좀 편안한 자세를 가누기로 했다. 그동안 몸에 밴 것들이 자연스레 드러나도록 그때그때 쓰고 싶은 대로 쓰기로 했다. 이름하여 「만유사생첩萬有寫生帖」이라고 했다. 이런 제하題下에 50여 편의 시를 써서 경향의 여러 잡지에 싣게 했다. 그런데도 이 시집의 이름을 『의자와 계단』이라고 한 것은 위에서 말한 그런 내 근래의 심정을 독자들에게 알리고 싶었기 때문이다.

1999년 새해에

김춘수

놀

어느날, 70년 전의 어느 여름 저녁입니다. 어머니가 장독간에 간장을 뜨러 갑니다. 어머니의 치마 끝을 붙잡고 나도 아장아장 따라갑니다.

어머니가 어떤 동작을 하다가 무심코 고개를 들어 서쪽 하늘을 바라봅니다. 나도 무심코 어머니의 시선을 따라 서쪽 하늘을 쳐다봅니다. 그쪽은 온통 놀로 물들어 있습니다.

놀로 물든 하늘이 어머니의 볼을 적십니다. 어머니의 볼도 놀빛으로 볼그스름 물들어갑니다. 나는 또 그런 어머니의 볼을 눈을 똥그랗게 뜨고 하염없이 들여다봅니다. 그러자 내 눈의 꺼풀을 젖히고 예쁜 간장종지를 든 어머니가 샤갈의 그림에서처럼 내 눈 안으로 선뜻 들어옵니다. 그 뒤로 어머니는 소식이 묘연합니다.

사파타의 죽음

사파타는 그런 함정이 자기를 기다리고 있다는 것을 전연 알지 못했다. 이상하다고 느꼈을 때는 이미 때가 늦어 있었다. 옥상과 창구에서 비오듯 날아오는 총알은 그의 몸을 순식간에 벌집 쑤시듯 쑤셔놓았다. 백마 한 필 눈앞을 스쳐갔다. 아무것도 생각할 틈이 없었다. 그 뒤에 일어난 일은 그의 알 바가 아니다. 그의 시신은 말에 실려가 그의 동포들의 면전에 한 벌 누더기처럼 버려졌다. 「보아라, 사파타는 이렇게 죽는다!」

저녁

　구르센카 곁에 윗니 빠진 늙은 개가 엎드리고 있다. 잠만 잔다. 소녀 곁에는 어린 남매가 마주보며 떼꾼한 눈알을 굴리고 있다. 배가 고프다고.
　리자 할머니가 얕게 깔린 서쪽 야윈 하늘을 물끄러미 바라본다.

손

책상 밑은 밤이다. 안쪽 다리의 모서리를 손이 하나 더듬적거린다. 뭘 빠뜨렸나? 서울의 하늘처럼 밤이 와도 책상 밑에는 별이 뜨지 않는다. 손등에서 정맥이 볼록볼록 숨을 쉰다. 그 소리가 들린다. 그러나 손은 이내 안쪽 다리의 모서리를 돌아나간 듯하다. 어둠이 그의 궤적을 지우려 한다.

손은 분명히 손목에서 잘려 있었다. 손목에서 잘려나간 손은 지금쯤 어디를 더듬적거리며 헤매고 있을까?

후박나무

　후박나무는 잎이 먼저 피고 꽃이 뒤를 따른다. 엷은 연두색의 어린 잎가를 또 하나 엷은 분홍의 막이 둘러싼다. 그 막이 조금씩 벗겨지면서 속잎이 고개를 들게 되면 그것은 흡사 꽃처럼 보인다. 하루 동안에도 몇 차례 속잎은 자란다. 잎은 어른의 손바닥 두 개를 이어놓은 듯한 크기다.

　지금 후박나무는 잎을 몇 개도 달고 있지 않다. 몇 개 남지 않은 잎들은 안으로 말려 오므라들고 파삭파삭한 흙빛이 돼 있다. 잎을 떨어뜨린 가지들이 검붉은 반점을 여기저기 드러내고 있다. 줄기의 위쪽이 더 심하다. 그런 몰골로 후박나무는 겨울을 기다리며 서 있다. 겨울이 무섭다.

여름풀

네 잎 토끼풀이 있다고 한 아이가 나에게 그걸 보여줬다. 그걸 보고도 믿지 않을 수는 없었다. 나는 네 잎 토끼풀을 찾아나섰다. 사방이 어둑어둑해지고 갈라진 잎의 모양새가 잘 보이지 않을 때까지 찾아다녔으나 나는 끝내 그걸 찾아내지 못했다. 그런데도 그 아이는 또 하나 다른 네잎토끼풀을 찾아냈다.

어디선가 말발굽소리가 나고 장정들의 고함소리가 들려왔다.

멕시코 옥수수

    일자무식 사파타는 알고 있다. 어머니의 품은 뜨뜻하고 아내의 가슴은 따뜻하다는 것을, 누이의 살결은 깨끗하고 옥수수죽은 배를 불려준다는 것을, 동포들이 닭 한 마리도 먹지 못하고 있는데 자기만 닭 한 마리를 먹는다면 그건 몸의 힘을 빼는 짓거리인 것을 일자무식 사파타는 알고 있다. 멕시코 옥수수가 어디서 자라며 언제 익는가를,

눈이 하나

골고다 언덕에는 해가 막 지려고 하고 있었다. 예수는 등에 지는 해를 따갑게 느끼고 있었다. 그때다. 또 한 번 옆구리와 손바닥에 통증이 왔다. 눈알이 튀어나올 듯한 아픔이다. 그의 한쪽 무릎은 조금 치켜올려지고(마음 속으로) 손이 그리로 내려가고 있었다. 아픈 곳은 무릎이 아닌데…… 그의 고개는 점점점 땅 쪽으로 떨어지고 있었다. 얼굴을 가까스로 받치고 있던 어깨로부터 갑자기 힘이 빠져갔다. 심한 갈증이 오고 온몸이 가렵다. 누가 이 가려움을 긁어줄까?

엘리엘리라마사박다니!

입 언저리에 한순간 가벼운 경련이 스쳐갔다. 해는 막 지고 어둠이 밀려오고 있었다. 땅에서 열기가 식어가고 있었다. 그때다. 예수는 자기의 눈 앞이 자기를 가만히 바라보는 하나의 눈으로 온통 채워지고 있는 것을 보았다.

책

잘 휘인(새삼) 그녀의 허리가 생각난다. 너무 익어 까맣게 타
버린 그 망개알이 생각난다. 높고도 드높아 있는 것 같지가 않던
그때의 가을 하늘이 생각난다. 기타 또 있는데 얼른 생각이 나지
않는다.

의자

    그는 다리를 모두 꽃덤불에 묻고 허리 위만 내놓고 있었다. 바람이 몹시 부는 날이었다. 제비초리가 날리고 있었다. 허리 위만 내놓은 그는 공중에 조금 떠 있었다. 어물어물하는 사이 그는 그만 새처럼 날아가 버렸다. 나는 끝내 그의 다리를 보지 못했다. 그 뒤로 나는 자꾸 어깨가 무거워졌다. 마치 넓적한 궁둥이 하나가 걸터앉은 듯한 그런 느낌이다.

또 의자

의자를 소재로 시 한 편 쓰고 싶었다. 나는 의자를 찾아나섰다. 좀처럼 눈에 띄지 않았다. 저것이 의자인가 하고 가봤더니 그것은 ⌐ 자, 앉았다 간 누군가의 궁둥이자국이었다. 이를테면 백 년 전 안개 자오록한 한밤, 프라하 근교 보헤미아 분지의 시인 릴케네 집에 천사가 와서 차 한 잔 나누고 간,

또 한 번 제비초리가 바람에 날린다.

깨풀

사전을 편다. 바다란 말이 눈에 띈다. 바다 한쪽에 굼벵이 모양을 한 곳이 있고 그 위에 손바닥만한 하늘이 떠 있다. 답답하다. 사전 밖으로 나가고 싶은 것은 그러나 바다만이 아닌 듯하다. 그 언저리 어느새 깨풀들이 모여 깨풀밭을 일군다. 그들은 제각기 뒤꼭지에 빨간 댕기 하나씩 달아본다. 바람을 일으키고 그늘을 친다. 깨풀밭이 팔랑거린다. 그러나 그들의 더 큰 꿈은 바다와 함께 언제나 사전 밖에 있다. 어쩌랴, 그들은 이미 사전의 피와 살이 되고 그들은 이미 깨풀이 되어 온몸에 조개껍질 모양의 꽃싸개를 달아버렸는데,

해저터널 지나면

해저터널 지나면 보니 하얗게 벗긴 갯벌이 있고 다리가 긴 낯선 물새가 한 마리 어쩌다 꼿꼿이 서 있곤 했다. 윤이상尹伊桑의 오두막집이 그 어디 있었다. 목 쉰 듯한 첼로소리가 가끔 밖으로 새나곤 했다. 그 길을 줄곧 가면 (어쩐) 찔레꽃이 만발한 외갓집 훤한 안마당이 나온다. 대문을 열어젖히고 아래턱을 우물거리며 하마 누가 올까 마루 끝에 걸터앉은 외할머니의 곱살한 앞모습이 코빼기만큼 그러나 멀리서도 잘 보인다. 낮달이 어디론가 가고 있다.

책

　우물에는 하늘이 떨어져 있었다. 종잇장 같은 희디흰 하늘이다. 우물을 칠 때 제일 가슴 아팠던 것은 그 하늘이 깨져서 없어져버린 일이었다. 자라가 산다는 소문은 거짓말이었다. 물을 다 퍼도 자라는 나타나지 않았다. 먼 길을 누가 하염없이 가고 있었다. 길가 풀섶에서 찌 찌 찌 벌레가 울기도 했다. 엄마야 누나야 이사가자, 키 큰 무지렁 나무 그늘 아래로, 내 귀에는 왠지 그렇게만 들렸다. 한참 뒤에 스페인의 고도古都 화가 엘 그레꼬가 살았다는 집 뒤뜰에서도 핼쑥한 얼굴의 갈잎 하나가 누이야 누이야 햇살 부신 저 에풀러 강변으로 이사가자, 고 술렁거리는 것을 나는 보았다.

사이버 스토리

   자전거를 타본 이라면 알리라. 자전거를 타면 궁둥이가 (절로) 춤을 춘다. 올라갔다 내려갔다, 그것은 어떤 리듬일게다. 집도 나무도 길도 사방이 다 덩달아 춤을 춘다. 지나가는 개까지 그런다. 누군가, 잘 휜 눈썹의 가파른 능선을 달리는 기분이 되기도 한다. 능선 너머(호수 저쪽에) 여름이라 크고 서늘한 눈이 하나 언뜻 보인다. 옛날에 자전거를 타본 이라면 잊지 못하리라. 둔피臀皮 까진 건 알지도 못하고 말이다. 그건 머나먼 뒤쪽이니까.

호壺

아무것도 가진 게 없어
아무것도 드리지 못해요.
보시다시피 전 앉은뱅이라
몸을 쓰지도 못해요.
마음뿐인걸요.
오늘 아침은 뺨에 새삼
계안창만한 어룽 하나가 피어나네요.
수줍은 듯 누군가의
막 난 지치智齒를 보는 듯해요.
보여드릴게요.
이쪽을 봐요.
굽어봐요.
이런 것 왼 아무것도 전 드리지 못해요.
목이 긴 마리아 성모님, 눈웃음으로
절 한 번 웃어줘요.
전 그게 꼭 보고 싶어요.

움막, 곳간

혈穴
움막[宀]이 여덟[八]
옥편을 보면 cellarhovel
곳간
왜 움막이 됐다가 곳간이 됐다가 하나
움막일 때는 여덟 채
수평으로 나란히 퍼졌는가
수직으로 포개져 높이 솟았는가는
말이 없다.
왜 싸잡아 그것들을 구멍이라고 할까,
구멍이 없기 때문일까,
나는 오래도록
77년 간이나 길을 걷다가 어느날 문득 보았다.
길가에 있는 그것들은 어느 것도
구멍이 아니더라.
구멍이 아닌 그것들을 보았노라. 그렇다면
그것들은 움막일까 곳간일까,
아니다.
발이 쑥 한 번 빠진 뒤에는
발은 없어졌다. 구멍과 함께
없어진 발의 행방을
나는 알고 있다.
나만이 알고 있다.
쑥 한 번 빠진 건 틀림없는 내 발이니까,

장공만리 長空萬里

터널을 벗어난 기차가
꼬리 짤린 기적소리를 낸다.
한 번 더 낸다.
먼지 쓰고 목뼈 부러진 어떤 패랭이꽃
되 안 됐다는 듯
말끄러미 나는 본다. 거기가
그런 길섶이다.
누가 죽었나,
두건 쓰고 상여 메고
개미들이 부산하다. 하늘
드높은 곳에
앙꼬빵 소 같은 누가 두고 갔나
구름 한 점, 그새
너무 너무 새큼해진,

작은 틈새기로도
—제1번 비가悲歌[1]

균열진
작은 틈새기로도 해가 든다.
바람이 인다.
바위를 깨고 스며간 그 매미 울음소리[2]
지금은 너무 고요하다.
옷통 벗은
알몸인 내 가슴의 모든 나뭇잎으로
너를 위한
나는 그늘을 쳤다.
여름이여,
떠나가면서 너는 왜
나를 한 번 돌아보지도 않는가,

---

1) 『쉰한 편의 비가』의 「제1번 비가」와는 다른 작품이다.(편주)
2) 마쓰오 바쇼의 하이쿠는 '고요함이여 바위에 스미는 매미소리'로 되어 있다.

박수가 되어
—제2번 비가悲歌[3]

내가 태어났을 때는
너는 이미 죽어 있었다.
태어나자마자 나는
눈썹이 세고 코피를 쏟았다.
열여섯 살이던가 일흔여섯 살이던가
아무 데도 없는 어딘가 먼 바다 해 저무는 그런 곳을
나는 맨발로 가고 있었다.
소리내지 않는 목관악기, 멍하니
입을 벌리고 있었다.
사족蛇足도 있고, 누이를 닮은 자주꽃방망이꽃이
이를 앓고 있었다.
박수가 되어 나는
죽은 네 목소리를 내고 네 혼을 불러냈다.
내가 죽은 뒤에
네가 또 태어나리라.

---

3) 『쉰한 편의 비가』의 「제2번 비가」와는 다른 작품이다.(편주)

조춘早春

양지바른 높다란 담장에 등을 붙이고 앉으면
스르르 눈이 감긴다. 오후 두 시
그때다.
누가 와서 그의 염통에
주사침만한 바늘 하나 콱 꽂는다.
아 소리 한 번 지르고 피 실컷 쏟고
그는 숨이 멎는다.

새벽에 눈뜨고 보니

조그만 별이
조그만 눈을 깜박인다.
한 번씩 고개 돌려
뉘에게 말을 건넨다.
뉘일까,
꽃핀 늙은 배롱나무
안뜰 섬돌가에 그대로 서 있고
조모님이 아직도 앞머리에
서늘하고 훤한 가르마를 내고 계신다.

사이버의 눈

우리는 누구나 다 마당 한쪽에
남새밭을 가졌다.
장다리꽃 여럿
고개를 빳빳이 세우고 있다.
그 언저리
귀기가 날고 있다.
어디로 가 앉을까,
어느 꽃부리가 든든할까,
파눈 하나 얼굴을 내놓는다.
눈이 시다. 이윽고
달이 뜬다.
제 얼굴을 갉아대며 컹컹
겁먹은 개가 짖어댄다.
긴 망또를 걸친 누군가의 그림자가 와서
하나하나 시퀀스를 없애버릴 때까지,

시詩와 사람

하늘은 없지만 하늘은 있다.
밑 빠진 독이
허리 추스르며 바라보는 하늘,
문지방 너머 그쪽에서
떼꾼한 눈알 굴리며 늙은 실솔이 바라보는
아득한 하늘,
그런 모양으로 시와 사람도
땅 위에 있다.

일모日暮

바람이 뺨에 쇄하다.
안경 낀 늙은 멘셰비끄처럼 생긴 가로등에
불이 온다.
불이 따뜻하다.
머리 빗고 누가
불이 있는 그쪽으로 가고 있다.
여황산⁴⁾ 긴 허리를 빠져나온 바다,
발을 담그고 있다. 집에는 가지 않고
턱이 뾰족한 아이,
하늘 가까이 작은 열매들 언뜻
빛나고 있다.

---

4) 통영 서북쪽에 있는 산.

모택동

놀이 지고
산이 운다.
집으로 가나, 늙은 수퀑 한 마리
뒤뚱뒤뚱거린다.
예술의 전당 그런 곳에서
당신을 만난다.
루오 할아버지가 그린 예수의 얼굴처럼
언제 문드러졌나 당신 얼굴에도
코가 없다.

때까치

작은 바다 밑에는 더 작은 바다가 있다.
더 작은 바다 밑에는 바다가 없다.
아침에 작은 바다가 때까치소리를 내면
저녁에 더 작은 바다는 한쪽 귀가 조금 나간
때까치소리를 낸다.
때까치는 그렇게 태어나자 얼른
어디론가 가버렸다.

지금은 어디 있나
때까치를 분만한 작디작은 바다,

---

* 『의자와 계단』에는 '때까치'가 모두 '대까치'로 표기되었으나, 이 전집을
엮으면서 시인이 수정하였다.(편주)

눈 아래는

머리 위에는 선반
먼지는 부옇게 앉아 있었다.
눈 아래는 앉은뱅이 책상
몽당연필 한 자루
색지로 접은 학이 한 마리
학은 개나리꽃빛 노란 날개를
한껏 치켜들고 있었다. 해가 질 때까지,

먼 들메나무

슬픔은 슬픔이란 말에 씌워
숨차다.
슬픔은 언제 마음놓고
슬픔이 되나,
해가 지고 더딘 밤이 오면 간혹
슬픔은 별이 된다. 그새 허파의 바람도 빼고 귀도 씻으며
슬쩍슬쩍 몰래 늙어간
산모퉁이 키 머쓱한
그 나무,

베레모

서화담徐花潭의 머리에는
베레가 걸맞지 않는다.
염천炎天에 그늘이 없지 않는가,
개경삼절開京三絶의 또 하나
지족선사知足禪師는 아침저녁 뭔가 머리에
올렸다 내렸다 하는데
제행무상諸行無常,
그는 늘 빡빡한 맨머리가 아니던가,
(비가 오면 어쩌나
해가 쨍쨍 쬐면 어쩌나)
서화담의 머리
굳굳하고 굳굳한 그
겨울참나무 같은 상투에다
베레 같은 건 이제 씌우지 말라.

녹녹한 아이

왜라고 묻지를 말 것,

풍차가 네덜란드에서
일흔여섯 바퀴를 돌다가 멎는다.
진눈깨비가 어린 양들의 등성이에서 빤짝인다고
케냐에 사는 한 아이가 그렇게 말했다고
그 아이를 북치는 소년이라고
김종삼이 말한 일이 있다.
꼭두새벽인데 별 하나가 어디론가 가버리고
딱정벌레와 보석은
아직 눈뜨지 않는다.

춤

거기가 어딜까,
말은 아직 태어나지도 않았는데
노래가 어인 일,
일어서다 앙금앙금 주저앉는 저것,
주저앉다 앙금앙금 일어서는 저것,

김종삼金宗三

라산스카,
그가 불러본 이름이다.
배꼽이 솔방울을 낳는
몹쓸 병을
그는 한때 앓기도 했다.
사족이나마
한 마디 할 말이 없을까 하고
눈에 띄는 대로 나는 얼른
발바닥만한 낙엽
이라고 했더니
그는 이미 그 오솔길을 저녁이내처럼 슬쩍
지나갔다고 한다.
친구가 사준 이탈리아제 키또구두를 신고,

조감도 鳥瞰圖

길이 세 가닥 나 있다.
길 한 가닥에는
아이스크림을 입에 문 여자아이들이 삼삼오오 가고 있다.
왁자지껄하다.
다른 두 가닥의 길에는 아무도 없다.
아니
한 가닥의 길에는
아물아물 강아지 한 마리가 가고 있다.
한쪽 다리를 들고 급히 일을 본다.
마디풀이 젖는다.
한 번 핥아보고 마디풀이
상을 찡그린다.
어디선가 돼지 불알 따는 소리 들리고
해가 진다.
남은 한 가닥의 길이 한껏 뻗은 다리를 오므린다.
싱겁다는 듯이.

책 속에는

책 속에는 길이 없다.
덤불이 있고
엉겅퀴꽃이 고개를 떨구고 있다.
자주빛 그늘이 진다.
지금이 낮인가 밤인가
바나가 옷을 벗는데
책 속에는 아무도 없다. 몹시 서운하다.
그런가 하면
안개가 조금 걷히고 후비진 항구가 하나
스스로운 듯 가랭이를
반쯤이나 아직도 검질기게 오므리고 있다.
책 속에는 길도 없는데
코끼리가 한 마리 가고 있다.
너무 작아 보일듯 보일듯 가고 있다.
언젠가 그쯤에 껴둔 은종이, 지금 보니
코끼리는 발바닥도 은회색이다.
오련한,

계단

거기 중간쯤 어디서
귀뚜라미가 실솔이 되는 것을 보았다.
부르르 수염이 떨고 있었다.
그때가 물론 가을이다.
끄트머리 계단 하나가 하늘에 가 있었다.

황아전

어릴 때 본 갓신이 없다.
어릴 때 본 갑사댕기도 없다.
죽음이 이젠 주검이 되어
물기 빠진 얼굴이 조막만하다.
살갗이 가지빛이다. 그런데
체인 코코스는 메뉴가 꽃밭처럼 화려하다.
대낮이다.
햇살이 햇살 보고 히죽이 웃는다. 그런데
갑자기 그늘이 지고 공원에 다람쥐가 보이지 않는다.
도토리나무 키가 머쓱하다.
한바[飯場]⁵⁾의 벽은 바끔한 틈도 없는
빈대의 핏자국이다. 그런데 그날밤
키 작은 넋이 하나
키 작은 사철나무 어깨 위에 내렸다.
거기가 어딜까,
날이 샜는데 아침이 오지 않는다.

---

5) 일제 때의 노무자들 합숙소.

숲종다리

열세 살인데 왜 죽어야 했나,
스물두 살에 왜 죽어야 했나,
일흔일곱 살인데도 왜 죽어야 하나,
여황산 기슭을 돌아 할머니 몰래 오늘 아침
왜 예까지 왔나,
꽁지 거슬한 늙은 저 숲종다리.

거지주머니[6]

나는 왜 그런 데에 가 있었을까,
목이 잘록한
오디새같이 생긴 잉크병 속에
나는 들어가 있었다.
너무 너무 슬펐는데
사람들은 나를 웃고 있었다.
꿈에 신발 한짝이 없어졌다.
없어진 신발 한짝을 찾는 동안
기차는 떠났다.
잠을 깨고도 눈앞이 썰렁했다.
며칠 뒤에 내가 우미관優美館[7]에서 본 것은
분명 그런 줄거리의 신파극이다.
입이 씁슬했다.
나는 한때 일전一錢짜리 우표였다.
가슴이 벅찼다.
어디로 갈까 어디로 갈까 하다가
해는 지고
나는 그만 거기 주저앉고 말았지만,
조카녀석은 죽어서 이전二錢짜리 우표가 됐다. 단숨에 멀리 오
르도스까지 가버렸다.

---

6) 주머니처럼 생긴 기형적 과일.
7) 종로 2가 청계천변에 있었던 극장.

장의자가 있는 풍경

하늘은 갈매빛이다.
누가 반듯이 눕는다.
그런 모양으로 그는 숨이 멎는다.
그것은 엊그저께의 일인데
오늘 아침은 햇서리가 내리고
풋감 하나 툭 하고 떨어진다. 어디서
때까치가 와서 물고 간다.
그런 흔적이 역력하다.
그 위에 갈매빛 하늘이 엷게 놓인다.
아무 일도 없었다는 듯이
혹은 무슨 일이 있었다는 듯이,

의자를 위한 바리에떼

누가 나를 부른다.
돌아보면 너무나 아득하다.
내 키만한 수렁이 있고
그 언저리는 언제나 봄이다.
게가 한 마리 거품을 물고 있고
키 큰 오동나무가 아물아물 꼭대기에 하늘빛 꽃을 달고 있다.
낮달이 나를 자꾸 따라온다.
나를 누가 기다리고 있다고,

*

한밤에 잠을 깬다. 거실로 나와 불을 켜고 소파에 앉는다. 앞을 본다. 선반 위에 수반이 있다. 자갈이 하얗게 깔렸다. 짙은 쥐빛의 작은 돌이 하나 놓였다.

돌이 혼자서 한숨을 쉬었다가 뭔가 혼잣말을 시부렁거린다. 그런가 하면 갑자기 입을 다물어 버린다. 표정이 싸늘해진다. 누군가의 옆얼굴을 닮았는데 그가 얼른 생각나지 않는다. 불을 끄고 방으로 들면서 또 한 번 그쪽을 본다. 돌의 표정은 지워지고 돌이 있다는 윤곽만 희미하다. 그러나 그 윤곽은 하나의 표정이 되고 있다. 돌아앉은 먼 산의 앉음새다. 무겁게 가라앉았다. 소파에 놔둔 내 몸의 무게일까.

예수가 숨이 끊어질 때 천둥은 치지 않고 느티나무 큰 가지도 부러지지 않았다. 골고다 언덕에는 느티나무가 없다. 해는 너무 달아서 흰빛을 내고 있었다. 예루살렘의 하늘에 그날밤 늦도록 무지개가 서지도 않았다. 다만 갈릴리 호숫가의 뜨거운 햇살이 작은 풀꽃(아만드꽃이라고 했던가,) 몇 포기 서쪽을 바라고 시들게 했다. 그 움푹 파인 언저리, 지금은 너무 고요하다.

*

헤르몬산은 해발 일만 척, 꼭대기는 세 개의 봉우리로 갈라져 있다. 연중 눈이 녹지 않는다. 남쪽으로 백 리쯤 떨어진 곳에 갈릴리의 호수가 색지를 오려붙인 듯한 짙은 쪽빛을 하고 누워 있다.

요단강을 건너서 그 사람은 언제 올까, 헤르몬산은 그러나 말이 없다. 그만한 높이로 언제까지나 그는 갈릴리의 호수를 그 물빛을 저만치 내려다보고만 있다.

*

우리는 어디로 가야 하나,

죽어서 나비가 된 옥수나에게 물어본다.
옥수나는 어릴적 내 소꿉질 친구,
대낮인데 공지초롱을 들리고
연못가 수련꽃 그늘을 지금도 가고 있다.
슬픔은 키가 작아
바람부는 날 더욱 작게 몸을 웅그린다.

                              *

　　루오 할아버지가 「교외의 예수」를 그리고 있다. 교외라고 했
지만 현대 파리의 그것인지 고대 예루살렘의 그것인지 아련하
다. 하늘은 눈감은 잿빛이다. 나무는 잎이 다 졌는지 화면 밖으
로 나가 있다. 예수는 커다랗게 정면에 배치되었고 좌우에 두 사
람의 인물을 조그맣게 세워놓았다. 베드로나 요한, 혹은 야곱인
지도 모른다. 세 사람이 다 이목구비가 없다. 풍화된 듯 민숭민
숭한데 예수만 왠지 얼굴 테두리가 훤하다. 루오 할아버지는 그
쯤에서 한숨을 쉬며 주저앉는다.

                              *

　　새벽 두 시

겨울바다가 우는 소리를 듣는다.
어둠의 한쪽이 조금 열리고
눈이 내린다.
앉은 내 어깨 위로,

*

약속시간 십 분이 지났다. 무슨 사정이 있겠지, 삼십 분이 지
났다. 사정이 있어 늦는 게지, 드디어 한 시간이 지났다. 할 수
없이 자리를 뜬다. 다음 또 기회가 있겠지, 아무렴! 그렇다 해도
전화는 한 통 해줄 수도 있었겠는데 말야,
시들시들한 꽃이 댓송이 제각기 딴전을 보고 있었다. 저만치,

*

통영의 봄은 바다에서 와서 바다 너머로 가버린다. 한려수도
를 건너서 불어 오는 바람은 진달래꽃빛을 하고 느릅나무 어린
잎들을 흔들어준다. 바람이 모발을 소금기로 부드럽게 해주고
송진냄새를 한길이나 골목에도 흩뿌리게 되면 계절은 어깨가 수
양버들처럼 축 늘어진다. 숭어 납새미 짚신게가 하나씩 상머리
에서 사라지고 사람들은 어느새 옆구리가 물컹물컹해진다.

요한 바오로 이세는 딴딴해 보인다. 광대뼈가 조금 도톰한 듯한 인상이고 은발은 윤이 난다. 턱이 잘 발달되어 그의 의지력이 거기에 특히 응결되어 있는 듯하다. 그의 표정은 그 볼그스름 물든 볼처럼 깨끗하다. 간혹 스치는 눈 언저리의 그늘은 오히려 유리처럼 차고 투명하다.

그가 한국의 예술가들에게 보내는 메시지를 읽어가는 동안 단상의 소파 하나가 지긋이 눈을 감는다.

*

잼은 자마이카의 약어다. 약어는 약어지만 어딘가 생략하고는 자마이카까지는 가지 못한다. 자마이카까지는 길이 있다 해도 그 길을 가고 또 간다 해도 자마이카까지는 가지 못한다.

잼은 숨이 차다. 음절이 셋뿐이다. 그것으론 대서양을 건너지 못한다.

계단을 위한 바리에떼

예수의 목에는 「유태의 왕」이라고 쓰인 호패가 차여져 있다.
골고다 언덕의 좁은 꼬부라진 길바닥은 당나귀의 분뇨로 범벅
이 돼 있다. 경사진 오르막도 있다. 피와 땀이 온몸을 짓이기고
흙 먼지가 눈을 뜨지 못하게 한다. 짊어진 십자가는 무게가 75㎏
이나 된다. 힘에 부대껴 쓰러지면 그때마다 누군가가 침을 뱉고
돌을 던진다. 이윽고 느린 박자로 해가 기운다. 멀리 골란 고원
을 저녁이내가 스쳐간다. 이내는 땅 위에 발자국을 남기지 않는
다. 발이 없으니까.

*

깨묵발을 쪼으며 또 쪼으며
어디까지 갔으면 소미小米만큼 보였을까,
거기가 벛나무 그늘이었다면
거기가 수련꽃 그늘
당산 밑 연못이었다면
내 어릴적 아주 옛날에 그까짓
속절없이 바람비에 실려갔으리,

　라인홀드 니버라는 아이가 있었다. 하루는 녀석이 밤을 까먹다가 싱글벙글 웃는 낯으로 다가오더니 다짜고짜 내 입에다 밤한 톨을 물린다. 입 안이 들쩍지근하다. 얼른 뱉었다. 그러자 녀석은 내 호주머니에 밤 몇 톨을 쑤셔넣는다. 집에 가서 꺼내보니 껍질에 설탕가루가 묻어 있고 알은 다 썩어 있다. 다음날 녀석을 만나면 밤을 도로 돌려줄 생각이었다. 입 안에다 한 톨만 물려줄까, 그러나 다음날 녀석을 보자 나는 왠지 손이 나가지지가 않았다. 녀석은 눈을 가늘게 뜨고 싱글벙글 웃고 있다. 광대뼈는 어제보다 더 불거져나온 듯했고 눈은 자꾸 가늘어지더니 나중에는 아예 감겨지고 말았다. 그런데도 얼굴 전체는 싱글벙글 웃고만 있다. 라인홀드 니버라는 아이는 뒤에 유명한 신학자가 되었다.

　　　　　　　　　　　　*

　원장(유치원의) 선생님은 호주에서 온 선교사다. 이층 복도에서 유리창을 열어젖힌 채 앞뒤로 잘 흔들리는 커다란 나무의자에 몸을 묻고 있다. 책을 읽고 있다. 그는 언제나 겨드랑이에 꺼풀이 검은 책을 끼고 다닌다. 지금은 그 책을 읽고 있나보다.
　그를 길거리에서 만난 일이 있다. 그는 고개를 세워 앞만 보고 걷고 있었다. 키에 비하여 얼굴이 너무 작아 남의 것을 어디서 잠깐 빌리지 않았나 싶었다. 인사를 하려다 멈칫했다. 몇 걸음 앞에서 그의 구둣발을 봤기 때문이다. 그렇게 큰 발도 있을까, 그것은 하나의 발견이었다. 그것이 우스워서 인사를 못 했다.

　유치원 곁에 그의 사택이 있다. 붉은 벽돌의 이층집이다. 담쟁이가 사방에 넌출을 치고 있다. 그 사이로 반질한 참나무계단이 가지런히 놓여져 있다. 꿈에 나는 그 계단을 밟아본다.

*

아치형의 작은 문이 안쪽에 따로 또 있고
귀뚜라미가 울고 있고
훨씬 위쪽에는 하루 온종일 바람개비가 멎지 않고 있었다.

*

낙엽들이 길섶에 슬린다.
햇살이 햇살의 웅덩이를 만든다.
여기 저기,
잎 떨군 나무들
키가 더 커지고
조금은 어쩔 줄을 몰라한다.

너무 먼 하늘이
귀에 쟁쟁하다. 그
목 잘린 무쇠두멍,

*

엽총을 꼬느며
누가 나를 쫓는다. 곁에 앉은
누군가의 무릎과 무릎 사이 아득한 틈새로
거기가 어딘지도 모르면서 나는 얼른
머릴 처박는다.
사막에서 얼떨결에 가끔 타조가 그러하듯
엉덩이는 어디쯤 한데에 실컷 까놓고,

*

한 아이가 가고 있다.
길이 삐딱하다.
모과 떨어지는 것이 보인다.
모과는 물론 모과빛이다.
가을이라 그럴까,

소리가 나지 않는다.
아득하다. 13층에서
누가 덥석 길을 뽑아들고 가버린다.

제목이 없는 다섯 편의 짧은 시

그 하나

뜨지 않는 눈이 있어
반딧불이 된,

그 둘

달도 말고 별도 말고
해 지면 슬금슬금
뒷집 영감 불알이나 따러 가세,

그 셋

우루무치는 내 동생
누루무치도 내 동생
한 놈은 쩔룸발이
한 놈도 쩔룸발이
왜 두 놈이 다 쩔룩거려야 하나,
한 놈만 쩔룩거리면 안 될까,

그 넷

땅이 꺼지고 (그쯤에서)
발가락이 꼬이고
더는 가지 못하는
어느새 이목耳目도 한쪽으로 짜부라진
누군가
태초에 그런 이별이 있었다.

그 다섯

거꾸로는 눕지 말라고 했는데
머리를 구들목에 두고
다리는 문쪽으로 길게 뻗고 있다.
새벽 네 시,
문지방 너머 그쪽에서
귀뚜라미 한 마리 소리를 죽이고 있다.

거울 속의 천사

2001년 4월 25일 민음사 발행(신국판 변형/112면)

|차 례|

슬픔이 하나

어제는 슬픔이 하나
한려수도 저 멀리 물살을 따라
남태평양 쪽으로 가버렸다.
오늘은 또 슬픔이 하나
내 살 속을 파고든다.
내 살 속은 너무 어두워
내 눈은 슬픔을 보지 못한다.
내일은 부용꽃 피는
우리 어느 둑길에서 만나리
슬픔이여,

귀가길

마주 보고 앉으면
왠지 흐뭇하고 왠지 넉넉해지는
그런 식탁이다. 그
앞자리가 비고
나는 이제 멍하니 혼자 앉아 있다.
어느새 햇살이 아쉬운 계절이 되었다.
둑길을 가다가
가지빛으로 말라가는
키 큰 갈대를 저만치 바라본다.
그 언저리 햇살이 저 혼자
햇살의 웅덩이를 만들고 있다.
귀가길은 언제나 별이 아스름했다.
집을 바로 거기 두고
그때 우리는 어딘가 먼 데로 하염없이
눈을 주고 있었다.
왜 그랬을까,

대치동大峙洞의 여름

내 귀에 들린다. 아직은
오직 말라는 소리,
언젠가 네가 새삼
내 눈에 부용꽃으로 피어날 때까지,
불도 끄고 쉰다섯 해를
우리가 이승에서
살과 살로 익히고 또 익힌
그것,
새삼 내 눈에 눈과 코를 달고
부용꽃으로 볼그스름 피어날 때까지,

하루 해가 너무 길다.

3월 31일에

3월 31일[1]에 이사를 했다.
이상하다.
봄이 저만치 가고 있다.
멀리서 온 듯 가쁜 숨을 내쉬며
4월 5일[2]에는 여름이 왔다.
꼬리를 감추고
(아무도 보지 못하게)
운남성 오지로 간다는 비오리,
운남성 오지에는
장준하의 발자국이 있다고
장준하의 발자국이 여럿
날 보고 있다고
그렇게
모래는 무너지면서 강을 우빈다고,

---

1) 아내가 입원한 병원 가까이 이사한 날.
2) 아내가 이승을 뜬 날.

열매의 위쪽에

여름보다 먼저 가을이 오는 듯하다.
그런 느낌이다.
가을만 있고 여름은 없는 듯하다.
그런 느낌이다.
열매의 위쪽에
꽃이 없고
비눗방울이 뜰을 비추고
우주의 상공을 빙빙 돌다가 이내 꺼져 간다.
너무 너무 믿기지 않아
나는 끝내 그 말을 너에게 꺼내지 못했다.

너무 밝은

발가락이 아프다고 그게 다
티눈이 되나,
티눈은
남새밭 한쪽에 핀
장다리꽃, 그
장다리꽃은 그늘이 없다.
너무 밝은 여름이
훤히 저쪽까지 내다뵈는
여름이
하루 온종일 가지 않고 있다.
그날
모서리가 조금 나간
누가 네 발자국을 보았다 하나,

거울

거울 속에도 바람이 분다.
강풍이다.
나무가 뽑히고 지붕이 날아가고
방축이 무너진다.
거울 속 깊이
바람은 드세게 놀아붙인다.
거울은 왜 뿌리가 뽑히지 않는가,
거울은 왜 말짱한가,
거울은 모든 것을 그대로 다 비춘다 하면서도
거울은 이쪽을 빤히 보고 있다.
셰스토프가 말한[3]
그것이 천사의 눈일까.

---

3) 셰스토프는 천사는 온몸이 눈으로 돼 있다고 했다.

바람

자목련이 흔들린다.
바람이 왔나 보다.
바람이 왔기에
자목련이 흔들리는가 보다.
작년 이맘때만 해도 그렇지가 않았다.
자목련까지는 길이 너무 멀어
이제 막 왔나 보다.
저렇게 자목련을 흔드는 저것이
바람이구나.
왠지 자목련은
조금 울상이 된다.
비죽비죽 입술을 비죽인다.

강우

조금 전까지는 거기 있었는데
어디로 갔나,
밥상은 차려놓고 어디로 갔나,
넙치지지미 맵싸한 냄새가
코를 맵싸하게 하는데
어디로 갔나,
이 사람이 갑자기 왜 말이 없나,
내 목소리는 메아리가 되어
되돌아온다.
내 목소리만 내 귀에 들린다.
이 사람이 어디 가서 잠시 누웠나,
옆구리 담괴가 다시 도졌나. 아니 아니
이번에는 그게 아닌가 보다.
한 뼘 두 뼘 어둠을 적시며 비가 온다.
혹시나 하고 나는 밖을 기웃거린다.
나는 풀이 죽는다.
빗발은 한 치 앞을 못 보게 한다.
왠지 느닷없이 그렇게 퍼붓는다.
지금은 어쩔 수가 없다고,

명일동 천사의 시

앵초꽃 핀 봄날 아침 홀연
어디론가 가버렸다.
비쭈기나무가 그늘을 치는
돌벤치 위
그가 놓고 간 두 쪽의 희디흰 날개를 본다.
가고 나서
더욱 가까이 다가온다.
길을 가면 저만치
그의 발자국 소리 들리고
들리고
날개도 없이 얼굴 지운,

두 개의 정물静物

1

고양이가 햇살을 깔고 눕듯이
취설吹雪이 지나가야
인동잎이 인동잎이 되듯이
전사란 말 내신 나에게는
여보란 말이 있었구나,
여보, 오늘부터
귀는 얼마나 홈이 파일까.

2

나는 언제 익사했나,
바다 한쪽이 가끔 사금파리처럼
뻔쩍한다.

돌벤치

이사와서
그쪽을 바라보니
그쪽은 너무 일찍 여름이 온다.
너는 발자국이 없고
해태마트 앞뜰 돌벤치
네가 두고 간
물푸레나무 꽃빛 물푸레나무 그늘만 아직도 거기 있다.
한 번 뒤돌아보렴, 뒤돌아보고
소금기둥이 돼라, 너는

둑

봄이 와 범부채꽃이 핀다.
그 언저리 조금씩 그늘이 깔린다.
알리지 말라,
어떤 새는 귀가 없다.
바람은 눈치도 멀었다. 되돌아와서
한 번 다시 흔들어준다.
범부채꽃이 만든
(아무도 못 달래는)
돌아앉은 오목한 그늘 한 뼘
점점점 땅을 우빈다.

변비

풀꽃들이 고개를 낮춘다.
항구가 하나 가랑이를 오므린다.
빌딩과 빌딩 사이 긴 골목을 지나
무엇인가 야드르르
그녀의 오지랖에 가 앉는다.
한려수도 저 멀리
거뭇거뭇 산초빛 거웃이 언뜻 보인다.
배만 자꾸 틀리고
닷새나 변이 뉘지 않는다.

우물

너무 가까이
하늘이 떨어져 있었다.
밤에는 어디로 너무 멀리
하늘은 가 있었다. 별이 하나
숨어 있기도 했다.
물은 말라도 떠나지 않는 것이 있었구나,
쭈글쭈글한 소리 하나
아직도 바닥을 맴돌고 있다.
왜 나에게는 누님이 없나,

또 우물

우물에 빠진 하늘은 너무 작아진다.
하늘을 품에 안은 우물은
너무 커진다.
흐뭇해하고 얼굴이 훤해진다.
너무 커진 우물을 들여다보면
누님의 갸름한 얼굴이 있고
몸이 뻣뻣해진 늙은 자라도 있다.
너무 커진 우물이 너무 커진 손바닥에
너무 작아진 하늘을 얹어놓고
달래본다.
밤이 와서 어둠이 널 데리고 갈 거야
갈 거야 하고,

금잔화

바람이 밤새 파도를 밀어올린다.
(미당未堂은 울렁이는 가슴이라고 했다.)
떨어져 깨지는 것은 결국
하늘이다.
땅에도 조금은 금이 가고
영문을 몰라
지렁이가 곰틀곰틀 몸을 곰틀거린다.
아침이 다 왔는데
무슨 꿈을 꾸기에
금잔화
저 여린 것들은 눈을 뜨지 않나,

밤이슬

밤은 새처럼
어디로 날아가지도 않는다. 다만
날개를 접고
풀밭에 누워 있다.
하늘과 별이 함께 있다.
누구도 모르게 밤은 한밤에 가끔
날개를 잠깐 폈다
얼른 접는다.
밤은
제가 빚은 이슬만 겨우 반 종지
살짝 내려놓고 아쉬운 듯 그러나
끝내 잠이 든다.
어쩌나 그때
서열에도 끼지 않은 그 깐깐하고 엄전한
왕따인 천사가 눈을 뜬다.

난蘭

속눈썹이 짙어졌다.
눈망울이 덮인다.

일흔여덟 번째의 가을이 온다.
봄은 죽도화
여름은 부용꽃
눈 위에 새의 발자국을 찍어놓고
겨울은 산 뒤쪽 어디로 가버렸다.
뒤꼭지에 눈이 없어
한 해를 다시 기다려야 했다.
기다리다 기다리다 눈은 이제 귀가 됐다.
속눈썹 속의 귀
속눈썹들의 그 많은 귀
보이지 않는 것은 바람만이 아니다.
어디서 소리가 난다.
길게 한 번만
아련히,

죄를 짓고

간이 크다는 것은
간이 바람 맞았다는 그 뜻이다.
우수리 강 건너면서 라스콜리니코프는
새삼 깨닫는다.
강을 다 건너자
으루나무숲을 눈보라가 휘몰아친다.
온 산을 울렸는데도 겨우
들쥐가 한 마리 죽어 있다.
죽음 곁에는 아무도 없다.
죽음은 제 혼자 울다가 바람이 되어
제 혼자 어디론가 가버린다.
시베리아는 너무 넓고 너무 춥다고
라스콜리니코프는 새삼
깨닫는다.
눈 위에 철새들이
발자국을 남기지 않는다.
너무 막막寞寞하고
발이 너무 시리다고,

사족蛇足

누가 말했듯이
뭐라 해도 거울은 거울이다.
거울 속에서도
배암은 발이 없다.
후비고 또 후벼봐도
살수록 거울 속은 훤하기만 하다.
아무 데도 숨을 곳이 없다.
해가 지고 거울에도 밤이 온다.
어둠이 밤새
언뜻 보여줄는지도 모른다.
우리에게는 기다림이 있으니까
거울이여.

또 일모日暮

천사가 길을 떠난다.
이내가 내리고
천사는 손을 흔들지 않는다.
먼 산 들매나무가 잎을 떨군다.
천사는 허름한 자켓을 걸치고 있다.
술 취한 사람이
아무 데서나 마구 갈긴다. 그러나
오줌발은 몹시 약하다.
천사가 떠난 성당의 지붕 위를
해가 얼른 저문다.

달맞이꽃

밤 하늘을 기차가 달린다.
집이 덜커덩 덜커덩거린다. 밤에
불 켠 가로등이 쓸쓸하다.

이 시대
땅은 끈끈하고 누군가 징 박힌
구둣발 소리 지나간다.
그 자리
그리스 신화처럼 꽃 한 송이
희부옇게 피어나는가 하더니
얼른 얼굴을 가린다.

서가書架

시렁은 시렁인데 창이 달렸다.
먼지가 앉으면 안 된다.
먼지는 눈을 흐리게 한다.
흐리지 않은 눈에 얼른 띄는 것들
호이징어의 중세의 가을
그 곁에
홍루몽紅樓夢 상중하
그 곁에 현대예술 Ⅵ, 눈에
얼른 띄는 것들이 눈을 가로막는다.
어디로 멀리 가버리고 싶다.

또 거울

1

새벽 다섯 시에 잠을 깬다.
거울 속에 내가 있다.
거울이 나를 보게 한다.
거울 속의 나도 새벽 다섯 시다.
희부옇다.
희부연 나를 보니 생각난다. 언젠가
한밤에 잠 깼을 때
나는 없고
거울 속엔 어둠만 있었다.
기억하라,
나는 그때 어둠이었다.
어둠 속은 햇볕이 쨍쨍
만타萬朶의 모란꽃이다.

2

너무 일찍 잠 깨지 말아야지,
너무 늦게도 깨지 말아야지,
가끔 나는 거울 보고 묻는다.
몇 시쯤이 좋을까,
자네 사정이 어떤가,

허유虛有[4] 선생의 토르소

안다르샤[5]
잡풀들이 키대로 자라고
그들 곁에
머루다람쥐가 와서 엎드리고 드러눕고 한다. 그
머루다람쥐의 눈이 거짓말 같다고
믿기지 않는다고
장군 후랑코가 불을 놓았지만, 너
천사는 그슬리지 않는다.
안다르샤,
머나먼 서쪽
봄이 가고 여름이 와도 그러나
죽도화는 피지 않는다.
피지 않는다.

---

4) 아나키스트 하기락河岐洛 선생의 아호.
5) 스페인령. 1930년대 아나키즘의 본거지.

머나먼 길

왜 꿈이 있나,
꿈에는 조모님 손만 보인다.
조모님 손이 너무 크다.

내 발을 풀이슬에 젖게 한
조모님 손 잡고
효봉 높은 스님 계신다는
미래사 가는
그 부처님의 길
바다 쪽으로 조금 기운
머나먼 길,

나에게는 지금도
부처님의 자리가 비어 있는데,

어떤 자화상

겨울이 다 가고 새봄에 춘니春泥가 오면
울고 싶도록 그는 발이 젖는다.
역사가 어디 있나,
정몽주는 거기 있는데
송화강 건너간 그날의 그는
왜 아직도 소식이 없나,
너무 오래됐구나,
말 타고 칼 찬 사람들 보자 옥사한
금자문자金子文子가 생각났던 그 시절, 어느새
그의 등마루는 으깨지고
그는 시방 계절 밖에 나가 있다.
거기는 피고 지는 꽃도 없다.

귀향

윤이상의 가곡은
남망산南望山⁶⁾ 기슭에서 숨을 한 번 돌리곤 했다.
전혁림은 명정리明井里⁷⁾ 우물가에서
뇌조雷鳥를 처음 봤다. 그날
뇌조는 뇌조의 몸짓으로 멀리멀리 사라져 가더라고 했다.
그건 구球도 원통圓筒도
원추圓錐도 아니더라고 했다.
그건 빛〔色〕이며 빛〔光〕이 아닐까
전혁림은 그날 그런 생각을 해봤을까,

오랜만에 와보니 윤이상은 또다시
촛대마냥 말라 있다.
길을 가다 울컥하고 길바닥에 각혈하던
그 시절
전혁림은 용화사龍華寺⁸⁾ 단청만 보고 있었던
그 시절,

---

6) 통영의 동남쪽에 있는 산.
7) 통영의 한 동네. 늘 맑은 물이 고여 있는 큰 우물이 있었다.
8) 통영의 교외에 있는 절.

꿈과 벼룩을 위한 듀엣

1 가을, 밝은 날

꿈 속은 비어 있다.
껍질 속에 꿈이 있다.
백날을 해가 들지 않고
백날을 달이 뜨지 않았다.
껍질을 벗고 나오면
꿈은 빈 자리에 소문만 남는다.
그 서운함
하늘만한 가슴이 안아준다
저기 저,

2 아득하구나

벼룩아
기억하고 있겠지,
온몸으로 네가 빤
내 피는 뜨뜻했다고,
아득하구나,
죽어서 이젠 풀매미가 된
너,
너는 또 기억하고 있겠지,

겨우내 널 숨겨준
등잔 밑 어둠,
어둠의 그
눈곱만한 온기를,
벼룩아
그게 얼마나 내 콧등을 새큼하게 했는네.

에필로그

그녀가 온다고 아직도
물거품 띄우는 에게해로 아직도
사람들의 눈이 가 있을라,
길을 가다가 뉘 집 담장 너머로
힐끔 보는
대낮에 제 혼자 부끄럼 타는
꽃,
얼굴을 돌리고 있다.
참 오래됐다.
단원 김홍도의 그림에서도
그는 그러고 있다.

단풍잎

magazine
내 시가 실린
말과 글자로 된 세계,
그
말과 글자를 떠나는
너는 이제 없는 것이 돼가는
너는 이미 시도 아닌
magazine 훨씬 너머
지구 밖 어디서
가을빛으로
네 스스로를 허물어 가는
너는 지금 아득히
물들어 가는,

자꾸 작아지는 마을

산자락 끝에 뜻밖에도
솔방울 모양을 한
솔방울만한 마을이 하나
모닥불을 지피며 떨고 있다.
손가락만한 은사시나무가 한 그루
어디로 가려다 길을 잃은 듯
멍청하니 바람을 맞고
서 있다. 까치집이
까치 귓불만하다. 까치는 아예
눈에 띄지도 않고,

하늘은 지워지고

여름 어느 날
너무 낮게 내려온 하늘이
주책없이
냇물에 발을 담그고 있었다.
이윽고 날이 저물고
제자리로 채 돌아가기도 전에
하늘은 지워지고
가각街角을 빠져나온
한 떼의 돌개바람이 길을 잃고 길바닥에
픽하고 주저앉는다.

하늘소부치

나는 너무 일찍
애너벨 리[9]를 읽었다.
그녀에게 편지를 썼다.
주소를 몰라 부치지 못한 편지는
내 호주머니 속에서 한숨만 쉬고 있었다.
꿈에 나는
리치먼드로 애너벨 리를 만나러 갔다.
그녀는 그러나 이미 죽고 없어
힘 빠져 돌아서는 길섶에서 나는
암갈색 날개를 펴고 막 날아오르는
손톱만한 벌레 하나를 보았다.
그가 바로
하늘로 가는 (아메리카의) 하늘소부치라고
누가 나에게 일러주었다.

하늘에는 애너벨 리가 먼저 가 있으리,
창 밖을 내다보고 있으리,

---

9) 에드거 앨런 포의 시에 나온다.

자색안료紫色顔料

아프리카 오지의 한 부족은 하늘과 땅이 맞닿은 곳이 어딘가에 있다고 믿고 있다. 자기들이 거기서 왔다고 믿고 있다. 그 부족의 추장은 턱수염이 너무 짙고 뼈대가 너무 굵고 발톱이 너무 두껍고 힘이 너무 세고 다리가 너무 길고 사타구니 사이의 그것이 너무 커서 초가을의 수세미외만하다. 그는 그래서 처자식이 너무 많다.

너무, 그렇다. 너무란 말을 빼면 그에게는 가진 것이 아무것도 없다. 하늘과 땅이 맞닿은 곳이 어딘가에 있다는 믿음 외에는 언젠가는 거기로 가게 될 거라는 믿음 외에는,

미음微吟

슬픔은 어디서 오나,
왜 오나,
키 큰 나무에게 가 물어본다.
키 큰 나무는 웃고만 있다.
쭉쭉 잘 뻗은 가지들이
시원스럽다.
그때 나 어릴 때
벼룩에게 물어볼걸 그랬지,
내 피를 빨아 살이 찐
네 몸에서 왜 그런 냄새가 나지?
네 코는 흔적도 없고
네 눈은 보일랑 말랑 왜
뒤꼭지에 가 있지, 하고

사족蛇足

내 피가 그렇게도 좋아
밤낮없이 나를 따르던
벼룩아,
방울꽃 핀 그 길을
가고 있지, 나를 떠나 너는 지금
혼자서 가고 있지,

벼룩아, 너는 어떻게
나를 떠날 수가 있었니,

어눌語訥

누가 섬이 아니랄까 봐
저 멀리
그는 바다 위에 떠 있다.
누가 귀양 온 원추리가 아니랄까 봐
섬 한쪽에
그는 그림자를 드리운다.
해가 진다고
물새는 꺼이꺼이 우는데
오늘도 누가
바다를 맨발로 밟고 간다.
아물아물
가는 곳이 어딜까,
나는 이렇게 말이 어줍고
그는 결코 발자국을 남기지 않는다.

천사

거울 속에 그가 있다.
빤히 나를 본다.
때로 그는 군불 아궁이에
발을 담근다. 발은 데지 않고
발이 군불처럼 피어난다.
오동통한 장단지,
날개를 접고 풀밭에 눕는다.
나는 떼놓고
지구와 함께 물도래와 함께
그는 곧 잠이 든다.
나는 아직 한 번도
그의 꿈을 엿보지 못하고
나는 아직 한 번도
누구라고 그를 불러보지 못했다. ㅓ1054

눈의 기억

그해 겨울은 아주 늦게 눈이 왔다.
총소리는 너무 멀어
듣지 못했다.
족제비는 눈꽃을 깔고
잠자듯 죽어 있다.
가슴패기에 피가 한 줌 묻어 있다.
죽어서도 눈이 가 있는
거기가 어딜까,
잡목림 사이 아슴푸레
길이 나 있다.
간밤에도 족제비는 싸다녔으리,
길이 이내 질척해졌다.

티눈과 난로와

너무 어려서
너무 어리석었던 그 시절
걷다 걷다
발가락의 티눈 보고 울어버린
그 시절
난롯불에 손 데고
주전자의 물 끓는 소리 듣던 그 시절
마당가의 금잔화
눈 한 번 맞춰보지 못하고
여황산[10]에 놀이 지던
그 시절
너무 낯설어
슬픔이 멧닭으로 보이던 그 시절

<hr>

10) 통영의 서북쪽에 있는 산.

육탈肉脫

1

육탈골립肉脫骨立,

맨홀에 빠져본 일이 있는가, 하느님이 그렇듯이 거룩한 것은 속이 보이지 않아야 한다고, 말하자면 한없이 깊고 한없이 아련해야 한다고, 마치 살을 벗어난 그 뼈처럼 뽐낸다.

2

공자는 맨홀을 말하지 않았다. 공자가 말한 구멍은 이를테면 쏙이 사는 갯벌의 그 대롱같이 생긴 집이다. 쏙을 낚아본 사람이면 알리라. 신체발부身體髮膚가 거기 있을 뿐이다. 허울을 벗어놓고 매미가 어디로 갔는지 아무도 모르듯이,

3

육탈골립이라니 괜한 소리다.

육탈하면 골은 도倒한다. 머지 않아 회灰가 된다. 회는 가루가 아닌가, 머지않아 날아가 버린다. 날아간 뒤는 다만 안타까움이 남을 뿐이다. 이제는 만져보지 못하는 당신의 모발처럼,

올여름

왠지 눈시울이 젖어오고
어깨가 거북해진다.

발목 실한 낙타풀 여럿
사막을 가로질러 내 어깨에 와 앉는다.
끈끈한 허리
구만리 하늘을 날아 산을 넘어
메뚜기 한 무리
선잠에서 막 깨난 내 어깨에 와 앉는다.
올여름 그들은 내 어깨를 믿는다고
힘 내라고,

종이우산

비가 멎고
누가 버리고 간 듯
종이우산이 하나
길가 고랑창에
조그맣게 나동그라져 있었다.
그게 언젠데
살대는 아직도 그대로다.
가만히 보니 그 언저리
더듬이 모양의 모세관 인력이 있다.
그건 한 번 태어난 것의 유령이다.

?

그리스에서 그것이 재떨이인 줄만 알고 강철에 쪽빛 칠을 한 작은 그릇 하나를 구해 왔다. 치장이 화려하다. 오지랖에 석류알이 여남은 개나 박혀 있다.

내가 왜 여기 와 있나 와 있나 하는 투로 그는 자주 이상한 눈을 하곤 한다. 나는 그가 객지라서 저러나 했다. 언젠가는 그의 무릎에다 누가 피우다 남은 담배 몇 개비와 라이터를 두고 갔다. 그는 몹시 거북해했다.

그에게는 모서리가 없다. 말하자면 어디가 모서리인지 분간이 잘 안 된다. 그런 그의 몸매 때문에 나는 근 십 년이나 속아 왔다.

뜻밖이다. 간밤의 내 꿈에 그는 물새가 되어 에게해로 간다고 가고 있었다. 한국에서는 너무 오래 재떨이가 돼주지 못해 미안하다고 몇 번이고 머리를 조아렸다. 깨고 보니 그는 물론 새도 아니었다. 그는 무엇일까.

하여何如

길을 가면 길섶에도
꽃이 피어 있다. 사람들은 왜
본체만체하나,
하늘은 언제나 저렇게 멀고
달은 왜 낮에도 뜨나,
너에게는 왜 손이 있고
발이 있나,
코뿔소는 왜
콧잔등에 뿔이 하나만 있나,
해파리는 어느 날 왜 수모水母가 되어
몸이 서서히 남빛을 띠나,
한밤에 소리도 없이 왜
눈이 내리나,

영혼

시골집 안방에 딸린 골방의
시렁 위에 엎드린
소쿠리, 그 언저리
해가 들지 않고
쥐가 쥐구멍을 내고
거미가 거미줄을 치는
막무가내다.
속이 빈 소쿠리
배도 고프지 않냐,
언제 일어날까
세수하고 환한 낮으로,

사람이 산다면서 그 시골집에는 왜
잔치도 한 번 없냐,

안료顔料

이 모래톱에 제일 먼저 발자국을 남긴
나의 알리바이, 그는
발자국만 남기고 가버렸다.
꽁지에 반딧불을 달고
반딧불처럼 가버렸다.
그 언저리
무엇인가 왁자지껄 흩어져 있다.
난장판이다.
이 모래톱에 제일 먼저 발자국을 남긴
작디작은 몸피의
소미小米만한 나의 알리바이, 그는
발자국만 남기고 가버렸다.
여름 밤이라 꽁지에 반딧불을 달고
반딧불처럼 가버렸다. 눈 깜짝할 사이
소미보다 더 작은 발자국만 남기고 가버렸다.

하늘에는 고래가 한 마리

그녀에게는
샅이 없었으면 좋겠다.
밑구멍이 없었으면 좋겠다.
그녀의 밤하늘에는 보늬 쓴
바끄럼타는 별들만 있었으면 좋겠다.

하늘에는 새들이 나는
길이 나 있다.
빤하다.
하늘에는 대문이 없다.
지붕이 없다.
하늘에는 나라가 없으니
국기가 없다.
하늘에는 아무 일도 없으니
너무 싱겁다고 천둥이 치고
어느 날 하늘에는
고래가 한 마리 죽어 있었다.

매우기梅雨期

물푸레 나뭇잎으로 집을 짓는다.
바람이 잘 통하고
자줏빛 그늘이 진다.
귀가 없는 새가 와서
여기저기 기웃거린다.
보고 싶은 사람이 온다기에
막 피어난
부용꽃 꽃잎으로 또 한 채
집을 짓는다.
무엇인가 귓전을 매암돌다
멀리멀리 너울져 간다.
종소리 모양의
장마비가 저만치 오고 있다.

an event

망가진 길이
이쪽으로 힘없이 눈을 주고 있다.
파꽃이 드문드문 핀
남새밭이 있다.
반딧불만한 불이 켜지고
새벽녘에 바나가 운다.
하늘과 별은 편액 밖으로 저만치 물러가 있다.
그 집은
대낮에 들보 하나가 부스럭거리고
그런 날은 누가
쏴 쏴 소나기를 몰고 온다. 그 소나기
어디서 본 듯한 얼굴이다.

달

동쪽에서 와서 서쪽으로 간다.
너무 흰해서 그럴까,
눈뜨면
아침에는 보이지 않는다.
대낮에 간혹
골목 어디에서 만난다.
너무 할쑥하다.
고개 너머 잡목림 너머 저녁에
밀밭에서 또 만난다.
이목耳目도 없고 구비口鼻도 없는
테두리가 빤한,

입에 거품을 문
한 마리 게를 가게 한다.
밤을 새워 잠든 모래톱을.

명치

어느 날 나는
리스본에 가 있었다.
국기게양대 옆에 오똑하니 내버려진
어떤 나무의자에 나는 걸터앉아 있었다.
바다를 보고 있었다.
옛날 옛적에
나귀를 타고 물 위를 가야 했던 그 분의
산발한 뒤꼭지가 언뜻 보였다.
어디로 가나,
물새들의 날개가 아물아물했다.
잠시
안경을 벗고 늙은 도시 리스본이
눈을 닦는다.
지는 해는 어디서나 아직도
눈시울이 젖어 있다.
그때 들려온 노래의 첫머리는
명치 명치 가슴과 윗배 사이 숨어버린,

전령傳令 니이버

나를 깨우려 하지 마시오.
당신이 보내준 당신의 책
'Human Destiny'
나를 깨우려 하지 마시오.
잠들어 있을 때가
나는 보석이니까, 나는
어릴 때 고향에서 언뜻 보았소.
한여름 해거름
한려수도 저 멀리
반딧불나비처럼
새가 한 마리 가고 있었소.
밤이 되자 어느새 그는
내 하늘의 머나먼 별이 되어 있었소.
간혹 낮에도 보였소.
볼우물이 양쪽 볼에 한 개씩
두 개 있었소.

또 an event

솟을대문,
안뜰에는 키 큰 감나무,
그 곁에 키 작은 배나무,
여름 밤은
배꽃 하나가 소복을 하고 나온다.
나음날 대낮에 들릴 듯 들릴 듯
기왓장이 운다.
함께 가자 함께 가자며 운다.
그 집은 과자로 만든 집이다.
얼마도 못 가서 그 집은
누군가의 혀끝에서 사라져 갔다.

귀

1982년
서백림西伯林 윤이상의 집이다.
앉았다 섰다 또 앉다가
막 피어나는 앵초꽃 너머로
본다.
귓속에 귀가 있다.
누군들 이름을 부르지 말아요
테레사 할머니,
우리들의 고향은 통영입니다.
앵초꽃 피는
그때가 4월 초순
귓속에서 물새가 운다. 쉬었다가 울고
쉬었다가 또 운다.
귓속에 귀가 있다.
한려수도로 아득히 트인
귀가,

살짝 한 번

외롭고 힘든 일이 끝났으면
이젠 좀 느긋해져야지,
산은 산이고 물은 물이라고
보이지 않아 보이지 않는다고,
그러나 그러나
보이지 않아 보고 싶다고,
제일 만만한 사람의 귀에다 대고
살짝 한 번 말해 주렴 낮은 소리로
보이지 않아 보고 싶다고
그 모발,

국밥집에서

이 더운 날에
내 속에서 부글부글 끓는 것을
부글부글 끓는 맵싸한 국물과 함께
꿀꺽 삼킨다. 혹은 개 패듯
두들겨팬다.
비명을 한 번 질러 보라고
질러 보라고
오늘이 복날이니까,

우나무노

그가 오는 날은 눈이 온다.
그는 카탈로니아어로 말을 한다.
나는 한 마디도 알아듣지 못한다.
그가 오는 날은
오던 눈이 멎기도 한다.
그런 날은 한 마디도 그는 말을 하지 않는다.
그는 코가 오뚝하고 콧등에
안경을 늘 걸치고 있다.
그는 시인일까,

이문異聞

러시아에서는
교회의 종소리에도 천사가 있다.
러시아에서는
어엿하게 잘생긴
청년 백작이 Besy[11]가 된다.
러시아에서는
낮에도 숲에서 부엉이가 울고
밤에는 키릴로프[12]가 우선 별이 돼본다.
어둠 너비가 얼마나 줄어들까 하고,
혁명가 트로츠키가 혁명이 끝나자
산 채로 미이라가 됐다는데,

---

11) 악령.
12) 도스토예프스키의 소설『악령』에 나오는 인신론자人神論者.

발가벗은 모래들

날이 저물고 달이 뜨고
발가벗은 모래들
춥다 춥다고
그녀더러 밤새도록 불을 지피게 하는
그런 고비 사막,

개개비

너는 어디로 갔나,
서쪽으로 갔나 동쪽으로 갔나,
쓸개와 간은 그냥 두고 항문을 빠져나가
어디로 갔나,
이데올로기와 역사를 저만치 두고
새봄에 새로 난 새털 눈썹을 달고
너는 어디로 갔나,

사족蛇足 한 토막

이야 빈대야, 그리고
벼룩아,
어깨동무 내 동무 하고 너들이 갈 곳은
배꽃 흰하고
달밤에 누이가 호박순 따던
그런 집인데
그런 집은 아무 데도 없구나,
가지 말거라,

사족 또 한 토막

너는 형사가 되고
나는 강도가 된다.
동대문 상가 거리 포장마차에서
나는 배가 고파 우동을 먹고
내 곁에 나란히 앉아
너는 시간을 때운다고 술잔을 기울인다.
나는 너를 알지만
너는 나를 모른다.
꿈에 나는 부엉이가 되어
숲에서 울고
꿈에 너는 기러기가 되어
하늘에서 운다.

붕어

누루무치는 예예족[13]의 후예다.
어항은 해가 저물고
높새가 분다.
한동안
모자를 눌러쓰고 누가 엿듣고 있었다.
누루무치는 모발이 아마빛이다.
너무 뻣뻣해서 살금 데친,

---

13) 시베리아에 있는 동양계의 한 겨레.

강변

달팽이 뿔은 아직도 뼈가 없다.
중심을 못 잡고
공중을 허우적거린다.
여름이 간다고 목을 죽이며 먼 데서
천둥이 울고 또 운다.
기저귀 찬
두 쪽으로 갈라진
누이의 볼기짝이 생각난다. 왠지 생각난다.
비(장마)가 멎자 얼른
물땅땅이가 눈을 씻는다.
그새도 보고 싶었다고,

남녘 섬마을

저눔어자석
웨해필 밑구녕이 빠지노.
우짜믄 졸꼬,
얼매나 먹먹할꼬,
아이고 눈도 살콤 못 뜨네.
우짤꼬,
지랄한다고 눈은 또 웨 오노,
숭어 날개 달고 보리밭 포롯한
3월인데,

유치원 원장이신 호주 선교사

봄날
너무 큰 키에
럭비공만한 구두를 신고
너무 작은 얼굴에
테 굵은 키튼[14] 안경을 끼고
해안통을 이리로 오고 있다.
뒤꼭지에 나비가 와서 앉는다.
참 우습다. 댕기 같다.
바람이 산산하고 환한데
왠지 그는 성난 낯빛이다.

---

14) 바스타 키튼 : 무성영화 시대의 희극 배우, 은막에서 늘 테 굵은 안경을
끼고 있었다.

호텔 H

산모롱이 산그늘
목이 긴 철새 한 마리
목을 떨어뜨리고 있다. 이른 봄
해질 무렵
두셋 다른 철새들이 울고 간다.

그 골목

거기서 없어졌다.
실종이란 말이 그때 나왔다.
나는 한참 뒤에 알게 됐다.
바람이 허덕허덕
얼굴 없는 낮달이 뜨기도 하고
힐끔하는 도둑고양이의 눈에
무엇인가 있다.
무엇일까,

엽편이제葉篇二題

늪

미수眉壽 지난 이무기는 죽어서
용이 되어 하늘로 가고
놋쇠 항아리 하나
물 먹고 가라앉았다. 지금
개밥 순채 물달개비 따위
서로 삿대질도 하고 정도 나누는
그 위 아래,

산

그가 그려준 산은
짙은 옻빛이다.
그런 산은 이 세상 어디에도 없는데
볼 때마다 지그시 내 어깨를 누른다.
없는 것의 무게다.

또 가을

그때 누군가의 뒤〔背面〕에 숨어버린
까맣게 탄 한 톨의 망개알,
그때 그를 숨겨준
깊고 먹먹한
하늘,
오늘 어떤 귀 없는 새가
가고 있다.

헤르만 헤세 문학관

가느다란 은테
안경,
소년 페터[15]는 어디 가고, 그
빈 자리 호젓이
수채화 한 점,
너무 서운하다고 되돌아와서
그는 지금도 지구만한 유리알을 굴린다.
그저 굴린다.

15) 헤세의 소설에 나오는 인물. 방랑하면서 돌아다닌다.

모과

몸채는 따로 있고
뭐라고 할까
밤마다 도둑고양이가
달빛을 물고 오는
뜰 안은 어둡고
카르멘은 죽고
돈 호세가 혼자서 밤을 새야 하는
거기,

지상은

미당이 늙은 아내
여든 넘은 아내
손톱을 깎아준다.
나사레의 예수
열병 앓는 젊은이 손을
꼭 잡아준다.
아침이 와서 바람과 햇살이
강아지 눈을 뜨게 한다.
엊그제 태어난 그 갈색 털의 강아지,

해조諧調를 위하여

바다는 흘러 흘러 어디로 가나
가나,
그런 해조 뒤로 숨어버릴라,
아니 아니
바다는 온몸으로 수평선을 만들고 있다.
그 너머는 아른아른
가지 못하게,

꿈에 본다

꼬부랑 할머니
꼬부랑 지팡이 짚고
대치동 40초 동안의
꼬부랑 횡단로 간다.

반동강이 낮달 하나
조마조마 내려다본다.

양말

발가락을 감춘다고 그게 양말인가,
티눈이 보이는데
양말인가,
옛날 옛적에 벌써
맨발로 바다를 밟고 가신 이
새가 되셨다.
얼마나 시원할까
새는 양말이 없다.

홍방울새

널 날려보내고 누가
울고 있다.
밖으로는 나가지 못하고
운다는 말의 울타리 안에서 울고 있다.
널 날려보내고 울고 있는
저 하늘, 어쩌나
제 혼자 저렇게도 높은,

멀리 남쪽 구릉을 바라보며

발이 작고 발목이 가는
내 옆구리에 방울을 달아주시며
이젠 외롭지 않다 하셨다.
내가 흔드는 방울소리
어머니는 어디서든 늘
듣고 계셨다.

오늘의 풍경

엊그저께는 가까이 아주 가까이
볼기짝이 엉덩이를 따랐는데
오늘은 멀리멀리
엉덩이가 볼기짝을 밀치며 용을 쓰는
그들 모두를 위하여 나는 시를 쓴다.

도영기 倒影記

그 섬은
괭이갈매기의 보금자리다.
그 섬에는
원추리와 참나리가 귀양 산다. 나는
그 섬을 발로 차고 몽둥이로
마구 갈긴다.
그 섬에 가면 괜스레
몸의 어디가 근질근질해지고
나는 내 그림자와도 못내 각축하고
각축한다.

흔적

망석이 어디 갔나.
망석이 없으니 마당이 없다.
마당이 없으니 삽사리가 없다.
삽사리가 없으니
삽사리가 짖어대던
달이 없다.
망석이 어디 갔나,

상하좌우

　　―H화랑의 texture

입구 쪽에 잭슨 폴록의
푸른 공
그 오른쪽 1m 간격으로 마크 토비의
흰 빛을 향하여
그 오른쪽에 마크 로즈코의
세례洗禮 풍경, 그 오른쪽에 샘 프란시스의
흑과 적,
모두 1m 간격이다.
제스퍼 존스의 백기白旗는 서너 점 뛴다
그 밑 마룻바닥에 장 틴게리의 메뚜기
그 곁에 그의 해바라기

창 밖에 딸기꽃(?)이 보인다

출구 쪽 마룻바닥에 마르셀 뒤샹의
샘
그 위쪽 넓죽하니 박생광朴生光의
무녀巫女

뭉크의 두 폭의 그림

그의 기차의 연기煙氣라는 그림에는
기차도 연기도 없다.
산비탈 아스름히 길이 나 있다.
그의 소리라는 그림에는
소리가 없다. 그
넓고넓은 벌판을
한 무더기 억새가 흔들어댄다.
바람 때문이라고 한다.
바람은 아무 데도 보이지 않는데
바람 때문이라고 한다.

봄밤의 짧은 레퍼터리

림스키 코르사코프의
닭 발등 위 오두막집
레스피기
로마의 분천噴泉
(5분 쉬고)
피날레는 윤이상의
현악사중주
혹은 좀더 뒤됐다가
존 케이지의 아무거나 하나
문득 그의 회심의 악보처럼
우연히

시인

1

3할은 알아듣게
아니 7할은 알아듣게 그렇게
말을 해가다가 어딘가
얼른 눈치 채지 못하게
살짝 묶어두게
살짝이란 말 알지
펠레가 하는 몸짓 있잖아
뒤꼭지에도 눈이 있는 듯
귀뚜라미 수염 같은
그리고
절대로 잊지 말 것
넌 지금 거울 앞에 있다는
인식
거울이 널 보고 있다는 그
인식

2

비둘기는
머리에서 꼬리까지 비둘기빛

비둘기빛은
산모롱이 산그늘
호텔 베란다에서 바라보는
아날로지
프랑스어 아날로지의 도톰한
너는 그 입술

말의 날갯짓

내가 달라졌다고?
무엇이 어떻게 달라졌나.
나에게는 나를 지탱케 하는 뭐라고 할까
라이트 모티브, 그런 것이 있다 이를테면
사상과 역사를 믿지 않는다.
길을 가다가 살짝
가래침을 뱉는다. 누가 볼까 봐
예쁜 꽃을 살짝 꺾는다.
내 시 「꽃」은 그렇게 씌어졌다.
50년대 초는 꽃가게가 눈에 잘 띄지 않았다.
이를테면 나는
철학도 믿지 않는다.
후설을 믿어볼까 하다가
믿는다는 것이 믿기지 않아 그만뒀다.
나를 예까지 오게 한 것은
어쩜 어머니가 어릴 때 가끔 들려준
무말랭이 같은 오이지 같은
그 속담 몇 쪽일는지도 모른다.
그럭저럭 내 시에는 아무것도 다 없어지고
말의 날갯짓만 남게 됐다.
왠지 시원하고 왠지 서운하다.

품을 줄이게

뻔한 소리는 하지 말게.
차라리 우물 보고 숭늉 달라고 하게.
뭉개고 으깨고 짓이기는 그런
떡치는 짓거리는 이제 그만두게.
훌쩍 뛰어넘게
모르는 척
시치미를 딱 떼게.
한여름 대낮의 산그늘처럼
품을 줄이게
시는 침묵으로 가는 울림이요
그 자국이니까

후기

아내가 내 곁을 떠난 지 꼭 2년이 됐다. 그동안 아내는 나에게 소중한 것들을 알게 해줬다. 인연은 우연이 아니라는 것, 헤어짐은 만남의 다른 모습이라는 것—이런 것들을.

나는 어릴 때 호주 선교사가 경영하는 유치원에 다니면서 천사란 말을 처음 들었다. 그 말은 낯설고 신선했다. 대학에 들어가서 나는 릴케의 천사를 읽게 됐다. 릴케의 천사는 겨울에도 꽃을 피우는 그런 천사였다. 역시 낯설고 신선했다. 나는 지금 세 번째의 천사를 맞고 있다. 아내는 내 곁을 떠나자 천사가 됐다. 아내는 지금 나에게는 낯설고 신선하다. 아내는 지금 나를 흔들어 깨우고 있다. 아내는 그런 천사다.

이 시집에 실린 여든 아홉 편의 시들 모두에 아내의 입김이 스며 있다. 나는 그것을 여실히 느낀다. 느낌은 진실이다.

내 나이 올해 여든이다. 이런 나이에 이만큼 많은 시를 단시일(2년)에 쓸 수 있었다니 믿기지 않는다. 아내가 그렇게 이끌어준 것 같다.

시집 상재에 특별한 배려를 해주신 민음사 박맹호 사장께 감사드리고 시집 제작에 성의를 다해 준 민음사 편집 주간 박상순 시인에게도 감사하다는 말 전하고 싶다.

2001년 새봄
대여 김춘수

쉰한 편의 비가悲歌

2002년 10월 23일 현대문학 발행(신국판 변형/78면)

|차례|

제1번 비가悲歌

여보, 하는 소리에는
서열이 없다.
서열보다 더 아련하고 더 그윽한
구배句配가 있다. 조심조심
나는 발을 디딘다. 아니
발을 놓는다.
웬일일까 하늘이 모자를 벗고
물끄럼 말끄럼 나를 본다.
눈이 부신 듯
나를 본다. 새삼
엊그제의 일인 듯이 그렇게
나를 본다.
오지랖에 귀를 묻고
누가 들을라,
사람들은 다 가고 그 소리 울려오는
여보, 하는 그 소리
그 소리 들으면 어디서
낯선 천사 한 분이 나에게로 오는 듯한,

제2번 비가悲歌

아내라는 말에는
소금기가 있다. 보들레르의 시에서처럼
나트리움과 젓갈 냄새가 난다.
쥐오줌풀에 밤이슬이 맺히듯
이 세상 어디서나
꽃은 피고 꽃은 진다. 그리고
간혹 쇠파이프 하나가 소리를 낸다.
길을 가면 내 등 뒤에서
난데없이 소리를 낸다. 간혹
그 소리 겨울밤 내 귀에 하염없다.
그리고 또 그 다음
마른 낡에 새 한 마리 앉았다 간다.
너무 서운하다.

제3번 비가悲歌

산 밑에 마을이 있다.
마을에서 연기가 난다.
산 밑에 마을이 있다.
마을에는 개울이 있고 개울에는
외나무다리가 있다.
한밤에노 소리내며 개울은 제 혼자
어디론가 가고 있다. 어디로 가는가,
역사가 발을 멈추고 네 그 걸음걸이가
춤이 될 때까지,

제4번 비가悲歌
　　―태초에 이별이 있었다.

미닫이, 그
창호지에 비치는 눈발을 우리는
보고 있었다.
어디서
바다가 보채고
네 발은 따뜻하고
네 젖무덤에서는 구구구 구
비둘기 우는 소리가 났다. 그러나
그때 이미 너는
나를 떠날 차비를 하고 있었다.
달이 지고 아침이 와서
바다가 또 한 번 되게 보챘다.
다른 몸짓으로,

아랫목에 다소곳이
목이 긴
어느새 너는 버선, 아니 양말 한짝 벗어놓고,
　(아직도 그따위!)

제5번 비가悲歌

조고각하照顧脚下,

길을 가면 발 밑에 맨홀이 있다.
들여다보고 들여다봐도
맨홀 저쪽은 보이지 않는다.
보이지 않는 너는
보이지 않는 쥐라기의 새와 함께
맨홀 저쪽에 있다.

길을 가다 자칫
맨홀 키대로 발이 빠진다. 멋모르고
누가 뚜껑을 닫자 그때
나도 이미 아쉬운 듯 맨홀 저쪽으로
가고 있었다. 거무튀튀, 아니
희끄무레.

　(믿기지 않아라,
　누군 나이 겨우 40에
　귀신이 보인다고 했는데,)

제6번 비가悲歌

H₂O는 화학용어,
수소와 산소로 분해된다.
다섯 살 나던 해
주님 생일날 아침 나는
교회의 첨탑을 보았다. 첨탑에 꽂힌
은빛 커다란 십자가를 보았다.
거꾸로 매달린
종이천사를 보았다.
천사의 날개를 보고
천사의 오동통한 허벅지를 보았다.

한참 뒤 어느날 꿈에 나는
교과서 밖으로 나온
H₂O를 보았다. 수소와 산소 그들이
하나가 되는 것을 보았다.
잘생긴 악기 같았다.
모자를 벗고 나는
누구에겐가 절을 했다. 나는 그때
열다섯 살
중학 2학년생이었다.

제7번 비가悲歌

운다는 것은 때로
울지 않는다는 것이다.
기가 차다.
  (그렇게나 울어쌓다 뚝하고 귀뚜리도 소식이 없
  다.)
하늘이 나에게로 내려오지 못하고
왜 밤마다 엉거주춤 저러고 있나,
잠든 내 머리맡을
밤새 누가 왔다갔다 한다.
무슨 할 말이 있는 듯,

제8번 비가悲歌

지아비 지어미 되어
우리가 함께 지낸 쉰다섯 해,
엊그제 같다.

어떤 겨울은 눈이 한 번도 오지 않아
강아지가 몸을 사리고
봄이 와도
보리잎이 고개를 들지 않았다.
어떤 겨울은 또
눈이 너무 자주 너무 많이 와서
자전거도 버리고 다칠세라
우리는 눈 높이로 길을 냈다.
그러나 그까짓
어인 추럭 한 대가 짓이기고 갔다.
무슨 낯으로 이듬해는 또
봄에 은싸라기 같은 싸락눈이 내렸노,
환히 동백꽃도 벙그는데
지금 보니 그 뒤쪽은
캄캄한 어둠이다.

제9번 비가悲歌

길이 아니면 가지를 마라,
머리에 붉은 띠 동여매고
　(필승이라 새긴)
혼자서도 데모한다.
바다에라도 길을 내겠다고 바쿠닌의
무정부주의처럼 바다를 구둣발로 밟고 가겠다고,
지금 막 탱자나무 울을 휘젓고 간
그가 바로 길인지도 모르는데
누가 바람이라고 한다.
그러는 그도 나처럼 따로 어디다
길을 하나 내겠다고 한다.
이러다 온 세상이 길이 되면 어쩌나,
길은 하나뿐이라는데
까치는 제일 높은 밤나무 하나를 골라
집을 짓는다. 누가 말하기를 그 언저리에도
명주실 같은 고불탕한 길이 있다고,
현미경으로 보면 보인다고, 그렇다면
누가 제 발등에다
길을 하나 아니 낸다 할 수 있을까,

제10번 비가悲歌

광화문 네거리처럼
잘 보이는 길이 있고 눈 감아도
보이지 않는 길이 있다.
어둠의 저쪽
밝음의 저쪽
그들이 길이 아니라면
왜 하늘로 하늘로
누가 새들을 가게 하나,

제11번 비가悲歌

— 나는 요즘 간혹 귀가 없는 새를 본다.

덫에 걸린 몸,

  (누구나 다 그렇다.)

살아서는 새가 되고 싶어 했다.

블라인드를 걷어보니

아침인데 벌써 새 한 마리

사철나무 열매를 쪼고 있다.

어디서 왔니,

한 번 더 물어봐도

대답이 없다. 이리로

고개 돌릴 때 보니 그에게는

귀가 없다.

귀가 없는 새,

여기서도 잘 보인다. 그

없는 귀가, 어느새

하늘에 둥 뜬,

제12번 비가悲歌

1

우나무노는 카다로니아어로
시를 쓴다.
카다로니아어로 절대로
절을 짓지 않는다.
우나무노는 코로 냄새를 맡고
입으로 밥을 먹는다.
우나무노는 카다로니아어로
시를 쓴다.
우나무노에게 카다로니아어는
그가 늘 먹는 노랑내 나는 양고기스튜와 같다.

2

5500m 상공,
비행기는 구름바다를 가고 있다.
내 눈의 그늘이 걷히고 네 얼굴이
새로 태어난다.

제13번 비가悲歌

밤은 발이 없다. 밤은
어디로 한 발짝도 가지 못한다.
가로등은 불 켜고 하염없이 기다린다.
술 끊고 머리 빗고 오고 있는 사람,
밤은 발이 없다. 밤은
어디로 한 발짝도 가지 못한다.
날이 새기 전 새벽 세시나 네시쯤
깜박하고 가로등의 불이 가면 어쩌나,
술 끊고 머리 빗고 오고 있는
그 사람,

제14번 비가悲歌
　—봄

눈을 가늘게 뜨고
어머니는 보고 있다. 과자를 보면
아이는 아이가 된다. 그러나
어머니의 눈에는
아지랑이가 보이지 않는다.
아물아물 끝내
단서를 잡지 못한다.
동구밖 어디서는 뜻밖에도 하늘 한 귀가
눈치보며 설금설금 길을 내고 있다. 누굴
오래오래 기다리고 있나보다. 벌써
죽도화가 샛노랗다.

제15번 비가悲歌
　－페르소나

왠지 바다로 가서 발을 담근다.
발톱에 스미는 바닷물이 짜디짜다.
왠지 해 뜨면 또 바다로 간다.
슬픔을 달래는 손바닥이 둘
마주보며 웃고 있다.
멀어져가는 발소리 하나가 아득히
다가온다.
그쪽에는 또 언제나
벙어리로 태어난 눈이 큰 바다가 있다.
조금 갸우뚱,

제16번 비가悲歌

우리는 꿈에 물새가 된다.
닷센군도 어느 섬에 가서
알을 까고 집을 짓고
한철을 난다. 남태평양의 하얀
물거품으로 눈을 씻고
팔뚝만한 새우를 잡아먹는다.

우리는 꿈에 뒤뜰의 배롱나무가 된다.
아침에 꽃을 피우고
낮에 그늘을 치고
저녁에 열매(?)를 맺고
밤에는 따뜻한 눈을 맞는다.
계절은 어느새 겨울이다.

우리는 꿈에 딱정벌레가 된다.
딱정벌레는 딱정벌레의 걸음을 걷고
딱정벌레의 사랑을 한다.
딱정벌레는 등가죽이 반들한
입이 좁쌀만한
예쁜 딱정벌레를 낳는다.

잠들면 왜 우리는 꿈을 꾸나.
처음 듣는 이름의 낯선 누가
우리의 부끄러운 꿈을 훔쳐본다.

제17번 비가悲歌

― 쓸쓸함에는 체계가 있다.

불국사 뒤뜰 언덕배기
가맣게 탄 망개알, 가을이
그 언저리에 머문다.
강아지 한 마리 본체만체, 그러나
그의 덩덜미에도 가을이 잠시
머문다. 돌아보니
대낮에 철새 한 무리
울고 간다.
그쪽에는 그 옛날
모래 위에 서 있다
모래에 쓸린
호戶 천 오백 칠십의
누란樓蘭이란 나라가 있었다.
십년에 한 번 비가 오면[1] 지금도
양파의 하얀 꽃이 피는,

---

1) 고비사막에는 10년에 한 번 비가 오면 여기저기 양파의 하얀 꽃이 핀다(진
   순신陳舜臣 『돈황기행燉煌紀行』).

제18번 비가悲歌

공자가 인仁을 말하고
노자가 천지불인天地不仁을 말할 때
개가 달 보고 짖어대고
지구가 돌고 도는 것을 보고 있을 때
밤 아홉시 뉴스시간에
KBS 화면에

모택동이 평등을 말하고, 한참 뒤에
허유虛有²⁾ 선생이 자유를 말할 때도
한 아이가 언제까지나 울고 있다.
엄마 배고파,

---

2) 아나키스트 하기락河岐洛 선생의 아호.

제19번 비가悲歌

단풍나무 새잎에 내리는 이슬비처럼
이슬비 되어 부른다.
이슬비는 이슬비의 소리를 내면서
머지않아 봄이 온다고,

지금 이슬비가 단풍나무 새잎을 적시고
땅을 적시고
멀리멀리 바다 하나를 가라앉힌다.
그쪽은 그쪽
망자亡者들이 사는 곳,

제20번 비가悲歌

하늘에는 눈물이 없다. 하늘에는
구름이 있고 바람이 있고
비가 오고 눈이 내린다.
하늘에는 고래가 없고
우산오이풀이 없다.
하늘에는 우주의 그림자인
마이너스우주가 있다. 하늘에는 밤마다
억만 개의 별이 뜬다.
사람이 살지 않아 하늘에는
눈물이 없다.

제21번 비가悲歌

눈물은
송화가루 날리는
보릿고개 이쪽에 있다.
아프리카 우간다에 가면 있다.
인도에도 있고
아프가니스탄 난민촌에 가면
할머니와 아이들의 눈에도
있다.
눈물은 어느날 길모퉁이
땅바닥에 떨어졌다. 한 번 다시
날개를 달기 위하여 눈물은
꿈을 꾼다. 그러니까
그러니까 눈물의 고향은
하늘에 있다.
눈물은 멀고먼 하늘에서 왔다.
이처럼 멀리까지
왜 왔을까,

제22번 비가悲歌

지금 꼭 사랑하고 싶은데
사랑하고 싶은데 너는
내 곁에 없다.
사랑은 동아줄을 타고 너를 찾아
하늘로 간다.
하늘 위에는 가도 가도 하늘이 있고
억만 개의 별이 있고
너는 없다. 네 그림자도 없고
발자국도 없다.
이제야 알겠구나
그것이 사랑인 것을,

제23번 비가悲歌

아 소리를 내며
나뭇잎이 떨어졌다.
생각보다 너무 높다고, 아니 생각보다
너무 낮다고,
나뭇잎을 밟고 갈 발은
해가 지고 첫별과 함께 왔다.
눈에는 보이지 않고
그 발소리 가늘고 긴
네 손가락 같았다. 지금
여든한 살에 낙하, 나는 떨어진다.
어디로 멀리 가고 있다. 아니
아주 가까운 어딘 듯
가슴이 두근두근 잠도 오지 않는다.
나를 끌어당기는 누군가의 인력引力, 보일 듯 보일 듯
보이지 않는다.
가늘고 긴 네 손가락 같은
가고 있는 은은한 내 발소리가 들린다.

제24번 비가悲歌

네가 가버린 자리
사람들은 흔적이라고 한다.
자국이라고도 얼룩이라고도 한다.
그렇다면
새가 앉았다 간 자리
바람이 왜 저렇게도 흔들리는가,
모기가 앉았다 간 자리
왜 깐깐하게 좁쌀만큼 피가 맺히는가,
네 가버린 자리
너는 너를 새로 태어나게 한다.
여름이 와서
대낮인데 달이 뜨고
해가 발을 떼지 않고 있을 때 그때
어리석어라
사람들은 새삼 깨닫는다.

제25번 비가悲歌

꿈에 갈매빛 하늘을 보고
꿈에 샛노란 제비붓꽃을 본다. 나는
얼굴이 환해진다.
나에게는 길몽이다.
그것은 내 혼자만의 생각이지만
내 혼자만의 생각은 나에게는 귀엽고
사랑스럽다. 아끼고 싶다.
설흔 여덟 평이나 되는 아파트 거실 2인용 소파에
나는 혼자 앉아 있다. 멍하니
한나절을 그렇게 보낸다.
아주 드물게 소리도 없이 누가 몰래 곁에 와서 앉아준다.
누가 초인종만 누르고 그냥 가버리기도 한다.
나는 혼자서 생각한다. 그들이 누구일까,
생각하다 생각하다 하루해가 저문다.
어쩌나,
나는 개도 아니고 하느님도 아니다.
나는 이승의 하루를
내 혼자만의 생각을 품에 안고
다만 사람으로 살고 싶다. 이런 생각이
때로는 왜 나를 슬프게 할까,

제26번 비가悲歌

나는 바다가 될 수 있을까,
나는 하늘이 될 수 있을까,
될 수도 있다고 한다.
마음먹기에 달렸다고 한다.
마음이 어디에 있나,
내 작은 가슴 속에
내 작은 마음이 있다고 한다.
그렇다면
그 작은 가슴 속의
그 작은 마음이 어찌
그 큰 바다를 다 담을 수가 있을까,
그 큰 하늘이 다 담길까,
그것도 마음먹기에 달렸다고 한다.
그렇다면
내 작은 가슴 속의 내 작은 마음에는
어떤 날치가
어떤 고지새가 살게 될까,
궁금하구나, 정말
궁금하구나,

제27번 비가悲歌

너는 아프다고 쉽게 말하지만
어디가 어떻게 아픈지 너는
딱이 짚어내지 못한다.
아픔이 너에게
뭐라고 말을 하던가,
아픔이 너를 알아보던가,
아픔은 바보고 천치고, 게다가
눈먼 장님일는지도 모른다. 물론
아픔은 제가 누구인지 모를는지 모른다.
아픔은
어느날 길거리를 가다가 문득 생각난
어쩌면 그 새침데기
하느님의 한 분일는지도 모른다.

제28번 비가悲歌

내 살이 네 살에 닿고 싶어 한다.
나는 시방 그런 수렁에 빠져 있다.
수렁은 밑도 없고 끝도 없다.
가도 가도 나는 네가 그립기만 하다.
나는 네가 얼마만큼 그리운가,
이를테면 내 살이 네 살을 비집고 들어가
네 살을 비비고 문지르고 후벼파고 싶은
꼭 한 번 그러고 싶을
그만큼,

제29번 비가悲歌

그는 가고 없다.
그는 지금 어디서 조그맣게 웅그리고 있을까,
어디서 소피를 보고 있을까,
한쪽 다리를 살짝 들고
뉘집 탱자나무 울을 적시고 있을까,
그는 가고 없지만 그는 지금
꼬리를 흔들며 선연 나에게로 달려온다.
그는 어디서 지금
비를 맞으며 그것이 아닌데 하는
그런 눈알을 굴리고 있을까,
그는 가고 없지만
모과빛 귓털을 세우며
가쁜 숨을 몰아쉬며 그는 지금 선연
산보 가는 내 뒤를 따르고 있다.
그는 여전히 젖은 눈을 하고 있다.
그런 눈으로 나를 빤히 본다.
윤회란 말이 생겨나기 전
이것은 current literature,
그 속에 나오는 오천 년 전
내가 데리고 있던 한 마리 개,

제30번 비가悲歌

1989년 여름 나는
나이 70에 멀리 스페인 마요르카섬³⁾에 가서
난생 처음 프랑시스 잠의 시에 나오는 귀 쭈뼛한 한 마리
피레네⁴⁾ 당나귀를 보았다.
바다가 너무 푸르고
햇살이 너무 따갑고 너무 간지러웠다.
그런데 눈이 너무 커서 슬픈 그 짐승은
알고 보니 뜻밖에도
화가 후안 미로의 아내였다.
키가 1m 60cm 밖에 안 되는 그녀는
남편 그림 속을
수시로 들랑날랑한다고 했다.
간혹 검은 별⁵⁾하나 머리에 이고,

---

3) 미로가 태어난 곳.
4) 프랑스와 스페인의 국경을 이루고 있는 산맥.
5) 미로의 그림에는 검은 별이 나온다.

제31번 비가悲歌

서울도 이제 서서 잠자는 도시가 됐다.
사람들은 서서 잠을 잔다.
부산을 가는데도 비행기를 타고
구름 위로 간다.
바다가 보이지 않는다. 그들은
부산에 바다가 있다는 것을 깜박 잊고 있다.
부산 가덕도 앞바다는
향파向破⁶⁾가 쓴 이야기책 속으로
숨어버렸다. 얼굴을 내놓기 싫은 모양이다.
오늘 나는 한 청년을 만났다.
그는 그의 뇌에 박힌 미립자 하나를 찾고 있었다.
미립자의 이름을 물었더니
바다라고 했다.
무슨 암호 같기만 했다.
나는 이제 완전히 제쳐져 있다.
나는 아직도 침대에 누워서 잠을 자니까,
간혹 잠을 설칠 때가 있기는 하나
그건 너무 민감해진 노쇠한 내 신경 탓이다.

---

6) 소설가 이주홍李周洪의 아호.

제32번 비가悲歌

발 벗고 맨발로
바다로 간다.
바다의 살갗은 짙은 바닷빛, 바다는
손에 잡힌다. 손 안에서 말랑말랑
한없이 긴 고무줄 같다.
잡아당기고 놓아주다가 제물에 바다는
어디로 홀연히 가버린다.
바다를 찾아
별과 함께 밤에도
바다로 간다.
발 벗고 맨발로 언젠가 그때의 그 기억 더듬어
바다로 가면 어디선가
한밤에 바다가 우는 소리를 듣는다.
눈은 내리고,

제33번 비가悲歌
―여름에

프랑스에서는 달팽이를
에스카르코라고 한다.
프랑스에서는
베베(BB)라는 애칭으로 불리는 예쁜 여배우도
주먹만한 에스카르고를 입맛 다셔가며
맛있게 먹는다.
계절은 여름이다.
한국에서는 달팽이는 댓잎에 앉아
바람에 흔들린다.
그네를 타듯 하는 그 광경
안청마루에서 뒷청마루 너머로
한 아낙이 숨죽여가며
하염없이 바라본다.

제34번 비가悲歌

태극기가 바람에 나부낍니다.
바람이 태극기를 나부끼게 합니다.
바람은 태극기를 나부끼게 합니다.
만세 만세 부르며 3·1운동이
태극기를 바람에 나부끼게 합니다.
태극기가 바람에 나부낍니다.
따라가다 따라가다
아이들은 돌을 차고 넘어집니다.
아이들이 또 한 번 넘어졌다 일어섭니다.
태극기가 바람에 나부낍니다.

제35번 비가悲歌

나 어릴 때 가끔 가서 몸 기대곤 한
고운 눈썹처럼 잘 휘인
언덕 하나 있었다.
내가 가면 코앞에 키 큰
도토리나무 두어 그루 우뚝 서 있곤 했다.
까치부부는 자주 집 비우고
어린 새끼 다람쥐
나를 보고 눈 깜박이곤 했다.
바람 불고 비 몹시 오던 날
왠일일까, 나를 저만치 밀쳐두고
지나가던 낯선 사나이 우산 밑으로
들어가더니 그(언덕)는 영영 나오지 않았다. 어쩌랴,
내 기억은 거기서 멎고
지금은 납작한 집 몇 채 민망한 듯 들어서고
손바닥만한 빈터 하나 나 있고
아이들 서넛 공 차고 있다.
먼지를 일으키며 먼지를 달래며,

제36번 비가悲歌

송사리떼가
개천을 누비고 있다.
송사리는 떼 단위로
몰려갔다 몰려왔다 한다.

잠도 떼 단위로 자고 떼 단위로 잠을 깬다.
송사리에게는 아我라는 것이 없다.
너무 작아
있다 해도 눈에 띄지 않는다. 그러나
송사리는 혼자서 태어나고 혼자서 죽는다.
송사리떼가
개천을 누비고 있다.
개천에 자기 그림자를 만든다.
자기 그림자를 만들어놓고
송사리떼는 어디로 갔나
보자기만한 그림자 하나가 이리저리
개천을 누비고 있다.

제37번 비가悲歌

너는 이제 투명체다.
너무 흰해서 보이지 않는다.
눈이 멀어진다.
지금 내 앞에 있는 것은
산도 아니고 바다도 아니다.
너는 벌써
억만 년 저쪽에 가 있다.
무슨 수로
무슨 날개를 달고 나는
너를 따라잡을 수 있을까,
언제 우리는 다시 만나게 될까,
주먹만한 침묵 하나가
날마다 날마다 고막을 때린다.
지금 내 앞에 있는 것은
가도 가도 그대로의 허허벌판이다.
밤도 없고 낮도 없다.

제38번 비가悲歌

벌레야 애벌레야
눈도 뜨기 전 네 머릿속에는
무엇이 있나,
머나먼 하늘인가, 갈매빛 나는
더 멀리 있는
어떤 별인가,
벌레야 애벌레야
눈도 뜨기 전 네 머릿속에는
무엇이 있나,
개가 있고 소가 있고
벌레 잡아먹는 벌레가 있고
칼 찬 아저씨
산더미만한 군화가 있나,
있지,

제39번 비가悲歌

접물接吻, 나는 그날
하늘에 대고 입맞췄다.
이을 접자는 너무 정답고
입시울 문자는 알맞게 도톰했다.
나는 그날
거기가 어딘지두 모르면서
  (어딘들 어떠랴,)
첨탑에 은빛 십자가가 매달린 작은 교회가 있는 그런
골목길을 가고 있었다.
나는 정말 하늘에 대고 입맞췄을까,
갑자기 입시울이 접문처럼 무거워졌다.
획수가 너무 많다고 했다.
그 말 듣자 나는
긴장이 됐다. 어지럼증이 또 도질까 해서 말이다.
금요일이었던가 토요일이었던가 나는 정말
하늘에 대고 입맞췄을까,
하여간에 나는
거기가 어딘지도 모르면서
골목에서 큰 길로 간신히 빠져나갔다.

제40번 비가悲歌

도로
서울로 갈까, 이번에는
서울 어디로 갈까,
멀리 내 고향 통영으로 갈까,
어디로 가나 아내가 없다면
분당에서 산다 해도 달라질 게 없다.
밥 먹고 차 마시고
하루 한 시간 둑길 걷고
남은 시간 소파에 우두커니 앉았다가
텔레비 보다가
밤이 오면 잠자고
밤중에 두 번 깨고 간혹 세 번도 깨고 나면
또 아침이 온다. 아침이 와서
하늘을 보면 벌써 작은 구름 하나
졸고 있다. 구름아 벌써부터 졸지 마라.
지금 졸면 너는 영영 눈뜨지 못한다.

제41번 비가悲歌

지내놓고 보니
세월아 참 미안하다.
우리에게는 먼 항구
부에노스아이레스가 없었다.
우리에게는 저무는 하늘과
먼저 나온 별이 있었다.
어느 쪽도 얼굴이 희끄무레했다.
지내놓고 보니
모퉁이 그 편의점이 생각난다.
스물네 시간 비주룩이 문이 열려 있던,

제42번 비가悲歌

사파타의 하루라는 제목으로
시를 쓰려다 그만뒀다.
사파타는 혁명가인데
하루라는 말이 싫다.
하루는 스물네 시간
스물네 시간은 몇 분 몇 초인가,
그들이 그렇게 분해됐다
환원됐다 한다. 그러는 동안
나의 엥겔계수는 올라갔다 내려갔다 한다.
나는 부자가 됐다 나는
가난뱅이가 됐다 한다.
그러는 그 숫자놀음이 참 우습다.
한참 웃다보니
무엇인가 새어나간다.
헛바퀴를 돌면서 조그맣게
원을 그리면서 물방울처럼
자꾸 새어나간다. 무엇인가 서운한 것들이,
사파타는 혁명가인데
사파타는 어디 가고,

비가悲歌를 위한 말놀이 · 1

잎 푸르고 줄기 곧은
가지는 잘 휘고, 그 가지
참새 한 마리 채 앉기도 전에
휘청휘청거리는
높지도 낮지도 않은 거기
꽃을 달고
새벽에 이슬 맞고
아침에 활짝 피는 그런 꽃을 달고
누님 누님 부르며 어디서 누가
오고 있는
그런 기척도 하는
아득하구나 그때 그
이름도 층층인 층층나무,

비가悲歌를 위한 말놀이 · 2
— 동요풍으로

겨울에 눈 맞고 혼이 난 층층나무
혼이 난 층층나무
봄이 와서 아지랑이 피어나면
슬그머니 고개 든다.
이젠 괜찮다 괜찮다고
슬그머니 고개 들어본다.
층층나무 바보
이 바보.
겨울은 한 번 가면 다시는 아니 온다더냐,
머리에 붕대 감은
아폴리네르[7] 그 아저씨처럼.

---

7) 프랑스의 시인. 일차 세계대전 때 머리에 총알을 맞았다.

비가悲歌를 위한 말놀이 · 3

호랑이 담배 피던 시절
개가 짖지 않던 시절
게가 앞으로 바로 걷던 시절
배암에게도 발이 있던 시절
열매의 윗쪽에
꽃이 피던 시절
아빠가 아기 낳던
시절
아빠가 낳은 아기 낳자마자
구름 밟고 하늘 밟고 멀리멀리
어디론가 가버린 시절, 그 시절
너에게는 손이 한쪽만 있었단다.
똑똑히 보라, 다시 한 번 또 보라,

비가悲歌를 위한 말놀이 · 4

없는 것이 없는 것이 아니라
있는 것이 있는 것이 아니라
없는 것이 있는 것이 아니라
길을 가다 얼씨구 너 느닷없이 주저앉아버리는 그런 일이 있
다지만
그런 일이 있다면 어쩔 테냐,
너 어쩔 테냐,

비가悲歌를 위한 말놀이 · 5

　―동요풍으로

멧산아 멧산아
나 꺼꺼쟁이 다 가지고 가거라,
멧산아 멧산아
네 꺼꺼쟁이 다 버리고 오너라,
멧산아 멧산아 고치[8] 고치 세우고
자지 자지 세우고
멧산아 멧산아
발가벗은 멧산아, 아무데도 없는
멧산아,

---

8) 고추.

비가悲歌를 위한 말놀이 · 6
—동요풍으로

달 따러 가세 별은 말고
달 따러 가세,
뒷집 영감 불알 따러 가세,
너무 많은 별은 말고
오늘밤은 하나 뿐인 달도 따고
조롱박만한 뒷집 영감 불알도 따러 가세
가세,

비가悲歌를 위한 말놀이 · 7

책 속에는 아무도 없었다.
누가 지나간 흔적이 있다.
발자국이 희미하게 나 있다.
나는 기다리기로 했다.
해가 중천에 있었다.
대낮이다.
앵두나무가 한 그루
그늘을 오므리고 있었다.
심심한 모양이다.
혹시나 그 발자국
네안데르탈인의 것인지도 모른다.
너무 희미해서
잘 모르겠다. 나는 그래도
더 기다려야 했을까,
지금도 나는 그 책 속에는
아무도 없었다고 감히
말한다.
앵두나무는 아무 말도 하지 않았으니까
그냥 그대로 서 있었으니까
그늘만 오므리고 서 있었으니까
아무도 오지 않고 대낮에
너무 햇살이 따가워 나는 할 수 없이
책을 닫았다.

비가悲歌를 위한 말놀이 · 8

말〔言〕은 말〔斗〕이 아니다.
이〔齒〕는 이〔蝨〕가 아니다.
배〔梨〕는 배〔腹〕가 아니다. 모두들
아니고자 한다. 그러나
다리〔橋〕는 다리〔脚〕가 될 뻔 했다.
쌀〔米〕은 살〔肉〕이 되려고
봄에서 가을까지 목에 혹을 달고 다녔다.
된소리 되게 내는 짜증스런 그 혹 말이다.

비가悲歌를 위한 말놀이 · 9

옛날에
예날이란 말이 있었지,
지금은 어디 있지,
예날은 어디 있지,
옛날은 다 꾸겨진 휴지조각일까,
아침에 눈 뜨면
어디선가 귓전에 다가오는
그것은
소리내지 않는 큼직한 쇠방울 같은 것,
지긋이 어깨 누르는,

저 멀리 산 너머
새 한 마리 어디로 가지,

I

니체는 '비극의 탄생'이라고 했다. 비극은 어느 날 문득 탄생하지 않는다. 태초에 이미 비극이 있었다. 비극은 탄생이라고 하지 않고 발견이라고 하는 것이 좋을 듯하다. 내가 비극을 발견하게 된 것은 꽤 오래된 일이다.

내 나이 스물이 겨우 지났을 때 나는 충격적인 경험을 하게 됐다. 어떤 사건에 연루돼 처음에는 요코하마 헌병대에 한 달쯤 수감됐다가 도쿄의 세다가야서에 이감돼 약 반년쯤 영어 생활을 했다. 나는 그때 먼저 헌병대에서 난생 처음으로 크나큰 좌절감을 안게 됐다.

나는 아주 간단한 초보적인 고문에도 견뎌내지 못했다. 나의 상상력 때문이다. 지레 겁을 먹곤 했다. 결국은 하지 않은 일도 그들(헌병)이 유도하는 방향으로 일을 한 것처럼 불고 말았다. 나는 거의 절망적인 굴욕감을 안게 됐다. 내가 가지고 있는 내 머리 속의 어줍잖은 생각 같은 것은 아무것도 아니구나 하는 생각이 절실해졌고 이념이 어떤 절박한 현실을 감당해낼 수 없다는 것을 뼈저리게 느끼게 됐다. 아니 실지로 체험하게 됐다. 나는 이때로부터 벌써 한 사람의 페시미스트가 나도 모르게 돼가고 있었다. 그 뒤에 나는 그것을 더욱 확실히 하게 됐다.

나는 미국의 신학자 라인홀드 니버와 제정 러시아의 사상가 니콜라이 베르자예프를 알게 됐다. 니버의 책 『인간의 운명』에는 다음과 같은 구절이 있다. 나는 지금도 생생하게 기억하고 있다. 그는 말한다.

"근대는 자연 이해에 있어서는 과거 어느 때보다 치밀하고 투철하나 인간 이해에 있어서는 과거 어느 때보다 천박하다. 생물학자들은 인간은 이성인 체하지만 실은 동물이라고 하고 있는가 하면, 관념론자들은 인간은 동물인 체하지만 실은 이성이라고 하고 있다. 그렇다. 인간은 이성인 체하는 동물이고 동물인 체하는 이성이다. 어느 쪽도 체에 걸린다"라고─.

나는 여기서 신학 용어인 이율배반antinomy을 알게 됐다. 인간에게는 양면이 있다. 그것들이 갈등한다. 논리적으로는 해결이 없다고 나는 생각하게 됐고 지금도 그 생각 그대로다. 해결이 없다는 것은 구원이 없다는 것과 같은 말이다. 논리적 구원은 나에게는 없다. 그러나 현실은 다르다.

현실에서는 논리적으로는 안 되는 것을 되는 것처럼 처신해야 할 때가 있다. 그래야 사회가 유지된다. 이를테면 역사가 그런 것이다. 역사란 극단적으로 말하면 아무 데도 없다. 그러나 있는 것처럼 대접해야 현실이 유지된다. 랑케는 역사를 사실이라고 했지만 사실의 온전한 모습은 인간의 능력으로는 파악이 안 된다. 그렇게 말한 랑케 자신도 왕당파의 입장에서 역사를 기록했다는 것이 밝혀졌다. 나는 베르자예프의 책 『현대에 있어서의 인간의 운명』을 읽고 역사허무주의자가 돼갔다. 지금도 나는 이 함정을 빠져나오지 못하고 있다. 그는 말한다.

"여태까지는 역사가 인간을 심판했지만 이제부터는 인간이 역사를 심판해야 한다"고─.

역사의 이름으로 얼마나 많은 사람들이 희생됐는가고 그는 묻고 있다. 나는 진보주의와 같은 옵티미즘을 믿지 못한다.

나의 논리와 나의 내면은 오랫동안 갈등 상태에 있었다. 이 상태를 나는 인간 존재의 비극성이라고 인식하게 됐다. 그러나 거듭 말하지만 현실을 이런 모양으로 살 수는 없다. 역사도 진보도 때로 있는 것처럼 살아야 한다. 이 또한 모순이요 비극이다. 나의 문학(시)은 나의 내면의 기록이기 때문에 이런 상태를 무시하지 못한다.

내가 쓴 「비가悲歌」 연작시는 릴케의 『두이노의 비가』의 패러디라고도 할 수 있으리라. 나는 젊어서 릴케의 「비가」를 읽고 무슨 말인지 이해할 수가 없었다. 지금은 그의 범신론이 낳은 그의 독특한 천사상像을 겨우 짐작하고 있다. 그러나 나의 「비가」는 물론 릴케의 그것과는 사뭇 다르다.

시는 화술이다. 더 얕잡아 말하면 레토릭이다. 나의 수사는 요즘 많이 달라지고 있다. 비의秘義적인 요소를 줄이고 풀어쓰기로 했다. 해이해졌다는 뜻은 아니다. 읽기에 수월해졌다는 뜻으로 새기면 되리라. 그것이 어쩔 수 없는 나의 시작 행로의 또 하나의 과정인 듯하다. 스스로 그렇게 생각한다.

Ⅱ

놀이를 문화의 핵이라고 한 이는 문화사학자 호이징어다. 그는 놀이하는 인간homo ludens이란 제3의 인간상을 설정했다. 인간은 도구를 만들고 무엇을 생각하는 능력과 함께 자각적으로 놀이를 할 수 있는 능력이 있다고 한다. 그러면서 문화는 놀이의 상태를 동경한다고 하고 있다. 말하자면 문화는 공리성을 떠날 때 가장 문화다운 모습을 드러낸다는 것이다.

그렇다. 놀이는 무상의 행위다. 흔히 우리는 신선놀음이란 말을 하는데 바로 그 상태가 문화의 이상이 된다. 그러나 현실적으로는 그것은 불가능하다. 인간은 공리성을 떠나지 못하기 때문이다. 공리성 속에 갇혀 있다 해도 과언은 아니다. 그래서 그것(공리성)에서 벗어나고 싶은, 즉 해방되고 싶은 충동을 문득 문득 느끼게 된다. 여기에 시가 있다. 시는 심리적으로는 해방이 돼야 한다. 이 말은 시는 신선놀음이요 무상의 행위라는 뜻을 함축한다. 그러나 이 상태는 하나의 동경은 될 수 있을지언정 현실로는 불가능하다. 인간의 한계성 때문이다. 발레리는 순수시는 현실적으로는 아무데도 없다. 다만 순수시로 가는 궤적이 있을 뿐이다,라고 했다. 그러니까 시도 문화도 이상적인 상태로는 현실에서는 불가능하고 다만 어떤 지향과 궤적(이상상태로 가는)이 있을 뿐이다. 이 또한 갈등이요 비극이다.

말놀이로서의 시는 난센스 포에트리다. 그러나 나의 경우는 완전한 난센스 포에트리가 되지 못하고 있다. 난센스란 의미가 완전히 증발된 상태다. 그러나 나의 시에는 의미의 여운, 알레고리성이 바닥에 눈에 띄게 깔려 있다. 난센스와 알레고리가 갈등하고 있다고도 할 수 있겠다.

여기 선뵈는 9편의 시는 나의 연작시 「비가悲歌」의 사족에 해당하는 부분이라고 할 수 있을 듯하다.

2002년 가을
대여 김춘수

『쉰한 편의 비가悲歌』 이후 발표한 최근작

|차 례|

강설降雪

역사는 비껴 서지 않는다.
절대로, 그러나
눈이 저만치 찢어지고 턱이 두툼한
(그 왜 있잖나?)

그는 오지 않는다.
오지 않는 것이 오는 거다.
그는,
기다림이 겨울에도 망개알을 익게 하고
익은 망개알을 땅에 떨어뜨린다.
또 한 번 일러주랴,
역사는 비껴 서지 않는다.
절대로, 땅에 떨어진
망개알을 겨울에도 썩게 한다.
썩게 하여 엄마가 아기를 낳듯 그렇게
땅을 우비고 땅을 우비게 한다.
그는 온다고 지금도 오고 있다고,
오지 않는 것이 오고 있는 거라고,

바라보면 멀리 통영
내 생가가 눈을 맞고 있다. 내 눈에
참 오랜만에 보인다.
기왓장 우는 소리.

《동서문학》 2003년 봄호

그리움이 언제 어떻게 나에게로 왔던가

나의 다섯 살은
햇살이 빛나듯이 왔다.
나의 다섯 살은
꽃눈보라처럼 왔다.
꿈에
커다란 파초잎 하나가 기도하듯
나의 온 알몸을 감싸고 또 감싸주었다.
눈 뜨자
거기가 한려수도인 줄도 모르고
발 담그다 담그다 너무 간지러워서
나는 그만 남태평양까지 가버렸다.
이처럼
나의 나이 다섯 살 때
시인 라이나 마리아 릴케가 나에게로 왔다갔다.

《현대시학》 2003년 3월호

명정리明井里[1]

아르투르 랭보는 우물가에서
성인 예수를 보았다.
눈이 작고
새처럼 가는 다리를 하고 있었다.
나는 우물가에서
쌍꺼풀진 크고 슬픈 눈을 한
시인 백석의 그렇고 그런 그 다소곳한
여인을 보았다.
거기가 명정리
맑은 우물이 있는 마을,
우물가 넓은 빨래터에
어느 날 해질녘
뇌조雷鳥라는 희귀한 새가
날아와 앉는 것을 나는 또 보았다.

《현대시학》 2003년 3월호

---

1) 통영에 있는 고을 이름.

비망備忘

수요일이든가 금요일이든가
거리에는 아무도 없었다. 아니
한 사람 한쪽 발을 옆으로 끌고 가는 사람,
뇌졸중을 앓은 것일까,
나뭇잎들이 하나같이 우는 얼굴을 하고 있었다.
가을도 아닌데 사방이 왠지 스산했다.
수요일이든가 금요일이든가
교회의 십자가가 눈에 띄자
언젠가 들은 풍금소리
또 한 번 울려왔다.
그때다. (나는 아니겠지,)
뜻밖에
눈에 불 켠 도둑고양이 하나
누굴 어디서 가만히 재본다. 누구일까,

아 생각난다. 그날은
아무 요일도 아니었다.
다만
그런 날도 간혹 있었다.
요일 밖에서 제 혼자 안절부절하던,

《현대시학》 2003년 3월호

춘일만보春日漫步

하늘 위에 하늘이 있고
바다 밑에 바다가 있고
쟁반 곁에 더 예쁜 쟁반이 있고
속곳을 들춰보니 더 하늘한 속곳이 있고
식탁보는 걷어보니 거기
천사 한 분이 납짝하게 엎드리고 있었다.
릴케가 보냈다고 한다.
어떻게 대접을 할까.
프라하에도 곶감과 계피를 꿀물로 달인 수정과가 있을까.
릴케가 있는
그가 겨우내 피운
송이가 큰 함박꽃 곁으로
나는 다가간다.
릴케에게 물어보고 싶은데
무엇을 어떻게 물어야 할까,
이러다 해가 지면 어쩌나,

《문학사상》 2003년 4월호

눈의 아리바이

— 김수영의 시 「설사의 알리바이」에 화답하여

I

눈은 왜 발(다리)이 없고
날개가(만) 있는가,
날개가 있는데도 왜 떨어질까,
날개를 달고 (사분사분) 떨어지면 아프지 않다고
말하려다 그는
갑자기 입을 다문다.
해가 뜨자
그는 한계가 드러난다?
없어지는 것이 그의 한계일까,
아니다. 없어진 뒤가
그의 시작이다.
그는 꿈을 만들고(눈사람)
꿈속에서 이목구비를 새로 만들고
그의 한계는 거기서 끝날까,
아니다. 또 있다. (얼마든지)
한계가 무엇인가 되물어오는 저
네팔 카트만즈의 눈,

II

눈은 왜 오나,
날개를 달고
눈은 왜 오나, 바람이 불면
날개는 왜 부러지나,
부러진 날개는 어디로 갔나,

《현대시》 2003년 4월호

봄밤

왠지
눈시울이 새금새금
해가 발을 절름거리고 오기 싫은 듯
밤이 온다.

왜 서울에는 하늘에 별이 없냐고
그런
소리내는 악기가 어딘가에
숨어 있다.

나무는 왜 서서 잠을 잘까,
  (잦아지는 숨소리)
새가 떨구고 간 까만
분즙糞汁이 향긋하다.

누가 거기서
어슴푸레한 겨울의 뒤통수를 멍하니 바라본다.
떠나는 것은 추워 보인다.

《현대시》 2003년 4월호

바이칼호湖, 가보지 못한

아직 가보지 못한
바이칼호,
소문으로만 듣던 바이칼호,
그 물빛
물빛에 어린 환한 물그림자
그 물그림자
맨발로 밟고 간 이의 소문으로만 듣던
쪽빛 발자국,
나를 떠난 너
너 또한 나에게 보낼
쪽빛 진한
지금쯤
소문 하나 만들고 있으리,

(나 아직 가보지 못한 어디서)

《현대문학》 2003년 5월호

새 두 마리

저만치 산수유나무에 새가 두 마리
앉아 있다. 어떤 사일까,
자꾸자꾸 주둥이를 맞댄다.
한 번씩 한쪽이
주둥이를 쪼아댄다. 따끔따끔,
내 눈이 어디로
날을 듯 즐겁다.[2]

《현대시학》 2003년 8월호

---

2) 《현대시학》에는 '날을 듯 즐겁다.' 다음에 '오늘따라 저들이 나에게/좁쌀
만한 자비를 베푸는구나.'가 있었으나 시인이 전집에 수록하면서 삭제하
였다.(편주)

또 새 두 마리

새가 두 마리,
한 마리는 저쪽을 보고 앉아 있다.
한 마리는 이쪽을 보고 앉아 있다.
저쪽을 보고 앉아 있는 새는
저쪽으로 날아간다.
이쪽을 보고 앉아 있는 새는
이쪽으로 날아온다.
이쪽으로 날아오던 새가 갑자기
발을 돌린다.
저쪽으로 날아간 새가 앉아 있던 그
자리로 가서 앉는다.
몸을 낮추고 거기
언제까지나 꼼짝 않고 앉아 있다.

《현대시학》 2003년 8월호

행간行間
－ 무언극처럼

무슨 일이
있었나,
밑창 나간 구두 한짝
입을 헤
벌리고 있다.
낙엽 밟는 소리
들린다.
가까이에서, 아니
조금 그쪽에서,

아무 일도 없었나,
허리 굽은 그 거리
천천히 밤이 오고, 어디로
낙엽 밟는 소리 천천히 가버린다.

봄이 오나, 뒷짐지고 이젠 어슬렁어슬렁

《시와세계》 2003년 가을호

구두코를 위한 콘티

언제 봐도
구두코가 뽀족하다.
뽀족한 구두코에 튕기는
잠자던 지렁이,
암놈 쫓던 수놈,
(그 곤충의 이름을 모른다.)

구두코가 뽀족하다. 언제봐도
뽀족해서 슬프다.
세상은 너무 넓은데
아득하기만 한데
어디 한 군데 뚫을 수가 없을까
없을까,
이처럼 뽀족한데
이 구두코로,
답답하구나, 그쪽이 부옇게
보일 때까지만,

《시와세계》 2003년 가을호

여름밤

발가락이 가렵다.
(무좀일까? 또)
해가 지고 달이 뜨고
밤이 온다. 먼 데서
작디작은 바다가 하나 이리로 다가온다.
어딘가
소리내지 않는 악기가 숨어 있다.
숲은 왜 서서 잠을 잘까,
새는 어디 가고
바람이 제 혼자 눈을 뜬다.
벌써 아침인가 하고,
가랑이 사이로 누가 보이지 않는
세상의 뒤쪽을 보려고 한다.

《시와시학》 2003년 가을호

나의 생가生家

아침인데 어머니는
도채비꽃[3]을 보았다고 하셨다.
마당 한쪽에
키 작은 어린 앵두나무가 한 그루
수주운 듯 서 있었다.
그날은
대낮에 내 머리 위에서
기왓장 우는 소리를 나는 들었다.
축담에다 대고 쏴 쏴
누가 모래를 퍼붓는데 모래는
보이지 않았다.
해가 지자 어머니는 또
배꽃이 하얗게 소복을 하고
뒤뜰 우물가로 사라져 가는 것을
보았다고 하셨다.
아버지가 계시는 사랑채에서는
늙은 배롱나무가 하루 온종일 혼자서
히죽히죽 웃고만 있었다.

《시와시학》 2003년 가을호

---

3) 도깨비꽃.

입추 지나면

팔목의 잔털이 귀를 세운다.
가슴팍의 긴 털도 귀를 세운다.
왔다왔다 하며
무엇이 왔는지 더는 말 못 하고,
딱 바라진 늙은 벚나무
올치 됐다 하고
한껏 그늘을 친다.
꽃 지고 열매도 지고
그동안 너무 너무 허전했는데
허전했는데, 지금은
개미들이 부산하게 길 닦고 있다.
영차 영차 앞에서 끌고
뒤에서 밀고,
그건 배곯아 죽은 길 잃은 한 마리
(수)똥파리인 듯, 이제
하늘은 한 뼘 한 뼘 얼굴을 편다.
사르르 사르르
속눈썹도 보인다.

《문학사상》 2003년 10월호

통영

어물전에서도 금빛 털을 세우는
짚신게, 왠지 동리 선생 입 안에서
심각한 맛[4]을 낸
볼락젓, 그리고
멸치의 고바[5]가 있고
고바보다 더 작은 치리멘도 있다.
해풍 잘 닿는 야트막한 비탈 거기
향기나는 풀이 있다.
방풀, 그리고
섣달 그믐날 밤에
발가벗은 멧산이[6]가 온다.
오똑하게 앉은 여황산[7]이 많이 불편한지
자정까지만 있다가 간다.
어디로?

《서정시학》 2003년 겨울호

---

4) 볼락젓 맛을 보시고 동리 선생께서 '심각하다'는 말을 하셨다.
5) 소우小羽.
6) 통영 지방에서 일컫는 아기산신령.
7) 통영 동북쪽에 있는 산.

an event
— 조영서의 시 「운평선雲平線」에 화답하여

시인 조영서는
운평선이라고 했다.
구름에도 끝이 있다는 것일까,
끝이란 그러나 말이 만든
말의 하나다.
 (왜 이리 배배 꼬일까,)
끝이 있어야 말이 된다.
말에도 눈이 있지만
말의 눈은
운평선 저쪽을 보지 못한다.
구름에도 끝이 있다고
시인 조영서는 말하고 있다.
끝이 없으면
말이 되지 않으니까,
답답하구나. 말은 제 안주머니에
무엇을 숨기려고 하기에,

《서정시학》 2003년 겨울호

앵오리

우리 고향 통영에서는
잠자리를 앵오리라고 한다.
부채를 부치라고 하고 고추를
고치라고 한다.
우리 고향 통영에서는
통영을 토영이라고 한다.
팔을 폴이라고 하고 팥을
퐅이라고 한다.
코를 케라고 한다.
우리 고향 통영에서는
멍게를 우렁싱이라고 하고 똥구멍을
미자발이라고 한다.
우리 외할머니께서는
통영을 퇴영이라고 하셨고 동경을
딩경이라고 하셨다. 그러나
까치는 까치라고 하셨고 까치는
깩 깩 운다고 하셨다. 그러나
남망산[8]은
난방산이라고 하셨다.
우리 외할머니께서 돌아가셨을 때

---

* 《시안》에는 3행과 4행이 '고추를 고치라 하고 부채를/부치라고 한다.' 로
  되어 있다.(편주)
8) 통영 동남쪽에 있는 산.

내 또래 외삼촌이
오매 오매 하고 우는 것을 나는 보았다.

《시안》 2003년 겨울호

시안詩眼

시에는 눈이 있다.
언제나 이쪽은 보지 않고 저쪽
보이지 않는 그쪽만 본다.
가고 있는 사람의 발자국은 보지 않고
돌에 박힌
가지 않는 사람의 발자국만 본다.
바람에 슬리며 바람을 달래며
한 송이 꽃이 피어난다.
루오 할아버지가 그린 예수의 얼굴처럼
윤곽만 있고 이목구비가 없다.
그걸 바라보는 조금 갈색진 눈,
슬프디 슬픈 시의 눈,

《시안》 2003년 겨울호

체 게바라

맹꽁이라고 부르지 말라,
맹꽁이는 없다. 거기
소나무가 있고 바람이 있다.
바람은 선선하다고 하지만
그건 바람이 아니고
여름이다.
그새 여름은 가고 가을이 와서
책상 위 유리컵에
어인 국화꽃 한 송이,
국화꽃은 (고개 빠뜨리고) 누군가를
기다리고 있다. 기다리는 동안
그새 겨울이 와서 국화꽃은
어디 가고
기다림만 제 혼자 기다리고 있다.

《열린시학》 2003년 겨울호

고향으로 가는 길

고향으로 가는 길에는 거뭇거뭇
자갈이 깔려 있다.
먼지는 날지 않고
트럭이 투덜투덜
투덜거리면서 가고 있다.
고향으로 가는 길에는
피기[9] 머리에 길쯤 길쯤
벼슬이 하얗게 돋아나 있다.
이마에 뿔도 없는 어린 염소가
길을 잃고 어쩌나
나더러 함께 울어 달라고 한다.
고향으로 가는 길에는
첫서리가 내리고 누구인가 한 아이
조그맣게 쪼그리고 앉아 있다.
볼에 패인 얕은 그 보조개
너무너무 아득해서
잘 보이지가 않는다.

《현대시》 2003년 12월호

---

*《현대시》에 발표한 후. 이 전집을 엮으면서 시인이 부분적으로 시를 수정하였다.(편주)

9) 초여름에 논두렁 같은 데에 자라는 키 큰 풀. 아이들은 하얗게 돋아난 벼슬을 뽑아 먹기도 한다.

어느 날의 비망備忘

체 게바라는
볼리비아에서 죽었다.
두 눈을 부릅뜨고 죽었다.
카스트로를 버리고
동지 카스트로는 죽었다고
카스트로의 썩은 시체도 버리고
남의 나라 볼리비아의
까치 한 마리 울지 않는
깊은 산속에서 가슴에 염통에
총알 세 발을 맞고
죽었다.
두 눈을 부릅뜨고 죽었다.
체 게바라,
죽기 위하여 볼리비아로 간
서른아홉 살의

《현대시》2003년 12월호

---

* 《현대시》에 발표한 후, 이 전집을 엮으면서 시인이 1행의 '체 게바라'에 대한 주석을 삭제하였다. (편주)

만남을 위한 콘티

너무 멀리 가지마
고개 하나 넘으면
별이 있고 아직도
반딧불이 있다.
아기너구리 엄마 엄마 울고 간 여름밤이 있고
마디풀이 있다.
얼굴 감춘 마디풀이 아직도 네 발등에
초가삼간 집 한 채 지으리,

(가지말라 가지말라고,)

《현대시학》 2003년 10월호

쥐오줌풀

하느님,
나보다 먼저 가신 하느님,
오늘 해질녘
다시 한번 눈 떴다 눈 감는
하느님,
저만치 신발 두짝 가지런히 벗어놓고
어쩌노 먹감은 까치처럼
맨발로 울고 가신
하느님, 그
하느님,

《현대시학》 2003년 10월호

장미, 순수한 모순

장미는 시들지 않는다. 다만
눈을 감고 있다.
바다 밑에도 하늘 위에도 있는
시간, 발에 채이는
지천으로 많은 시간,
장미는 시간을 보지 않으려고
눈을 감고 있다.
언제 뜰까
눈을,
시간이 어디론가 제가 갈 데로 다 가고 나면 그때
장미는 눈을 뜨며
시들어 갈까,

《현대문학》 2004년 1월호

잉구베이타

꿈꾸는 잉구베이타,
그 한마디 10년 전부터
내 귓전을 맴돌고 있다.
잉구베이타, 그는 누구일까,
어디에 살고 있을까,
나이는?
잉구베이타 잉구베이타,
그가 꾸는 꿈을
한번 나는 보고 싶구나, 글쎄
한번 보고 싶구나,
꿈꾸는 잉구베이타,
그 한마디 10년이나 왜
내 귓전을 맴돌고 있을까,

《현대시학》 2004년 1월호

꿈에 본 잉구베이타

누가 잉구베이타라고 일러주는데
내가 생각한 잉구베이타가
아니다.
그를 만나면 나는 그의 손을 잡고
어딘가 둑길 같은 데를 한번 걷고 싶었는데
그는 손을 내주지 않는다.
나를 본체만체
어디로
발자국만 남겨놓고 가버린다.
발자국이 너무 작고
너무 귀엽다.
닭이나 오리처럼 날개는 왜 달고 실은
그도 날지 못하는 한 마리 새였을까,

《현대시학》 2004년 1월호

하늘 위 땅 끝에

발이 무뎌서 나는 아직
가지 못했다.
눈이 어두워서 나는 아직
가지 못했다.
하늘 위 땅 끝에
언제까지 가야 하나,
엊그저께는 또르르 소리내며
굴러갔는데
어디로 갔나, 그 구슬
책상 밑에는 보이지 않는다.

《현대시학》 2004년 1월호

손과 손

책상 밑에 떨어진 구슬을
두 개의 손이 찾아헤맨다.
구슬은 잡히지 않고
한쪽 손이 한쪽 손을 낯설어 한다.
어디서 왔나 왜 왔나,
여기서 꼭 만나야 했나, 하고
한쪽 손이 한쪽 손을
의아해한다.
그러고 보니
책상 밑은 바다만큼 깊고
하늘만큼 멀다.

《현대시학》 2004년 1월호

찢어진 바다

비가 오고 눈이 오고
바람이 불고
물새들이 울고 간다.
저마다 입에 바다를 물었다.
어디로 가나,
네가 떠난 뒤
바다는 오지 않는다.
새앙쥐 같은 눈을 뜨고
아침마다 찾아오던 온전한
그 바다,

《현대시학》 2004년 1월호

만해 문학관

백담사에 있는 만해 문학관에 시인
만해는 없다.
만해는 벌써
오지 못할 곳으로
가버렸다.
님과 함께 가버렸다.
백담사에 있는 만해 문학관에
님의 침묵은 없다.
님은 침묵하지 않는다.
왜 만해는 님이라고 했던가,
님이 소리내며 귓전을 울렸기 때문이다.
다시 한번 말하지만
백담사에 있는 만해 문학관에
시인 만해는 없다.
님의 침묵은 없다.
만해는 언제나 오직 만해 자신의
님일 따름이다.
보라,
오늘은 여러 마리 까치가 번갈아 와서
번갈아 짖어댄다. 왠일일까,
모처럼 님과 함께
시인 만해가 온다고?

《현대시학》 2004년 1월호

an event

식탁보 밑에 그는 없다.
교회의 종소리에도
산보길에도 그는 없다.
저만치 다만
반만 물린 경대 서랍에 삐주룩
손수건이 하나,
아직도 너무 말짱하다.
누구에게 주려고 했나요
저 손수건,
귀가 없는 새가 와서
나에게 묻는다. 같은 말을 몇 번이고
되묻는다.

《현대시학》 2004년 1월호

달개비꽃

울고 가는 저 기러기는
알리라,
하늘 위에 하늘이 있다.
울지 않는 저 콩새는 알리라,
누가 보냈을까,
한밤에 숨어서 앙금앙금
눈 뜨는,

《현대시학》2004년 1월호

연보年譜

1922년   11월 25일 경남 통영읍 서정 61번지(현 경남 통영시 동호
          동 61)에서 아버지 김영팔金永八, 어머니 허명하許命夏의 3
          남 1녀 중 장남으로 출생. 엄격한 유교 가풍이 흐르고 있
          던 유복한 집안이었다.

1929년   통영 근처 안정의 간이보통학교에 진학하였다가 통영공
          립보통학교로 전학.

1935년   통영공립보통학교 졸업, 5년제 경성공립제일고등보통학
          교(4학년 때 경기공립중학교로 교명이 바뀜)에 입학.

1939년   11월, 졸업을 앞두고 경기공립중학교 자퇴. 일본 동경으
          로 건너감.

1940년   4월, 동경의 일본대학 예술학원 창작과에 입학.

1942년   12월, 일본대학 퇴학(일본 천황과 총독정치를 비방, 사상
          혐의로 요코하마 헌병대에서 1개월, 세다가야 경찰서에
          서 6개월간 유치되었다가 서울로 송치됨).

1943년   금강산 장안사長安寺에서 요양.

1944년   부인 명숙경明淑瓊 씨와 결혼.

1945년   통영에서 유치환, 윤이상, 김상옥, 전혁림, 정윤주 등과 통
          영문화협회를 결성해 근로자를 위한 야간 중학과 유치원을
          운영하면서 연극, 음악, 문학, 미술, 무용 등의 예술운동을
          전개. 극단을 결성해 경남지방 순회공연을 하기도 함.

1946년   통영중학교 교사로 부임하여 1948년까지 근무.
          9월, 『해방 1주년 기념 사화집』에 시 「애가哀歌」를 발표.
          조향, 김수돈과 함께 동인 사화집 『노만파魯漫派』 발간. 3집

발간 후 폐간됨.

1948년 8월, 첫 시집 『구름과 장미』(행문사)를 자비로 간행.

1949년 마산중학교로 전근, 1951년까지 근무.

1950년 3월, 제2시집 『늪』(문예사) 출간.

1951년 7월, 제3시집 『기旗』(문예사) 출간.

1952년 대구에서 설창수, 구상, 이정호, 김윤성 등과 시 비평지 『시와 시론』 창간. 시 「꽃」과 함께 첫 산문 「시 스타일론」 발표. 창간호로 종간됨.

1953년 4월, 제4시집 『인인燐人』(문예사) 출간.

1954년 3월, 시선집 『제1시집第一詩集』(문예사) 출간.
9월, 『세계근대시감상』 출간.

1956년 5월, 유치환, 김현승, 송욱, 고석규 등과 시 동인지 『시연 구』를 발행, 고석규 씨의 타계로 창간호로 종간됨.

1958년 10월, 첫 시론집 『한국현대시형태론』(해동문화사) 출간.
12월, 제2회 한국시인협회상 수상.

1959년 4월, 문교부 교수자격 심사규정에 의거 국어국문학과 교수 자격 인정받음.
6월, 제5시집 『꽃의 소묘』(백자사) 출간.
11월, 제6시집 『부다페스트에서의 소녀의 죽음』(춘조사) 출간.
12월, 제7회 자유아세아문학상 수상.

1960년 마산 해인대학(현 경남대학교 전신) 조교수로 발령.

1961년 4월, 경북대학교 국어국문학과 전임 강사로 자리를 옮김.
6월, 시론집 『시론(시작법을 겸한)』(문호당) 출간.

1964년 경북대학교 국어국문학과 교수로 임용, 1978년까지 재직.

1966년 경상남도 문화상 수상.

1969년 11월, 제7시집 『타령조打令調·기타其他』(문화출판사) 출간.

1972년	시론집 『시론』(송원문화사) 출간.
1974년	9월, 시선집 『처용』(민음사) 출간.
1976년	5월, 수상집 『빛속의 그늘』(예문관) 출간.
	8월, 시론집 『의미와 무의미』(문학과지성사) 출간.
	11월, 시선집 『김춘수 시선』(정음사) 출간.
1977년	4월, 시선집 『꽃의 소묘』(삼중당) 출간.
	10월, 제8시집 『남천南天』(근역서재) 출간.
1979년	4월, 시론집 『시의 표정』(문학과지성사) 출간.
	4월, 수상집 『오지 않는 저녁』(근역서재) 출간.
	9월부터 1981년 4월까지 영남대학교 국어국문학과 교수
	로 재직.
1980년	1월, 수상집 『시인이 되어 나귀를 타고』(문장사) 출간.
	11월, 제9시집 『비에 젖은 달』(근역서재) 출간.
1981년	4월, 국회의원(문공위원)에 피선.
	8월, 예술원 회원.
1982년	2월, 경북대학교에서 명예 문학박사 학위 수여.
	4월, 시선집 『처용이후』(민음사) 출간.
	8월, 『김춘수 전집』 전3권(문장사) 출간.
1983년	문예진흥원 고문.
1985년	12월, 수상집 『하느님의 아들, 사람의 아들』(현대문학)
	출간.
1986년	7월, 『김춘수 시전집』(서문당) 출간.
	방송심의위원회 위원장에 취임한 뒤 1988년까지 재임.
	한국 시인협회 회장에 취임한 뒤 1988년까지 재임.
1988년	4월, 제10시집 『라틴점묘點描 기타其他』(탑출판사) 출간.
1989년	10월, 시론집 『시의 이해와 작법』(고려원) 출간.
1990년	1월, 시선집 『샤갈의 마을에 내리는 눈』(신원문화사) 출간.

1991년   3월, 시론집『시의 위상』(둥지) 출간.

10월, 제11시집『처용단장處容斷章』(미학사) 출간.

10월에 한국방송공사 이사로 취임하여 1993년까지 재임.

1992년   3월, 시선집『돌의 볼에 볼을 대고』(탑출판사) 출간.

10월, 은관문화훈장 수훈.

1993년   4월, 제11시집『서서 잠자는 숲』(민음사) 출간.

7월, 수상집『예술가의 삶』(혜화당) 출간.

11월, 수상집『여자라고 하는 이름의 바다』(제일미디어)
출간.

1994년   11월,『김춘수 시전집』(민음사) 출간.

1995년   2월, 수상집『사마천을 기다리며』(월간 에세이) 출간.

1996년   2월, 제12시집『호壺』(한밭미디어) 출간.

1997년   1월, 제13시집『들림, 도스토예프스키』(민음사) 출간.

1월, 장편소설『꽃과 여우』(민음사) 출간.

11월, 제5회 대산문학상 수상.

1998년   9월, 제12회 인촌상 수상.

1999년   2월, 제14시집『의자와 계단』(문학세계사) 출간.

4월 5일 부인 명숙경明淑瓊 여사 사별.

2001년   4월, 제15시집『거울 속의 천사』(민음사) 출간.

10월 서울 명일동에서 분당으로 이사.

2002년   4월, 비평을 겸한 사화집『김춘수 사색사화집』(현대문학)
출간.

10월, 제16시집『쉰한 편의 비가悲歌』(현대문학) 출간.

김춘수 전집.1

김춘수 시전집

초판 1쇄 펴낸날 2004년 1월 15일
초판 6쇄 펴낸날 2025년 6월 23일

지은이 김춘수
펴낸이 김영정
편집자문위원 오규원 이은정

펴낸곳 (주)현대문학
등록번호 제1-452호
주소 06532 서울시 서초구 신반포로 321(잠원동, 미래엔)
전화 02-2017-0280
팩스 02-516-5433
홈페이지 www.hdmh.co.kr

ISBN 978-89-7275-301-8 04810
ISBN 978-89-7275-300-1(세트)

* 책값은 뒤표지에 있습니다.